Catherine Cusset

Le problème avec Jane

Texte révisé par l'auteur

Gallimard

À Vlad et Claire

À mes amis Hilari, Meredith,

Luciana et Per

Le paquet

Il y a des jours où le chat de la voisine, miaulant devant une porte close, ne vous inspire pas la moindre joie sadique quand vous la lui ouvrez et qu'une rafale de pluie éclabousse l'animal surpris.

Jane soupira et laissa se refermer la porte. Le temps n'arrangeait rien. Ce serait pire dans un quart d'heure s'il n'y avait pas de message d'Alex sur son ordinateur au bureau.

Le gros chat gris miaula plaintivement et la regarda d'un air de reproche, comme si elle était responsable de la pluie.

Par terre, à côté du paquet brun dont Jane avait remarqué hier l'adresse manuscrite, traînait un New York Times *dans son plastique bleu. Elle le prendrait au retour, s'il était encore là. On lui avait assez souvent volé son journal — sans doute les étudiants du rez-de-chaussée — à l'époque où elle dépendait comme d'une drogue de sa dose matinale de nouvelles. Elle avait fini par résilier son abonnement.*

Earl Grey miaulait maintenant devant l'autre porte, celle qui séparait le petit hall d'entrée avec les boîtes aux lettres de l'intérieur de la maison. Elle réintroduisit sa clef dans la serrure et poussa la lourde porte pour lui. Il disparut dans les escaliers.

Jane n'avait pas plus envie que le chat de se lancer dans cette tornade à retourner un parapluie en moins d'une minute. Il était trop tôt pour le courrier. Elle se pencha pour voir le nom du voisin négligent qui n'avait pas ramassé son paquet, et écarquilla les yeux : c'était elle. Hier soir, la nouvelle de la mort de Duportoy l'avait trop bouleversée pour qu'elle pense à vérifier le nom, d'autant plus qu'elle ne recevait jamais de paquet chez elle. Elle le prit. Solide, rectangulaire et plutôt lourd : sans doute un livre. Un sourire illumina son visage. Alex avait dû se débrouiller pour obtenir son adresse. Après treize jours de silence, il lui envoyait un cadeau au lieu d'un message e-mail. L'écriture sur l'enveloppe, fine et nerveuse, dansante et équilibrée, ressemblait à Alex. Il utilisait un stylo à plume et de l'encre bleue, comme elle.

Elle se battit contre l'enveloppe rembourrée agrafée et collée. Une matière gris-brun s'échappa du papier déchiré. À l'intérieur il y avait une autre enveloppe, blanche : le livre était bien protégé. Elle en sortit une chemise en carton jaune. Une disquette tomba sur le sol carrelé avec un bruit sec. La chemise contenait un manuscrit en feuilles détachées. Sur la première elle lut :

LE PROBLÈME AVEC JANE

roman

Pas de nom d'auteur. Suivait, sur la deuxième, une table des matières :

Bronzino, Eric : les hommes de son passé. Elle regarda l'enveloppe marron : pas de nom d'expéditeur. Le paquet avait été posté à New York cinq jours plus tôt — pas par Alex, donc, puisqu'à cette date il se trouvait en France : elle aurait dû y penser.

Elle parcourut rapidement les premières pages. Il s'agissait d'elle. D'elle et de Bronzino. Neuf ans plus tôt. Quelqu'un de bien informé. Le manuscrit comptait trois cent soixante pages et s'achevait sur cette phrase : « En bas elle trouva le paquet avec le manuscrit. » Jane tressaillit et leva les yeux. On ne voyait rien derrière le carreau sauf la pluie et les fleurs du magnolia dégoulinantes d'eau.

Elle irait au bureau plus tard. Il fallait d'abord éclaircir ce mystère. Le mauvais plaisant avait bien choisi son jour : comme si la pluie torrentielle, la mort de Duportoy et le silence d'Alex ne suffisaient pas. Elle ramassa la disquette, rouvrit la porte entre l'entrée et l'intérieur de la maison, et monta deux par deux les marches de l'escalier de bois qui craquait sous les pieds malgré la moquette. Quand elle fut devant sa porte, quelque chose toucha sa cheville droite. Elle bondit sur le côté en poussant un cri. La tête penchée, Earl Grey la regardait avec des yeux de merlan frit. Elle rit nerveusement et tapa du pied pour le faire déguerpir. Chez elle, elle verrouilla sa porte, se débarrassa de son imperméable, alluma le lustre — il faisait aussi sombre qu'à sept heures du soir — et se mit à lire, debout près de la table.

LE PROBLÈME AVEC JANE

PREMIÈRE PARTIE

Dîner avec Bronzino

1

Les fenêtres du Provence étaient trop hautes pour qu'on aperçût l'intérieur. Le meilleur restaurant de la ville, d'où Jane voyait sortir des couples élégants le vendredi et le samedi soir quand elle rentrait de la cinémathèque. Voilà où elle eût aimé dîner ce soir. Elle avait failli le suggérer à Bronzino au téléphone ce matin : mais c'était un peu trop chic pour un dîner entre collègues, et trop cher pour elle. Elle passa devant le Café Romulus. Un Noir petit et barbu qu'elle avait déjà vu mendier sur le campus se tourna vers elle :

« Z'auriez pas dix cents ? »

Elle s'arrêta et sortit son porte-monnaie, contente de ne pas avoir eu le réflexe de dire non.

« En fait, reprit le petit type, on n'a pas besoin de dix cents mais d'un dollar. » Il ajouta rapidement : « On a quatre-vingt-dix cents. Vous pourriez nous les changer contre un dollar ? »

Un Noir massif en retrait dans l'ombre d'une porte s'avança et présenta avec un sourire sa large paume pleine de pièces. Plusieurs de ses dents de devant manquaient. Jane sortit un dollar et lui sourit.

« Vous pouvez garder la monnaie.

— Merci ! »

Ils n'avaient pas l'air très surpris. Ils s'éloignèrent. Jane rit, devinant que ce n'était ni le premier ni le dernier dollar qu'ils obtenaient ainsi ce soir.

Il ne fallait jamais désespérer : la vie n'était qu'un constant mouvement de hauts et de bas qui finissaient par s'équilibrer. Pendant six ans, à Chicago, elle avait mangé des nouilles et partagé avec d'autres étudiants des appartements pourris si mal chauffés l'hiver — six mois de l'année — qu'elle dormait avec des chaussettes et un bonnet de laine. Puis était apparue la lumière au bout du tunnel, l'offre inattendue, stupéfiante, de l'université Devayne, alors que Jane n'était pas plus intelligente qu'une autre et qu'elle n'avait même pas terminé sa thèse : un vrai poste avec un vrai salaire dans le meilleur département de français de tout le pays, sur la côte Est, à une heure et demie de New York — un rêve, le début d'une vie glorieuse, le bonheur. Elle avait rompu avec le petit ami qu'elle n'avait jamais vraiment aimé, déménagé à Old Newport, dans le Connecticut, trouvé un élégant deux-pièces bien chauffé avec de hauts plafonds, des moulures, une cheminée et un magnifique plancher à larges lattes en bois d'érable, acheté un superbe tapis, un vrai lit et son premier canapé, et commencé à enseigner à Devayne, où elle venait de passer les neuf mois les pires de son existence. Chaque jour un peu plus seule et un peu plus déprimée.

Jusqu'à trois jours auparavant. Il n'y avait pas, semblait-il, de négatif absolu : plus on était bas, plus il suffisait d'un rien pour vous faire remonter. L'invitation à dîner d'un collègue âgé l'avait remplie d'allégresse. Il est vrai qu'il ne s'agissait pas de n'importe quel collègue. Les anciens condisciples de Jane à Northwestern, Josh en particulier, auraient été très impressionnés d'apprendre qu'elle dînait en tête à tête avec Norman Bronzino, un critique éminent dont ils avaient tous lu les livres, le directeur de l'important Centre Kramer des Études européennes qu'il avait fondé, et le collègue de Jane.

Elle arriva devant La Perle de Bombay. La porte en verre lui renvoya son reflet, dont elle fut satisfaite : dans la corolle du col relevé de son imperméable, avec le mascara qui agrandissait ses yeux et le rouge à lèvres rosé, son visage triangulaire encadré par les cheveux bruns tombant bien sur ses épaules grâce au brushing avait quelque chose de joli et de doux. Elle poussa la porte. Un serveur indien l'accueillit avec une courbette.

« J'ai rendez-vous avec quelqu'un.

— Un grand monsieur ? Il est là. »

Dans la salle encore vide, Bronzino avait choisi le coin le plus éloigné de la baie vitrée. Il se leva à son approche. Grand et mince comme le père de Jane, il faisait plus jeune avec sa fine moustache et ses courts cheveux frisés châtain clair, peut-être teints. Il portait comme d'habitude une chemise parfaitement repassée, un nœud papillon, une veste en tweed beige avec des pièces de daim aux coudes, et des chaussures à semelle de crêpe — le seul élément de sa tenue qui, aux yeux de Jane, manquait d'élégance. Sa main était chaude. Il garda celle de Jane une seconde de plus que né-cessaire.

« J'espère que je ne t'ai pas fait attendre ? dit-elle précipitamment, d'une voix émue.

— Je viens d'arriver. »

Il l'aida à ôter son imperméable et le tendit au serveur qui leur donna les menus. Ils s'assirent. Il suggéra de commencer par regarder la carte et sortit de la poche intérieure de sa veste une paire de petites lunettes rectangulaires qui lui donnèrent l'air encore plus digne.

Le ventre de Jane gargouilla. Elle avait passé l'après-midi à nettoyer son appartement et n'avait rien mangé depuis le matin. Le serveur versa dans leurs verres le contenu d'une grande carafe pleine de glaçons et d'eau fraîche. Elle en but quelques gorgées. Son estomac fut traversé d'une vive dou-leur. Elle reposa le verre et croisa les jambes en fixant la carte sans la lire. Une crampe soudaine faillit lui arracher un cri. Ce n'était pas la faim.

Elle changea de position et croisa les jambes dans l'autre sens, pâle, horriblement tendue. Bronzino, absorbé par sa lecture, n'avait rien remarqué. Il referma le menu, ôta ses lunettes et lui sourit. Le garçon s'approcha d'eux. Jane prit, au hasard, le premier plat sur la page. C'était aussi le moins cher, à peine sept dollars.

« Tu ne veux pas d'entrée ? s'enquit Bronzino.

— Merci. Je n'ai pas assez faim. »

Il commanda un assortiment d'entrées et des *scampi tandoori*, le plat le plus cher. Un homme comme lui, évidemment, ne regardait pas aux prix : privilège de l'âge et de la renommée. Quand Jane avait accepté l'offre de Devayne, son futur salaire lui avait paru mirobolant ; mais après le paiement des impôts, de son loyer et de ses factures, le remboursement du crédit pour ses récents achats et celui de l'emprunt contracté pour financer ses études, il lui restait tout juste de quoi vivre.

« Ça t'ennuie si on prend du blanc ? lui demanda Bronzino. Je préférerais, pour aller avec les fruits de mer.

— Juste de l'eau pour moi, merci. »

Il commanda un verre de chardonnay. Le serveur s'éloigna.

« Joli collier, remarqua Bronzino.

— Merci. Il vient d'Israël.

— Tu es allée en Israël ?

— Non, c'est un cadeau. »

Elle rougit. Bronzino, discret, se contenta de sourire et changea de sujet :

« Alors, comment se passe ta première année parmi nous ?

— Vraiment bien. C'est un plaisir d'enseigner à des étudiants si intelligents. Et la bibliothèque est formidable : j'ai trouvé une édition originale de *Madame Bovary* et je l'ai empruntée pour un an !

— On est gâtés, c'est vrai. »

Il y eut un gargouillis bruyant qui ne pouvait pas avoir échappé à l'ouïe de Bronzino. Jane avait atrocement mal au ventre. Elle examina ses doigts.

« Je devrais me rincer les mains. J'étais à la bibliothèque et il y a une telle poussière sur les livres…

— C'est au fond à droite, je crois. »

Elle s'éloigna sans se presser. À peine à l'intérieur des toilettes, elle courut s'enfermer. Ses entrailles liquéfiées se vidèrent bruyamment. Elle se crispa, terrorisée à l'idée qu'on puisse l'entendre. Elle tira la chasse. La crise n'était pas finie. Quelqu'un entra et s'installa dans le local voisin. Six heures un quart. Bronzino devait commencer à regarder sa montre. Un dîner qu'elle attendait depuis trois jours — depuis neuf mois : sa première sortie depuis qu'elle habitait Old Newport.

C'était cela qui l'avait le plus surprise à Devayne : l'absence de vie sociale. Les professeurs déjeunaient rapidement d'une part de pizza en discutant de leurs cours et de leurs étudiants, mais ne se recevaient pas à dîner, par manque de temps ou souci de préserver leur vie privée. Elle comptait se lier d'amitié avec les deux nouveaux assistants embauchés en même temps qu'elle, Xavier Duportoy et Carrie Martins. Duportoy, parisien d'origine, lui semblait intelligent et drôle ; l'impression n'était sans doute pas réciproque, car il avait deux fois décliné l'offre d'aller boire un café, prétextant un emploi du temps surchargé. En novembre, quand la nuit s'était mise à tomber à cinq heures et qu'elle avait commencé à déprimer sérieusement, elle s'était rappelé la bouée de secours permettant de se débarrasser de cet oppressant sentiment de solitude : aller vers les autres. Elle avait invité à dîner Carrie, une jeune femme blonde et sérieuse dont le mari finissait un doctorat de physique en Californie, et qui, elle aussi, se plaignait de l'atmosphère froide et de l'isolement de Devayne. Carrie avait accepté avec un tel enthousiasme que Jane avait recommencé à voir la vie sous des couleurs plus roses. En annulant à la dernière minute avec une profusion d'excuses et sans proposer d'autre date, Carrie avait abandonné Jane, avec son veau aux carottes et son tiramisu qui pouvaient nourrir dix personnes, dans un trou de désespoir.

Mieux valait passer les soirées seule, à travailler, sans risque d'imprévu. Elle ne pouvait même pas appeler ses amis de Chicago : il y aurait eu de l'indécence à se plaindre, quand aucun d'eux n'avait trouvé de poste. Même à Allison, sa meilleure amie, Jane ne se sentait pas le droit de dire qu'elle était malheureuse. À trente ans, après avoir fini leur thèse de lettres, Allison et son mari, John, recommençaient des études, en droit, pour être sûrs de trouver du travail et de vivre dans la même ville. Ils étaient tous déprimés : un phénomène de génération ? La faute à Flaubert ? En fin de compte, le père de Jane avait raison : enseigner la littérature, c'était sombrer avec le navire. Même Bronzino était un dinosaure. Cette pensée lui arracha un sourire, qu'une vive douleur effaça aussitôt.

L'autre femme était en train d'utiliser le sèche-mains électrique et sortit enfin. Jane eut si mal qu'elle crut s'évanouir. La sueur perlait sur ses paumes, son front et au-dessus de sa lèvre supérieure. Elle s'abandonna à la douleur en gémissant et en se mordant le dessus de la main. Ensuite elle se sentit mieux : enfin vide. Elle introduisit la main dans le conteneur métallique de papier hygiénique : il était vide aussi.

Elle fouilla ses poches et n'y trouva rien : son pantalon sortait du pressing. Elle ramassa son sac à main : pas le plus petit mouchoir en papier alors qu'elle en avait toujours un paquet sur elle. Le sac plus élégant qu'elle avait pris pour ce dîner ne contenait que son portefeuille, un tube de rouge à lèvres et la bouteille de whisky qu'elle avait achetée tout à l'heure sur le chemin du restaurant, au cas où Bronzino viendrait boire un dernier verre après le dîner. La bouteille n'était même pas enveloppée de son habituel emballage de papier brun, que Jane avait refusé pour aller plus vite. Le sèche-mains électrique ne lui serait d'aucune utilité : la situation semblait sans issue.

Les larmes montèrent aux yeux de Jane. Elle les refoula à cause du mascara. Elle entrouvrit la porte, jeta un coup d'œil au-dehors, et s'exclama de soulagement en voyant au-dessus du lavabo une boîte métallique contenant des serviettes en papier : sauvée. Le gérant du restaurant remonta dans son estime.

Quelques tables près de la fenêtre étaient maintenant occupées. Elle s'était absentée vingt minutes. On avait déjà servi l'entrée à Bronzino. Il ne lui posa aucune question sur son absence prolongée.

« C'est délicieux. Tu veux goûter ?

— Merci, je n'ai pas faim. »

Son regard la mettait mal à l'aise.

« Tu as quel âge ?

— Vingt-huit ans. Bientôt vingt-neuf.

— Si jeune ! Tes étudiants doivent tous être amoureux de toi. »

Elle eut un rire décontenancé et se félicita d'avoir choisi le tailleur pantalon au lieu de la robe noire moulante. Bronzino reprit :

« Je suis convaincu qu'il n'y a pas de pédagogie sans érotisme. Ce n'est pas quelque chose qu'on peut dire dans le contexte actuel aux États-Unis, mais il me semble qu'on n'apprend vraiment bien que des professeurs dont on est amoureux. »

Elle pensa à l'étudiant blond qui la fixait trois heures par semaine en classe avec des yeux de Bambi : en effet son meilleur élève. Un souvenir plus ancien lui revint.

« Quand j'avais quinze ans, j'ai été amoureuse de ma prof de français : au collège j'ai fait du français.

— Il s'est passé quelque chose ?

— Quelque chose ?

— Avec ta prof.

— Oh non. Elle était mariée, mère de deux enfants.

— Pas une Simone de Beauvoir. »

Il sourit. Elle l'avait toujours vu si froid et réservé qu'elle n'avait accordé aucun crédit à la rumeur selon laquelle une étudiante l'aurait accusé de harcèlement sexuel quelques années plus tôt. Elle n'était plus si sûre.

« Comment t'entends-tu avec les collègues ? » demanda-t-il d'un ton plus sérieux en portant à ses lèvres un morceau de feuilleté aux légumes délicatement découpé. Il déglutissait avec dignité et ne parlait jamais la bouche pleine.

« Bien ! Tout le monde est très gentil. Très occupé aussi, bien sûr. C'est normal, à Devayne.

— C'est vrai, hélas. Je voulais déjeuner avec toi depuis des mois et on est déjà en avril. L'année passe à toute allure — surtout le second semestre. »

Il avala une autre bouchée, et il y eut un silence. Jane se demanda si c'était le moment de parler des livres de Bronzino qu'elle avait aimés, en particulier de *Justice et Beauté,* qui l'avait influencée dans son travail. Mais le compliment abruptement décerné risquait de passer pour une flatterie.

« Et avec les nouveaux assistants, reprit Bron-zino, tu as de bons rapports ?

— Très cordiaux, mais je les connais peu.

— Carrie était mon étudiante de licence ici. C'est une fille intelligente et adorable. J'espère que vous deviendrez amies.

— J'espère aussi. Elle a très peu de temps parce qu'elle part le plus souvent possible en Californie où vit son mari.

— C'est exact. J'oubliais. Évidemment, ce serait plus pratique pour elle si son mari habitait ici, ou au moins à New York, comme l'amie de Xavier Duportoy.

— Xavier a une amie à New York ?

— C'est comme ça qu'on a réussi à l'embaucher. Il avait aussi une offre de Harvard, mais nous sommes plus proches de New York. »

Il allait sans dire que le département de fran-çais à Devayne était meilleur que celui de Har-vard. Jane sourit.

« Son amie est prof à New York ?

— Non, actrice.

— Actrice ! »

Elle se tut. Bronzino risquait de penser que Duportoy l'intéressait, ce qui n'était pas le cas. Elle était même soulagée d'apprendre qu'il y avait une vraie raison pour laquelle Xavier n'avait jamais le temps de boire un café avec elle.

Le serveur vint prendre l'assiette vide de Bron-zino et apporta les plats. Il était temps : Jane avait une sensation de faim proche du vertige. Bronzino commanda un deuxième verre de vin et entama ses scampi. Elle prit une grosse bouchée de poulet et fit la grimace. La sauce était beaucoup trop pimentée. Elle ne pourrait manger que le riz. Bronzino lui demanda :

« Tu as trouvé à te loger correctement ?

— Oh oui. J'ai eu de la chance. Le premier appartement que j'ai vu en juillet, dans une maison ancienne. J'ai eu un vrai coup de foudre. »

Elle décrivit avec un enthousiasme croissant l'appartement ancien avec sa cheminée, ses magnifiques planchers, ses hauts plafonds, ses moulures, et s'arrêta brusquement : Bronzino allait croire qu'elle cherchait à l'attirer chez elle. Mais il l'écoutait avec le même sourire bienveillant :

« Ça a l'air bien. C'est dans un bon quartier ?

— Sur Linden Street, à cinq minutes du campus.

— Tant mieux. Tu sais ce qui est arrivé jeudi dernier ?

— Oui. C'est fou. »

La mère d'un étudiant, en visite pour trois jours, avait reçu une balle dans la cuisse en se retrouvant au beau milieu d'une fusillade alors qu'elle traversait Central Square, le jardin au centre d'Old Newport, à quatre heures de l'après-midi.

« J'espère que tu fais attention, Jane.

— J'ai habité six ans au centre de Chicago et il ne m'est jamais rien arrivé. On ne m'a même pas volé mon portefeuille une seule fois. Je n'ai jamais vu d'arme sauf dans les films.

« — Peut-être, mais ce n'est pas une plaisanterie. Un étudiant a été assassiné l'an dernier sur le campus. Il vaut mieux que tu ne sortes pas seule le soir. Tu as une voiture ?

— Non. Je n'aime pas conduire. C'est dommage surtout parce que j'adore la mer et qu'il faut une voiture pour y aller. »

Il hocha la tête.

« Oui. Et la côte est jolie. Il y a aussi un beau parc national à une demi-heure. Il faudra qu'on t'y emmène. »

Était-ce une proposition ? Elle prit son verre d'eau. La main gauche de Bronzino s'approcha au même moment de son verre de vin et effleura la sienne. Il avait une peau lisse, sans un poil, d'une blancheur presque obscène, de longs doigts et, sur l'annulaire, une fine alliance. Il commanda un troisième verre. Une bouteille eût été plus économique.

« Tu ne veux toujours rien boire ?

— Non merci. »

Elle sentit ses lèvres et ses joues palpiter sous le regard de Bronzino et baissa les yeux.

« Dis-moi : pourquoi Flaubert ? »

Elle releva la tête, soulagée.

« À cause de mon père.

— De ton père ? Il est prof de lettres ?

— Non, dentiste. Il n'a jamais compris ce qu'on pouvait bien chercher en littérature. Il était furieux quand je me suis inscrite en thèse de lettres. Il voulait que je fasse du droit.

— Mais alors ?

— Je l'ai toujours déçu. Il aurait voulu un garçon pour jouer avec lui au base-ball le dimanche.
Il a essayé de m'apprendre. Je ne rattrapais pas
une balle. Il me traitait d'idiote parce que je fermais les yeux quand la balle arrivait. Plus il criait,
plus je fermais les yeux. »

Bronzino, qui avait sans doute passé de nombreux dimanches à jouer au base-ball avec ses
enfants, hocha la tête avec un sourire. Pendant son
séjour à Paris en troisième année d'université,
continua Jane, elle s'était rendu compte qu'elle
haïssait les banlieues vertes où elle avait grandi et
s'était ennuyée à mourir. Flaubert, donc, pour son
ironie à l'égard de la province ennuyeuse, hypo-
crite et bourgeoise. M. Homais, c'était son père.
Norman rit.

« Ce n'est pas facile d'être père : les enfants sont
sans pitié. Tu travailles sur quoi, exactement ?

— La "phrase musclée" de Flaubert, sa concep-
tion *virile* — elle dessina des guillemets dans
l'air — du style comme répression du mou et du
sentimental : du féminin, en quelque sorte.

— Intéressant. Je préfère la correspondance de
Flaubert. Je n'aime pas *Madame Bovary* : à chaque
phrase on sent que Flaubert se réprime. Le problème, c'est peut-être qu'il avait peur de la femme
en lui. »

Jane, qui adorait *Madame Bovary* et qui entendait ce point de vue pour la première fois, hocha

la tête sans savoir que dire. Norman regarda sa montre :

« On en discutera la prochaine fois : il faut que j'y aille.

— Bien sûr ! J'ai fini. »

Les deux heures avaient passé comme cinq minutes. Elle n'avait plus mal au ventre. Il la mettait à l'aise. Elle n'avait pas abordé les sujets qu'elle gardait en réserve en cas de silence embarrassant et prolongé.

Bronzino se tourna vers la salle et fit signe au serveur d'apporter l'addition. La salle s'était remplie sans qu'elle s'en rendît compte. « Juste cinq minutes », dirait-il tout à l'heure en se garant devant chez elle, quand elle l'inviterait à boire un dernier verre. Elle regretta de n'avoir pas acheté un meilleur whisky, du Chivas ou du Glenlivet. Attention : il était marié et son supérieur hiérarchique. Heureusement, elle n'avait jamais été attirée par des hommes plus âgés.

Il observait quelque chose de l'autre côté de la salle. Jane tourna la tête et vit une femme aux longs cheveux d'un blond vénitien avec un profil superbe. Norman commenta d'une voix de connaisseur :

« Belle pièce. »

Elle approuva de la tête, un peu choquée.

« Elle a au moins un siècle », reprit-il.

Jane regarda à nouveau vers l'autre bout de la salle. Sur le mur, derrière la femme, était suspendu un grand tapis aux couleurs rouges sombres, qui donnait à la salle une intimité chaleureuse.

« Tu aimes les tapis ? demanda-t-elle.

— Beaucoup.

— Moi aussi. En septembre je me suis acheté un kilim caucasien magnifique, du dix-neuvième siècle, avec une splendide harmonie de rouges et de jaunes, toutes des teintes naturelles. Je n'avais pas un sou, c'était une folie mais je n'ai pas pu résister. Il me suffit de le regarder pour me détendre.

— Rien d'étonnant. Tu sais que le cabinet de Freud était plein de tapis persans. »

Le serveur grassouillet posa devant lui le portefeuille de cuir noir qui contenait l'addition. Norman l'ouvrit et s'empara de la fiche avant que Jane ait pu faire un geste vers son sac.

« J'ai un collègue canadien, reprit-il en cherchant ses lunettes dans la poche intérieure de sa veste, qui a une telle passion pour les tapis qu'il dort, mange, travaille sur des tapis. Du coup il est célibataire.

— Pourquoi ?

— Dès qu'une femme s'installe chez lui, au bout d'une semaine elle veut introduire une table ou un lit. »

Jane rit. Il mit ses lunettes et marmonna des chiffres.

« Quarante et un dollars et dix cents auxquels j'ajoute pour le service quinze pour cent, soit six dollars cinquante, disons sept... »

Jane, gênée de l'entendre compter à voix haute, se demanda si elle devait insister pour payer sa modeste part, ou s'il était plus approprié de se taire et de remercier. En protestant, elle risquait d'introduire une ambiguïté dans une invitation purement professionnelle ; de plus, le département remboursait sans doute ses notes de frais. Elle hésitait encore quand Bronzino leva la tête :

« Quarante-huit. C'est simple : vingt-quatre chacun. »

Jane s'empourpra. Elle se pencha et ramassa son sac. Elle eut du mal à trouver son portefeuille sous la bouteille de whisky et sortit les deux billets de vingt dollars qu'elle tendit à Bronzino sans le regarder.

« Donne-moi vingt, ça suffira. Ça va ?

— Oui, pourquoi ? »

Elle se força à sourire.

« Tu es toute rouge. C'était bon mais un peu lourd. L'air frais nous fera du bien. »

Le serveur mit deux petites assiettes devant eux. Bronzino fronça les sourcils.

« On n'a pas commandé de dessert.

— Un cadeau du chef. Pour goûter. Très bon. »

Jane regarda la petite boule laiteuse flottant dans le sirop.

« C'est gentil, dit Bronzino, mais je n'ai plus faim. »

Elle mit son imperméable pendant qu'il comptait la monnaie. Il mit l'addition dans son portefeuille. Dehors il lui tendit la main.

« C'était sympathique. On refera ça. Tu as besoin que je te dépose quelque part ? Je te préviens, ma voiture est loin.

— Non, ça va. Je vais à la bibliothèque. »

Il n'insista pas. Immobile sur le trottoir, elle le regarda s'éloigner à grands pas. Elle frissonna. L'air avait fraîchi. Huit heures un quart. Toute une soirée devant elle et autant d'envie de rentrer préparer son cours que d'avaler une douzaine de ces boules crémeuses nageant dans le miel. Elle serait encore plus seule parmi les étudiants somnolant dans les fauteuils en cuir de la bibliothèque ou parmi les esseulés à lunettes qui se réfugiaient au Café Romulus pour échapper à leur solitude. Elle marcha lentement le long de Central Square, du côté du campus, mieux éclairé que celui du parc.

« T'as pas une p'tite pièce ? »

La voix rauque tout contre son oreille la fit bondir sur le côté. Sous son capuchon de sweat-shirt noir, le visage du clochard était à peine visible dans le noir.

« Je n'ai pas de monnaie. »

Elle descendit du trottoir et se retrouva sur la route.

« Bonne nuit quand même ! Et bonne santé ! »

Le hurlement d'un klaxon lui coupa les jambes. La voiture zigzaguait déjà cinq cents mètres plus loin. Le conducteur l'avait insultée par sa vitre ouverte. Avec son imper gris, elle était aussi invisible que le clochard. Ses jambes tremblaient quand elle atteignit le trottoir de l'autre côté. Des ombres louches se profilaient entre les arbres du parc. Elle se mit à courir. Une grosse goutte lui tomba sur le nez. Il y en eut une autre, puis une autre, et bientôt plein. Elle avait oublié son parapluie à La Perle de Bombay. Trop tard pour faire demi-tour. Bien sûr, il s'agissait d'un parapluie neuf.

Jane était stupéfaite. Des photos prises par un inconnu ce soir-là n'auraient sans doute pas produit un tel effet. Ce texte était un coup de poing dans le ventre. Neuf ans après, elle se rappelait comme si c'était hier son arrivée chez elle, encore plus déprimée que trempée.

Quelle charmante image d'elle ! Gémissant et se tenant le ventre sur un siège de cabinets, hochant béatement la tête à chaque mot de Bronzino, obsédée par le prix des plats ! De toute évidence, l'auteur de ce manuscrit lui attribuait un complexe d'Œdipe mal résolu et une sexualité restée au stade anal.

Bronzino, bien sûr. Personne n'était mieux placé que lui pour savoir ce qui s'était passé ce soir-là. Il n'était pas difficile d'imaginer ce qui était arrivé à Jane quand elle avait disparu près d'une demi-heure au début du dîner. Ni de deviner qu'elle n'avait guère apprécié de devoir lui payer la moitié de son dîner.

Voilà donc pourquoi il l'avait fait venir hier dans son bureau. Il voulait savoir si elle avait reçu le manuscrit. Il lui avait semblé bizarre, plus ému et chaleureux qu'elle ne l'avait vu en huit ans. Ce n'était pas à cause de la terrible nouvelle qu'il lui avait annoncée, mais du paquet qui attendait Jane chez elle.

Elle se leva et composa le numéro du Centre. Une machine lui répondit. La secrétaire était sans doute sortie déjeuner. De toute façon, mieux valait se rendre au Centre pour y voir Bronzino en personne : son visage révélerait ce que sa voix au téléphone pouvait cacher.

Elle regarda par la fenêtre. Le ciel était encore plus noir, et la pluie plus dense. Elle irait au Centre un peu plus tard.

2

La piscine lui avait donné faim. Elle s'était préparé un bon dîner diététique. Vêtue de sa confortable robe de chambre en velours, installée sur son canapé à raies beiges et blanches encore tout propre après un an et demi d'utilisation, elle relisait *Le Rouge et le Noir*, aussi plaisant que dans son souvenir. Le téléphone sonna. Elle jeta un coup d'œil au réveil doré sur le manteau de la cheminée : minuit. Josh attendait toujours onze heures à Chicago pour bénéficier du tarif réduit. Elle appuya son coude sur le bras du canapé et décrocha.

« Allô ?

— C'est moi. »

Elle était sûre qu'il finirait par appeler.

« Je peux te parler maintenant ? »

Il avait une voix dramatique. Elle devina ce qu'il allait dire. Elle le connaissait par cœur.

« Oui. Quoi ?

— J'ai rencontré quelqu'un. » Il fit une pause. « Je tenais à te le dire. Je veux être honnête avec toi. »

Elle fut plus irritée que blessée.

« C'est qui ?

— Une de mes anciennes étudiantes. Tu ne la connais pas. Je suis tombé sur elle à un vernissage il y a trois semaines, juste après notre dernier coup de fil.

— Ça dure depuis trois semaines ?

— Oui. On a couché ensemble le soir où on s'est rencontrés. »

Jane n'eut aucun mal à l'imaginer : une grosse fille aux cheveux frisés dans une robe sac made in India, avec des pendentifs en argent bon marché, des collants de laine et des sandales sportives. Josh poursuivit d'une voix accablée :

« Je ne pensais pas que ça durerait. J'ai couché avec elle seulement parce que j'avais besoin d'évacuer l'énergie négative après notre conversation. Je n'ai pas pensé un seul instant que ça deviendrait sérieux. Mais je suis en train de m'attacher à elle. »

Il avait la candeur de croire que les mouvements de son âme — ou de ses entrailles — intéressaient quiconque.

« Qu'est-ce que tu comptes faire ? », demanda Jane.

« Je ne sais pas. Je suppose que ça dépend de toi.

— De moi ?

— Je t'aime, tu sais bien. Si ça marche entre nous, je laisse tomber Stephanie. »

Le nom évoquait soudain une autre image : une fille blonde avec des nattes, petite et mince, gloussant à chaque mot de Josh. Pouvait-il avoir inventé cette histoire pour forcer Jane à aller là-bas ? Non. Sa voix mélodramatique était trop réelle. Elle répondit froidement :

« Entre nous, je n'aime pas trop ce "si". On dirait du chantage. Écoute, il est déjà minuit et demi, je suis crevée et demain j'ai cours. J'allais me coucher quand tu as appelé. On en reparlera à tête reposée. »

Elle était très calme après avoir raccroché. Une petite étudiante tombée dans les bras de Josh n'allait pas lui donner la migraine.

Josh ne l'avait étonnée qu'une seule fois : quand il avait débarqué à Old Newport il y avait presque un an. Elle avait eu du mal à le convaincre de venir la voir, le soir où elle lui avait téléphoné après le dîner avec Bronzino. Elle ne lui avait pas parlé depuis neuf mois et s'était montrée plutôt brutale en quittant Chicago. Mais Josh avait cédé comme elle s'y attendait. Il avait sonné à sa porte deux semaines plus tard. Il n'était pas plus grand, il avait toujours la même tignasse impossible à coiffer, il portait toujours la même veste noire informe et le même vieux tee-shirt Hard-Rock Café, mais elle avait oublié à quoi ressemblait une figure amie. Trois heures plus tard, à la fin du dîner, elle avait été encore plus surprise.

« Qu'est-ce qui t'est arrivé, Jane ?

— Qu'est-ce que tu veux dire ?

— Tu ne fais que parler de Devayne, de Bronzino, de ta thèse et de publications. C'est ça ta vie ? »

Elle allait rétorquer qu'elle avait certainement plus une vie qu'un étudiant fauché, quand elle avait éclaté en sanglots.

Il avait dormi sur le canapé du salon. Au réveil, il voulait aller à la plage. Naïf Josh : à Old Newport même il n'y avait qu'une zone industrielle au bord de la mer. Les plages se trouvaient à des kilomètres : inaccessibles sans voiture. Deux heures plus tard ils étaient sur la plage, à Woodmont Park : une demi-heure de trajet et soixante-quinze cents le ticket. Elle ignorait l'existence de ce bus car personne, à Devayne, n'empruntait ce moyen de transport réservé aux pauvres. Le sable gris ressemblait à de la poussière et il n'y avait pas de vagues à cause du golfe de Long Island. Mais c'était la mer : une vaste étendue bleue étincelant sous le soleil.

Au tour de Josh de parler. Il avait remercié Jane pour ses dures paroles avant son départ de Chicago en juillet : il avait besoin qu'on lui dise ses quatre vérités. Il avait passé trois mois à travailler jour et nuit, comme assistant de recherche, correcteur d'épreuves, barman et livreur de pizzas. Il n'avait pas touché à sa thèse et pas cherché de poste. En novembre il était parti pour l'Europe de l'Est. À Berlin, où il avait atterri le soir de la chute du mur, des centaines de milliers de gens chan-

taient et dansaient dans les rues et sur le mur.
Jane, en personne précise, souriait de ses petites
exagérations, mais elle était impressionnée et se
laissait gagner par son enthousiasme. « C'est de
l'Histoire, Jane. Avec un grand H. » Quelque chose
qu'il raconterait un jour à ses petits-enfants.

Les voyages de Josh semblaient plus amusants
que sa vie à Devayne. Elle imaginait les lieux aux
noms exotiques. Il lui parla avec indignation de
la Roumanie, à l'extrémité orientale de l'Europe, gouvernée pendant plus de quarante ans par
un tyran fou. Pour construire un palais à sa gloire
et une avenue conduisant à ce palais, le despote
mégalomaniaque avait rasé au cœur de la capitale,
Bucarest, trois quartiers abritant des maisons du
dix-septième et du dix-huitième siècle et des égli-
ses orthodoxes qui étaient de petits joyaux. Il
fallait une heure pour faire à pied le tour du gigantesque palais. À l'intérieur tout était en marbre et
en or. Elena Ceaucescu, la femme du tyran, était
d'une telle ignorance qu'elle avait exigé que
même les stucs fussent en marbre. « Ils sont en
quoi d'habitude ? » avait demandé Jane. Josh avait
éclaté de rire : « Tu plaisantes ? En stuc, bien
sûr ! » Les habitants de Bucarest exécraient le palais. Josh ne l'avait pas trouvé laid — une opinion
qu'il fallait garder pour soi pour ne pas offenser
les Roumains.

« Ce type, Ceaucescu, c'est Ubu roi. Mais ce n'est
pas de la littérature. Des milliers de gens ont perdu
la vie. Les révolutionnaires l'ont arrêté avec sa

femme en décembre, et, après un procès vite expédié, les ont fusillés tous les deux. »

Ils marchaient pieds nus sur le sable et trempaient parfois leurs orteils dans l'eau glacée. Il lui parla d'une Roumaine, Dora.

« Tu étais amoureux ?

— Non, mais sexuellement c'était génial. Les femmes de l'Est connaissent de ces trucs !

— Comme quoi par exemple ? »

Il rit.

« Je m'allongeais sur le dos, elle se mettait à califourchon sur moi et se plaçait juste sur mon gland, qu'elle faisait entrer et sortir d'elle à toute allure. À s'évanouir de plaisir. »

Jane rougit. Elle avait envie d'un long voyage, d'une aventure dans les Balkans en pleine révolution. Le sable froid rentrait entre ses doigts de pied. Il y avait d'abord la thèse à finir.

« Tu adorerais Prague : c'est une ville pleine de palais baroques et de petites rues pavées. Tu sais comment en dit merci en tchèque ? "Tes couilles". En fait c'est "děkuju", mais ça se prononce "tes couilles". »

Au coucher du soleil ils s'étaient embrassés. Ils avaient passé dimanche à Manhattan, s'étaient baladés dans Central Park avec les milliers de New-Yorkais qui profitaient du premier vrai dimanche de printemps, avaient vu une exposition au MOMA, puis descendu la Cinquième Avenue jusqu'à Greenwich Village, où Jane avait invité Josh chez un Chinois de la Sixième Avenue. Au retour ils avaient dormi dans le train, morts de fatigue. Quand elle s'était réveillée le lundi matin, Josh était déjà parti. Elle était d'humeur exquise : son meilleur week-end en un an, et elle n'était plus seule.

En juin Josh était revenu à Old Newport avec ses livres et son ordinateur. Ils avaient passé l'été à bosser sur leurs thèses. Quand il faisait très chaud, ils allaient à la plage en bus.

Elle n'avait pas besoin de faire l'amour à la fin des longues journées bien remplies. Comme Proust, elle estimait qu'un verre de jus d'orange frais — ou une heure de nage — était infiniment plus désirable par temps de canicule qu'un autre corps en sueur. Mais elle ne pouvait pas se refuser chaque fois. Elle lui demandait de ne pas toucher son ventre ou ses hanches, de ne pas sucer ou lécher ses seins. Selon Josh, cette extrême sensibilité témoignait d'une sensualité qui s'épanouirait un jour, peut-être à trente-cinq ans, le meilleur âge sexuel d'une femme. « Trente-cinq ans, vraiment ? » reprenait Jane avec un sourire sarcastique.

À la mi-juillet il avait commencé un roman. Il y pensait depuis longtemps. Il venait enfin de trouver le sujet.

« C'est sur quoi ?

— Une histoire d'amour.

— Entre un thésard de Northwestern et une prof de Devayne ?

— Tu sais, on n'invente rien : on déplace et on transpose, c'est tout. Notre histoire m'inspire, évidemment, mais ce n'est que la chair. Pour écrire un roman, il faut d'abord un os : une idée qui structure l'histoire. J'en ai une.

— Qui est ?

— Hubris.

— Quoi ?

— C'est ainsi que les Grecs nomment une confiance en soi et un orgueil excessifs qui finissent toujours par être punis par les déesses de la vengeance, les terribles Érinyes.

— Je sais, merci. Et alors ?

— On ne peut jamais atteindre le summum du bonheur sans être sûr de se casser le nez : presque un axiome mathématique. Je l'appelle la loi de l'humilité. Tu n'as pas remarqué ? Chaque fois qu'on est trop enthousiaste, c'est une garantie d'échec. Le héros de mon roman est un enthousiaste qui, petit à petit, apprend l'humilité. »

Jane ne répondit pas, pensant que cette loi appliquée à son roman en garantissait l'échec. Une fois de plus il retardait les échéances et fuyait ses responsabilités : il ferait mieux de finir sa thèse et de se trouver un poste. Mais après tout, ce n'était pas son problème. Il l'irritait. Il prenait systématiquement le couteau à pain pour couper un pamplemousse ; il la déconcentrait en traversant sa chambre pour aller chercher un verre d'eau dans la cuisine quand elle était en train de travailler ; il sifflait en prenant sa douche, et il s'était même servi de la serviette de Jane ! Le pire, ce fut quand il entreprit de la psychanalyser :

« Le problème avec toi, c'est que tu n'aimes pas ton corps. Tu refuses d'être une femme : c'est pour ça que tu n'as jamais eu d'orgasme. Tu ne sais pas te détendre.

— N'importe quoi. Pas pendant la pénétration, c'est tout.

— Mais c'est le meilleur ! Tu ne sais pas ce que tu manques. Je suis sûr que c'est à cause de ton père.

— Ah bon.

— Tu m'as dit toi-même qu'il voulait un fils. De toute façon, avec un père comme le tien, n'importe qui devrait voir un psy.

— Je te signale que ce père comme le mien t'a invité dans un bon restau à Chicago. Je trouve mal venu que tu l'insultes. »

À la fin de l'été, ça la chatouillait partout où il la touchait. Elle ne voulait pas l'embrasser sur les lèvres non plus. La seule sensation supportable était celle des doigts de Josh sur son clitoris. Elle fermait les yeux et oubliait Josh. Les rares fois où elle parvenait à se détendre assez pour avoir un orgasme, elle l'autorisait à venir en elle, après. Il était tellement excité qu'il jouissait en moins d'une minute.

La nuit avant le départ de Josh, elle avait pleuré. Elle lui avait fait promettre qu'il ne l'abandonnerait jamais. Ils avaient eu une conversation sérieuse sur leur relation. S'ils n'étaient pas liés par un vrai amour, avait dit Josh, ils ne seraient pas encore ensemble six ans après s'être rencontrés, alors

qu'ils avaient déjà rompu une fois. Ce simple rai-
sonnement la rassura. Josh avait raison : elle le cri-
tiquait sans cesse parce qu'elle n'arrivait pas à
s'accepter elle-même — à cause de son père. Josh
avait dit à Jane qu'elle attachait trop d'importance
au désir : il passait, revenait, ce n'était pas ce qui
comptait le plus dans une relation amoureuse. Lui-
même pouvait vivre avec les restrictions frustrantes
qu'elle imposait à leur rapport sexuel : il n'y avait
pas d'autre femme avec qui il aurait préféré faire
l'amour. L'essentiel était l'espace mental que Jane
lui laissait : avec elle il pouvait écrire son roman,
et, par conséquent, vivre toute sa vie. Il ne souhaitait qu'une chose : qu'elle se détende davantage.

« Je suis comme ça. Je n'y peux rien.

— Je sais. Ce n'est pas un reproche. »

C'était il y a presque sept mois. Depuis, ils ne
s'étaient vus qu'une seule fois, à Noël, à Chicago,
où avait lieu le congrès du MLA. Jane était membre du comité qui faisait passer des entretiens à
vingt-trois candidats pour un poste de vingtièmiste.
Elle avait passé cinq jours enfermée dans une
chambre du Marriott : ils avaient fini par se mettre d'accord sur une jeune femme à l'air décidé,
Natalie Hotchkiss, auteur d'une thèse sur la
bisexualité de Simone de Beauvoir. Il était fascinant de se retrouver de l'autre côté de la barrière
et de se rendre compte, trois ans après, que les
membres du comité avaient autant peur de voir
leur offre refusée que les candidats tremblaient
d'être rejetés. Les nouvelles responsabilités de Jane

la séparaient de Josh qui, lui, avait tout son temps : il n'avait obtenu qu'un seul entretien pour un poste dans un petit collège du Kansas qu'il était déjà sûr de ne pas obtenir. Il tentait sa chance pour la troisième fois. Son curriculum vitae lui donnait pourtant un profil plus intéressant qu'à tous ces thésards jamais sortis de leur bulle. Jane savait quel était le problème : la thèse n'était pas terminée ; le sujet de Josh, le sublime et ses avatars post-structuralistes, n'était plus à la mode ; enfin, son dossier avait trop circulé, ce qui le rendait encore moins désirable. Josh était furieux contre Jane : elle aurait quand même pu lui obtenir un entre-tien avec Devayne, c'était la moindre des choses. Elle était lâche et traître. Après cinq jours de ten-sion explosive, il avait fini par avouer qu'il ne pou-vait pas finir sa thèse parce qu'il n'arrivait plus à écrire, et qu'il voyait un psy une fois par semaine. Jane s'était radoucie. Et le roman ? Il l'avait mis de côté. Le dernier jour ils s'étaient baladés le long du lac par un temps étrangement doux. La glace fondait partout, et l'eau était d'un clair bleu-vert. Cette nuit-là, ils avaient fait l'amour et prévu de se revoir aux vacances de Pâques. Josh viendrait à Old Newport.

Il l'avait appelée fin février, trois semaines plus tôt. On venait de lui proposer un remplacement dans une maison d'édition. Jane pouvait-elle lui rendre visite à Chicago pendant ses vacances en mars ?

Ce n'était pas ce qui était prévu. Elle n'avait pas envie de se retrouver dans l'appartement de Josh avec ses colocataires. Elle prétexta trop de travail.

« Fais un effort. Ne sois pas égoïste.

— Égoïste, moi ? Qui est allé à Chicago la dernière fois ? Je ne peux pas passer mon temps à acheter des billets d'avion. Je ne suis pas si riche.

— C'est ton département qui t'a payé l'avion et l'hôtel à Noël ! Tu gagnes un vrai salaire, pas moi. Je suis venu deux fois l'an dernier.

— Oui, mais avec des bons-voyage American Express : quatre-vingt-neuf dollars l'aller-retour. Je ne suis plus étudiante, moi : je paie plus de trois cents dollars.

— Tu es radine !

— Radine ! Je peux savoir qui a payé les restaus, à Chicago ? Tu as passé tout l'été chez moi : je t'ai demandé une seule fois de participer pour les courses ou les factures ?

— Tu sais bien que je n'ai pas un sou ! C'est pour ça que j'ai besoin de ce boulot dans cette maison d'édition !

— Alors ne dis pas que je suis radine. »

Leur dernière conversation avant ce soir. Celle de ce soir n'était guère plus jolie. Du chantage avec une fille de vingt ans.

Le problème n'était pas cette fille. Ni qui avait payé quoi.

Une vie professionnelle vous changeait. C'était même le sens étymologique du mot « adulte » : quelqu'un qui avait changé. La peur qui saisissait

Jane chaque semaine avant son séminaire de doctorat et son rêve récurrent de se retrouver devant ses étudiants sans avoir rien à leur dire, Josh les aurait traités d'infantiles. Ce qu'elle trouvait infantile, c'était son idéal de Liberté avec un L majuscule.

Trois jours plus tard, Josh n'avait toujours pas rappelé. L'avait-elle vexé en lui disant qu'elle allait se coucher, alors qu'il venait de lui annoncer son infidélité ? Mais si elle faisait le premier pas, il en conclurait qu'elle était dépendante de lui : d'ailleurs, c'était sans doute ce qu'il voulait démontrer en la rendant jalouse. Josh était tellement didactique, se dit Jane en poussant la porte de Bruno's Pizza après son cours.

Elle repéra immédiatement Norman Bronzino et un autre de ses collègues, Edwin Sachs, à une table près de l'entrée. Bronzino ne mangeait pas une part de pizza mais un vrai déjeuner : une tranche de rosbif avec de la sauce et de la purée. Il lui faisait face et leva rapidement la tête pour lui sourire quand elle passa devant sa table. Il ne lui proposerait évidemment pas de se joindre à eux. Depuis leur dîner en tête à tête il y a un an, elle ne l'avait jamais vu seul. Ils s'étaient contentés d'échanger des saluts courtois dans les couloirs du département ou aux cocktails qui suivaient les conférences. Il se montrait parfaitement poli et aimable avec elle, comme avec tout le monde — rien d'étonnant, puisqu'il avait pour ambition, disait-on, de devenir le président de Devayne. Mais elle savait qu'il était attiré par elle. Pendant les réunions du département, à peine levait-elle la tête qu'elle croisait son regard ; il détournait aussitôt les yeux. Il avait sans doute trop peur — des potins, de nuire à sa carrière, et de son propre désir — pour se permettre quoi que ce soit. De toute façon, comme disait Allison, il n'y avait rien à attendre d'un homme marié qui avait presque deux fois son âge et qui, de plus, était radin.

Elle commanda sa pizza. Pendant qu'elle attendait au comptoir, elle jeta un coup d'œil dans la salle, espérant y voir Carrie. Elle reconnut le crâne chauve de son collège James Copland qui, la tête penchée sur la table, mangeait seul tout en corrigeant des copies. Elle n'avait aucune envie de s'asseoir avec lui ; d'ailleurs, il ne souhaitait sans doute pas être dérangé. Bruno's Pizza était une annexe du département de français : un peu plus loin se trouvait Xavier Duportoy, face à une fille qui, de dos, semblait ravissante : un long cou, des cheveux blond pâle serrés en chignon dans un chouchou de velours noir, une taille mince dans une robe noire moulante. Xavier gesticulait tout en parlant, son grand corps penché vers la fille et la recouvrant presque. L'actrice ? La pizza était prête. Jane la paya. Quand elle prit son plateau et chercha une table, le couple avait disparu.

« Professeur Cook ! Vous voulez vous asseoir avec nous ? »

L'invitation venait d'une étudiante coréenne qui suivait son séminaire de thèse sur Flaubert. Miran lui présenta sa compagne, Kathryn Johns, étudiante en thèse de première année au département. Jane reconnut la jeune femme blonde assise avec Xavier quelques minutes auparavant. Son visage aux traits symétriques était aussi beau que les cheveux d'or pâle et le long cou l'avaient promis. Kathryn Johns dit aussitôt qu'elle regrettait de ne pouvoir assister au séminaire de Jane, dont elle avait entendu dire tant de bien : elle suivait malheureusement un cours sur la décolonisation juste à la même heure. Sa politesse affectée et son sourire froid mirent Jane mal à l'aise.

« Je suis sûre que vous avez déjà lu Flaubert. »

L'étudiante coréenne se tourna vers Jane :

« J'étais en train de dire à Kathy que je n'ai jamais autant déprimé que depuis que je suis arrivée ici pour faire ma thèse. Il y a des soirs où l'angoisse me paralyse pendant des heures.

— Moi aussi ! s'exclama Jane. Le pire, c'est le moment où la nuit tombe. Le matin, en général, ça va beaucoup mieux. Moi aussi je me suis demandé si c'était lié à Devayne. Et vous ? ajouta-t-elle en se tournant vers la blonde, qui secoua la tête.

— Je n'ai pas déprimé une seule fois depuis mon mariage.

— Vous êtes mariée ! »

Jane remarqua la fine bague en or à l'annulaire de la jeune femme, qui avait des mains soignées, des ongles à l'ovale blanc parfaitement taillé.

« Et pourtant son mari vit à Los Angeles, dit Miran : ce n'est pas la porte à côté.

— Qu'est-ce qu'il fait là-bas ?

« — Il est metteur en scène, répondit Kathryn.

— Metteur en scène ! »

La nuit, Jane ne parvint pas à s'endormir. Elle fermait les yeux et voyait Kathryn Johns, son long cou, son visage aux traits réguliers, ses cheveux d'or pâle tirés en arrière, sa large bouche et son sourire hautain. Il était clair que cette fille ne suivrait jamais son cours. Elle finit par se lever. Dans le salon, elle alluma la lumière et composa le numéro de Josh. Deux heures du matin. À Chicago, il n'était qu'une heure et les colocataires de Josh se couchaient tard. Quelqu'un décrocha. Un grognement ensommeillé à l'autre bout du fil.

« C'est moi, dit Jane.

— Qu'est-ce qui se passe ? murmura Josh.

— Rien. Je voulais te parler.

— Pas maintenant. Je t'appelle demain. »

Il raccrocha. Stephanie semblait maintenant tout à fait réelle. Jane resta longtemps assise sur son canapé avant de se rendre compte qu'elle tremblait de froid. Elle se leva et s'approcha de la fenêtre. Un homme était assis sur les marches de la maison en face de la sienne, de l'autre côté de la rue. Un réverbère éclairait sa chemise blanche et le sac de papier brun qu'il portait à ses lèvres pour boire. Son visage, dans l'ombre, restait indistinct. L'homme semblait regarder dans la direction de Jane. Sa fenêtre était sans doute la seule allumée de tout le pâté de maisons, et il pouvait facilement la voir à travers les rideaux de coton blanc. Elle recula, éteignit et alla se coucher.

Il était quatre heures et demie quand elle finit par sombrer dans le sommeil, et à peine sept quand elle ouvrit les yeux. À dix heures et demie elle composa le numéro de Josh : personne. Elle fit le numéro de la maison d'édition, puis celui de son extension. Josh décrocha. Il n'eut pas l'air heureux de la reconnaître. Il était peut-être allé au bureau, un samedi, exprès pour éviter son appel.

« Excuse-moi de ne pas avoir rappelé, mais j'ai un boulot fou. » Il ajouta d'un ton hésitant : « Jane, tu ne peux pas m'appeler la nuit.

— Stephanie était avec toi ?

— Oui. Je lui ai dit que c'était un mauvais numéro, mais elle n'est pas idiote. On a passé la nuit à discuter. Elle veut que je fasse mon choix, et qu'il soit clair et définitif. Sinon elle rompt. C'est compréhensible. Elle m'aime et elle a peur. »

Jane eut envie de pleurer. Elle se souciait de Stephanie comme de sa première chemise. Josh soupira.

« Je dois lui donner une réponse d'ici ce soir.

— Je vois. Donc tu dois rompre avec moi et tu n'avais pas le courage de m'appeler pour me l'annoncer.

— Quelqu'un vient d'entrer dans le bureau. Je te rappelle ce soir. »

Il ne pouvait pas l'abandonner pour une midinette de vingt ans avec qui il venait de passer trois semaines. Cette fille devait le tenir par ses larmes. Josh était faible et gentil. Un homme peu sûr de lui s'attachait facilement à une pleurnicharde. Ce soir, Jane promettrait d'aller à Chicago dès la fin des cours, dans moins d'un mois. Elle pourrait aussi l'inviter pour la croisière en France au mois d'août, puisqu'elle avait le droit d'emmener son petit ami.

Elle était assise sur le canapé et rongeait ses ongles, un livre ouvert sur les genoux dont elle n'avait pas lu une ligne, quand la sonnerie attendue la fit sursauter à neuf heures.

« C'est moi. Je suis désolé pour ce matin. »

La voix de Josh était atrocement triste.

« Pas de problème. Tu veux que je te rappelle ? »

L'offre procédait d'une bonne intention, mais soulignait encore une fois le fait qu'elle gagnait sa vie et pas lui.

« Non, ça va.

— Alors ? Tu as bien réfléchi ? demanda-t-elle d'une voix faussement légère.

— Je t'aime. »

Josh se tut. Jane avait une boule dans la gorge.

« J'ai passé la journée à réfléchir, reprit Josh. Je choisis Stephanie.

— Pourquoi ? cria Jane.

— Parce que tu n'arrives pas à te décider et que je ne crois pas que tu le puisses : tu ne sais pas ce que tu veux.

— Mais si, je sais ! Je veux être avec toi. Moi aussi j'ai réfléchi aujourd'hui, Josh. » Elle n'arriva pas à prononcer les mots « je t'aime ». « Tu ne peux pas m'abandonner : tu me l'as promis. On s'aime, tu l'as dit toi-même. Tu m'as dit qu'il n'y avait pas d'autre femme avec qui tu aimais mieux faire l'amour et qu'avec moi tu pouvais écrire ton roman. »

Josh ne répondit pas.

« Je vais venir ce week-end, dit Jane.

— Non. Tu dois comprendre, Jane : c'est fini.

— Mais je t'aime ! »

Elle ne l'avait jamais aimé autant qu'en cet instant.

Elle pleura tant après avoir raccroché, et elle avait si peu dormi la nuit précédente, qu'elle finit par sombrer d'épuisement. Elle courait après Bronzino dans les rues du centre de Chicago sans même s'arrêter aux feux et se faisait klaxonner par des conducteurs furibonds quand elle se réveilla brusquement : le téléphone. Elle courut dans le salon.

« Je te réveille ? »

Josh. Dans son demi-sommeil, elle s'attendait à entendre Bronzino. Elle en fut irritée contre Josh.

« Je suppose. Je rêvais. Il est quelle heure ?

— Quatre heures. Excuse-moi. Je ne peux pas dormir. Je n'arrête pas de penser à toi. Je t'aime. Je ne peux pas supporter l'idée que tu sois malheureuse. J'ai pensé à une solution : si je me partageais entre Stephanie et toi jusqu'à ce que tu sois heureuse ? Ou préfères-tu que je rompe avec elle ? Je le ferai si tu me le demandes. »

Il n'aurait jamais pu soupçonner qu'elle s'était endormie et avait rêvé de Bronzino juste après qu'il avait rompu avec elle.

« Non, Josh. Tu t'en tiens à la décision que tu as prise cet après-midi. C'est la bonne. Tu avais raison quand tu m'as dit que tu ne pouvais pas compter sur moi parce que je n'arrivais pas à me décider. Ne t'inquiète pas pour moi. Je suis plus forte que tu ne crois.

— Tu es sûre ? »

Il pleurait.

« Oui. Tu devrais aller dormir.

— Je t'appellerai demain pour savoir comment tu vas.

— Non. Josh. C'est fini. Tu ne m'appelles plus. »

Elle raccrocha et, se sentant soudain observée, regarda par la fenêtre derrière elle. Le même type était assis sur les marches de la maison d'en face. Cette fois, il portait un blouson, plus adapté au froid qu'une simple chemise. Elle ne pouvait toujours pas voir son visage. Il fit un geste dans sa direction, puis pointa le doigt vers une cigarette qu'il tenait entre le pouce et l'index de la main gauche. Que voulait-il ? Lui vendre du hasch ? Elle vérifia que les fenêtres étaient bien fermées et éteignit la lumière.

Au lit, elle répéta mentalement sa conversation avec Josh. Cette fois-ci, c'était fini. Une coupure nette. Elle n'avait pas vraiment mal. Elle ne sentait rien sinon la vague angoisse de se réveiller plus tard comme après une anesthésie et de découvrir qu'on l'avait mutilée pendant son sommeil.

Jane sourit. Pas Bronzino, non. Une vengeance mesquine signée Josh. Elle aurait dû penser à lui tout de suite. Josh avait des ambitions littéraires, il avait lu Freud, il était convaincu qu'elle n'avait pas résolu son complexe d'Œdipe. Il avait facilement pu écrire le premier chapitre puisqu'elle lui avait raconté son dîner avec Bronzino sans omettre un détail.

Josh était bien le genre d'homme à utiliser leur relation comme matériau pour son roman : il pouvait enfin contrôler Jane en la construisant comme personnage. Elle le voyait, raccrochant après une pénible conversation, plein de pitié pour lui-même, pleurant et prenant fébrilement des notes pour le Roman. Il avait dû prendre des notes sur le moment pour se remémorer des faits minuscules qu'elle avait sans doute mentionnés au cours de leurs conversations téléphoniques.

Pauvre Josh, si c'était là le roman qu'il écrivait depuis des années !

Son expérience de la vie n'avait guère dû s'enrichir pour qu'il se rappelle avec une telle précision une relation.

si adolescente, dont Jane ne gardait presque aucun souvenir. Qui pensait-il intéresser en racontant les plates amours d'une prof et d'un étudiant en thèse ? S'il montrait au moins un peu d'humour ! Mais il se prenait beaucoup trop au sérieux. Il comptait peut-être sur un succès de scandale grâce à Bronzino. Mais qui était Bronzino dans le vaste monde ?

Elle prit l'enveloppe marron posée sur la table. L'écriture ne ressemblait pas à celle de Josh, que Jane se rappelait grosse et bouclée. Il avait dû demander à quelqu'un d'autre d'écrire l'adresse.

Le paquet avait été envoyé de New York. Elle se leva et fit deux pas vers la table avec le téléphone, à gauche de la cuisinière. Elle composa le numéro des renseignements de Manhattan. Par chance, quelqu'un répondit après une sonnerie.

« Quel nom ? demanda la préposée.

— Joshua Levine. »

Il y eut une minute de silence, pendant laquelle la femme tapa sur les touches de son ordinateur.

« J'ai cinq Joshua Levine et six J. Levine. Vous savez l'adresse ?

— Non.

— Vous voulez tous les numéros ?

— Non, tant pis. Merci. »

Jane resta immobile près du téléphone raccroché. Elle n'était même pas sûre que Josh vive à New York. S'il habitait New York, ce pouvait être à Brooklyn ou à Queens, moins cher que Manhattan. Ou bien il pouvait sous-louer ou partager un appartement, auquel cas son nom ne serait pas dans le bottin. Il fallait trouver un moyen plus rapide d'obtenir son numéro : par Allison ? Josh et elle étaient amis pendant leurs années de thèse. Peut-être étaient-ils restés en contact.

Deux heures moins dix ici : onze heures moins dix à Seattle. Elle décrocha à nouveau le récepteur et chercha dans son carnet le numéro d'Allison au bureau. Un répondeur se mit en marche, avec la voix professionnelle d'Allison : « Je suis au téléphone ou bien je ne suis pas là. Veuillez laisser un message après le bip sonore, et je vous rappellerai dès que possible. »

« C'est Jane. Tu peux me rappeler ? Merci. »

Avant de s'asseoir et de reprendre sa lecture, elle jeta un coup d'œil à la fenêtre à côté de la cuisinière : la pluie tombait toujours aussi dense.

3

Le soleil la fit cligner des paupières quand elle sortit de Macy's. Par un jour comme celui-ci, elle aurait mieux fait d'aller nager à Woodmont Park. Macy's fermait heureusement d'ici la fin de la semaine, peut-être même demain. Il n'y avait plus rien à acheter. Depuis que le tarif dégressif des liquidations était passé à quatre vingts pour cent d'un prix de départ déjà soldé, le grand magasin ressemblait à une caserne militaire en temps de guerre. Les troisième, deuxième et premier étages avaient fermé l'un après l'autre, et l'on avait fourré tous les restes dans un espace couvrant à peine la moitié du rez-de-chaussée, délimité par une bande jaune vif comme celle qu'utilise la police sur le lieu d'un crime.

Elle s'arrêta au feu avant de traverser Main Street et vit Bronzino arriver de l'autre côté de Government Street. Il marchait vite, les yeux tournés vers le sol, absorbé dans ses pensées. Il portait une chemise blanche dont il avait retroussé les manches et un nœud papillon bleu, et tenait sa veste repliée sur son avant-bras gauche. Jane sourit. Elle savait qu'elle finirait par tomber sur lui. Juste au bon moment, quand Macy's fermait et que tout un été s'étendait devant eux.

En avril, quelques semaines après la rupture avec Josh, un professeur français enseignant à Devayne pour le semestre avait invité Jane à l'élégant restaurant Amici. Convive gourmet et disert, il lui avait fait goûter d'excellents vins et décrit le système élitiste de l'éducation nationale française, qui produisait des gens brillants comme lui-même mais broyait à jamais ceux qui échouaient. Quand Jane avait sorti son portefeuille à la fin du dîner, il avait protesté bruyamment : « Je vous en prie. Ne soyez pas ridicule. » Elle s'était sentie beaucoup plus ridicule une demi-heure plus tard quand le petit homme chauve et grassouillet qui l'avait courtoisement raccompagnée à pied avait essayé de l'embrasser sur son perron. Marié et père de quatre enfants dont il lui avait montré les photos pendant le dîner, il avait quarante-quatre ans mais en faisait dix de plus, et l'attirait si peu qu'elle n'avait pas pensé une seconde qu'il y avait la moindre ambiguïté entre eux. Il avait maladroitement répété sa tentative avant de s'exclamer : « Vous devez me trouver ridicule ! — Pas du tout, avait protesté Jane en rougissant, horriblement gênée : c'est très flatteur mais... j'ai un petit ami à Chicago, je ne suis pas disponible. » Il était parti sans un mot et ne lui avait pas adressé la parole pendant les dernières semaines de son séjour à Devayne.

L'incident avait permis à Jane de se rendre compte qu'elle aimait encore beaucoup Bronzino malgré sa muflerie qui n'était peut-être qu'une distraction d'intellectuel. Elle s'était soudain demandé si ce n'était pas elle qui, depuis un an, le tenait inconsciemment à distance.

Elle traversa la rue. Ils arrivèrent à la même hauteur. Il ne l'avait toujours pas remarquée.

« Bonjour, Norman. »

Il leva la tête. Son visage s'éclaira. Il s'arrêta.

« Jane ! Comment vas-tu ?

— Bien, merci. Pas fâchée d'être en vacances. Félicitations : j'ai appris que tu serais notre nouveau directeur l'an prochain. J'en suis ravie. »

Elle posa ses sacs entre ses jambes. Elle avait les bras fatigués.

« Merci. Tu as fait des achats ?

— Oui. Ce sont les tout derniers jours.

— De quoi ?

— Macy's.

— Macy's ? »

Elle écarquilla les yeux.

« Tu n'es pas au courant ? Le magasin a fait faillite il y a deux mois ! Il y a eu des soldes de liquidation incroyables. De super affaires. Tiens, regarde. »

Elle ouvrit un des sacs et en sortit une pochette en plastique transparent :

« Une housse de couette Ralph Laureen. Cent dix dollars. Je l'ai payée huit. »

Il fit une moue appréciative. Ses yeux s'arrondirent quand elle remit la housse à l'intérieur du sac.

« Tu en as acheté combien ? »

Elle rit.

« Cinq. Pour des cadeaux. À ce prix je ne pouvais pas résister. J'ai toujours peur de ne pas avoir assez. »

Il sourit, puis soupira.

« Quelle tristesse de voir Macy's fermer boutique. Ça ne va pas arranger les choses. La ville était si charmante il y a trente ans. »

Jane prit un ton plus approprié au sérieux mélancolique de Norman :

« Qu'est-ce qui s'est passé ?

— La récession et une grosse erreur de planning urbain dans les années soixante : on a construit une autoroute au milieu de la ville et puis tous ces horribles pâtés de béton, Macy's, le centre commercial, les parkings. La petite bourgeoisie a émigré vers les banlieues vertes et le centre d'Old Newport est mort. »

Elle secoua tristement la tête, se gardant de lui dire que la faillite de Macy's avait été l'événement le plus marquant de son second printemps à Devayne. Ses virées chaque après-midi pendant plus d'un mois avaient donné un but à ses journées. Elle souriait d'excitation en quittant son appartement et en marchant d'un pas rapide vers le grand magasin, prête pour la chasse. Il y avait un plaisir extraordinaire à fouiller, acheter, accumuler, et surtout faire des affaires. Elle avait acquis un manteau en fausse fourrure pour vingt dollars un jour de canicule, un pull en cachemire, des tailleurs et des chemisiers de grande marque, des chaussures de sport et des après-skis, une robe du soir en soie noire brodée de perles Donna Karan-New York parfaite pour la croisière, des écharpes en laine et en velours, des draps en satin qui n'arrêtaient pas de glisser, et toutes sortes d'objets inutiles et hétéroclites qu'elle avait entassés dans l'unique placard de son appartement : beaucoup de plaisir pour moins de trois cents dollars.

« On prend un café ? » proposa Jane.

Elle n'habitait pas loin : elle pourrait même l'inviter chez elle. Il l'aiderait à porter ses sacs et elle lui servirait le thé ou le café sur le balcon de sa chambre dans les tasses en porcelaine Royal Doulton qu'elle venait d'acheter pour trois dollars chacune.

« C'eût été avec plaisir. » Il regarda sa montre. « Malheureusement j'ai des courses à faire et les magasins ferment à cinq heures.

— Tu voudrais déjeuner la semaine prochaine ?

— Je pars demain pour Paris.

— Ah bon ! Pour combien de temps ?

— Un mois.

— Quelle chance tu as ! Tu seras de retour en juillet ? »

Elle n'avait rien de prévu sauf la croisière en août.

« Non. J'irai à Nantucket. Je dois finir mon livre et j'ai besoin d'un endroit tranquille pour écrire.

— Tu as une maison à Nantucket ?

— Une toute petite. Mes enfants viendront y passer quelque temps. Jane, il faut que j'y aille. Bonnes vacances. »

Il traversait déjà Main Street, d'un pas rapide. Elle lui cria en français :

« Bon voyage ! »

Il ne se retourna pas. Il ne l'avait sans doute pas entendue. Elle reprit sa marche le long de Central Square. Les sacs pesaient lourdement sur ses bras et ses épaules. Cinq housses de couette alors que son placard était déjà plein ; des tasses en porcelaine quand des chopes étaient beaucoup plus commodes ; et tous ces vêtements qu'elle ne mettrait jamais.

La poignée d'un sac craqua. Elle poussa un grognement de colère. Elle prit le sac cassé entre ses bras ; l'autre, suspendu à sa main droite, lui sciait les doigts. Elle pouvait à peine voir devant elle. Un adolescent qu'elle croisa en traversant Union Street ricana. Le bâtiment blanc du tribunal brillait sous le soleil comme un temple grec. Aucun arbre, aucune ombre sur le trottoir. Elle transpirait. Qu'est-ce qui lui prenait de jouer à la nymphette dès qu'elle le voyait ? Il était marié, il avait deux fois son âge, et deux fois de suite il lui avait dit non : ce n'était pas assez clair ?

Une semaine plus tard, elle eut trente ans. Juillet s'écoula vite. Jane travaillait beaucoup. Elle écrivit son premier article et rédigea un projet pour une bourse qui lui permettrait de passer à Paris sa quatrième année comme professeur de Devayne. Elle aimait la moiteur de l'été et le calme de la ville désertée par les étudiants. Elle se rendait parfois en bus à Woodmont Park. Elle reconnaissait quelques personnes dans le bus : la vieille dame avec une grosse croix de bois sur sa veste, qui portait toujours de grands sacs en plastique remplis de vêtements ; le vieux monsieur sourd qui sentait le pipi et se penchait vers elle pour chuchoter qu'il était un ancien professeur de Devayne que le FBI avait forcé à démissionner. Les adolescents noirs et hispaniques, les garçons avec leurs radios et les filles avec leurs bébés, s'asseyaient au fond du bus comme s'il y avait encore des lois de ségrégation raciale. Les passagers du bus semblaient se demander ce que faisait parmi eux cette jeune femme seule et sans handicap, blanche et bien habillée.

Elle acheta une télévision et un magnétoscope. Le soir, installée confortablement sur son canapé devant sa petite Sony et son joli tapis, elle regardait des films qu'elle empruntait gratuitement à la vidéothèque de Devayne. Elle ne rencontrerait jamais personne à Old Newport. Son père, avec sa délicatesse coutumière, avait découpé pour elle un article relatant que les chances de trouver un mari passé l'âge de trente ans se raréfiaient statistiquement d'année en année, surtout pour les femmes avec des diplômes. Elle devait changer quelque chose à sa vie avant qu'il ne soit trop tard. « Déménage à New York », avait suggéré Allison. Sa sœur Susie lui conseillait la même chose. Mais pour deux fois le prix de son splendide appartement, elle n'aurait à New York qu'un trou à rats plein de cafards dans un quartier infect. Pour vivre à Manhattan, il fallait d'abord se trouver un avocat : comme Tony, le copain de sa sœur. Tony et Susie, qui habitaient un loft dans Chelsea, avaient invité Jane à dîner avec deux avocats célibataires, dont le seul à peu près présentable avait aussitôt mentionné une fille qu'il venait de rencontrer. De toute façon Jane trouvait les avocats ennuyeux.

Le 4 août elle s'envola pour la France.

Une femme travaillant pour l'association des anciens élèves de Devayne l'avait contactée en avril pour lui proposer d'accompagner un groupe d'anciens élèves, à Paris pour deux jours, puis en Bourgogne et en Provence pour une croisière de dix jours sur un bateau au nom féerique, *La Comtesse de Bourgogne*. La brochure avec les photos de clochers français avait fait rêver Jane, ainsi que le prix stupéfiant du voyage : quarante-cinq mille francs, soit presque quatre fois son salaire mensuel net. En échange du voyage gratuit, Jane devait juste donner trois petites conférences et faire la conversation à déjeuner et à dîner à ses compagnons de voyage. Ce serait son premier voyage de luxe et son premier séjour en France en neuf ans.

« Peut-être vas-tu rencontrer un milliardaire, avait dit son père.

— Sûrement. De quatre-vingts ans.

— Tu seras une riche veuve. »

Elle avait haussé les épaules, agacée. Mais l'idée lui avait traversé l'esprit. On lui avait parlé d'un professeur en histoire de l'art, une célibataire de quarante ans, qui avait rencontré un multimilliardaire lors d'une croisière avec les anciens élèves de Devayne sur le fleuve Amazone : il avait offert à son épouse en cadeau de noces un hélicoptère pour le trajet entre sa propriété de Virginie et Devayne où elle ne voulait pas cesser d'enseigner.

Le 5 août au matin, Jane débarqua au Ritz, place Vendôme. Elle n'avait jamais vu de si bel hôtel. Sur une table basse en marbre dans sa chambre l'attendait une corbeille avec une bouteille de champagne et des fruits exotiques, accompagnée d'une carte en papier vélin adressée à Jane en personne et signée de la main même du directeur. La salle de bains en marbre et or eût satisfait l'épouse du tyran roumain. La baignoire était équipée d'un jacuzzi. Les grandes fenêtres entourées de rideaux en brocart damassé donnaient sur la place Vendôme brillant sous la pluie. Il plut pendant deux jours sans répit. Le deuxième jour Jane dut se réveiller à sept heures du matin, une heure du matin pour elle, après trois heures de mauvais sommeil dans sa chambre à quatre mille cinq cents francs la nuit, pour donner sa première conférence, pendant le petit déjeuner, aux vieillards pomponnés, frais et dispos, qui l'assaillirent ensuite de questions sur les impressionnistes à propos desquels ils en savaient beaucoup plus que Jane. Le troisième jour, après un voyage en TGV, *La Comtesse de Bourgogne* où ils embarquèrent à Lyon leur réserva une surprise : c'était un bateau allemand. Les serveurs et les femmes de chambre parlaient allemand. On se serait cru en France pendant l'Occupation, remarquèrent non sans humour quelques anciens élèves de Devayne qui avaient participé au débarquement. Le chef aussi était allemand. Rien, ni la sauce sans goût et toujours identique qui recouvrait viandes, légumes et poissons, ni l'extrême exiguïté des cabines, ni la pluie incessante, n'arrachait une plainte aux vieux voyageurs. Ils étaient ravis. Ils adoraient Jane. Ils voulaient savoir quand viendrait leur tour de s'asseoir à sa table.

La seule échappatoire était le pont du bateau, vide, puisqu'il pleuvait tout le temps. Ce fut là que Jane rencontra le docteur, un jeune et bel Allemand blond, libre de s'asseoir où il voulait dans la salle à manger où Jane l'avait remarqué — le seul homme jeune à bord — en compagnie d'une blonde aux traits communs. Un après-midi où la pluie était plus fine que d'habitude, accoudés contre la rampe de métal, ils regardaient défiler les arbres et le paysage verts sur la rive de la Saône. Il confirma ce qu'elle soupçonnait déjà : il avait épousé la femme blonde huit ans plus tôt parce qu'elle était tombée enceinte deux mois après l'avoir rencontré. Dans un pays catholique comme la Bavière, un avortement était hors de question. Sa femme avait alors dix-neuf ans. Elle avait laissé tomber ses études de lettres. Ils avaient aujourd'hui trois enfants. Il avait renoncé à son rêve, un internat dans un grand hôpital dans une ville comme Hambourg ou Berlin. Il était devenu généraliste à Eischstatt, la ville où il avait grandi.

L'avant-dernier jour, comme ils étaient assis sur le pont, après une averse, au bord de chaises longues mouillées et que le soleil perçait timidement les nuages, une guêpe attirée par le reflet d'un rayon se prit dans les cheveux de Jane. Le bourdonnement de l'insecte tout contre son oreille la fit gémir de peur. Le docteur approcha sa main et libéra délicatement la guêpe. Elle sentit, contre sa tempe, le tremblement léger de ses doigts. Elle rougit. Il regardait son index.

« Oh non ! Tu ne t'es pas fait piquer ?

— Ce n'est rien », répondit-il en anglais, avec son charmant accent germanique.

Elle vit la montre au poignet de l'Allemand.

« Quatre heures cinq ! Ma conférence ! »

Elle dévala l'escalier. Ils l'attendaient tous dans le grand salon. La femme du docteur, assise au dernier rang, la regarda avec insistance. Jane rougit. Le docteur entra dans la salle une minute plus tard et s'assit près de son épouse. Après la conférence et les questions, Jane le chercha des yeux. Il avait disparu. Elle courut après sa femme.

« Votre mari va bien ? »

La jeune femme s'arrêta.

« Pourquoi ?

— Il a été piqué par une guêpe qui s'était prise dans mes cheveux, répondit Jane avec un sourire d'excuses. C'est pour ça qu'on était en retard tout à l'heure. »

L'Allemande pâlit et s'éloigna sans répondre à Jane, qui eut l'impression d'avoir commis une gaffe. Juste avant le dîner, l'organisatrice du voyage, la femme de cinquante ans qui avait recruté Jane, frappa à la porte de sa cabine.

« La femme du docteur vient d'avoir une crise de nerfs. »

Jane rougit.

« Je n'ai rien fait. »

La femme sourit.

« Je sais bien. Elle est extrêmement susceptible. Sans doute un effet de la grossesse.

— Elle est enceinte ? s'écria Jane.

— Vous l'ignoriez ? C'est pour ça qu'elle reste dans sa cabine tout le temps : ce sont les premiers mois, elle a des nausées. Vous savez ce que vous pourriez faire pour elle ? Ne plus parler à son mari pendant les deux jours qui restent. » Elle ajouta rapidement avec un sourire chaleureux tandis que Jane devenait pourpre : « Je sais parfaitement que ce n'est pas votre faute, mais il faut la comprendre : elle vous voit libre, indépendante, belle, avec une magnifique carrière devant vous, tandis qu'elle est coincée avec trois bambins et bientôt quatre. Elle vous envie, c'est normal. »

La nuit de son retour à Old Newport, après un voyage épuisant de vingt heures, Jane descendit du taxi et monta les marches de son perron avec un plaisir extrême, heureuse de se retrouver chez elle. Son appartement était tellement plus agréable que la chambre luxueuse du Ritz ou la minuscule cabine de bateau. Il ne resterait rien de ce voyage, ni photo ni souvenir. Ce n'était qu'une absurde parenthèse sans rapport avec sa vie. Elle n'avait rien vu de la France et n'avait eu de véritable relation avec personne. Elle n'était parvenue qu'à rendre jalouse une jeune Allemande enceinte. Il est vrai que ce n'était pas rien : avant de partir, elle n'aurait jamais cru que sa vie pût sembler enviable à quiconque.

Elle vida sa boîte aux lettres et parcourut la pile de factures, relevés bancaires et publicités. Pas une carte postale, pas une lettre d'ami. Elle n'en avait pas écrit non plus. Elle introduisit sa clef dans la serrure du haut, la tourna vers la droite et rencontra une résistance. Ce n'était pas fermé. Son cœur se mit à battre vite. Elle avait entendu de multiples anecdotes sur des appartements cambriolés pendant l'été à Old Newport, surtout en août, quand la ville était vidée de sa population estudiantine. Elle habitait un rez-de-chaussée. Au printemps, après avoir remarqué le type qui rôdait dans sa rue la nuit, elle avait décidé de renforcer la serrure et de prendre une assurance. La décision, bien sûr, était restée virtuelle. Elle se battit nerveusement avec la serrure inférieure et, luttant contre la panique, chercha à se convaincre que la perte des biens matériels n'était pas la fin du monde : juste une question d'argent. Heureusement, par crainte d'un incendie, elle gardait toujours au bureau des disquettes avec des copies de son travail. Elle aspira profondément et poussa la porte.

Le salon était propre et parfaitement en ordre, comme elle l'avait laissé le matin de son départ. Le tapis, la télévision, le magnétoscope, rien n'avait bougé. Elle fit deux pas vers la chambre. L'ordinateur et l'imprimante étaient sur son bureau, toujours recouverts de leurs housses. Elle ouvrit sa commode. Le collier d'Eyal, son seul bijou en or, était à sa place. Une chance inouïe. Elle avait dû être vraiment distraite en partant pour oublier de verrouiller sa porte.

Une semaine plus tard, comme elle entrait dans la bibliothèque Goldener par un après-midi ensoleillé, elle tomba sur Norman Bronzino, qui en sortait. Ils s'exclamèrent en même temps sur le ton d'une agréable surprise :

« Bonjour ! »

Bronzé, avec des lunettes de soleil Ray Ban, il faisait à peine cinquante ans. Sa veste marron clair et la chemise en coton bleu Oxford lui allaient bien. Pas de nœud papillon.

« Comment s'est passé ton été ? demanda-t-elle.

— Bien. Très productif. »

Il tenait la lourde porte en bois pour la laisser passer.

« Je ne suis pas pressée. Tu veux que je t'accompagne ?

— D'accord. Je vais au Centre. »

Ils descendirent la rue Garden. Il était rentré de Nantucket juste la veille.

« Tout s'est bien passé avec ta famille ? »

Il fronça les sourcils.

« Pas si simple. Les enfants sont du côté de leur mère — c'est normal.

— Tu… ?

— Oui. Beth et moi divorçons. »

Jane ne connaissait même pas le prénom de sa femme.

« Oh, je suis désolée.

— C'est ce qui pouvait arriver de mieux. Ça fait des années qu'on se dispute sans arrêt. Beth n'est pas heureuse de sa vie professionnelle, je n'y peux rien, et elle transfère tout sur moi. C'est insupportable. J'ai attendu que notre petit dernier, Alexander, ait fini le lycée. »

Elle secoua la tête sans savoir quoi dire. Il n'avait pas l'air désespéré. Il y avait probablement une femme plus jeune dans l'histoire. Il s'exclama soudain, les yeux brillants :

« J'ai écrit un roman.

— Ah bon !

— C'est un roman grec, reprit-il avec une excitation enfantine : il se passe à Athènes au deuxième siècle avant Jésus-Christ et raconte un moment important de ma vie, quand j'avais vingt-quatre ans et que j'ai passé un an à Paris, juste avant d'épouser Beth.

— Un roman grec ? »

Il rit.

« Oui. Au printemps dernier le directeur du département de lettres classiques a donné une conférence au Centre sur le bilinguisme dans l'Antiquité. Les Grecs avaient été conquis par les Romains et les méprisaient. Le grec était la langue de la culture, de l'élite : le latin, comparé au grec, était une langue pauvre. Exactement comme le français et l'anglais aujourd'hui et l'attitude des Français par rapport aux Américains : vaincus mais convaincus de leur supériorité ! Ça m'a donné l'idée de transposer ma propre expérience sur celle d'un jeune Romain qui passe un an à Athènes. Personne ne me reconnaîtra : je pouvais tout dire. Et c'est plein de sexe. »

Il rit. Jane rougit. Ses manières avaient changé. Le divorce ou le roman ? Ils étaient arrivés devant le Centre Kramer, un bâtiment néogothique en briques rouges, dont il tira la lourde porte en bois sombre verni. Dans une minute il aurait disparu. Elle se jeta à l'eau :

« Tu voudrais déjeuner ou dîner cette semaine ?

— Volontiers. »

Il n'y eut pas de « mais ». Elle respira avec plus d'aisance.

« Quand es-tu libre ? »

Il ne sortit pas de la poche intérieure de sa veste le petit calepin relié en cuir noir avec les initiales dorées N.B.

« Tout le temps. Je viens juste de rentrer : je ne me suis pas encore organisé.

— Demain soir ?

— Pourquoi pas. Où ?

— Chez moi ?

— Chez toi ? »

Elle rougit, prête à faire machine arrière.

« Ça ne va pas te donner trop de travail ?

— Oh non ! Ce sera simple.

— Tu habites où ?

— Tout près. » Elle pointa du doigt la direction. « 204 Linden Street, juste au croisement avec Almond.

— En effet, ce n'est pas loin. Quelle heure ?

— Sept heures ?

— Parfait. J'apporte le vin. »

Jane reposa lentement la dernière page sur la petite pile de feuilles à gauche du manuscrit.

Au fur et à mesure de sa lecture, des incidents depuis longtemps oubliés lui étaient revenus en mémoire. La croisière sur le bateau allemand, par exemple. Un épisode complètement inutile, dont il ne restait rien — à moins que vivre ne consiste à se débarrasser du passé comme un serpent de ses peaux.

Seules deux personnes pouvaient connaître tous ces détails : Norman, et Allison.

Allison et Jane étaient amies depuis quinze ans. Elles ne se voyaient plus guère depuis qu'Allison et John avaient déménagé sur la côte Ouest neuf ans plus tôt, mais elles avaient gardé une relation proche par téléphone et courrier électronique. Allison en savait bien assez pour écrire un roman intitulé Le problème avec Jane.

Mais Allison détestait écrire. De plus, entre ses trois enfants et son métier d'avocate, on voyait mal où elle aurait trouvé le temps de rédiger la biographie de sa meilleure amie, même pour le plaisir de lui servir un passé tout chaud sur un plat d'argent.

Bronzino ?

Il n'avait sans doute pas réussi à publier son roman grec : Jane n'en avait jamais entendu parler. S'essayait-il à l'autofiction au risque de compromettre sa carrière ? Pour grappiller une miette de gloire littéraire, les professeurs de lettres aujourd'hui n'hésitaient pas à vendre leur âme ni celle de leurs collègues.

Il aurait dû conserver un ingrédient de la recette initiale : le sexe. Ce roman manquait nettement de piment. Il ne risquait pas de devenir plus palpitant si les chapitres suivants contaient leur aventure.

Mais Bronzino avait-il assez de distance pour peindre ainsi la médiocrité de la vie universitaire ? Il vivait à Old Newport depuis plus de trente ans et ne s'en plaignait pas. Il avait fait plusieurs croisières avec les anciens élèves de Devayne, qui l'avaient enchanté.

Même si le chapitre que Jane venait de lire n'avait rien à voir avec Josh, le ton du récit lui rappelait Josh. La description, au début du chapitre, de sa frénésie d'achats à Macy's, correspondait bien à l'image de petite-bourgeoise frivole et d'universitaire à l'horizon borné qu'il avait dû garder d'elle. Mais, si c'était lui, où avait-il pu recueillir ses renseignements sur Jane ?

Elle se leva et marcha jusqu'au téléphone. Elle appuya sur la touche bis. Le répondeur d'Allison se mit de nouveau en marche. Cette fois-ci Jane ne laissa pas de message. Elle regarda l'horloge sur la cuisinière : deux heures trente-cinq. Elle composa le numéro du Centre Kramer. La secrétaire n'était toujours pas là.

Un éclair sillonna le ciel, suivi d'une explosion qui

fit sursauter Jane. Elle recula, effrayée, en imaginant la foudre rentrer par la fenêtre et la consumer. Elle se rassit à la table. Une nouvelle partie commençait : « À la façon d'Eric ». Elle eut un sourire sarcastique et se mit à lire avec une curiosité avide.

DEUXIÈME PARTIE

À la façon d'Eric

1

« Parfois la vie change nos plans. »

Elaine Brooks prit un mouchoir en papier sur son bureau et le tendit à Jane avec un chaleureux sourire.

« Je ne veux pas vous influencer, continua la gynécologue. Prenez une semaine pour réfléchir. Vous avez trente ans. Il y a toujours un risque de stérilité après coup. Il ne devrait y avoir aucun problème à ce stade, mais on ne peut pas vous donner une garantie totale. C'est la première fois, n'est-ce pas ? »

Jane hocha la tête.

« Personnellement, vous savez ce que je pense : c'est une question de choix individuel. Mais la pression sociale est forte. Il y aussi l'adoption... »

Jane fit non de la tête. Le docteur lui prit la main.

« Un bébé est très abstrait pour un homme tant

qu'il ne l'a pas tenu dans ses bras. Ce que je peux vous assurer, c'est que vous ne perdrez pas son amour en gardant le bébé. Il est bien possible qu'il vous remercie un jour. »

Jane la supplia mentalement de se taire. C'était une torture.

« Encore une fois, c'est votre décision. J'essaie seulement de vous aider. »

Jane s'allongea, posa ses pieds sur les étriers de métal, et écarta les cuisses. La jeune femme introduisit le spéculum.

« Vous êtes très tendue. Respirez profondément. »

Jane essaya de respirer calmement. Son corps se crispa.

« Respirez. »

Jane ouvrit la bouche. Elle étouffait et paniqua. Le docteur lui donna une main, qu'elle agrippa. Elle était écarlate. Son corps eut un spasme. Elle cria. Enfin elle parvint à respirer.

« Vous voulez un calmant ?

— Non. Je suis désolée, je ne sais pas ce qui m'a pris, j'ai eu des frottis déjà vingt fois au moins, c'est ridicule !

— Vous faites de l'hyperventilation. Restez allongée jusqu'à ce que vous vous sentiez mieux. »

Dix minutes plus tard, Jane sortit du bâtiment de béton, la seule construction moderne sur Green Avenue, qui méritait bien son nom en cette matinée de début octobre avec ses pelouses bien arrosées des deux côtés de la route et l'abondance de

feuilles vertes, qui commençaient à peine à jau-
nir, sur les arbres ombrageant les vastes demeures
à colonnades. Des étudiants en tee-shirts ou en
bras de chemise se dirigeaient vers leurs salles de
classe. Les oiseaux donnaient un concert. Jane ne
remarqua pas l'écureuil qui se dressa à son approche sur ses pattes de derrière, ses minuscules yeux
ronds furetant de tous côtés avec inquiétude, et
regagna son arbre en trois bonds.

Elle avait poussé un cri de joie, hier, quand la
secrétaire avait appelé pour dire que le test était
positif. C'était impossible, puisqu'elle prenait la
pilule. Mais cette nuit-là, trois semaines plus tôt,
elle avait senti quelque chose de si étrange et de
si fort, une telle ouverture au plus profond d'elle,
qu'elle en avait pleuré. Il avait aussitôt suspendu
son mouvement. « Je te fais mal ? — Oh non ! »
C'était le moment où elle avait conçu. Elle en
était sûre. La première nuit.

Hier, après cinq minutes de bonheur extatique,
elle était brutalement retombée sur terre. La
vie lui donnait et lui retirait presque au même
moment ce que, pendant ces cinq minutes, Jane
s'était rendu compte qu'elle souhaitait plus que
tout au monde.

Elle avait composé le numéro à onze chiffres. Il
l'avait appelée deux fois depuis son départ. C'était
la première fois qu'elle lui téléphonait. Il était dix
heures du soir en Allemagne. Il avait décroché.

« Allô ?
— C'est Jane.

— Jane ! Quel bonheur ! J'étais allongé sur mon lit et te voilà : comme dans un rêve ! »

Comment pouvait-il avoir l'air si surpris ? Jane pensait à lui vingt-quatre heures sur vingt-quatre : dès que le téléphone sonnait elle s'attendait à l'entendre.

« J'ai quelque chose à te dire.

— Quoi ?

— Je suis enceinte. »

Il y avait eu un silence.

« Tu en es sûre ?

— J'ai fait un test sanguin.

— Tu ne m'as pas dit que tu prenais la pilule ?

— Ça arrive. »

Le silence avait duré quelques secondes.

« Je suis désolé. J'aimerais être avec toi. » Il avait ajouté d'une voix moins hésitante : « Bien sûr, je paierai tout ce qui ne sera pas remboursé. Ils peuvent faire ça au Centre médical de Devayne ? »

« Ça. » Juste assez de décence pour ne pas pouvoir prononcer le mot.

« Je ne sais pas.

— Il est quelle heure ? Quatre heures cinq ? Écoute, appelle ton docteur et je te rappelle, pas tout de suite parce que je dois boire un verre avec quelqu'un, mais dans une heure. »

Elle avait quitté son appartement et couru jusqu'au cinéma d'Old Newport, où elle avait tendu dix dollars au caissier.

« Quel film ? Ils ont tous commencé.

— N'importe lequel. »

Il n'y avait pas de message sur son répondeur quand elle était rentrée. Il avait peut-être téléphoné et n'avait su que lui dire.

C'était la nuit dernière.

Elle était devant chez elle. Elle monta lentement les marches du perron et ouvrit sa porte. Dix heures cinq. Elle avait une heure pour préparer son cours. Assise au bureau de sa chambre, elle ouvrit *Adolphe*. Des larmes jaillirent de ses yeux.

Elle commença le cours en demandant aux étudiants de résumer la discussion du cours précédent. L'étudiant le plus sérieux, un gros adolescent ingrat avec des lunettes aux verres très épais qui se couchait presque sur la table pour lire, leva la main.

« La mort, dit-il dans un français teinté d'un fort accent américain, est une source de tourment dans *Adolphe*. »

Jane écoutait distraitement, les yeux tournés vers le ciel bleu.

« Le héros ne sait pas comment dire à Elléonore... »

Elle corrigea mécaniquement :

« Ellénore. »

Les étudiants rajoutaient tous ce « o ». Steve hocha la tête pour s'excuser.

« ...Ellénore que la mort qu'il a pour elle est morte. Mais il... »

Elle fronça les sourcils.

« L'amour, dit-elle en appuyant sur la dernière syllabe. Pas l'amor : si tu dis l'amor on entend la mort, *death*. Il y a une différence entre l'amour et la mort. »

Les étudiants éclatèrent de rire.

« Ou, o, reprit Jane. Répète après moi : ou.

— Ou.

— O.

— O.

— L'amour.

— L'amor.

— L'amour ! Tu n'entends pas ? L'a-mour !

— L'amor.

— Tu continues à dire la mort. Steve, il faut que tu ailles au laboratoire de langues. Tu nous fais perdre notre temps. »

Le garçon baissa les yeux. Les douze étudiants regardaient Jane avec hostilité. Ce n'était pas parce que l'amour et la mort sonnaient exactement pareil en français qu'il fallait brutaliser leur camarade plein de zèle. Tout rouge, il semblait proche des larmes. Jane éclata en sanglots.

Les étudiants furent encore plus surpris. Un professeur pleurant en classe ne se voyait pas à Devayne.

« Vous allez bien, professeur Cook ? » demanda une élève.

Jane se tourna vers le mur. Personne ne dit mot. Le pauvre Steve n'osait pas lever les yeux. Jane prit un kleenex dans sa poche et se moucha avant de se retourner.

« Excusez-moi. Je ne me sens pas bien. On va s'arrêter là. »

Ils rangèrent leurs cahiers et leurs livres et se levèrent avec des expressions pleines de sympathie.

« Soignez-vous bien, professeur Cook. »

Elle marcha comme un automate du bâtiment néogothique Kenneth-Whitman jusqu'à l'immeuble moderne en briques du département, à cent mètres. Elle s'arrêta au troisième étage et demanda à Dawn en désignant du doigt la porte du directeur :

« Il est là ?

— Oui. Il est seul pour l'instant. »

Jane frappa à la porte.

« Entrez ! »

Elle poussa la porte. Norman Bronzino, assis derrière son large bureau couvert de livres et de papiers, lui sourit joyeusement.

« Jane ! Comment vas-tu ? »

Ils avaient juste échangé quelques brefs hello depuis qu'elle lui avait dit, trois semaines plus tôt, qu'elle avait besoin d'être seule : la différence d'âge était trop grande, elle devait réfléchir. Ils se trouvaient dans la voiture de Norman, sur un parking face à la mer — non pour la beauté du paysage mais parce que Bronzino ne voulait pas être vu en ville avec Jane. Norman pensait que l'amour n'avait rien à voir avec l'âge, mais il s'était montré très compréhensif. Une séparation provisoire l'arrangeait également. Avec l'imminence du divorce, Beth risquait d'engager un détective privé pour trouver des preuves contre lui. Il avait été très prudent pendant les trois semaines de leur liaison :

Jane ne devait pas l'appeler, même au bureau ; il ne laissait jamais de message sur son répondeur et se glissait chez elle comme un voleur en sortant du bureau, sans jamais rester plus d'une heure.

Il s'approcha d'elle et la prit dans ses bras.

« Qu'est-ce qui se passe ? »

Elle se dégagea.

« Je suis enceinte.

— J'allais te poser la question. J'ai remarqué un changement dans tes yeux, ta peau, dans tout ton corps, récemment, qui m'a rappelé Beth. Je ne me suis pas trompé, donc. » Il sourit, réjoui par la nouvelle ou par son propre flair. « Encore dix jours et je suis libre.

— Je ne crois pas qu'il soit de toi. »

Bronzino écarquilla les yeux. Jane soutint son regard.

« J'ai rencontré quelqu'un d'autre. Je voulais te le dire. Pas comme ça. Je suis désolée. Ne sois pas en colère. Ça fait trop mal. Je vais avorter. »

Le visage défait, courbé comme un vieil homme, il marcha lentement vers son large fauteuil en cuir noir derrière le bureau moderne. Il s'y laissa tomber et se mit à jouer avec un bic dont il ôta et remit le capuchon tour à tour. Le téléphone sonna. Il décrocha.

« Oui... Non. Je le rappelle dans deux minutes. »

Il reposa l'appareil et regarda Jane froidement.

« Qu'est-ce que tu veux ?

— Un congé. Je n'arrive pas à faire cours. Après l'avortement je voudrais rester avec mes parents pendant quelques jours.

— Et qui va faire cours à ta place ? Moi ? »

Elle ne répondit pas.

« Tu crois que les étudiants paient vingt mille dollars par an pour que tu puisses te faire sauter à droite et à gauche ? »

Des larmes coulaient sur les joues de Jane. Elle se leva.

« C'est qui ? »

La voix de Norman s'était radoucie. Il y avait tant de souffrance dans ses yeux qu'elle s'arrêta, la main sur la poignée.

« Quelqu'un qui enseigne au département d'histoire de l'art. » Pensant que l'absence d'Eric mettrait du baume sur la plaie, elle ajouta : « Il est en Allemagne cette année, en congé sabbatique.

— Il s'appelle comment ?

— Eric Blackwood. »

Il hocha la tête.

« Je le connais. Il était au Centre Kramer l'an dernier. »

Rien à dire : le beau et jeune Eric pouvait seulement l'emporter. Brillant aussi, puisqu'il avait été admis au Centre.

« Voilà pourquoi tu as rompu. J'aurais dû m'en douter.

— Non. Je t'ai dit la vérité : la différence d'âge me dérangeait. J'ai rencontré Eric après. »

Demi-mensonge. Eric et elle n'avaient pas encore échangé un baiser : il n'y avait rien de sûr. Faux : c'était sûr. Comme deux et deux font quatre. Elle avait su le soir même où ils s'étaient rencontrés. Eric l'avait raccompagnée chez elle vers onze heures du soir.

« Tu veux boire un verre ? avait-elle proposé. J'ai du whisky. »

Il avait regardé sa montre.

« J'aurais aimé, mais ce n'est pas raisonnable. Je dois prendre le train demain matin à sept heures. J'ai un rendez-vous à New York à neuf heures et demain soir je pars pour l'Allemagne.

— Pour l'Allemagne ? »

Toujours la même histoire : vous rencontrez un célibataire séduisant et il met aussitôt un océan entre vous. Célibataire ? Il était peut-être marié et ne portait pas de bague. Ou fiancé à une Allemande. Ou divorcé et père de trois enfants. Après tout, elle n'en savait rien. Il lui avait soudain demandé avec un sourire charmeur :

« Et si tu venais ?

— En Allemagne ? avait platement demandé Jane.

— Il y a une promotion sur la Lufthansa en ce moment : le billet coûte à peine plus de trois cents dollars. Le colloque a lieu dans une petite ville à deux heures de Munich, Eichstatt, pleine de monuments baroques, Ce n'est pas loin de la Forêt-Noire, on pourrait s'y balader ce week-end.

— Eichstatt ?

— Tu connais ?

— Je connais quelqu'un qui habite là-bas. »

Il avait l'air surpris, mais pas autant qu'elle. Elle était abasourdie. Tout lui donnait le vertige.

Eric, sa beauté ; l'extraordinaire coïncidence qu'il allât dans la ville même où vivait le docteur allemand ; leur rencontre juste au moment où elle commençait à se demander ce qui n'allait pas avec Bronzino ; et sa façon de proposer maintenant à Jane, comme si c'était la chose la plus naturelle du monde, de s'envoler pour l'Europe avec lui — et donc, il fallait croire, de partager sa chambre à Eischtatt — quand ils s'étaient rencontrés quatre heures plus tôt et ne s'étaient même pas effleuré la main. Elle était tout près de dire oui : de faire la chose la plus folle de sa vie.

« Tu appelles de l'aéroport et tu dis à la secrétaire que tu es malade », avait suggéré Eric d'une voix séductrice.

Elle ne pouvait pas. Pas à cause des cours. Quelque chose d'important, avait-elle dit sans préciser quoi. C'était le lendemain qu'elle avait déclaré à Bronzino qu'ils ne devaient plus se voir pendant quelque temps.

Dans le bureau, le téléphone sonna. Bronzino décrocha.

« Oui… une minute. » La main contre l'écouteur, il leva des yeux tristes vers Jane. « Prends ton congé, lui dit-il d'une voix fatiguée. Au revoir, Jane. »

Elle tourna la poignée, hésita.

« Merci.

— Je suppose que c'est moi qui dois te remercier pour ton honnêteté. »

Le 19 octobre, elle se réveilla tôt pour prendre l'analgésique. À neuf heures moins dix, elle donna son nom à la secrétaire du département d'obstétrique au Centre médical de Devayne. Elle ne pouvait pas rester assise et marcha de long en large dans l'étroit couloir, souriant à une jolie fillette d'environ quatre ans assise à côté de son frère, un adolescent qui lisait un magazine illustré. La petite rougit, grimpa sur le siège, pinça son frère, tira son journal et attrapa sa casquette de base-ball.

« Arrête ! »

Il la repoussa. Elle continua de plus belle en poussant des exclamations aiguës, tout en guettant du coin de l'œil Jane qui évitait maintenant de la regarder et continuait sa marche d'un pas plus nerveux. Tous les magazines sur la table basse près des sièges en skaï étaient des exemplaires gratuits d'*American Baby*. Jane marcha jusqu'à la secrétaire.

« Le docteur va bientôt arriver ? »

La femme âgée la regarda par-dessous ses lunettes.

« Ça ne va pas, ma cocotte ?

— Ces enfants font un bruit ! »

Elle se mit à pleurer. La femme l'emmena dans une des cabines et la laissa seule dans la petite pièce, où le docteur Brooks entra cinq minutes plus tard. Son sourire chaleureux était apaisant. La secrétaire ignorait le motif de la visite : elles se rendirent dans la pièce stérile du quatrième étage. Une infirmière et une sage-femme les y attendaient. Jane demanda à Elaine sur un ton angoissé :

« Vous restez, n'est-ce pas ? »

Elle fit tout ce que docteur Brooks lui dit de faire. Le contact des supports métalliques sous ses pieds nus était désagréable. Elle ne sentit presque rien quand la sage-femme introduisit le spéculum puis les instruments. L'aspirateur léchait les parois de son utérus. Jane se concentrait sur sa respiration, les yeux grands ouverts et fixés sur le visage souriant d'Elaine Brooks, qui lui demandait d'inspirer et d'expirer, l'encourageait, la félicitait et l'assurait que tout serait bientôt terminé. L'opération ne dura que quelques minutes, mais Jane eut l'impression d'un temps beaucoup plus long. La sage-femme retira l'instrument, puis le spéculum, et nettoya le sang. Le docteur Brooks félicita Jane d'avoir été très courageuse et lui dit de rester allongée. Elle n'avait pas mal. Quand elle se leva, elle aperçut la bassine sur une table et, dedans, une petite boule de peau dans le sang. Elle eut un haut-le-cœur.

Jane prit un taxi pour rentrer chez elle. Trois heures plus tard elle eut l'impression d'avoir une pierre à la place du ventre. Elle alla aux toilettes et inonda la cuvette de sang. Elle pouvait à peine marcher, pliée en deux. Assise, elle avait mal. Allongée aussi. La douleur l'empêchait de s'endormir. La sueur perlait sur ses paumes et son front, et ses doigts étaient gourds. Elle craignait de s'évanouir. Elle n'avait prévenu personne à Old Newport. Carrie avait un congé sabbatique cette année et vivait à Palo Alto avec son mari. Peut-être que quelque chose à l'intérieur d'elle s'était rompu et qu'elle allait mourir. Ou peut-être était-ce ce que le docteur Brooks appelait avoir un peu mal. Il fallait attendre jusqu'au matin.

Le téléphone la réveilla à dix heures du soir. Elle marcha péniblement jusqu'au salon, pliée en deux, avec une douleur au côté aiguë comme un coup de poignard. Elle aurait vraiment dû appeler la compagnie de téléphone pour faire installer une prise dans sa chambre.

« Salut ! Je croyais que tu n'étais pas là. J'avais préparé un message. »

Elles s'étaient parlé dix jours plus tôt. La nouvelle que Jane était enceinte avait été un choc pour Allison qui cherchait en vain depuis trois ans à concevoir un bébé. Mais, sans s'attarder sur l'ironie du sort, elle avait tout de suite proposé à Jane de venir à Old Newport et de rester avec elle pendant une semaine. Pour Allison comme pour tout le monde, les parents de Jane, Susie, et Eric, il était évident que Jane ne pouvait pas garder l'enfant d'un homme avec qui elle avait passé une nuit, ni se mettre à pouponner quand elle commençait à peine sa carrière. « Eric et toi n'auriez jamais eu de temps à deux, seuls. Ce serait très malsain pour la relation. — Je ne crois pas que tu comprennes, avait répondu Jane. Je ne crois pas que tu puisses comprendre. » Allison s'était tue quelques secondes avant de reprendre d'une voix qui tremblait un peu : « Je ne peux pas comprendre parce

92

que je n'ai jamais été enceinte, c'est ça ? C'est à moi que tu dis ça ? Ce n'est pas très gentil, Jane. »

Jane s'était excusée, invoquant sa nervosité. Allison s'était radoucie : « Mais pourquoi tu ne gardes pas ce bébé si c'est ce que tu veux ? Après tout, pourquoi pas ? N'écoute pas ce qu'on te dit. Suis tes tripes. — Parce que le père pourrait être Bronzino, avait lentement répondu Jane. Je suis sûre que non mais en termes de dates c'est possible et même plus vraisemblable. — Je vois. » Rien à dire. Allison savait tout. Quand Jane lui avait téléphoné le 15 septembre après avoir rompu avec Bronzino, Allison lui avait crié après : « Quoi ? Déjà ? Je ne comprends pas. Tu me fais penser au type qui ne veut pas faire partie du club qui l'accepte comme membre. C'est infantile, Jane. » Une semaine plus tard, quand Jane avait parlé d'Eric, Allison avait compris.

« Alors ? demanda Allison, tu as pris rendez-vous ?

— Oui.

— C'est pour quand ?

— C'était ce matin. »

Il y eut un silence. Allison, qui pleurait rarement, éclata en sanglots à l'autre bout de la ligne. Quelque chose en Jane se relâcha. Pour la première fois depuis le matin elle pleura.

Elle avait prévu de rester une semaine chez ses parents mais elle rentra chez elle le quatrième jour. Sa poitrine était gonflée et douloureuse, mais elle n'avait plus mal. Elle avait envie de se réveiller dans son lit et de reprendre ses cours.

Bronzino l'appela dix jours plus tard. Il voulait lui annoncer la nouvelle pas encore officielle : elle avait reçu une bourse pour passer l'année suivante à Paris. Ce succès qui l'aurait tant réjouie deux mois plus tôt ne lui fit aucun effet. L'année prochaine, Paris, c'était abstrait. Elle était contente qu'il n'ait pas de ressentiment. Une arrière-pensée l'effleura : Bronzino avait-il défendu sa candidature pour la séparer d'Eric une deuxième année ? Il ne pouvait pas être si machiavélique. Il avait l'air sincèrement heureux pour elle.

Eric et elle se parlaient au téléphone à peine une fois par semaine, rarement plus de dix minutes, des conversations entrecoupées de silences. Elle acheta un billet pour les vacances de Thanksgiving, comme prévu.

Elle ne savait rien de lui, sinon qu'il était beau.

Ils s'étaient rencontrés deux fois. La première fois le 12 septembre, au vernissage de l'exposition d'art chinois au musée de Devayne, le soir où il l'avait raccompagnée chez elle et lui avait fait cette proposition stupéfiante : « Et si tu venais ? » La deuxième fois le 17 septembre, le soir où Eric était rentré d'Allemagne pour dîner avec elle.

Il avait sonné à sa porte à sept heures pile. Elle avait peur quand elle avait ouvert : elle n'avait plus d'image précise de lui et avait pu être impressionnée juste par son beau costume le soir du vernissage. Il était là, sur le seuil, habillé d'un jean, d'un tee-shirt gris et de baskets. L'air de sortir d'un magazine de mode en papier glacé. Le genre d'homme qui n'avait jamais regardé Jane. Mais lui la regardait : c'était à elle qu'il souriait et tendait une rose jaune. Le même type qu'Eyal, en plus beau : grand, svelte, les épaules larges, une bouche charnue au dessin délicat, des cheveux châtains tombant en mèches souples sur son front haut, et ce sourire radieux, avec une pointe tendrement ironique, qui dégageait ses dents larges et réguliè-res et plissait ses yeux clairs.

« Je peux entrer ? »

Elle lui barrait le passage, transformée en sta-tue de sel par la conscience que quelque chose d'exceptionnel était en train d'arriver.

Il l'avait emmenée dans un quartier qu'elle ne connaissait pas, la petite Italie d'Old Newport, de l'autre côté de la voie ferrée. Le restaurant était plein, pas de professeurs de Devayne mais de vrais habitants de la ville ; la nourriture, exquise. Elle ne pouvait pas manger. Ils avaient passé des heures à parler, penchés l'un vers l'autre autour d'une bougie. À peine dehors, leurs lèvres étaient entrées en contact. Le corps tendu comme la corde d'un arc, ils étaient restés quelques secondes immobi-les avant de s'embrasser follement sous les regards des passants, puis dans la voiture avant qu'il démarre, une heure au moins, et à chaque feu rouge jusqu'à ce que les automobilistes klaxon-nent derrière eux. Devant chez elle, il avait coupé le moteur et dit avec un sourire : « Alors, ce whisky ? »

Au petit déjeuner il avait expliqué la situation : il avait une bourse pour passer l'année au musée Dalhem à Berlin. Il devait partir aujourd'hui.

« Aujourd'hui ? »

Il avait changé son plan d'aller directement de Munich à Berlin. Mais il y avait demain à Berlin une réception qu'il ne pouvait manquer.

Autrement dit : il avait choisi de passer deux jours en avion pour une soirée avec Jane et dans deux heures il serait parti.

Elle avait pris le bus avec lui jusqu'à l'aéroport Kennedy, sans remarquer la magnifique journée. Pendant tout le trajet ils avaient avalé goulûment leurs lèvres et mêlé leurs salives. À l'aéroport aussi. Elle aurait voulu le manger, le garder à l'intérieur d'elle. C'était fou. L'amour comme elle n'en avait jamais fait l'expérience.

« Eric Blackwood est attendu à la porte A23 pour un embarquement immédiat sur le vol Lufthansa 006 à destination de Berlin », avaient subitement déclamé les haut-parleurs dans tout l'aéroport.

Elle l'avait regardé courir le long du couloir. Tout au bout, il s'était retourné et lui avait fait signe avant de disparaître. Quand elle était sortie de l'aéroport, le soleil se couchait : le ciel flambait. Il faisait froid. Elle avait pleuré pendant tout le tra-jet de retour.

C'était il y a deux mois. Demain elle prenait l'avion pour Berlin. Elle composa le numéro d'Allison. Heureusement qu'il y avait la Californie pour appeler ses amies tard le soir, sans les réveiller grâce au décalage horaire. Allison décrocha après une sonnerie.

« C'est Jane. Je ne te dérange pas ?

— Pas du tout ! Je dois rédiger une conclusion pour un procès fictif de droit du travail, je vais y passer la nuit, je ne peux pas te dire à quel point ça m'emmerde. Tu n'es pas à Berlin ?

— Je pars demain.

— Veinarde. Quand est-ce qu'on rencontre le prince charmant ?

— J'ai peur.

— De quoi ?

— Il dit ce qu'il ne faut pas, et c'est fini. Je suis en colère.

— Contre lui ? Ce n'est pas sa faute.

— Il n'a pas hésité. Pas une minute. Je ne sais pas si je peux lui pardonner cette minute-là.

— Tu n'es même pas sûre que c'était son bébé !

— Mais il croyait que c'était son bébé et il n'a pas hésité.

— Jane ! Tu es vraiment injuste. Tu crois que c'est facile pour Eric ? Le pauvre ! Il doit avoir une frousse monstre de te perdre. Tu n'as pas le droit d'être en colère contre lui.

— Je ne veux pas. Mais s'il dit un mot qui montre qu'il ne comprend pas, j'ai peur de cesser de l'aimer immédiatement.

— Fais-moi plaisir, reprit Allison de sa voix de grande sœur. Dès que tu atterris, dis à Eric tout ce qui se passe dans ta tête. Mets-le de ton côté contre toi. O.K. ? »

Dès l'instant où Eric la prit dans ses bras et où elle posa sa tête contre sa poitrine dans l'aéroport de Berlin, il n'y eut pas besoin de mots. Il y eut son odeur. Elle pleura. Il avait l'air triste. La première nuit, elle lui dit qu'elle ne pouvait pas faire l'amour.

« Tu as encore mal ?

— Non. »

Trois nuits plus tard, après deux heures de baisers et de caresses, il la pénétra. Quand il vit l'expression de son visage, il se retira.

Berlin lui plut. Eric vivait à l'ouest, près de Savigny Platz, mais connaissait toutes sortes de bars et de clubs underground dans le quartier de Mitte, le préféré de Jane, qui avait fait partie de Berlin Est et ressemblait maintenant à un gigantesque chantier plein de ruines, de terrains vagues, de trous et de grues, tout autour de l'ancien emplacement du mur. Trois semaines plus tard elle retourna à Berlin pour les vacances de Noël. Le lendemain ils s'envolèrent pour Prague, à une demi-heure d'avion. Eric avait réservé une chambre à l'hôtel Paris, un monument Art nouveau au centre de la ville. La chambre était minuscule, la nourriture à base de porc, de crème fraîche et de pain bouilli, les vitrines laides, le cristal indigeste après deux jours, les crottes de chien plus difficiles à éviter qu'à Paris, les Tchèques mal habillés et tristes, le soleil impuissant à percer le couvercle de pollution, et l'eau suspendue dans l'air même quand il ne pleuvait pas, rendant les pavés dangereusement glissants. La nuit tombait à quatre heures. En une semaine ils ne virent pas la lumière du jour : elle se réveillait tard à cause du décalage horaire et ils sortaient rarement de l'hôtel avant trois heures de l'après-midi. Eric ne la bousculait jamais. Prague était une ville de nuit, avec ses ruelles à peine éclairées par de vieux réverbères à la lumière jaune dont certains s'allumaient et d'autres s'éteignaient quand on s'approchait. La première fois qu'elle prononça « tes couilles » dans un restaurant, Eric ouvrit de grands yeux tandis que le serveur hochait poliment la tête. Elle éclata de rire : le mot lui était revenu en un éclair de mémoire.

Josh avait dit doublement vrai : elle adorait Prague. On ne pouvait pas ne pas adorer Prague. Pas seulement pour sa beauté, pas seulement parce que c'était une ville pour amants flâneurs. Mais, telle son humidité, sa mélancolie s'infiltrait peu à peu en vous et produisait l'effet délicieux d'une drogue.

« Tu te drogues souvent ? » demanda Eric.

Près du pont Charles, ils étaient appuyés contre la rampe surplombant le fleuve et regardaient l'eau noire de la Vltava parsemée de points blancs — les oiseaux endormis. De l'autre côté du fleuve, l'immense château surplombant la colline de Mala Strana, tout illuminé de bleu, de rose et de jaune pastel, avait plutôt l'air du palais de Dame Tartine que d'une vision kafkaïenne.

« En fait, ça n'a aucun effet sur moi. Mes copines de fac vérifiaient si j'aspirais bien : elles n'arrivaient pas à le croire. Je ne sais pas de quelle dose j'aurais besoin.

— Cocaïne ? »

Elle rit et haussa les épaules.

« Marijuana et haschish, mais quand même. »

Elle frissonna. Eric l'enlaça et colla sa peau chaude contre la joue de Jane. Il partageait le secret de ce chauffage interne avec les Tchèques aux longues jambes qui portaient des minijupes par moins quinze degrés. Elle se tut, ébahie que cet homme rencontré trois mois plus tôt et maintenant debout près d'elle dans une carte postale au cœur de l'Europe fût réel.

À Prague, ils firent à nouveau l'amour. Ce fut intense, délicat et tendre mais, contrairement à la première nuit, presque timide et réservé. Ils savaient pourquoi.

« Promets-moi, dit Jane en regardant Eric dans les yeux, la nuit de leur arrivée à Prague, au moment où il la pénétrait : Plus jamais. La prochaine fois…

— … On le garde, c'est promis. »

Elle se rongeait l'ongle de l'annulaire depuis déjà dix minutes. Il y avait un poids dans sa poitrine et une sensation de nausée familière. Prague, Berlin, et, avant cela, la pièce blanche au quatrième étage du Centre médical de Devayne. Elle respira profondément et frissonna comme s'ébroue un chien qui sort de l'eau. Pas question de laisser ainsi manipuler sa mémoire.

Qui ? Pas Eric, elle en était sûre. Pas seulement parce qu'il ignorait sa liaison avec Bronzino. Eric n'aurait jamais écrit un roman basé sur leur vie : ce n'était pas son genre.

Tous les indices semblaient conduire à Bronzino — l'unique témoin de la scène dans son bureau. Pour le reste, il avait pu l'apprendre aisément. Jane n'avait fait mystère à personne de sa romantique rencontre avec Eric, ni de son voyage à Prague.

Elle était indignée par la façon dont Bronzino s'était accaparé son souvenir le plus pénible et le plus intime. Le récit de l'avortement, un pur cliché, montrait son insensibilité. Il ne s'était pas mis une seconde à sa place.

Il avait été jusqu'à inventer ce répugnant détail d'« une petite boule de peau dans le sang ». Elle n'avait jamais rien vu de tel ! L'infirmière avait fait disparaître toute trace de l'opération avant que Jane ne se relève. Bronzino aurait pu au moins interroger un docteur ou une femme qui avait avorté. Quand on osait aborder un sujet pareil, on commençait par se renseigner.

Elle s'empara des feuilles qu'elle venait de lire. Elle eut envie de les brûler. Elle se leva impulsivement et ouvrit un tiroir pour y chercher des allumettes qu'elle ne trouva pas. De toute façon, elle avait peur du feu. Elle reposa les feuilles sur la table et composa le numéro du Centre. Elle tomba à nouveau sur le répondeur. Devait-elle y aller maintenant ? Sans la certitude que Bronzino s'y trouvait et par cette pluie toujours torrentielle ? Il était trois heures, midi à Seattle. Allison allait sans doute appeler pendant sa pause déjeuner : mieux valait attendre son coup de fil.

Jane se servit un verre d'eau et reprit sa lecture.

2

Le RER entra en gare au moment précis où elle parvenait sur le quai. À cette heure-ci elle aurait pu attendre longtemps. Vingt minutes plus tard elle arrivait à Orly. Elle était en avance. Mais les dieux qui lui avaient envoyé son métro avec une telle rapidité pouvaient aussi pousser l'avion de leur souffle puissant. Elle courut aux toilettes puis revint prendre son poste à la sortie des arrivées internationales.

Il n'était pas sept heures. En dehors de quelques annonces de départ, l'aéroport était aussi tranquille que celui d'une petite ville de province. Les gens arrivaient les uns après les autres et prenaient place près de Jane, tous bien peignés et rasés de frais. Certains bâillaient, d'autres fixaient sur la porte des yeux pleins d'attente, d'autres, appuyés contre le mur, lisaient le journal. Une exquise odeur de café fraîchement moulu et de croissants chauds chatouilla ses narines. Le café venait d'ouvrir. Elle avait voulu apporter des croissants frais à Eric, mais la boulangerie au coin de sa rue était encore fermée. Ici, ils seraient deux fois plus chers et sans doute moins bons.

La porte des arrivées internationales s'ouvrit. Ils levèrent tous le nez. Quelques personnes sortirent. La porte automatique se referma, puis coulissa de nouveau. Le cœur de Jane battait à toute allure. Elle essaya de voir à l'intérieur. Il y avait une foule.

« Vous arrivez de New York ? demanda-t-elle à un homme qui sortait.

— Boston. »

Elle regarda sa montre. Sept heures vingt-cinq : il n'avait pas encore atterri. Trois petits enfants crièrent « papa » ! et se précipitèrent vers un homme qui s'accroupit et leur ouvrit les bras. Ils étaient habillés à la française : petits chemisiers blancs à cols ronds brodés de cerises, robes chasubles ou pantalons de velours. Une belle femme grande et mince les suivait, avec trois petits manteaux sur un bras et un bébé sur l'autre. « Bonjour, vous », dit le père en pinçant la joue du bébé renfrogné avant de déposer un rapide baiser sur les lèvres de la femme. « Tout s'est bien passé ? » Jane sourit. La parfaite famille bourgeoise française.

« Votre café, madame. »

Un garçon de café en tablier blanc, portant un plateau avec un gobelet en carton d'où s'échappait une fumée odorante, s'était arrêté devant elle.

« Je le prendrais bien, dit Jane avec un sourire, mais ce n'est pas le mien, désolée.

— C'est votre ami qui vous l'envoie. Il a payé.

— Eric ? » Elle se tourna à toute allure vers le café mais ne le vit pas. « Où est-il ?

— Il est allé aux toilettes. Il a dit qu'il vous rejoint tout de suite. »

Elle prit le gobelet et le garçon s'éloigna. Pourquoi Eric était-il allé aux toilettes avant même de venir l'embrasser, quand elle mourait d'envie de le voir ? Avait-il mal au ventre ? Ou bien, la voyant debout contre le mur avec son air endormi, avait-il décidé de la surprendre ? Oui, c'était le style d'Eric. Il était si attentionné. Elle sourit tout en buvant à petites gorgées l'expresso, fort, chaud, sucré à point, exquis. Ou peut-être était-il allé se raser, pour que sa peau soit douce et fraîche. Dans quelques minutes elle le tiendrait dans ses bras. Lui, son corps, ses épaules, sa peau, son odeur. Réel. Un long frisson parcourut son épine dorsale.

Cinq, dix minutes passèrent. Pas d'Eric. Elle regarda le tableau. Le mot « arrivé » n'était toujours pas inscrit près du numéro de vol d'Eric. Il n'avait pas atterri. Elle venait de boire le café de quelqu'un d'autre. Ce n'était pas sa faute. Les lettres sur le tableau se mirent à bouger, puis se stabilisèrent en grosses lettres rouges. « TWA 602… Arrivé. » L'avion n'avait pas de retard. Eric était en France, sur le même sol qu'elle, à quelques mètres, à quinze minutes à peine, le temps de passer la douane et de récupérer sa valise.

« Vous avez un beau manteau », lui dit une femme noire, avec un sourire chaleureux.

Ce n'était pas le premier compliment qu'elle recevait pour ce manteau, mais pour la première fois en France.

« Vous l'avez trouvé où ?

— Aux États-Unis, il y a deux ans. Cent francs en solde.

— Cent francs ! »

Mais elle en avait dépensé plus de mille lors de son shopping effréné chez Macy's et le manteau de fausse fourrure était le seul vêtement qu'elle eût sauvé du naufrage, un tailleur élégant à Old Newport ayant l'air d'un sac à patates à Paris. La femme approcha sa main et l'effleura.

« C'est du vrai ?

— Ours en peluche, oui.

— Du synthétique ? Je n'aurais jamais deviné. »

Jane avait trop chaud et retira le manteau. La femme regarda la longue robe moulante en jersey de laine d'un brun rouge, fermée de haut en bas par de minuscules boutons de nacre.

« Vous avez du goût.

— Merci ! Ça je l'ai acheté à Paris, hier, chez A...

— Ce n'est pas pour moi ! Il faut être mince comme vous pour porter ça.

— Mais non, vous êtes mince aussi. »

La femme éclata de rire sans fausse coquetterie, et reprit :

« Vous attendez quelqu'un de New York ?

— Mon petit ami. »

La porte s'ouvrit. Elles levèrent les yeux en même temps. Une fille à l'air perdu qui traînait une grosse valise rappela à Jane sa propre arrivée trois mois et demi plus tôt. Elle avait dû prendre un taxi à cause des valises. Il pleuvait.

La porte coulissa de nouveau. Des jeunes hommes sortirent en poussant leurs chariots, chargés de sacs, de valises et de boîtes qui semblaient contenir des instruments de musique.

« Vous êtes arrivés de Kennedy sur TWA ? » demanda Jane en anglais à un grand Noir vêtu d'une vieille veste en cuir, qui portait sur l'épaule un volumineux instrument de musique.

« New York, yeah », répondit-il avec un accent qui la rendit nostalgique d'une avenue de Manhattan à l'asphalte cabossé, pleine de taxis jaunes et de fumées blanches.

La porte automatique ne cessait de coulisser pour laisser sortir les gens. Huit heures quarante-cinq. Eric allait apparaître à tout instant. Elle l'attendait depuis presque deux heures. Non : trois mois, dix jours, et cent dix minutes.

La femme qui avait admiré le manteau s'exclama joyeusement et marcha vers un homme corpulent aux cheveux gris, dont Jane ne put déterminer s'il était son père ou son mari. La femme la salua.

« Bonne année ! Et bonnes vacances avec votre ami ! »

Neuf heures dix. Le cœur de Jane battait à toute allure dès que la porte s'ouvrait. Il n'y avait plus personne du groupe qui attendait avec elle une heure plus tôt. Une nouvelle vague de gens était arrivée, remplaçant les visages endormis de sept heures du matin. Les passagers qui sortaient avaient la peau foncée : un avion venait d'atterrir de Tunis. Neuf heures quarante-deux. La valise avait dû se perdre. Il remplissait sans doute les formulaires.

Elle eut un vertige. Elle n'avait rien mangé ce matin. Elle était debout ici depuis trois heures.

Dix heures moins cinq. L'avion avait atterri depuis plus de deux heures. Une autre sortie ? Elle devait se renseigner. Mais s'il sortait juste au moment où elle s'éloignait ? Elle s'adressa à une femme d'une cinquantaine d'années en manteau de vison debout près d'elle et lui décrivit Eric. La femme répondit avec réticence :

« Dès que mon amie est là, je m'en vais. »

Jane courut au guichet des renseignements et doubla tout le monde. Une jeune fille au joli visage pointu, très français, fit retentir le nom d'Eric dans l'aéroport.

Jane courut à la porte des arrivées internationales.

« Personne », dit la femme.

Jane courut à nouveau au guichet des renseignements. Elle transpirait. Le jersey garderait une mauvaise odeur.

« Vous devriez vérifier avec TWA, lui dit la jeune fille avec un sourire gracieux. Leur guichet est là-bas : vous voyez ? »

Jane traversa le hall vers le guichet TWA. Une femme tapa le nom d'Eric et le numéro du vol sur son ordinateur.

« Je n'ai pas ce nom : il n'a pas pris cet avion.

— C'est impossible. Ça fait deux mois qu'il a acheté son billet ! »

La femme haussa les épaules et fit la moue.

« Il n'est pas sur l'ordinateur : il n'a pas embarqué.

— Mais c'est impossible ! Il avait le billet sous les yeux quand il m'a donné son numéro de vol avant-hier ! »

Il y eut l'ombre d'un petit sourire au coin des lèvres de cette femme. Une grosse femme de quarante ou cinquante ans, avec des cheveux blonds teints, une permanente, et de longs ongles vernis nacré. Un monstre d'indifférence.

« À moins qu'il ne soit parti de Boston ? Peut-être que je n'ai pas bien compris. Vous pouvez vérifier ? »

Elle bâilla et tapota impatiemment.

« Non plus. »

Jane courut au guichet des informations. La jeune fille secoua la tête avec un sourire compatissant :

« Rien, désolée. »

Jane courut à la porte des arrivées internationales.

Dix heures quarante.

Il n'avait pas pris l'avion. Il ne pouvait y avoir qu'une raison : il était mort. Un accident sur le chemin de l'aéroport. Pendant qu'elle s'achetait une robe à mille francs et imaginait narcissiquement les mains d'Eric détachant un à un les boutons de nacre ou se glissant sous sa robe, une équipe de pompiers extrayait son corps brûlé de sa voiture réduite en accordéon et l'emmenait à l'hôpital en ambulance ou directement à la morgue.

Elle arrivait à peine à respirer. Ça faisait trop mal.

Il fallait téléphoner. À qui ? La mère d'Eric ? Elle n'avait pas le numéro sur elle. Réveiller Nancy à cinq heures du matin pour lui demander si son fils était mort ?

Quand on panique à l'idée que quelqu'un de proche est mort, il n'est pas mort. Ce n'est, souvent, qu'une projection de son propre désir.

Quelqu'un lui avait dit cela. Sergio, à Chicago neuf ans plus tôt, quand elle l'avait réveillé au milieu de la nuit pour savoir si Eyal était rentré. Il n'était pas dans sa chambre. « Il est mort ! » avait crié Jane. Sergio, guère inquiet, avait sorti sa petite théorie sur le désir de mort. Eyal avait en effet passé la nuit chez une autre fille, tout simplement.

Elle avait pu désirer la mort d'Eyal. Mais celle d'Eric ?

Si Eric était mort, elle ne voyait qu'une possibilité : se jeter par la lucarne de sa chambre sur le sol pavé de la cour après s'être tailladé les veines.

Eric n'avait pas pris l'avion.

Il n'était pas mort. Il n'était pas venu, voilà tout.

Elle s'appuya contre le mur et ferma les yeux.

Deux jours plus tôt, au téléphone, avait-elle dit à Eric qu'elle l'attendait avec une joie folle ?

Non. Quand il lui avait annoncé qu'il retournerait aux États-Unis le 5 janvier au lieu du 12 parce qu'il avait un nouveau séminaire à préparer, elle avait pleuré : comment un séminaire pouvait-il être plus important qu'eux ? « Si tu réagis comme ça, avait répliqué Eric avec calme, je me demande si je devrais venir. » La voix d'Eric, ses mots, avaient soufflé en elle un vent glacé de panique : « Non. Je comprends, excuse-moi, c'est juste que tu me manques tellement. »

La fin de la conversation avait été plus douce. Eric lui avait demandé quel temps il faisait à Paris. « À après-demain », avait-il dit en raccrochant, sans doute sincère à ce moment-là. Il avait dû repenser à cette conversation alors qu'il faisait ses valises, et s'en rappeler d'autres.

Elle avait toujours su qu'il l'abandonnerait. Elle ne le méritait pas. Il correspondait trop à son rêve de petite fille le plus exalté. Depuis l'instant où elle avait atterri à Paris — ou même depuis qu'elle avait embarqué à Kennedy — elle avait été atrocement déprimée. Trois mois épouvantables. Incapable de sortir de son lit et d'appeler les gens qu'elle connaissait à Paris. Elle n'avait même pas envie de se balader. Paris était gris et puait, surtout là où elle vivait, au centre, près de la Seine et de la voie sur berges. Eric et elle se téléphonaient deux fois par semaine à des jours et heures fixés par Jane à l'avance : elle n'aurait pas pu supporter l'incertitude de l'attente. La plupart du temps elle pleurait et l'accusait de ne pas l'aimer, de ne pas savoir ce qu'était l'amour. Ou comment pouvait-il manger, dormir, faire cours, regarder les débats électoraux à la télévision, avoir une voix joyeuse quand il l'appelait. Il prétendait mourir d'envie de la voir ; mais il n'en mourait guère, ou il serait venu en novembre, pour Thanksgiving, comme elle l'an passé quand Eric était à Berlin. Il l'avait réveillée le soir de l'élection de Clinton, en novembre : il fêtait l'événement avec des amis, il voulait être le premier à lui annoncer la nouvelle. Comme si elle s'en souciait. Leurs conversations tendues et interrompues par de longs silences la plongeaient dans le désespoir. Elle avait touché le fond en octobre, la veille du premier anniversaire de l'avortement. C'était Eric qui avait appelé. Elle ne parvenait ni à parler ni à raccrocher. Ils avaient passé deux heures au téléphone, silencieux, sauf quand Jane répétait en pleurant : « Mais tu ne vois pas que ça ne peut pas marcher ? » Elle s'était réveillée en sueur au milieu de la nuit et avait attendu huit heures du matin à Old Newport pour lui téléphoner. Il n'avait pas dormi non plus. Il avait réfléchi. Il y avait tant de menace dans sa voix métallique qu'elle avait réussi à se contrôler, à ne pas pleurer, à s'excuser auprès de lui, à promettre qu'elle ne se laisserait plus submerger par l'angoisse. Elle avait reconquis Eric. Mais il avait dû recevoir la facture avec une somme folle à payer. Elle avait fait plus attention par la suite. Elle s'était forcée à sortir pour avoir quelque chose à lui raconter, se traînant au musée d'Orsay à cinquante mètres de chez elle, où elle avait découvert la salle des Bonnard. Ce bref instant d'enthousiasme ne suffisait pas à rattraper le reste.

Il savait tout. Comment elle avait perdu sa virginité à vingt et un ans avec un joueur de base-ball aux cheveux ras qu'elle avait suivi dans sa chambre à la fin d'une fête, sans sentir ni plaisir ni douleur, juste le soulagement de ne pas rester vierge toute sa vie. Au réveil, elle avait dû passer une heure — la plus mémorable de la nuit — à rassurer le garçon qui craignait de l'avoir violée et la suppliait de ne pas lui bousiller sa vie. Elle se rappelait maintenant le sourire embarrassé d'Eric, quand elle lui avait raconté l'histoire en riant, après avoir vu, sur la table du collège où ils déjeunaient, un dépliant sur le viol.

Il savait comment elle avait suivi partout, comme un chien, l'unique homme qu'elle avait aimé avant lui, prête à tout faire pour Eyal, même à l'aider à draguer d'autres filles quand ce spectacle lui déchirait le cœur ; comment Eyal avait fini par coucher avec elle après sept mois, ivre lui aussi, se satisfaisant vite et sans souci d'elle ; comment il l'avait sommée, un matin où elle finissait ses révisions de dernière minute pour des examens qui avaient lieu dans l'après-midi, de venir récurer sa baignoire ; comment, elle qui faisait scrupuleusement attention à ne pas laisser un cheveu ou un poil dans la baignoire d'Eyal, avait obéi et frotté l'émail avec de l'ajax, les manches relevées, à genoux sur les carreaux, tandis qu'Eyal l'insultait. Encore une histoire comique.

Mais elle avait rompu avec Eyal. Elle avait fini par comprendre que la brutalité d'Eyal n'était pas un droit que lui donnaient la situation politique de son pays et la cicatrice sur la cuisse droite qu'il gardait de son service militaire au Liban. Elle s'était fait des promesses. Le jour où, alors qu'elle était tombée de vélo par une pluie torrentielle et avait oublié de poster une lettre pour lui, il l'avait giflée et traitée d'idiote, elle lui avait annoncé qu'elle le quittait, et elle l'avait quitté. Le soir même il l'avait appelée. Elle avait passé l'après-midi à attendre cet appel et fondu en larmes au premier son de sa voix. Il lui avait ordonné de venir à l'instant. Elle avait pris trois somnifères et, le lendemain, pour rompre le cercle vicieux du rejet, du désir et de la violence, couché avec un camarade d'études gentil, doux et drôle, depuis longtemps prêt à la consoler : Josh. Six ans avec lui. Puis Norman, trois mois après Josh. Eric n'était pas au courant de cette dernière aventure, mais il en savait assez. Il savait qu'elle avait peur d'être seule.

Eric s'était libéré du boulet attaché à sa cheville de façon radicale et discrète. Sa façon.

Jane pleurait silencieusement. Il fallait qu'elle sorte de là. Elle se dirigea vers l'entrée de Orlyval. Quelque chose heurta son talon et lui fit mal. Elle se retourna, furieuse. Le Japonais qui poussait le chariot s'excusa. Elle frotta sa cheville et se mit à courir : elle ne pouvait plus supporter d'entendre les haut-parleurs déverser les annonces des arrivées et des départs. Quelqu'un agrippa son sac. Rouge de rage, elle se retourna pour frapper l'agresseur.

« Mais où courez-vous donc, mademoiselle ? »

Eric avait posé la question en français avec un charmant accent. Il lui souriait. Elle poussa un cri et tomba dans ses bras. Son odeur. Fraîche et si bonne après une nuit d'avion. Il la serra étroitement et l'embrassa passionnément avant de recueillir du bout de la langue les larmes sur son visage.

« Je suis désolé ! Je n'avais aucun moyen de te prévenir.

— Qu'est-ce qui s'est passé ?

— Le vol TWA était complet : ils m'ont mis sur Delta en m'assurant que l'avion atterrissait à la même heure, mais sans préciser que c'était à Roissy et pas à Orly.

— Je suis allée au guichet de TWA et une horrible femme m'a dit que tu n'avais pas embarqué : j'ai cru que tu avais eu un accident sur le chemin de l'aéroport.

— Mon pauvre amour ! Je vais écrire à ces gens de TWA : ils ont intérêt à m'envoyer un billet gratuit première classe. »

Il n'avait pas dormi dans l'avion — il y avait un bébé qui criait juste derrière lui et l'avion était plein — mais il ne sentait pas la fatigue. Il était heureux.

Tout l'enchantait. Jane l'avait prévenu que le charmant appartement ensoleillé et calme dont elle avait vu l'annonce dans le couloir du département en avril dernier était en fait une mansarde au plafond bas avec deux toutes petites lucarnes laissant à peine entrer la lumière. L'endroit rappela à Eric un tableau expressionniste allemand qui l'avait frappé à Munich, un vieux philosophe barbu dans sa mansarde, allongé sur son lit, avec un parapluie au-dessus de sa tête. Les sept étages raides et sans moquette de l'escalier de service montant aux chambres de bonnes étaient excellents pour la santé. Le lit pour une personne aux montants métalliques, aux ressorts qui grinçaient et au matelas trop mou, rajeunissant : quel plaisir de dormir collés l'un contre l'autre, comme au collège. Les cabinets hors de l'appartement, au bout d'un long couloir — mais à usage privatif — n'étaient pas exactement pratiques, mais exotiques : on se serait cru en camping. Pour le quartier, impossible de faire mieux. À cinq minutes de chez Jane, juste de l'autre côté de la Seine au jardin des Tuileries, on se trouvait au milieu de l'axe reliant l'obélisque de la Concorde, l'arc de

Triomphe, la grande arche de la Défense à peine visible au loin dans la lumière floue, et, de l'autre côté, le petit arc rose du Carrousel, la Pyramide du Louvre qui ne convainquait guère Eric et le Louvre : la plus belle perspective de Paris.

Quand Eric repartit pour Old Newport, la mansarde garda l'empreinte de son sourire et son odeur dans quelques vêtements qu'il avait abandonnés pour remplir ses valises de livres français et allemands. La dépression fit place à un sentiment d'urgence : le livre. Jane mettait son réveil à sept heures et demie ; une heure plus tard, enveloppée dans la grande écharpe en cachemire vieux rose, aussi douce que les paumes d'Eric, qu'il lui avait offerte à Noël, elle prenait le chemin de la Bibliothèque nationale. Elle n'arrivait pas à croire qu'elle avait pu rester indifférente, pendant trois mois, à la beauté de cette promenade. Elle traversait la Seine au pont Royal, contemplait la perspective d'eau vert émeraude, de ponts anciens, d'immeubles du dix-neuvième siècle, de la coupole du Grand Palais et des petits nuages se déplaçant à toute allure dans le ciel, tellement minuscules par rapport à leurs cousins d'Amérique, passait par le jardin des Tuileries, tournait à gauche sous le passage du Louvre encore en travaux, et traversait les nobles et paisibles jardins du Palais-Royal jusqu'à la rue des Petits-Champs, perpendiculaire à la bruyante et polluée rue de Richelieu où se trouvait la Bibliothèque nationale.

On n'était sûr d'obtenir un siège qu'en arrivant tôt. À l'automne elle avait souvent attendu des heures. Elle aimait la vieille bibliothèque malgré l'absurde (dés)organisation française. Devant la machine à café dans le hall, elle rencontra des universitaires américains qui passaient un an ou quelques mois à Paris. Elle contacta les collègues d'Eric et quelques personnes qu'elle avait connues à Paris dix ans plus tôt. Elle était invitée à dîner. Les amis qu'elle s'était faits à la Bibliothèque nationale lui proposaient d'aller au théâtre ou au restaurant le soir, mais elle répondait toujours qu'elle n'était pas libre. Elle passait les soirées dans sa mansarde et s'offrait parfois une entrée à la piscine Deligny, sur une péniche juste en face de chez elle. Elle économisait pour l'été.

Début février, l'anniversaire d'Eric servit de prétexte à Jane pour un bref voyage aux États-Unis. À la mi-mars il lui rendit visite à Paris pour une semaine grâce au billet gratuit qu'il avait obtenu. Il ne restait plus qu'à attendre la mi-mai, quand Eric la rejoindrait à Paris pour l'été. Elle avait relu sa thèse, qui lui semblait mauvaise : Eric disait que c'était une réaction normale.

Un matin, début avril, les reflets du soleil sur la Seine, qui rendaient l'eau vert doré, l'avaient mise d'excellente humeur. Après quatre heures passées à examiner des manuscrits de Flaubert, elle ferma les précieux documents qui contenaient l'écriture du grand homme et se leva en pensant aux déjeuners de Flaubert à Croisset avec sa mère et sa nièce après une matinée d'écriture. Elle sortit de la salle silencieuse de la réserve, puis de la Bibliothèque nationale, et traversa la cour jusqu'à la rue de Richelieu, derrière un grand jeune homme aux cheveux noirs, qui attendit comme elle au bord du trottoir. En dépit du type latin, quelque chose dans son allure lui fit penser qu'il était nord-américain — en tout cas certainement pas français. Il sentit son regard et lui sourit. Ils bavardèrent tandis qu'un flot puant de voitures et de bus descendait la rue. Il était américain en effet, professeur assistant d'histoire médiévale à l'université de Californie à Santa Cruz. Elle s'était à peine présentée qu'elle mentionna Eric. Vincent et elle déjeunèrent d'un sandwich au café des Trois Fontaines. Ils se retrouvèrent le lendemain à une heure et décidèrent de déjeuner ensemble chaque jour : cela permettait de structurer le temps et de mieux travailler. À huit heures, quand la bibliothèque fermait, ils allaient souvent boire un café. Vincent avait vécu quelques années à Paris avec une peintre. Il était invité presque tous les soirs. Une semaine après leur rencontre, il proposa à Jane de l'accompagner à une fête chez son ex, Rosen, qui habitait une charmante maisonnette du dix-neuvième siècle cachée derrière un immeuble rue de Charenton. Rosen, une femme calme et silencieuse qui plut beaucoup à Jane, était originaire de Bretagne, d'un village à la pointe du Finistère, Lannilis, où elle invita Jane à lui rendre visite avec Eric cet été. Grâce à Vincent, la vie parisienne de Jane devint nettement plus excitante.

Voir les appartements et les studios des peintres à Barbès, Belleville et Bastille ou dans les banlieues proches de l'est de Paris satisfaisait son instinct voyeuriste. Les artistes s'intéressaient à elle en apprenant qu'elle était américaine et enseignait à Devayne où il y avait une importante École des beaux-arts. À la Bibliothèque nationale, il fallait au contraire se faire le plus humble et le moins américain possible pour se concilier les rêches bibliothécaires. Vincent plaisantait tout le temps et la faisait rire. Elle n'arrivait pas à croire qu'ils se connaissaient seulement depuis trois semaines. Le printemps fleurissait. Eric arrivait dans moins d'un mois.

Le 1er mai, après une fête dans l'appartement d'un peintre avenue Ledru-Rollin, comme il était quatre heures du matin et qu'aucun taxi ne passait dans les rues désertes, Vincent proposa à Jane de dormir chez lui. Il habitait juste à côté, rue du faubourg Saint-Antoine.

La sonnerie du téléphone la fit sursauter. Elle regarda l'heure sur la cuisinière électrique. Trois heures et demie. Elle se leva à la troisième sonnerie, et décrocha.

« Salut, c'est moi. Qu'est-ce qui se passe ? »

Jane fut contente de reconnaître Allison. Elle était maintenant presque sûre que l'auteur n'était pas Bronzino. Comment aurait-il su tous ces détails sur sa vie à Paris ?

« Merci de me rappeler. Ça va ?

— Oui. Enfin. Je croule sous le travail au bureau et je n'ai pas dormi de la nuit : les jumelles ont une otite.

— Les pauvres ! Je suis désolée. Écoute, j'ai une toute petite question à te poser, complètement hors contexte : tu es restée en contact avec Josh après que j'ai rompu avec lui ?

— Avec Josh ? Oui, pourquoi ? Je ne t'en ai pas parlé parce que notre amitié avec lui n'avait rien à voir avec toi.

— Ne t'inquiète pas, ça ne me dérange pas. Mais est-ce qu'il t'a posé des questions sur moi ?

— Sans doute, de temps à autre, pour savoir ce que tu devenais. Pourquoi ?

— Tu lui as parlé de Bronzino ?

— Franchement je ne me rappelle pas. Pourquoi ?

— Et mon avortement ? Il est au courant ?

— Mais pourquoi ? Quelque chose s'est passé ? »

Jane hésita.

« Non, juste comme ça. Vous vous voyez toujours ?

— Il habite un peu loin pour ça, mais on se parle au téléphone.

— Il habite où ?

— New York.

— New York ! Qu'est-ce qu'il fait ?

— Il travaille comme éditeur chez Doubleday.

— Ah bon ! Il a publié un roman ?

— Pas encore. La dernière fois qu'on s'est parlé, il y a quelques mois, il était en train de finir un gros roman auquel il travaille depuis des années. »

Jane sourit : voilà ce qu'elle avait besoin de savoir.

« *Il est marié ?*

— *Pas que je sache. Il a rompu avec Stephanie il y a quatre ans et depuis il n'a eu que des histoires sans importance. Il dit qu'il est comme tous les célibataires de quarante ans : il a perdu la capacité d'illusion et l'enthousiasme nécessaires pour tomber amoureux. Il reste convaincu que tu étais la femme de sa vie.*

— *Josh tout craché.*

— *Mais pourquoi tu me poses ces questions ? Qu'est-ce qui s'est passé ?*

— *Rien, je te dis. Enfin si.*

— *Quoi ?*

— *Est-ce que Josh vous a rendu visite à San Francisco ou à Seattle ?*

— *Pas à Seattle. À San Francisco, deux ou trois fois, oui. Mais dis-moi.*

— *Tu tiens un journal ?*

— *Quoi ?*

— *Un journal, tu sais, où tu notes tes pensées et ce que tu as fait dans la journée.*

— *Pas depuis que j'ai quinze ans ! De quoi tu parles ? Qu'est-ce qui est arrivé, Jane ?*

— *Rien, vraiment. Hier j'ai retrouvé des paquets de vieilles photos et je me suis aperçue que je ne pouvais pas mettre de date dessus. Du coup j'ai pris quelques notes pour essayer de retrouver le fil, et figure-toi que ça m'a donné envie d'écrire.* »

Le mensonge lui vint instinctivement. Il lui sembla qu'elle ne devait pas parler du manuscrit à Allison — pas encore.

« *C'est pour ça que tu me poses ces questions sur Josh ?* »

Allison avait l'air déçu. Jane sourit. Heureusement qu'il n'y avait pas encore de téléphones à écran où l'on pouvait voir le visage de l'autre.

« *Oui.*

— *D'écrire un roman, ou tes Mémoires ?*

— *Un roman. Autobiographique.*

— *Pas universitaire, j'espère.*

— *Pourquoi ?*

— *Chiant. Transpose-le dans un autre milieu.*

— *Un cabinet d'avocats par exemple ?* »

Allison rit.

« *Déjà fait. Non, il faut trouver une profession sur laquelle personne n'a encore écrit. On va y réfléchir. Ça me plaît beaucoup cette idée. Mais il faut que j'y aille. J'ai du boulot, moi.*

— *Tu pourrais me passer le numéro de Josh ? J'ai besoin de lui pour reconstituer ma chronologie.*

— *Je l'ai à la maison. Je te rappellerai ce soir en rentrant. Je préférerais lui demander d'abord.*

— *O.K. À ce soir.* »

Jane raccrocha, but un peu d'eau et se rassit, contente d'avoir résisté à son envie de tout dire. Allison n'aimait pas écrire, mais elle parlait volontiers. Jane reprit sa lecture. Où en était-elle ? Ah oui. Paris. Vincent. Josh semblait vraiment très bien informé.

Elle avait bu un peu trop pour ses capacités limitées et fumé un joint qui n'était pas sans effet sur elle. Sa tête tournait et elle avait sommeil. Elle s'allongea sur le canapé dans son petit salon. Vincent s'assit près d'elle. Il n'essaya pas de l'embrasser. Il caressa son cou, glissa sa main dans sa chemise et sous son soutien-gorge. Elle le laissa faire. Il s'allongea à côté d'elle, puis sur elle. Leurs corps se frottaient l'un contre l'autre en un contact si excitant qu'elle était tout au bord de jouir. Tout en répétant non et en disant qu'il ne devait pas, qu'elle ne pouvait pas faire ça, que ce serait terrible si elle était enceinte, elle le laissa rentrer en elle et quand il toucha son clitoris elle jouit instantanément. Il éjacula sur ses seins une minute après.

Il lui laissa son lit et dormit sur le canapé. Quand elle se réveilla vers dix heures, elle mit quelques minutes à se rappeler où elle se trouvait. Une porte claqua : Vincent venait de rentrer avec une baguette fraîche. Ils prirent le petit déjeuner ensemble, sans aucune gêne. Il déposa un léger baiser sur ses lèvres quand elle partit.

« It was fun. »

Elle ne pouvait pas dire le contraire. Elle avait eu son premier orgasme au moment où un homme était en elle. Même avec Eric ce n'était jamais arrivé : plus elle était amoureuse et plus elle était crispée, par peur d'être une mauvaise amante. Si, ivre, elle commençait par frotter son corps contre celui d'Eric, le miracle ne se reproduirait-il pas ? Elle était reconnaissante à Vincent de lui avoir appris quelque chose sur elle-même.

Elle ne devait plus le voir : elle regretterait les déjeuners et les fêtes mais c'était trop risqué. Vincent comprendrait. Ce jour-là, par discrétion peut-être, il ne vint pas à la Bibliothèque nationale. Le soir, elle repassa dans sa tête tous les détails de la nuit passée avec une excitation croissante. À dix heures et demie, elle composa son numéro. Il n'était pas là. Elle ne laissa pas de message. Elle se rappela toutes les filles qui lui tournaient autour et se mit à mordre nerveusement le capuchon de son bic. Jalouse ? Une hypothèse ridicule. Il aurait quand même pu lui téléphoner. Ces Californiens ne savaient pas vivre. Elle ferait mieux d'aller se coucher : elle n'avait dormi que quatre ou cinq heures la nuit précédente. Elle entendit le téléphone sonner alors qu'elle tirait la chasse d'eau au bout du couloir et elle courut vers sa chambre. Au moment où elle décrochait, à bout de souffle, elle jeta un coup d'œil au réveil sur sa table de nuit : minuit moins vingt. Il ne pouvait pas se permettre de l'appeler à une heure pareille.

« Allô ?

— Je te réveille ? »

Eric.

« Oh, bonjour ! Non... pas du tout, j'étais aux toilettes, et...

— Quelque chose ne va pas ?

— Non, pourquoi ?

— Tu as une voix bizarre. Tu es sûre que tout va bien ?

— Mais oui. C'est juste qu'il y a ce type que j'ai rencontré à la Bibliothèque nationale : on devait déjeuner ensemble aujourd'hui et il m'a posé un lapin. Je croyais qu'il appelait pour s'excuser. »

Elle se mordit les lèvres. À minuit moins le quart ?

« C'est qui ce type ?

— Vincent, tu sais, qui est prof d'histoire médiévale à UCSC.

— Je ne sais pas. »

Elle transpirait. Pourquoi ne pas raconter à Eric toute la nuit passée ?

« Il me semblait que je t'avais parlé de lui.

— Tu ne m'as pas parlé de lui.

— C'est juste un type que j'ai rencontré à la BN, très sympa. Tu l'aimerais bien, je crois.

— Franchement, je ne crois pas. Dis à ce monsieur Vincent de ne pas s'approcher trop près s'il ne veut pas que je lui écrabouille les couilles avec une batte de base-ball. »

Jane rit.

« Hé ! Tu ne vas pas quand même pas être jaloux ! »

Elle était pensive quand elle raccrocha. Il était horrible qu'Eric eût été si proche et si loin de la vérité en même temps : s'il pouvait imaginer ce qu'elle avait fait, il la quitterait. Elle en était sûre.

Elle prit quelques sérieuses mesures. Elle n'irait plus à la Bibliothèque nationale. Elle déchira de son carnet et jeta la page avec le numéro de Vincent. Elle fit la même chose avec le numéro de

Rosen. Fin du rêve breton. Bien fait pour elle. Elle n'était pas amoureuse de Vincent. Pourquoi ne pouvait-elle cesser de penser à lui ? La mémoire était-elle une sangsue s'agrippant par tous les pores au corps de celui qui vous avait bien fait l'amour ? Ou bien Jane était-elle piquée qu'il l'ait laissée tomber ? Le salaud devait savoir qu'elle s'était réservé ce rôle.

Le 19 mai, elle attendit Eric chez elle. Elle se réveilla vers huit heures et travailla en buvant son café. Elle regardait sa montre toutes les dix minutes. À neuf heures dix elle reconnut le pas dans le couloir. Elle ouvrit avant qu'il ait frappé. Il était vêtu d'un tee-shirt noir et d'un jean bleu clair. Il portait sur une épaule sa valise à costumes Samsonite noire, et sur l'autre un sac en toile noire ; il tenait dans une main un bouquet de petites fleurs jaunes, et dans l'autre un sachet de papier blanc d'où émanait une odeur exquise de beurre et de mie chaude. La sueur perlait sur ses tempes. Son sourire dégageait ses dents.

« J'ai couru. Ils sont encore chauds. »

Il était là, enfin. Tellement plus beau que Vincent. Ils s'embrassèrent. L'odeur d'Eric se mêla à celle des croissants chauds. Elle avait réussi l'épreuve : ils ne se sépareraient plus jamais. Vincent n'était rien : juste un épiphénomène de son amour pour Eric.

Ils voyagèrent en Italie et en Grèce. Il aurait souhaité lui montrer la péninsule d'Istrie qu'il avait découverte quatorze ans plus tôt quand il travaillait en free-lance pour le *Let's Go* d'Europe du Sud juste après avoir reçu son diplôme de Harvard, mais la guerre en Bosnie rendait un voyage dans ces régions difficile. Le 18 juin, après avoir fêté, la veille, les trente-deux ans de Jane, ils prirent un train pour Venise. Elle ne put dormir une seconde dans le compartiment plein de ronflements et de pieds puants, et se demanda pourquoi elle s'était laissé entraîner dans ce piège à touristes. Quand elle sortit de la gare Santa Lucia à l'aube, aspira l'air salé et vit l'eau bleu-vert scintillant au soleil déjà fort, les ponts de pierre avec leurs marches, les gondoles et les vaporettos débarquant journaux et légumes frais, et les palais roses aux fenêtres cernées d'une ligne de pierre blanche, Venise s'éveillant un matin d'été, elle se mit à rire, émerveillée comme une petite fille. Dès qu'on s'écartait du circuit pour touristes, Venise, comme Prague, était désert même au cœur de l'été. Ils firent l'amour, une nuit, sous une porte cochère, dans une ruelle menant à un canal. La peur qu'on les surprenne empêcha Jane de se détendre mais elle eut, tout au long, un sentiment exubérant de jeunesse et de bonheur. Puis ils descendirent la botte italienne : Florence, Rome, Naples, et Bari où ils embarquèrent pour la Crète. Il y arrivèrent tout poisseux de sel de mer après une nuit sur le pont et sautèrent d'île en île pendant cinq semaines, suivant leur fantaisie et les horaires des bateaux.

Le nom des îles se perdrait. Resteraient leur désinence solaire en « os », l'image d'une chambre blanche en haut d'une colline avec un infini de bleu tout autour, la sensation paresseuse des journées passées à nager, sécher et s'aimer, l'odeur du poisson grillé quand on a très faim, le plaisir d'être jolie le soir dans une robe blanche sur la peau bronzée, les inflexions exotiques de la voix d'Eric essayant son grec Berlitz. Avec lui tout était simple, facile et léger. Il trouvait en dix minutes, pendant que Jane attendait au café avec les sacs à dos, une chambre chez l'habitant propre et accueillante. La nuit, il n'avait pas son égal pour tuer les moustiques. Il dénichait de petites criques isolées où il la convainquit de nager nue. Elle craignait l'arrestation pour outrage aux mœurs dans un pays où les femmes ne montraient pas même leur ventre sur la plage, mais Eric avait raison : on croyait en un état naturel de l'homme quand le corps, libre de tout vêtement, fendait l'eau comme une sirène. Elle ne douta de ses pouvoirs qu'une fois, à Chios, l'île des discothèques, où ils atterrirent par hasard et durent attendre deux jours le prochain bateau : pour fuir le bruit et la jeunesse dorée, ils louèrent une moto qui les lâcha à midi dans la campagne déserte, sur une route sans ombre, sous un soleil assassin. Pendant que Jane pleurait, certaine de leur mort prochaine par déshydratation, Eric, le visage et le torse dégoulinant de sueur, tenta cent fois de suite et sans jamais s'énerver de démarrer l'engin. La cent unième fois le moteur obéit.

Dans un restaurant de poissons, à Kythnos dont elle retint le nom aussi, alors que l'enchantement de ciel bleu, de maisons blanches et d'eaux transparentes approchait de sa fin, les laissant en forme, minces et bronzés — Eric bronzé avait l'air d'un dieu — il s'agenouilla soudain devant elle. Elle cria de peur et leva les pieds : un énorme cafard comme dans la chambre hier soir, un rat ?

« Veux-tu être ma femme ? »

Elle éclata de rire, puis en larmes. Tout le monde dans le restaurant remarqua la scène. Les citharistes se mirent à jouer des musiques de mariage, les serveurs à danser, et le propriétaire, un vieux Grec avec un gros ventre, apprit les pas à Jane et à Eric : un cercle de gens frappant dans leurs mains se forma bientôt autour d'eux.

Ce soir-là, elle descendit à elle seule une bouteille de vin blanc. Eric dut presque porter jusqu'à leur maison sa fiancée ivre et la soutenir aux toilettes : elle n'arrivait pas à tenir assise. Plus tard elle ne put se rappeler quand, comment il l'avait déshabillée. Le seul souvenir clair fut celui de leurs corps glissant l'un contre l'autre comme les anneaux d'un serpent musclé et le cri qu'elle poussa quand il fut en elle, si fort qu'il dut plaquer une main sur sa bouche : leur premier orgasme en même temps.

Jane but un peu d'eau. Son verre était vide et sa gorge sèche. Elle revoyait la chambre chez l'habitant toute blanche et le drap blanc dont elle recouvrait au matin le corps d'Eric endormi après l'avoir contemplé. L'image lui venait en fait d'une photo où le flash n'avait pas fonctionné et où l'on devinait à peine, dans la pénombre de la chambre aux volets clos, la rondeur des fesses nues d'Eric qui dormait sur le ventre. Elle avait jeté la photo mais pas ôté le cliché de sa tête. De sa peau. Elle serra les dents, se leva et mit de l'eau à chauffer pour un thé, en posant bruyamment la casserole sur la plaque électrique.

Elle arpenta le salon à grands pas, en tournant nerveusement entre ses doigts une petite cuiller qu'elle avait prise sur le comptoir. Et si l'auteur n'était ni Josh ni Bronzino, mais un inconnu ? Un homme obsédé par elle qui l'épiait depuis des années et qui avait méticuleusement reconstitué toute sa vie ? Un étranger qui se serait introduit dans son appartement de Linden Street, huit ans auparavant, tandis qu'elle se trouvait en France avec les anciens élèves de Devayne ? Qui l'aurait suivie en France sept ans plus tôt, qui lui aurait envoyé cet expresso à l'aéroport d'Orly ? De tels fous — les héros des films hollywoodiens — existaient-ils dans la vie réelle ?

Elle eut l'idée d'appeler un psychiatre. Un spécialiste serait à même d'identifier les symptômes de la folie.

Elle retourna à la petite table où se trouvait le téléphone et ouvrit les pages jaunes du bottin. Le mot « psychiatre » renvoyait aux catégories « docteur et chirurgien ». En tournant la page, elle trouva la catégorie « psychologue ». Il y avait des centaines de noms. Devait-elle en choisir un au hasard ? Mais pour lui dire quoi ? Lui demander s'il arrivait qu'un fou suive sa victime pendant des années dans le but d'écrire un roman sur elle ? Si l'on pouvait appeler fou un écrivain transformant en personnage de fiction une personne réelle et utilisant des détails très intimes ? Le psychologue lui rirait au nez. À ce titre la plupart des romanciers étaient fous.

Non, ce manuscrit était certainement une plaisanterie, et son auteur, quelqu'un qui la connaissait bien : vraisemblablement Josh.

Il n'avait pas besoin de se trouver dans l'aéroport de Paris six ans et demi plus tôt pour savoir que Jane avait reçu un café anonyme. Elle avait souvent raconté cette anecdote, parce qu'elle la trouvait drôle, et même instructive : il était impossible qu'Eric lui envoie un café au lieu de courir vers elle, mais elle avait accepté le fait et lui avait aussitôt trouvé une explication, comme si l'on ne pouvait pas s'empêcher de rationaliser, même les données les plus absurdes.

Josh pouvait avoir appris d'Allison le détail du voyage de Jane en Grèce et la façon dont Eric l'avait demandée en mariage. Josh, évidemment, connaissait le passé de Jane : son aventure avec le joueur de base-ball, son amour pour Eyal, ses insécurités, ses angoisses. Il pouvait facilement deviner ses pensées et ses sentiments.

Mais comment savait-il l'aventure de Jane avec Vincent ? Personne n'était au courant. Pas même Allison, qui se trouvait à San Francisco et avec qui Jane ne correspondait guère, quand l'aventure avait eu lieu à Paris. Au retour, elle ne s'en était pas vantée. Elle avait cherché à l'oublier.

Elle sursauta. Et si Josh le savait de Vincent lui-même ? Il pouvait l'avoir rencontré, à un colloque par exemple. Un tout petit monde. Il suffisait d'une conversation pour découvrir qu'ils avaient une amie commune, et d'un sourire entendu de Vincent pour que Josh comprenne à demi-mot et pose quelques questions indiscrètes. Il la connaissait suffisamment bien pour en déduire ensuite quelque détails très intimes.

3

Elle descendit du bus au coin de Main et Government Street. Le trajet durait quinze minutes de plus mais les plages de Fort Hale qu'Eric lui avait fait découvrir l'été précédent étaient beaucoup plus jolies que celles de Woodmont Park. Comme il ne faisait plus trop chaud et qu'il y avait encore du soleil, elle décida de rentrer chez elle à pied au lieu d'attendre l'autre bus. Une foule de gens descendait Main Street vers les restaurants ou traversait Central Square. Des étudiants bronzés après de longues vacances. De nouveaux étudiants découvrant leur ville. Les drapeaux blanc et vert devant chaque magasin, souhaitant la bienvenue aux étudiants de Devayne, donnaient à la rue un air festif de foire.

Au fur et à mesure qu'elle s'éloignait du centre-ville et de la foule, une sensation désagréable de peur crispait sa poitrine. Elle devait être forte ce soir. Tout se passerait bien : il y avait dans sa peur une humilité qui garantissait des surprises. L'opposé d'hubris.

Hubris. L'excès d'orgueil et de confiance en soi toujours récompensé par un terrible dénouement dans les tragédies grecques. Le mot lui était revenu tout à l'heure sur la plage. Elle aurait aimé pouvoir demander à Josh quelle était l'intrigue de son roman.

Elle avait joui d'un bonheur excessif, croissant de jour en jour et d'année en année comme la valeur d'une action boursière en des temps prospères. Deux années de séparation et de passion, et puis le mariage, il y avait tout juste deux ans, trois semaines après leur retour d'Europe. À la façon d'Eric. Elle pensait à organiser une fête au printemps, quelque chose d'intime et de sympathique, pas plus de cinquante invités, quand Eric lui avait fait peur en disant non : se rétractait-il ? Il avait une meilleure idée : se marier tout de suite, ce week-end, juste tous les deux. Une offre qu'on ne pouvait pas refuser. Il avait fallu attendre une semaine pour la publication des bans. Jane avait invité la famille. Allison, sur le point d'accoucher, n'avait pas pu venir. Dix minutes à la mairie d'Old Newport le 5 septembre, un déjeuner au Provence avec les parents de Jane, sa sœur Susie, Tony, et la mère d'Eric, un petit tour à Fort Hale pour les photos, et voilà : elle était Mme Blackwood. Ils n'avaient même pas eu besoin de nouveaux habits. Eric avait déjà un beau costume et la robe d'été en lin blanc achetée à Rome en juin faisait parfaitement l'affaire. La bague en or sur l'annulaire d'Eric ajoutait à sa beauté un élément de féminité. Il se plaignait, d'une adorable voix boudeuse, que ça le chatouillait.

Au moment où Eric avait dit oui, un tel bouleversement s'était fait en elle qu'elle n'avait pu articuler un son quand son tour était venu. Eric avait les yeux fixés sur elle. Aucune inquiétude dans ses prunelles, mais un amour infini et patient qui cherchait à extraire les sons de sa gorge muette. « Je marie les gens depuis vingt ans, dix fois par semaine, leur avait dit ensuite le maire-adjoint : mais je n'ai jamais été aussi ému. Vous deux, vous n'avez pas besoin de mes vœux de bonheur. Vous avez de la chance de vous être trouvés. » De la chance, oui. Une chance dont elle ne comprenait pas comment elle avait pu la mériter. Eric et elle se regardaient dans les yeux et voyaient la même chose : une certitude sans l'ombre d'un doute. Ils éclataient de rire. Pendant le déjeuner au Provence où elle dévorait son repas alors qu'une mariée était supposée n'avoir jamais faim le grand jour, elle s'était dit que, quoi qu'il arrive, elle aurait eu sa part de bonheur.

Deux jours plus tard ils avaient emménagé au douzième étage de la tour Brewer où Eric avait trouvé un appartement qui avait moins de caractère que celui de Linden Street, mais spacieux et clair, avec un petit balcon et une vue panoramique sur les parkings d'Old Newport et les collines rocheuses du parc de Longview, à l'ouest. Ils vivaient ensemble pour la première fois. On les avait prévenus que le passage à une vie conjugale après deux années romantiques de séparations et de retrouvailles ne serait pas facile : il fallait s'attendre à des crises. Rien de tel. Eric était incroyablement facile à vivre, toujours charmant, drôle, attentif, discret. Comment un homme de trente-cinq ans aussi beau que lui pouvait-il n'avoir jamais été marié ? Il répondait invariablement : « Je t'attendais. » Après Sonia, il n'avait eu que des aventures sans grande importance. Pourquoi Sonia, la Chilienne passionnée qui, dix ans plus tôt, avait quitté son mari pour Eric, avait-elle choisi quatre ans après de retourner vivre avec son mari ? Eric avait ses petits défauts, bien sûr : fils unique choyé par sa mère, il n'était pas un modèle de pro-preté ménagère, ne voyait pas la poussière et lais-sait longtemps chemises et chaussettes sales traîner au fond de son placard. Mais il refusait catégo-riquement que Jane lui nettoie son linge. Si elle cuisinait, il lavait la vaisselle, et vice versa. Elle pas-sait l'aspirateur et il vidait les poubelles. La répar-tition des tâches s'était faite naturellement, sans une dispute. Ils travaillaient dans la même pièce sans se gêner — elle n'avait pu le faire avec per-sonne jusque-là. Ils avaient le même rythme. Le premier que la faim faisait sortir de sa tanière vers dix heures du soir préparait quelque chose avec les moyens du bord ; ou bien ils allaient man-ger un sandwich falafel au café arabe du coin. Ils n'avaient envie de voir personne : ils pouvaient se passer du monde entier. Ils faisaient tout le temps l'amour.

Mais le monde existait. Une nuit où Eric était resté tard au bureau pour finir une conférence qu'il donnait le lendemain, Jane avait été réveillée vers une heure du matin par un bruit si fort qu'elle avait cru qu'une bombe avait explosé à son étage à l'intérieur de l'ascenseur. Elle était d'autant plus terrifiée qu'elle ne pensait jamais à fermer à clef la porte d'entrée de l'appartement. Le téléphone se trouvait dans le salon. Elle avait dû rassembler tout son courage pour entrouvrir la porte de la chambre et jeter un coup d'œil au salon : pas d'homme en sang en train d'agoniser sur son tapis. La nuit était à nouveau silencieuse, comme si elle avait rêvé ce bruit. Elle avait verrouillé la porte, mangé une banane, puis était retournée se coucher, avant de percevoir quelques minutes plus tard à travers ses paupières closes et les stores les lumières clignotantes jaune et bleu qui montaient de la rue.

Elle n'oublierait jamais le corps allongé sur le trottoir douze étages plus bas, sur le dos, bras écartés, avec un petit objet sombre près de sa main droite, ni la voix de la jeune femme noire penchée à la fenêtre voisine de celle de Jane, qui avait tordu ses mains vers le ciel et hurlé : « Oh mon Dieu, mon Dieu, ne le laisse pas mourir ! » Dans un journal local le lendemain, Jane avait lu une brève colonne sur un homme de vingt-six ans qui avait reçu une balle dans le dos au douzième étage de la tour Brewer alors qu'il essayait de s'enfuir et qui était mort dans la rue. Il laissait trois jeunes enfants et une femme enceinte de six mois. La police supposait qu'il s'agissait d'un règlement de comptes pour une histoire de drogue.

Eric avait décidé qu'il était temps de déménager. Et d'acheter. Elle n'y aurait jamais pensé. Acheter, c'était sérieux : un acte d'adultes. Apparemment ils étaient des adultes, et louer revenait à jeter l'argent par les fenêtres. Devayne faisait cadeau de huit mille dollars à ses employés qui achetaient des logements dans Old Newport et proposait des prêts à des taux d'intérêt très bas. Avec la récession, l'immobilier avait beaucoup baissé, surtout dans une ville sinistrée comme Old Newport. Ils gagneraient de l'argent sur les impôts grâce au remboursement de l'emprunt. Tous ces termes nouveaux amusaient Jane, mais pas autant que les week-ends passés à prospecter et le légitime regard indiscret sur les demeures et les vies d'autrui. Quand un lieu leur plaisait, ils le meublaient fictivement pendant le dîner. Elle avait dû renoncer à son rêve d'une maison au bord de la mer à Fort Hale : non parce c'était cher, mais parce qu'elle ne conduisait pas et ne pouvait dépendre entièrement d'Eric. Fin mars, un dimanche après une tempête de neige, ils avaient trouvé *la* maison. Une neige vierge tout autour et un silence comme au cœur des ténèbres. Peach Street, une toute petite rue au bout de River Road, dans les bois mais encore dans Old Newport, à la limite de la ville, à quarante-cinq minutes à pied du campus par une belle promenade dans des quartiers sûrs. La maison était parfaite pour deux, avec ses deux grandes chambres en haut donnant sur un jardin charmant, deux salles de bains (la définition même du luxe selon Eric), et, en bas, un salon de dimensions agréables avec une cheminée, et une cuisine toute neuve. Incroyablement bon marché. Par prudence, ils l'avaient fait inspecter. Tout était en bon état. Le 1er mai, ils s'étaient installés chez eux. Leur second déménagement en sept mois. Eric avait à nouveau rempli les caisses avec l'efficacité qui le caractérisait et loué un camion. Le soir, il s'était plaint d'avoir les reins cassés : heureusement, ils ne déménageraient plus avant longtemps. Cherchant la bouteille de whisky pour lui, elle avait trouvé son tapis qu'elle avait étalé devant la cheminée. Ce n'était pas ce soir, dans leur état de fatigue, qu'ils feraient l'amour sur le tapis comme en septembre le soir de leur emménagement dans la tour Brewer. Dix minutes plus tard ils étaient sur le tapis et faisaient l'amour.

Le lendemain, il y avait une réunion à l'université, la dernière de l'année. Plusieurs mémos de Peter McGregor avaient rappelé aux professeurs de ne pas la manquer : ils étaient tous là, sauf Edwin Sachs en congé sabbatique et Xavier Duportoy qui, comme par hasard, donnait toujours une conférence en France le lendemain de son dernier cours. Même Theodora Theodoropoulos, la diva

140

du département, leur faisait l'honneur de sa présence ; Jane la voyait seulement pour la deuxième fois. Trois heures enfermés dans une pièce étouffante et malodorante où l'on ne pouvait pas ouvrir les fenêtres à cause du bruit de la construction du Centre d'études juives à côté, alors qu'il faisait un temps splendide et que Jane aurait pu se promener avec Eric dans le parc près de leur nouvelle maison. Quatre, cinq heures si ça leur chantait. Elle avait des réserves infinies de patience. Elle regardait ses douze collègues autour de la table et elle avait envie de rire. Les cinq hommes titularisés, trois maigres et deux gros, avaient l'air d'avoir été clonés l'un sur l'autre avec leurs cheveux courts et bien peignés, leur regard sévère derrière les lunettes à monture métallique, leurs lèvres minces et leurs tristes costumes gris sans âge. À côté d'eux, les deux femmes titularisées qui se haïssaient cordialement : la grosse et agressive Begum Begolu avec ses longs cheveux gris et ses robes synthétiques aux couleurs criardes, dont tous savaient qu'elle avait grandi dans un bidonville d'Ankara où elle avait appris à se battre, et la majestueuse Theodora Theodoropoulos née dans une riche famille athénienne, toujours aussi belle, à près de soixante ans, dans son élégant survêtement dont la blancheur contrastait avec ses courts cheveux très noirs. Puis venaient les cinq professeurs jetables, dont Jane faisait partie, quatre femmes relativement jeunes et un jeune homme myope au front dégarni, tous sans enfants, tous pâles et maigres, de petites souris effarées ouvrant rarement la bouche pour donner leur avis. La pauvre Carrie, en tant que DPL, directrice du programme de licence, avait dû prendre place entre Peter McGregor et le vieux Français proche de la retraite qui penchait vers elle son gros nez rouge pour lui postillonner dans l'oreille.

Les pauvres, tous. Même ceux d'entre eux qui avaient décroché la titularisation à Devayne, ce signe d'une insigne réussite. Ils se disputaient comme des gamins pour des peccadilles avec des voix terriblement sérieuses. Si peu de joie sur leur visage. Avaient-ils jamais fait l'amour avec quelqu'un qu'ils aimaient de tout leur corps et de toute leur âme ?

Il suffisait de les regarder. Bronzino avait passé trente-cinq ans avec une femme qui n'était pas la bonne. Le vieux Français noyait sa solitude dans l'alcool. Peter McGregor avait une femme charmante et trois adorables fillettes, mais le pli sec et amer sur le visage de ce spécialiste érudit de Pascal révélait un désarroi face à un monde où le jansénisme et l'amour austère des règles n'avaient plus de place, sinon en un dernier refuge, l'université. Le vieux Carrington, un bon grand-père aux cheveux blancs marié depuis quarante ans, venait de rendre officielle son homosexualité. Quant à la magnifique Theodora, on la disait très seule depuis que sa petite amie avait accepté dix ans plus tôt un poste à l'autre bout des États-Unis. La plus pathétique était encore Begum Begolu avec son rire de casserole grattée par une cuiller en métal et ses quatre petites créatures aboyeuses qui lui valaient le surnom de « Deux-livres-et-quatre-chiens » trouvé par un étudiant malicieux. Rien d'étonnant à ce qu'ils s'agrippent désespérément à leur misérable pouvoir : torturer les étudiants en thèse et refuser la titularisation à leurs jeunes collègues.

Jane souriait en elle-même. Les douze momies autour de la table ne savaient pas. Elle aurait voulu leur crier ses tables de la Loi :

Il n'y a qu'une sorte d'amour.

Il faut partir s'il y a l'ombre d'un doute.

On n'a qu'une moitié.

Ne t'arrête pas avant de l'avoir trouvée.

Elle avait une chance folle mais ce n'était pas seulement de la chance. Elle aurait pu épouser Josh ou Norman, ou se trouver un autre Eyal. Elle avait affronté ses démons et accepté la solitude. Même après avoir rencontré Eric elle n'avait pas renoncé. Son bonheur était mérité.

Tandis que ses collègues discutaient du test d'ancien français, elle repassait dans sa tête les images de la veille, leurs corps sur le tapis, la bouche d'Eric, sa poitrine large avec le duvet châtain, ses épaules musclées, ses fesses rondes et fermes, ses cuisses, ses mollets parfaits et, au bas de son ventre, le sexe doux et brun tout petit quand il reposait sur l'oreiller des couilles et qui se gonflait sous les doigts de Jane jusqu'à se dresser, si grand qu'elle avait chaque fois l'impression d'être vierge.

Mais pas trop grand : il ne la déchirait pas. Juste la bonne taille. Elle aimait tout de lui. Sa langue rentrant entre les lèvres de son sexe, la fouillant ou l'effleurant avec délicatesse ; le sexe d'Eric dans sa bouche, même l'odeur âcre d'avant la douche ; et cette autre odeur, salée et métallique comme la rouille, des touffes de poils secs et blonds sous les aisselles. Elle adorait ses cheveux souples et doux mais elle était certaine qu'elle l'aimerait aussi chauve, tant son visage était joli, et ses oreilles, et la forme de son crâne. Elle aimait sa peau, le grain de sa peau, le goût de sa peau. Ses dents belles mais pas très bien soignées qu'il avait accepté, suprême preuve d'amour, de faire examiner par le père de Jane, et entre lesquelles il glissait maintenant, le soir, le fil dentaire. Sa façon toujours renouvelée de lui faire l'amour. Hier il s'était arraché d'elle alors qu'elle était toute proche de l'orgasme pour écarter au maximum la cuisse droite de Jane et rentrer en elle à la perpendiculaire. Dans cette étrange posture où ils formaient une croix, il s'était emboîté parfaitement en elle et elle avait senti encore mieux, encore plus profond, ce sexe chevillé à son corps sans autre point de jointure.

Dans deux heures elle serait chez elle. Chez eux. Il l'attendait. Un frisson de désir avait traversé son échine. Elle était folle de bonheur. C'était une fièvre de joie. Elle avait croisé le regard de Bronzino, froid et désapprobateur, et s'était mordu la lèvre pour éteindre l'étincelle dans ses yeux.

Elle pouvait dater avec précision ce sommet de bonheur : 2 mai 1994, il y avait seize mois. C'était juste après, en sortant de la réunion à six heures, qu'elle avait récupéré son courrier et trouvé la lettre des presses universitaires de Princeton. Comme par hasard ce jour-là. Quand elle avait vu l'en-tête sur l'enveloppe, son cœur s'étais mis à battre, la plongeant brutalement dans une réalité qu'elle contemplait de haut un quart d'heure plus tôt. Le premier jugement professionnel sur son travail de huit ans. Elle avait eu un sombre pressentiment avant même de déchirer l'enveloppe et d'en extraire la lettre qui contenait le mot « désolé ». Elle avait lu le rapport deux fois pendant le trajet en bus jusque chez elle. Pas un seul commentaire positif, sinon que son style était clair et énergique. Quand elle était descendue du bus et qu'elle avait vu la maison de poupée toute blanche où l'attendait son amour, son jubilant sentiment de supériorité avait entièrement disparu. Eric avait descendu l'escalier quatre à quatre en l'entendant ouvrir. Elle avait seulement pu lui tendre le rapport, sans un mot, dans un geste digne d'une tragédie grecque. Debout près d'une pile de caisses, il l'avait parcouru rapidement.

« Excellent.

— Hein ?

— Il n'y a pas un seul argument contre ton livre. Le rapporteur se contredit lui-même : tu dis le contraire de tout ce que tout le monde a reconnu depuis longtemps et tu ne dis rien d'original. Il est irrité, c'est tout.

— Et alors ?

— Il est jaloux. Ça veut dire que c'est un bon livre.

— Ça me fait une belle jambe.

— Il y a une remarque sensée dans ce rapport, concernant les livres et articles que tu ne cites pas...

— Mais je ne peux pas tout citer ! J'ai lu des tonnes de livres en anglais, en français, en allemand, et même en italien. Je ne cite pas ceux qui n'ont rien à voir avec ma thèse ou qui sont écrits par des imbéciles.

— Les imbéciles, mon amour, ont beaucoup de pouvoir. Si tu veux mon avis, ton lecteur est un de ces imbéciles dont tu ne mentionnes pas le livre. Il est furieux parce que tu as écrit un bon livre dans lequel tu ne le cites même pas. Tu sais ce que je ferais à ta place ?

— Quoi ?

— Je prendrais le dernier livre paru sur Flaubert et je vérifierais la bibliographie critique pour m'assurer que je n'ai pas laissé de côté une fée Carabosse susceptible d'écrire un rapport. En gros, tous les professeurs habitant les États-Unis. Mais ne t'en fais pas, vraiment. Tu sais bien qu'il n'y a pas de grand succès sans un ou deux rejets d'abord. »

Tout ce qu'il disait avait la simplicité et la clarté de l'évidence. Il était si beau, avec ses souples

mèches châtain clair tombant sur son front, sa chemise polo noire et son jean bleu clair, pieds nus.
Elle aimait ses grands pieds aux longs orteils —
celui du milieu plus long que le second — et aux
ongles toujours propres. C'était comme un de ces
ciels bretons qu'avait décrits Rosen : le soleil, la
pluie, et à nouveau le soleil succédant aux nuages
apportés et chassés par le vent. Eric assis près d'elle
sur le canapé, laissant tomber le rapport, l'embrassant, et murmurant dans son oreille que c'était
bien, hier, sur le tapis. Lui faisant l'amour cinq
minutes plus tard, sur le tapis encore.

Il y avait seize mois. Ce pourrait être seize ans.
Avant la mort d'Herring. Il était une fois où elle
pensait que personne ne pourrait toucher cela :
Eric. Où le pire qui pouvait lui arriver était une
lettre de rejet. Où elle ignorait encore que c'était
l'avertissement des Érinyes. Ne sois pas trop heureuse. Hubris.

Elle tourna à gauche. Déjà chez elle. Si profondément plongée dans ses pensées que les quarante
minutes de marche depuis l'arrêt de bus au centre-ville lui avaient semblé à peine cinq minutes.
Le soleil se coucherait bientôt. Elle fouilla son sac
de plage pour trouver les clefs. La maison blanche
avait l'air dorée dans la lumière de fin d'après-
midi. Elle ouvrit la porte. Le salon était triste à
cette heure, quand dehors il faisait encore clair et
que dedans il fallait déjà allumer la lumière. Le
voyant rouge du répondeur clignotait. Elle appuya
sur le bouton des messages. Allison : Jane ne devait

pas hésiter à appeler ce soir si elle se sentait seule. C'était gentil.

Le bois des étagères à droite de la cheminée était beaucoup plus blanc là où il y avait eu les livres d'Eric. Faire le ménage ne serait pas du luxe. Laver les carreaux non plus. Ils ne les avaient nettoyés qu'une fois, quinze mois plus tôt, pour la pendaison de crémaillère, quand ils avaient reçu leurs quarante invités. La photo d'Eric et d'Hubert que Jane avait prise ce soir-là dans le jardin se trouvait toujours sur l'étagère, à côté de celle de Jeremy courant vers l'appareil photo avec des pas vacillants de petit ours, ses mains potelées tendues devant lui. Jane approcha le cadre de ses lèvres et embrassa le verre. Il avait dû changer. Plus d'un an déjà depuis la semaine enchantée que John et Allison avaient passée à Old Newport. Ils étaient tombés sous le charme d'Eric, et Jane et Eric sous celui de Jeremy. Ils passaient les journées à se balader, les soirées à discuter autour des bouteilles de vin californien apportées par Allison et John. Juillet 1993. Deux semaines avant la mort d'Herring. Jeremy aurait deux ans dans dix jours. Il fallait qu'elle pense à téléphoner.

Elle se servit un verre d'eau filtrée dans la cuisine. Il faisait nuit. Déjà neuf heures, presque. Dans la salle de bains elle rinça son maillot et prit une douche. Elle laissa longtemps l'eau très chaude ruisseler sur son visage et laver son corps du sel de la mer. La sonnerie du téléphone retentit juste comme elle sortait de la baignoire. Elle attrapa une serviette et courut dans la chambre. Elle se jeta en travers du lit et décrocha le téléphone sur la table de nuit.

« Eric ? »

Il n'y eut pas de réponse.

« Eric ? Tu m'entends ? C'est toi ? Je ne t'entends pas. Je vais raccrocher. Rappelle-moi d'un autre téléphone ! »

Elle reposa l'écouteur. La chambre était sombre et silencieuse. Elle frissonna de froid. Elle se demanda soudain si elle avait verrouillé la porte d'entrée. Nue et encore mouillée, elle descendit en courant, la serviette enroulée autour des hanches. Le verrou était mis. La sonnerie du téléphone la fit sursauter. Elle le décrocha dans le salon.

« Coucou, c'est moi.

— Tu es où ?

— Dans un motel à la sortie de Toledo.

— C'est toi qui as essayé de m'appeler il y a deux minutes ?

— Non, pourquoi ?

— Quelqu'un a appelé. Il n'y avait personne au bout du fil.

— Un mauvais contact.

— J'imagine. Mais ça m'a fait peur. Sans voiture dans la contre-allée…

— Ne t'inquiète pas, il n'y a aucun danger.

— Je sais. Tu n'es pas trop crevé ?

— Un peu. J'ai conduit douze heures non stop. C'était une bonne idée de partir un samedi. Il n'y avait pas trop de circulation.

— Tu as mangé quelque chose ?

— Un énorme McDo.

— Tu comptes arriver là-bas demain ?

— Si possible. Mais il y a encore au moins douze heures de route.

— C'est trop. Pourquoi tu ne fais pas plutôt la route en trois jours ?

— On verra. J'ai envie d'arriver. Je serai prudent, ne t'inquiète pas. Qu'est-ce que tu étais en train de faire ?

— De prendre une douche. » Elle rit. « Je suis nue et toute mouillée.

— Ah ah… »

Il lui manquait déjà tellement. Toledo. Elle n'y était jamais allée. Demain il serait encore plus loin. Eric demanda doucement :

« Comment s'est passée ta journée ?

— Tu peux être fier de moi : je n'ai pas pleuré. J'ai travaillé cinq heures sur mon article et je l'ai fini.

— Je suis fier de toi.

— Cet après-midi je suis allée à Fort Hale en bus. J'ai revu le dingue, tu sais, le type qui parle sans cesse à tous les passagers du bus. Aujourd'hui j'ai dû lui serrer la main. Il voulait tout savoir sur moi. Il a l'air assez toqué pour avoir sa place dans un asile psychiatrique, mais c'est un doux dingue. Il appelle les gens par leur nom. Quand on a traversé West Old Newport, à un arrêt il s'est penché à la fenêtre et il s'est mis à crier : "Mais c'est madame Jackson avec sa fille ! Bonjour madame

150

Jackson ! Comment allez-vous ? Comment va votre fille ? Bonjour Dorothy !" Il sait même où les gens habitent et il indique au conducteur du bus où s'arrêter exactement avant même que les passagers demandent à descendre. Ça m'a mise de bonne humeur, je ne sais pas pourquoi. Peut-être de me rendre compte que ce fou n'était pas dangereux et que je pouvais être gentille avec lui sans que ça tire à conséquence.

— Pas *trop* gentille, quand même. »

Elle rit.

« J'ai nagé une heure et je suis rentrée à pied depuis le centre-ville. Je devrais dormir comme un bébé ce soir. »

Eric bâilla.

« Qu'est-ce que j'aimerais que tu sois avec moi.

— Moi aussi. Le motel est comment ?

— Aussi charmant que dans *Psychose*. De toute façon je suis mort. Je ne crains qu'une chose : que les cartons dans la voiture ne tentent quelqu'un. Je n'ai pas eu le courage de la décharger. Comme un imbécile j'ai pris les cartons de la chaîne et du magnétoscope.

— Oh non !

— J'ai scotché un papier sur le pare-brise pour signaler que les caisses ne contenaient que des livres. J'espère qu'on va me croire. »

Elle mit un disque de musique brésilienne quand elle prépara son dîner. La musique douce et ryth-mée remplissait la maison d'une présence chaleu-reuse. Le lendemain à minuit, elle était en train de se demander ce qu'elle ferait si Eric ne l'avait pas appelée à une heure du matin quand le téléphone sonna. Il venait d'arriver. Il était trop fatigué pour avoir encore une impression.

Il la rappela lundi. Après une nuit de onze heures il se sentait beaucoup mieux. L'appartement était très bien : grand, clair, commodément meublé. Jane n'aimerait sans doute pas la moquette épaisse dans toutes les pièces, mais les nombreuses fenêtres donnaient sur de grands arbres et un ciel très bleu pour l'instant.

« C'est loin du centre ?

— En plein centre. »

Il avait déjà déballé ses livres. Il ne lui manquait qu'un seul être pour se sentir tout à fait chez lui.

Le mardi, on sonna à la porte vers dix heures du matin. Jane courut ouvrir : un coursier lui tendit douze roses rouges. Leur deuxième anniversaire de mariage.

Rien à voir avec Paris trois ans plus tôt. Elle n'était pas déprimée. Eric lui manquait terriblement mais c'était vivable. Elle remplaçait Carrie comme directrice du programme de licence. Elle avait été furieuse quand Bronzino le lui avait demandé au printemps dernier : on ne pouvait pas dire non et ce titre administratif signifiait beaucoup plus de travail sans augmentation de salaire. Dans les circonstances présentes, c'était parfait : pas de temps pour le vague à l'âme. Elle avait échangé son petit bureau du quatrième étage contre une large pièce au troisième avec deux tables, cinq chaises et une baie vitrée, entre le bureau du directeur du département et celui du directeur du programme de thèse, Peter McGregor. Elle lisait et soulignait le Livre Vert. C'était tellement ennuyeux qu'elle devait souvent relire une phrase deux ou trois fois pour en comprendre le sens. Eric et elle se téléphonaient régulièrement, sans planifier. Entendre sa voix la faisait parfois pleurer. Après avoir raccroché, il lui arrivait de rester immobile dix ou quinze minutes, un sourire aux lèvres. Les vacances de Thanksgiving étaient trop éloignées. Le 18 septembre elle acheta un billet pour le week-end du 20 octobre. Elle ne resterait pas seule pour le quatrième anniversaire de l'avortement. Quand elle lui annonça sa venue, la voix d'Eric prit cette intonation particulière de désir qui la faisait frémir.

Il était ravi. Les étudiants étaient sérieux, les collègues intelligents et en plus sympathiques. Ils avaient tous lu son livre et lui en parlaient. À Devayne, on n'aurait jamais soupçonné qu'un échange intellectuel sans concurrence et sans agressivité pût exister en ce monde. La bibliothèque, riche, lui avait réservé une agréable surprise. Le Centre audiovisuel programmait d'excellents films chaque soir et pas seulement le week-end comme la cinémathèque de Devayne. Jane apprécierait l'atelier d'écriture auquel participaient des écrivains du monde entier souvent très célèbres. Au téléphone, elle retrouvait Eric au meilleur de lui-même : charmant, tendre, la faisant constamment rire par de petites anecdotes.

En fin de compte, il semblait qu'il ait eu raison, se dit Jane en marchant vers le collège George-Trowbridge où elle avait rendez-vous avec Bronzino. Les six semaines depuis le départ d'Eric avaient passé comme une lettre à la poste ; elle s'envolait pour l'Iowa dans deux jours. Elle avait été très contrariée, en juin, quand Eric lui avait annoncé sa décision impulsive d'accepter l'offre de dernière minute, alors que l'Iowa était si éloigné et qu'il avait encore un an à Devayne : ils auraient pu rester ensemble. Mais il n'était pas certain de trouver un autre poste aussi intéressant l'année suivante, et il lui avait dit : « Je connais mes limites, Jane. Une autre année comme celle-là viendrait à bout de moi — et de nous. »

Il disait vrai. Une lente et sûre descente en enfer avait débuté le matin du 6 août 1993, quand Annette Herring les avait réveillés pour leur annoncer qu'Hubert était mort, la veille, dans un accident d'avion. Son avion. Voler était sa passion.

Tout avait commencé par un lourd silence. Entre les dernières retouches qu'il apportait à son deuxième livre et le coup de main qu'il donnait à Annette pour classer les papiers d'Hubert, Eric était débordé. Il s'occupait aussi des étudiants d'Hubert. Certains poursuivraient leur thèse sous sa direction, ce qui représentait un avantage, puisque Eric n'avait pour l'instant qu'un seul étudiant inscrit en thèse avec lui. En septembre, le silence s'était intensifié quand il avait appris que Judith Swarns était la nouvelle directrice du département. Elle le haïssait personnellement depuis un dîner chez les Herring quatre ans plus tôt où elle lui avait fait des avances, ou, plutôt, depuis le mariage d'Eric, qui avait détruit l'illusion de Swarns qu'il était homosexuel. De toute façon, les favoris d'un règne n'étaient jamais ceux du suivant. Les autres membres du département s'entendaient bien avec Eric. Ils étaient tous venus à la pendaison de crémaillère en mai. Son livre avait eu d'excellentes critiques. Deux cents étudiants de premier cycle suivaient son cours magistral sur la peinture européenne et des dizaines se battaient pour être acceptés dans son séminaire à inscription limitée. Il avait déjà un contrat pour son deuxième livre. On savait qu'il avait refusé une offre de Berkeley sur le conseil d'Herring, ce qui revenait à une promesse implicite de titularisation. Swarns n'était pas la seule à voter.

Le 25 février Eric apprit qu'il n'était pas titularisé. Il avait une nouvelle ride sur le front entre les sourcils. De toute façon il valait mieux savoir : le pire, c'était l'incertitude. Il n'était pas difficile de comprendre pourquoi : jalousie. Donner la titularisation, à Devayne, à un homme de trente-huit ans qui avait déjà deux livres, une femme charmante et une jolie maison ? Le succès de la pendaison de crémaillère s'était retourné contre lui. Pour acheter une maison il fallait être sûr d'être titularisé. Ce qui avait été certitude avant la mort d'Herring passait après coup pour une arrogance folle. Hubris.

Eric persistait à dire qu'il n'avait aucune inquiétude : il ne connaissait aucun professeur de Devayne réduit à mendier. Il se plaignait de douleurs dans le dos et la nuque. Entre mars et juin ils n'avaient pas fait l'amour une seule fois. Une ou deux fois en février, puis encore une fois en mars, ils avaient essayé sans succès. La peur s'était installée : elle savait par avance que ça ne marcherait pas. Elle ne pouvait pas supporter son corps tout proche d'elle, dans le même lit, dans la même chambre, sous le même toit, et son sexe toujours mou. Eric parlait d'une panne provisoire qui n'avait rien à voir avec Jane : le problème avec elle, c'était qu'elle ne pouvait pas s'empêcher de tout rapporter à elle et de penser qu'il ne la désirait pas. Jane voulait le croire. Elle craignait qu'Eric ne l'aimât comme elle avait aimé Josh : tendrement, affectueusement, comme une sécurité, sans passion.

Il s'était mis à dormir dans la chambre qui lui servait de bureau ou en bas, dans le salon, sur le canapé beige et blanc, devant la télévision que Jane trouvait encore en marche quand elle descendait le matin prendre son petit déjeuner, soulagée d'en avoir fini avec la nuit. Elle pleurait presque chaque soir en se demandant s'ils étaient punis d'avoir été trop heureux. La seule personne avec qui elle pouvait faire allusion à la situation était Allison.

156

« Mais fous-lui la paix, disait Allison. Pauvre Eric. Tu ne sais pas combien c'est humiliant d'avoir perdu son boulot. C'est encore pire pour un homme. Il doit avoir tellement peur de te décevoir. » Les recommandations d'Allison : ne jamais pleurer devant lui ; ne pas se plaindre ; exprimer du désir et pas de frustration ; être tendre, calme et rassurante ; ne pas demander à être rassurée ; lui donner des massages ; renoncer temporairement au sexe. Allison les avait vus ensemble et n'avait aucun doute : ils avaient toute une vie devant eux pour faire l'amour.

En mai, sanglotant sur le trottoir comme une loque après qu'un adorable bébé chinois, dans la queue chez l'épicier, lui avait souri, Jane avait enfin compris pourquoi elle était si triste. Après le mariage et la maison venait logiquement le bébé. Pas facile de concevoir un bébé quand on ne faisait plus l'amour. Eric, à sa façon, lui demandait de choisir entre lui et un bébé. Aimer, c'était aussi renoncer. Elle ne pleura plus devant lui.

Après avoir reçu l'offre de l'université d'Iowa, Eric avait ressuscité comme un animal après une longue hibernation, redevenant Eric tel qu'en lui-même, charmant, drôle et passionné. Ils avaient eu bien besoin des deux bons mois de juillet et d'août après la terrible année.

Jane arriva devant le portail du collège. Midi et demi pile. Elle dut attendre qu'arrive un étudiant pour lui ouvrir le portail. Elle traversa en courant

la pelouse entre les bâtiments d'architecture colo-
niale. De la musique rock s'échappait d'une fenêtre ouverte. Elle ne pouvait pas se permettre d'être
en retard pour son premier déjeuner avec Bronzino en quatre ans. Elle tendit sa carte de Devayne
à l'employée à l'entrée de la cantine et reconnut,
dans la queue, les cheveux frisés et courts de Bronzino. Elle prit un plateau et lui dit bonjour de loin
pour signaler sa présence. Les professeurs déjeunaient gratuitement dans les collèges mais, leurs
privilèges s'arrêtant là, rien ne l'autorisait à dou-
bler tout le monde pour rejoindre Norman. Elle
n'était pas pressée. Il devait lui parler de son dossier de promotion pour la prolongation de son
contrat sur quatre ans.

Il avait choisi une table tout au bout de la salle,
dans un coin à l'écart, où ils ne seraient pas dé-
rangés par le bruit des étudiants. Elle s'assit face
à lui. Il n'avait pas changé, sauf qu'il portait un
gros pull-over au lieu d'une veste en tweed et
d'un nœud papillon. Jane lui sourit.

« Tu as l'air en forme. »

Il ne réagit pas. Il jeta un coup d'œil rapide à
sa montre.

« Je n'ai pas beaucoup de temps : j'ai rendez-
vous au bureau à une heure. Venons-en directement au sujet. Ton dossier est plutôt solide, Jane.
Les huit articles — huit, c'est ça ? — publiés dans
des revues professionnelles sérieuses feront
bonne impression. Tu as donné des cours sur des

sujets variés. Le fait que tu sois maintenant DPL ajoute un élément positif. Mais il faut un livre. »

Elle se crispa.

« Je sais. J'ai pris du retard parce que j'ai révisé mon livre l'an dernier après le refus des Presses universitaires de Princeton.

— Sans un livre je ne peux rien te garantir. Il n'est pas nécessaire qu'il soit déjà publié mais il faut au moins un contrat. Sinon certains membres du département pourraient s'opposer à ta promotion. »

Qui ? Begolu sans doute, qui n'aimait pas les femmes, surtout plus jeunes. Bronzino fit entrer une grande feuille de salade dans sa bouche et lécha du bout de la langue quelques gouttes de sauce au coin de ses lèvres. Il saupoudra de poivre le ragoût de dinde accompagné de riz qu'il avait choisi, comme Jane. Son plateau regorgeait de nourriture : une salade, une tarte au citron, une pomme, une banane et deux oranges, trois brioches, une coupe de yaourt, et même une petite boîte de céréales Kellogg's All Bran. Il aurait du mal à tout faire disparaître en un quart d'heure.

« J'attends des nouvelles des Presses universitaires de Chicago. J'ai bon espoir. L'éditrice était enthousiaste après avoir lu mon introduction et le résumé du livre : elle m'a appelée immédiatement pour que je lui envoie le manuscrit. C'est bon signe, non ?

— En effet. C'était quand ?

— Pendant l'été. En juillet peut-être. Je ne me rappelle pas exactement.

— En juillet ? Ça fait quatre mois. Tu n'as pas eu de nouvelles depuis ? »

Elle fit non de la tête.

« Tu n'as pas appelé ?

— Pas encore. »

Il secoua la tête d'un air sévère.

« Tu ne peux pas te permettre de perdre du temps comme ça. »

Elle rougit.

« J'étais débordée avec mon nouveau travail en tant que DPL, et puis ça n'a pas été très facile depuis qu'Eric est parti...

— Ta situation de famille n'est pas le problème de l'université. Tu dois te montrer plus professionnelle. Dès que tu as un contrat, dis-le-moi : j'ajouterai la pièce à ton dossier. »

Elle frissonna. Si quelqu'un s'opposait à sa promotion, ce serait lui. Il ne lui avait jamais pardonné. Il l'avertissait — peut-être parce qu'elle avait été honnête. Il mangeait déjà la dernière bouchée de son ragoût alterné avec la salade, en prenant à peine le temps de déglutir les morceaux. En deux bouchées il se débarrassa de la tarte au citron, et en deux autres du yaourt. Il regarda sa montre et se leva.

« À propos, mon ami Jeffrey Woodrow a un livre qui vient juste de paraître aux Presses universitaires du Minnesota sur un sujet proche du tien. Écris aux Presses universitaires du Minnesota. Sers-toi de mon nom si tu veux. Fais vite, Jane : il te faut un contrat avant janvier. »

Tout en parlant il avait ouvert son cartable et y glissait les fruits, les brioches et la boîte de fibres. Jane écarquilla les yeux. Peut-être qu'il n'avait pas le temps de faire les courses ou que son divorce l'avait laissé sur la paille. Il prit son plateau et s'éloigna. Elle avait à peine commencé son ragoût et n'avait plus faim. Trois étudiants s'assirent à sa table. Ils commentaient bruyamment, en riant, la visite tardive qu'un de leurs camarades avait rendue la veille à une certaine Vicky, sans faire plus attention à Jane que si elle était le poivrier que Bronzino avait embarqué et qui ne semblait guère leur manquer. Une fille asiatique, fil de fer, face à Jane, écala un œuf dur dont elle sépara délicatement le jaune du blanc pour ne manger que le blanc, et grignota trois feuilles de salade sans sauce, pendant que sa camarade obèse s'attaquait à un énorme hamburger accompagné de frites. Jane se leva, déprimée. Elle était la seule, à son niveau, à n'avoir pas encore de contrat. Le livre de Carrie allait sortir. Même James avait trouvé un éditeur. Sans livre, non seulement elle ne serait pas promue à Devayne mais elle ne trouverait de poste nulle part ailleurs.

Le lendemain matin, elle se força à composer le numéro de l'éditrice des Presses universitaires de Chicago. Elle laissa un message sur le répondeur.

Le soir, quand elle rentra chez elle, le voyant rouge clignotait. Ce n'était sans doute pas Eric, puisqu'il l'avait appelée au bureau dans l'après-midi. Son cœur battait vite quand elle appuya sur le bouton. Elle reconnut immédiatement la voix professionnelle. L'éditrice priait Jane de l'excuser pour le retard : elle avait eu du mal à trouver un lecteur pendant l'été et avait dû attendre septembre ; elle promettait une réponse d'ici Thanksgiving. Jane soupira. Elle avait accompli son devoir. Elle pouvait respirer une semaine.

Elle se réveilla à cinq heures moins le quart pour prendre l'avion à neuf heures et demie du matin à Kennedy. Trois heures de bus jusqu'à l'aéroport, puis deux heures et demie d'avion. Elle attendit une heure à l'aéroport de Chicago avant d'embarquer dans le tout petit avion à hélices avec dix personnes à bord. Des perturbations atmosphériques secouèrent l'avion dans tous les sens. Le cœur de Jane se souleva. Elle passa trois quarts d'heure à vomir dans un sac en papier et à gémir comme un bébé. Quelqu'un d'autre vomissait derrière elle. L'odeur était atroce. Elle n'avait plus rien dans le ventre et continuait à vomir de la bile, pleurant, suppliant Dieu de les faire atterrir, et jurant qu'elle ne remettrait jamais les pieds dans un avion, surtout un petit avion. Ils finirent par toucher le sol, mais avec de tels tressautements que Jane en verdit de peur, certaine qu'ils allaient mourir. Eric l'attendait depuis plus d'une heure. Ils s'embrassèrent rapidement et quittèrent vite le petit aéroport de Des Moines, à une demi-heure d'Iowa City qui n'avait pas d'aéroport. Il était pressé : il avait cours à deux heures. Elle ne put rien dire pendant le trajet : elle avait encore envie de vomir.

« Je suis désolé de te laisser seule. Si ton avion avait été à l'heure, on aurait pu déjeuner.

— Ne t'inquiète pas. »

Il eut juste le temps de porter ses sacs dans l'appartement. Il y avait de quoi manger dans le frigidaire.

Elle prit une douche. Elle ne put trouver les serviettes propres et utilisa celle d'Eric, qui avait besoin d'être lavée — ainsi que tout le linge sale qui était dans son placard. Il n'avait pas passé l'aspirateur une seule fois depuis son arrivée. L'évier était plein de vaisselle sale, dont la vue et l'odeur lui soulevèrent le cœur. Elle ne put rien manger.

Les meubles étaient laids : un canapé recouvert d'un tissu multicolore criard, la table de salle à manger lourde et sombre avec ses pieds torsadés faussement antiques, des éléments de cuisine dans un style campagnard kitsch, une moquette gris-beige usée et sale. L'appartement dégageait une impression de tristesse malgré les larges fenêtres, peut-être à cause des affreux stores à lattes métalliques verticales, installés dans les années soixante, qui absorbaient la lumière. Les fenêtres donnaient sur les arbres et sur des kilomètres de champs plats. Le centre-ville était déjà la limite de la ville puisqu'il n'y avait pas de ville, comme elle s'en était rendu compte quand ils avaient traversé Iowa City en arrivant tout à l'heure et qu'Eric avait désigné quelques bâtiments : seulement l'université et des maisons autour. Le cauchemar de Jane.

Elle se reposa et lut tout l'après-midi en attendant Eric. Il aurait quand même pu annuler ses heures de bureau pour elle, exceptionnellement. C'était le 20 octobre. Pas n'importe quelle date. Il le savait. Il finit par arriver vers sept heures. Il était fatigué à la fin d'une longue semaine. Ils dînèrent et se couchèrent.

Au matin la tension était là. Ils ne faisaient pas l'amour à cause de cette tension. Ils étaient tendus parce qu'ils ne faisaient pas l'amour. L'œuf et la poule. Elle avait encore mal au cœur. Après le petit déjeuner, il proposa une promenade. Il voulait lui montrer les lieux, son bureau, la salle de conférence, la bibliothèque, le musée, le centre audiovisuel. Elle fit de son mieux pour exprimer de l'admiration. Ils rencontrèrent cinq personnes qu'il connaissait. Il était content de leur présenter sa femme. Deux de ces personnes les avaient déjà invités, pour le déjeuner et le dîner du dimanche. Au dîner elle rencontrerait David Clark, qui avait fait sa thèse à Devayne. Un type brillant.

Il ne lui posa aucune question sur sa vie. Il se crispait dès qu'elle mentionnait Devayne ou Old Newport. Seule la fuite dans la salle de bains éveilla son intérêt.

Le samedi après-midi, ils firent l'amour. L'humeur d'Eric fut ensuite plus légère et joyeuse. Elle n'eut pas d'orgasme, mais elle aussi était soulagée : au moins ça avait marché. Le soir ils regardèrent un film de Hitchcock. Elle avait encore mal au cœur et se sentait triste. Il ne fallait pas dramatiser. Chaque année, autour de cette même date, elle était nerveuse et agressive avec Eric. Il savait pourquoi. Il se montrait doux et patient.

La plupart des collègues d'Eric qu'elle rencontra au déjeuner et au dîner du dimanche étaient des couples plus âgés avec enfants. Ils ne parlaient que de leurs rejetons et de leurs étudiants.

« Alors vous enseignez à Devayne », lui dit un jeune homme à lunettes, le seul célibataire présent, petit et mince, la peau du visage grêlée, habillé d'une chemise noire et de jeans noirs à la mode new-yorkaise. David Clark, du département de français et d'italien. « Devayne n'est plus ce que c'était du temps de l'École critique de Devayne : il n'y a plus qu'une poignée de vieux schnocks conservateurs qui enseignent là-bas, non ? Qui reste-t-il en dehors de Theodoropoulos ? »

Elle se retrouva en train de chanter les louanges de Bronzino, de Sachs, de McGregor, de Smith, même de Begolu. Il voulait savoir ce qu'elle pensait de la déconstruction et ce qu'on pouvait dire de nouveau sur Flaubert. S'il y avait un sujet qu'elle n'avait pas envie d'aborder, il l'avait trouvé. Il se penchait vers elle en parlant et il avait une mauvaise haleine. Des dents mal soignées pleines de tartre, et des gencives enflammées. Gingivite. Elle savait par son père que les dentistes portaient un masque parce qu'il y avait plus de bactéries dans la bouche que dans l'anus. Elle recula discrètement sa tête. David rapprocha la sienne.

Quand ils eurent tous bu quelques bières, la salle à manger résonna de plaisanteries et de rires épais à propos de gens dont Jane n'avait jamais entendu parler — un collègue, le directeur, une secrétaire. Eric lui expliquait parfois ce qu'il y avait de drôle.

« Tu ne t'es pas trop ennuyée ? demanda Eric dès qu'ils furent sortis de chez leurs hôtes, vers minuit.

— Non, ils sont gentils. Mais l'avion m'a vraiment mis l'estomac à l'envers et je suis nerveuse à l'idée du voyage demain.

— Je sais. Ma pauvre chérie. »

Le lundi matin, il avait cours. L'après-midi il la conduisit à Des Moines. Il y avait moins de vent que le samedi. Elle avala quand même trois Nautamine. Elle dormait si profondément quand ils atterrirent à Chicago qu'il fallut la transporter dans l'autre avion en chaise roulante.

Elle dormit tout le long du trajet jusqu'à Old Newport. Elle arriva chez elle à minuit et se coucha tout de suite.

Le mardi, une pile de lettres et de mémos dont certains demandaient des réponses urgentes l'attendait sur son bureau. Pour une raison ou une autre les étudiants avaient tous choisi ce matin-là pour venir lui demander des renseignements sur le programme de français ou le semestre de troisième année en France. Assise derrière son bureau, elle s'efforçait de garder un sourire patient. Quand elle eut le temps de regarder sa montre, il était une heure moins cinq. Son estomac gargouillait. Elle n'avait rien mangé au petit déjeuner et presque rien depuis trois jours. Elle avait cours à une heure. Un étudiant attendait encore à sa porte : il était assis dans le couloir depuis une demi-heure, elle ne pouvait pas le renvoyer.

« Installez-vous et attendez-moi une minute. »

Elle courut jusqu'aux bureaux des secrétaires. La porte de Mary était fermée : elle était en train de déjeuner. Jane se précipita dans le bureau de Dawn, qui était au téléphone. Un sandwich au poulet à demi mangé sur le bureau fit saliver Jane. Elle allait tomber d'inanition.

« Je sais, disait Dawn, c'est terrible. Je n'aurais jamais cru ça de lui. Quand tu penses qu'elle… »

Jane manifesta sa présence, dont Dawn s'était déjà rendu compte, par quelques grattements de gorge.

« Attends une seconde. »

Dawn se tourna vers Jane.

« Qu'est-ce que vous voulez ? »

Jane lui décerna son plus gracieux sourire.

« Vous pourriez me rendre un service ?

— Quoi ?

— Je suis abominablement en retard. Je fais cours dans cinq minutes, il y a encore un étudiant dans mon bureau, et je défaille de faim. Ça vous ennuierait d'aller me chercher une part de pizza en bas à Bruno's Pizza ? »

Elle tendit les deux dollars.

« Je ne peux pas. » Dawn lui tourna le dos. « Allô ? Oui, excuse-moi. Voilà ce que je pense que tu devrais lui dire… »

Jane sortit du bureau, écarlate et sonnée comme si Dawn venait de la gifler. Il n'y avait heureusement aucun témoin à son humiliation. C'était sa faute. Dawn, une excellente secrétaire, beaucoup plus efficace que Mary, devait marquer ses limites clairement ou elle croulerait sous le travail. Mary, de plus, était la secrétaire réservée au DPL, tandis que Dawn travaillait pour le directeur du département et les autres professeurs. Et puis c'était sa pause déjeuner. Mais il y avait autre chose. Dawn n'aurait parlé à aucun professeur comme elle venait de répondre à Jane, qui ne pouvait que s'en prendre à elle-même. En septembre, un vendredi après-midi où elle n'était guère pressée de retourner dans sa maison vide, elle avait bavardé avec Dawn : elles avaient découvert qu'elles avaient le même âge et qu'elles s'étaient mariées la même année, et le même mois. Jane avait été fière de montrer la photo de mariage posée sur son bureau. Se détachant sur le bleu de la mer et le brun-rouge des rochers de Fort Hale à l'arrière-plan, le visage d'Eric rayonnait ; Jane n'était pas mal non plus avec son sourire de star et ses cheveux volant au vent. Dawn, une grosse fille blonde aux traits plats, aurait difficilement pu présenter une telle photo. L'attitude de Dawn à l'égard de Jane s'était insensiblement modifiée par la suite. Jane n'avait pu regagner son autorité.

Quand elle arriva chez elle ce soir-là, le voyant rouge clignotait. Un seul message. Son cœur se mit à palpiter quand elle appuya sur le bouton. Ce n'était pas un jour à bonnes nouvelles. D'un autre côté, une nouvelle qu'un éditeur annonçait par téléphone ne pouvait être que bonne.

« Hello, ma chérie… »

Eric. Elle l'avait complètement oublié. Elle était rentrée d'Iowa la veille. Un siècle aurait pu s'écouler.

«…J'espère que tu as fait bon voyage et que tu n'as pas été malade. Je ne pourrai pas t'appeler ce soir : il y a un dîner après la conférence. À propos, tu as complètement charmé tout le monde ici. Je ne sais pas ce que tu as raconté à David, mais je ne l'ai jamais entendu dire autant de bien de personne. Ce week-end était merveilleux. Tu me manques. N'oublie pas d'appeler le plombier. »

Jane reposa la page avec un sourire sarcastique. Plus aucun doute. « Hubris » : une signature.

Si Josh croyait pouvoir publier cette chose... Elle le poursuivrait en justice, lui et la maison d'édition. Il fallait consulter un avocat. Allison ?

Comment Josh en savait-il tant ? Qui l'avait informé d'un détail comme l'appel anonyme que Jane avait reçu dans la maison de Peach Street, le premier soir où elle s'était retrouvée sans Eric ?

Avait-il passé cet appel ?

La suivait-il à la trace depuis des années ?

Était-il fou ? Avait-il tourné contre Jane toute sa frustration à l'égard de l'université ?

Appeler un psychiatre n'était sans doute pas une mauvaise idée. Mais, plutôt que de chercher quelqu'un au hasard dans les pages jaunes, mieux valait contacter un docteur au Centre médical de Devayne, qui avait un département de psychiatrie où elle avait déjà consulté quelques années plus tôt. Elle trouverait le numéro dans l'annuaire de Devayne qu'elle avait laissé au bureau.

De toute façon il n'y avait pas d'urgence. Un homme

qui avait passé des années à écrire ce roman n'était pas exactement sain d'esprit, mais pas non plus le genre de personne à commettre un crime. En lui envoyant le manuscrit anonymement, Josh cherchait sans doute plus à la surprendre qu'à lui faire peur. Il voulait lui montrer comme il était malin — et supérieur à elle.

C'était ce qui l'avait toujours irritée chez Josh : son arrogance ; sa conviction qu'il la connaissait mieux qu'elle ne se connaissait elle-même, et qu'il était supérieur au reste du monde.

Son arrogance était manifeste quand il décrivait la réunion du département ou le voyage de Jane en Iowa. Il prêtait à Jane un mépris qui n'appartenait qu'à lui. Elle n'aimait pas nécessairement ses collègues mais ne s'était jamais sentie supérieure à eux ; elle n'avait jamais regardé de haut les collègues d'Eric, qui étaient gentils, certainement plus que Josh.

Josh ne lui attribuait pas un sentiment de supériorité pour très longtemps : un rapport de lecture suffisait à ruiner son bonheur.

Elle haussa les épaules. Les larmes qu'elle avait versées à cause de ce livre universitaire pouvaient sembler ridicules. Mais il était facile de proclamer sa liberté quand on n'avait jamais réussi à entrer dans le système et, par conséquent, quand on n'avait pas à résister à la pression du dedans.

Jalousie, aurait dit Eric.

Josh croyait pouvoir mettre en scène Eric et décrire leur couple ! Mais il ne savait rien de l'amour.

Jane eut une moue méprisante et prit la première page du prochain chapitre.

4

Sans parvenir à s'endormir, elle écoutait les murmures qui lui parvenaient par la porte close.

Elle ouvrit les yeux. Ombres de meubles dans le noir : la longue commode moderne blanche, le long du mur, avec ses deux séries de quatre tiroirs ; le large miroir au-dessus ; le fauteuil à bascule en bois clair à côté des bibliothèques blanches ; les deux petites tables de chevet blanches des deux côtés du lit ; un bon lit dur. Une chambre meublée simplement, avec goût.

Elle alluma la lumière. Si seulement la porte s'ouvrait et qu'Eric apparaisse. Elle lui ferait immédiatement ses excuses. Mais il attendrait de la savoir endormie.

Les photos devant les livres reliés sur les étagères avaient de simples cadres en plastique transparent, de ceux qui coûtent à peine dix francs pièce. Eric nouveau-né dans les bras de sa mère : 1957.

Eric adorable bonhomme de deux ans au sourire inquiet entre son père et sa mère le tenant chacun par une main. Jane avait été surprise en rencontrant la mère d'Eric, Nancy, une petite femme boulotte aux cheveux frisés brun foncé ; cette photo avait confirmé ce que Jane avait déjà deviné : Eric tenait de son père, un homme grand, svelte et blond, avec un sourire à la Paul Newman. Eric à huit ans dans son équipement de hoquet sur glace, l'index et le majeur de la main gauche formant le V de la victoire et la main droite brandissant une coupe en métal argenté, avec juste le bon sourire triomphant. Eric sur la plage en Floride entre Ann et Nancy, à peine adolescent et déjà plus grand que sa petite grand-mère et sa mère ; le même sourire photogénique. La photo officielle prise à la fin de ses études au lycée : de grosses lunettes carrées, une horrible coupe de cheveux avec une raie absurde sur la gauche, un costume d'un vert criard et une large cravate à carreaux orange et marron qui avait provoqué l'hilarité de Jane quand elle avait vu la photo, vexant Eric. Même dans cet attirail années soixante-dix, on reconnaissait le sourire photogénique et légèrement inquiet. Eric à Princeton lors de la remise des diplômes, par un jour ensoleillé, aux côtés de sa grand-mère qui lui arrivait à peine à la poitrine : le même sourire. La photo officielle prise à Harvard le jour de la remise des diplômes : un jeune homme sérieux et remarquablement beau en toge pourpre, avec un sourire éclatant. Il avait l'air si jeune, dix ans plus tôt. La dernière photo, juste à côté, était celle des mariés de Fort Hale, la seule dans un cadre en bois précieux, acheté par Jane. La partie gauche de la photo, où elle se trouvait, disparaissant derrière la photo du diplôme de Harvard, on voyait seulement Eric en costume sombre souriant avec amour à sa propre image en toge pourpre.

Elle avait besoin d'un kleenex et marcha jusqu'au fauteuil à bascule où se trouvaient ses vêtements, pieds nus sur le plancher chaud et impeccablement propre comme le reste de l'appartement. De la salle de bains à la cuisine, l'appartement de Nancy gardait toujours une odeur fraîche. Il y avait partout de petites corbeilles d'osier pleines de pétales de roses et de fins copeaux de peaux d'orange séchées.

Il faisait si chaud. C'était sans doute ce qui l'empêchait de s'endormir. Nancy mettait le thermostat à vingt-huit degrés — le chauffage était compris dans les charges de l'immeuble. Deux nuits plus tôt Jane avait ouvert sa fenêtre et attrapé un rhume. La nuit précédente, elle s'était glissée hors de la chambre au milieu de la nuit pour baisser le thermostat : sur le chemin du retour, elle s'était presque heurtée à Nancy, aussi blanche et silencieuse qu'un fantôme dans sa longue chemise. Un quart d'heure plus tard le thermostat était remonté à vingt-huit.

Si seulement Nancy n'avait pas fermé le magasin cette semaine. Noël était une bonne période pour la vente d'alcool et Nancy avait besoin d'argent. Elle ferait mieux de mener sa vie normale que de remuer le passé avec Eric du matin au soir. Mais toute suggestion de la part de Jane aurait déclenché le détonateur.

La bombe, de toute façon, avait explosé ce soir grâce à Jane.

Elle avait quelques circonstances atténuantes : la fièvre, la solitude depuis dix jours entre Nancy dont elle sentait l'hostilité permanente et Eric qui la traitait comme une étrangère. Et c'était véritablement son pull préféré ; elle ne l'avait pas prétendu afin de culpabiliser Eric davantage, quand elle l'avait sommé dans la chambre juste avant le dîner, en brandissant le corps du délit.

« Qu'est-ce que c'est ?

— Mon pull en cachemire. Le pull que maman m'avait acheté chez Barney's : tu l'as mis dans le sèche-linge !

— Oh, excuse-moi… »

Il avait pris le pull et tiré dessus.

« Ça ne sert à rien ! Tu sais bien qu'on ne met pas un pull dans un sèche-linge !

— On ira chez Barney's t'en acheter un autre.

— On ne trouvera jamais le même. Je l'adorais, je n'ai jamais eu un pull qui m'allait aussi bien !

— Je suis vraiment désolé. Je n'ai pas vu.

— C'est bien ça que je te reproche ! En ce moment tu ne vois rien !

— Tu veux bien parler moins fort ?

— Tu as besoin de me rappeler que je ne suis pas chez moi ? Je m'en suis aperçue !

— Tais-toi. »

Une interjection glacée, où le ton d'excuse avait entièrement disparu.

« Sors de cette chambre ! Sors ! » avait crié Jane si fort que les voisins du dessous avaient dû l'entendre.

Il avait quitté la chambre et elle avait pleuré une demi-heure avant de rejoindre Nancy et Eric à table. La mère et le fils avaient poursuivi leur conversation sur l'importation du vin et les actions à la Bourse sans prêter attention à Jane et à ses yeux bouffis. Après le dîner et le petit verre de whisky pour l'aider à s'endormir, elle était silencieusement retournée dans la chambre, sans même proposer de laver la vaisselle.

Pas la faute d'Eric.

Pas la faute d'Eric si sa grand-mère était morte juste le jour où Jane était arrivée à Iowa City, le 19 décembre. Ils avaient besoin d'un mois ensemble. À force de ne plus vivre sous le même ciel, ils devenaient étrangers l'un à l'autre. Pendant le week-end de Thanksgiving, en novembre, Eric avait accepté des invitations tous les soirs comme s'il avait eu peur de se retrouver seul avec Jane. Il s'en était défendu, traitant Jane de paranoïaque : ce n'était quand même pas sa faute si sa femme avait un tel succès. Et puis c'était toujours la même histoire : quand il était seul, personne ne l'invitait à dîner ; dès qu'il n'avait plus besoin des autres, les invitations pleuvaient. Il avait promis à Jane que les vacances de Noël seraient plus calmes.

Une pure malchance. Il avait fallu prendre l'avion tout de suite pour Portland. Eric ne pouvait pas laisser sa mère toute seule. Lui aussi était très triste. Il aimait sa grand-mère.

Jane n'avait rien à lui reprocher sinon son irréprochabilité. Son côté bon fils. Sa façon de lui offrir des roses pour la Saint-Valentin et leur anniversaire de mariage et de toujours lui faire l'amour ces jours-là comme s'il y avait des dates pour faire l'amour. Elle commençait à se poser des questions sur son attachement romantique aux rituels et sur le beau sourire des photos, ce sourire inquiet qui semblait demander : je souris bien comme il faut ? Pas la faute d'Eric. Trop de femmes autour de lui, qui attendaient toutes qu'il soit parfait. Sa mère, sa grand-mère. Et maintenant sa femme. Eric était vraiment gentil. Même ici, à Portland, il demandait chaque matin à Jane ce qu'elle voulait faire.

Pas la faute d'Eric.

Pas la faute d'Eric si Jane ne pouvait pas supporter l'échec.

Pas la faute d'Eric si elle avait trouvé une enveloppe où figurait, dans le coin gauche, une adresse d'éditeur, dans sa boîte aux lettres à l'université, quand elle était rentrée à Old Newport après les vacances de Thanksgiving fin novembre.

Elle avait eu si peur en voyant l'enveloppe qu'elle avait attendu d'être à la maison pour l'ouvrir. Chez elle, elle ne l'avait pas décachetée immédiatement mais avait passé une heure à couvrir les pages d'un cahier d'une écriture fiévreuse : à se moquer d'elle-même et à s'admonester. Elle haïssait une peur qui la réduisait à l'opposé de ce qu'elle aurait voulu être : forte, indépendante et libre. Un rejet ne serait pas la fin du monde. Elle irait à la bibliothèque et établirait une liste de Presses universitaires auxquelles elle enverrait d'abord le résumé de son livre pour s'assurer que le sujet les intéressait, au lieu de larguer aveuglément son manuscrit comme une bouteille à la mer. Elle ne pouvait réprimer une pensée secrète : ce dont on avait terriblement peur ne se produisait pas. Autrefois, à l'école, quand la crainte d'avoir raté une interrogation lui nouait l'estomac, elle avait toujours une bonne note.

Mais elle n'arrivait pas à sortir de sa tête quelques indices positifs : la réaction enthousiaste de l'éditrice à la lecture de son introduction ; sa promptitude à rappeler Jane en octobre ; et tout simplement la certitude que son livre, avec tous les changements qu'elle y avait apportés, était devenu bon.

Elle avait peur, sans être terrifiée. Le résultat, c'était qu'elle avait déchiré l'enveloppe et aussitôt vu le mot « désolée ».

Le rapport de trois pages concluait que le livre était publiable après quelques modifications. Il manquait un chapitre où l'auteur aurait situé son point de vue par rapport à la théorie féministe actuelle. Jane, dans son introduction, expliquait

clairement pourquoi elle ne touchait pas à la théorie féministe : son propos n'était pas politique,
mais littéraire. Il n'y avait aucune autre objection.
Ce rapport avait pourtant décidé du sort de son
livre. Il n'était pas assez positif pour que la jeune
éditrice des Presses universitaires de Chicago,
nouvelle dans le métier, se sente encouragée à aller
de l'avant et à envoyer le manuscrit à un autre
lecteur ; la difficulté qu'elle avait d'ailleurs rencontrée à trouver un lecteur cet été semblait indiquer
que le sujet de Jane n'était pas à la mode. L'éditrice préférait renoncer. Ce qu'elle avait lu lui
ayant plu, elle exprimait des regrets sincères et
souhaitait bonne chance à Jane pour la suite.

Jane avait su à ce moment-là qu'elle ne passerait
jamais la barrière des lecteurs pas assez enthou-
siastes. Pour être publié, il fallait un piston. Le sien
avait été Bronzino. Elle l'avait perdu en commet-
tant la pire faute professionnelle : mêler sa carrière
et sa vie privée.

Elle avait trouvé la bouteille de bourbon d'Eric
et s'était servi un grand verre qu'elle avait descendu en une rasade, même si elle en détestait le
goût et que l'alcool lui brûlait la poitrine. Elle avait
eu une telle migraine, ensuite, qu'elle était tombée sur son lit tout habillée et avait remué la tête
de gauche à droite en souhaitant seulement que
cesse le gong qui résonnait sous son crâne.

Au téléphone le lendemain, une fois de plus
Eric avait été rassurant et réconfortant, trouvant
juste les bons mots. C'était une question de pa-

tience. Ce refus n'avait rien à voir avec la qualité de son travail : les livres de critique littéraire se vendaient mal aujourd'hui. Même des professeurs déjà connus avaient du mal à se faire publier. Le premier livre était le plus dur.

Pour acquérir une réputation il fallait publier. Pour publier il fallait avoir déjà une réputation : comment sortait-on de ce cercle vicieux ?

« Tu vas en sortir, avait dit Eric. Sois patiente. »

La vie n'était qu'une question de patience, encore et encore et encore et encore.

La porte s'ouvrit. Une ombre entra silencieusement.

« Je ne dors pas. Tu peux allumer. »

La lumière la fit cligner des paupières. Il lui tourna le dos et ôta son pantalon. Le caleçon vichy rouge et blanc qu'elle avait acheté chez Gap pour quatre dollars en solde était tellement mignon sur ses fesses rondes et musclées. De bons muscles là-bas. Ses jambes aux mollets parfaitement sculptés et couverts de fins poils blonds auraient pu servir de modèle à la statue d'un dieu grec. Allison les avait remarquées. Pas facile, quand on vient d'enterrer sa grand-mère, de faire l'amour à sa femme en colère sur le lit de sa mère.

« Je suis désolée pour ce soir. »

Il vint s'asseoir au bord du lit.

« Ce n'est pas facile pour toi en ce moment, je sais. Moi aussi je suis désolé. Je n'aurais pas dû te parler comme ça. Tu as encore de la fièvre ?

— Trente-huit sept. »

Il mit sa main sur le front de Jane. Elle ferma les yeux. La peau douce et fraîche de sa paume. Comme il retirait sa main, elle tendit le bras et l'attrapa. Elle l'approcha de ses lèvres et embrassa le dessus de la main. Eric sourit. Il enleva sa montre. Après une hésitation elle dit à voix basse :

« J'ai l'impression que ta mère ne m'aime pas beaucoup. »

Il haussa les sourcils.

« Pourquoi ? »

La relation de Nancy et de Jane avait toujours été cordiale à défaut d'être vraiment chaleureuse. Elles se donnaient chaque fois des présents choisis avec soin. Jane portait maintenant une chemise de nuit en coton achetée par Nancy dans une élégante boutique de lingerie française, et Nancy avait épinglé à sa veste une broche des années vingt que Jane avait trouvée dans un magasin d'antiquités d'Old Newport. En belle-mère discrète, Nancy ne les dérangeait jamais : Jane rappelait à Eric de téléphoner à sa mère et lui envoyait des cartes de vœux pour les fêtes quand ils ne lui rendaient pas visite.

« Tu te souviens hier matin ? Je bavardais avec toi dans la cuisine, juste quand tu venais de te lever. Ta mère est entrée et elle m'a interrompue pour te demander si tu voulais qu'elle te prépare ton petit déjeuner.

— Et alors ?

— Le message était clair : pourquoi est-ce que ta femme n'est pas en train de préparer ton petit déjeuner ? »

Il rit.

« Ma chérie, tu sais bien que ma mère a l'obses-
sion de me nourrir. Ça n'a rien à voir avec toi.
Entre nous, je suis content que tu ne me forces pas
à manger. C'est pour ça que je t'ai épousée. »

Jane secoua la tête.

« Non, je ne crois pas que je me trompe. Avant-
hier, quand tu es allé faire les courses, il s'est passé
autre chose.

— Quoi ? »

Il la regardait avec un sourire tendrement ironique et légèrement tendu.

« Je lisais dans la chambre, comme d'habitude,
et ta mère était dans la cuisine où elle regardait la
télé. Je suis sortie de la chambre deux minutes
pour aller aux toilettes. Quand j'y suis retournée,
elle avait éteint la lumière. »

Il fronça les sourcils d'un air interrogatif.

« Et ?

— Elle savait que j'étais en train de lire. Éteindre la lumière était très agressif. Peut-être qu'elle
n'a pas pu s'en empêcher. Consciente ou inconsciente, c'est une façon claire de me dire qu'elle ne
veut pas de moi chez elle. »

Il secoua la tête.

« Tu ne crois pas que tu exagères ? Elle est allée
chercher quelque chose dans sa chambre et elle a
tout simplement éteint la lumière en sortant, par
réflexe. C'est sa chambre, ne l'oublie pas. Elle est
gentille de nous la laisser. »

Il se leva et marcha vers la porte. Elle demanda d'un ton angoissé :

« Tu vas où ? »

Il se retourna avec un sourire.

« Pisser et me laver les dents. Je peux ?

— Est-ce qu'elle te dit que j'aurais dû démissionner pour te suivre en Iowa ? »

Eric la regarda avec des yeux sévères.

« Ça suffit, Jane. Tu es complètement ridicule. Ma mère ne me parle jamais de toi. Si elle est déprimée maintenant, j'ai bien peur que ça n'ait rien à voir avec toi. Sa mère vient de mourir. Le monde ne tourne pas autour de toi. »

Le lendemain elle partit comme prévu pour Washington, où son père vint l'attendre à l'aéroport. Quand elle reconnut, de loin, sa haute silhouette et ses cheveux gris, elle se mit à pleurer. La cuisine de la maison familiale n'avait jamais eu l'air aussi chaude et accueillante. Elle ne pouvait pas s'arrêter de parler. Parler. Pouvoir dire, librement, tout ce qu'elle avait sur le cœur, sans être jugée. Les dix jours à Portland avaient été un enfer de solitude et de silence.

« Le silence en elle et tout autour d'elle, raconta Jane à ses parents, est si lourd. C'est sûrement pour ça que le père d'Eric est parti. Je suis sûre que ce silence a toujours été là. Il est terrifiant. On a toujours peur de dire ce qu'il ne faut pas. Comme, par exemple, de prononcer le nom du père d'Eric. Le sujet est strictement interdit, donc il remplit l'espace.

— Eric avait quel âge ?

— Neuf ans. Il ne m'en a parlé qu'une fois, juste avant que je rencontre sa mère, pour que je ne pose pas les mauvaises questions. Il a un souvenir très clair de la nuit où ils ont appelé tout le monde : les amis, la famille, la police, les hôpitaux. Sa mère était folle d'inquiétude. Eric se rappelle aussi ce qu'un flic a dit à sa mère quelques jours plus tard, devant lui.

— Quoi ?

— Que, quand une jeune femme disparaissait, on retrouvait souvent son corps mutilé des semaines ou des mois plus tard. Quand c'était un homme de quarante ans, si on le retrouvait c'était en général avec un nouveau nom, une nouvelle femme, de nouveaux enfants et une nouvelle maison. On appelait ça la crise de la quarantaine.

— Oh mon Dieu ! Pauvre Eric, et sa mère aussi, s'exclama la mère de Jane. Et ils n'ont jamais eu de ses nouvelles, ils n'ont jamais su ce qui s'était passé ?

— Jamais. Disparu. Le compte en banque jamais touché. Son corps jamais trouvé. »

La mère de Jane frissonna. Son père secoua la tête. C'était quelque chose qui dépassait leur imagination, et qui expliquait sûrement le côté sombre d'Eric que Jane avait découvert l'an dernier : le lourd silence dont il était capable comme sa mère. Les parents de Jane la croyaient même s'ils n'avaient jamais vu cet Eric-là : leur gendre s'était toujours montré affable, loquace et absolument charmant. Ils l'adoraient.

« Il doit subir une pression considérable en ce moment, lui dit son père : sois gentille avec lui. Il est la seule personne qui reste à Nancy ; et tu as dit que sa grand-mère lui avait servi de deuxième mère.

— Et Nancy doit être très, très triste, ajouta la mère de Jane. Quand on perd sa mère, l'âge et les circonstances n'y font rien : c'est toujours sa mère. »

Eric la rejoignit à Old Newport avant de repartir pour Iowa City. C'était son premier retour chez eux depuis son départ pour l'Iowa quatre mois plus tôt. Il avait oublié comme la maison était jolie. Ils s'enlacèrent. Son odeur. C'était si bon de l'avoir à nouveau chez eux.

« Ma petite », dit Eric d'une voix où perçaient l'émotion, l'amour et la peur de la perdre.

Ils parlèrent. Tout cela, la tension, les crises hystériques pour lesquelles Jane lui fit encore des excuses, les disputes, était tout à fait normal et appartenait au passé. Ils pouvaient tout résoudre par un mot : « difficile ». Ils devaient s'adapter à une nouvelle situation, à une vie divisée entre deux villes séparées par des milliers de kilomètres, avec chacun une activité professionnelle intense. Ces dix jours à Portland n'avaient pas rendu les choses plus faciles. Eric aussi trouvait sa mère pesante. Maintenant tout irait bien.

Après le départ d'Eric, Jane fut prise dans un tourbillon de tâches administratives. Sa secrétaire, Mary, partit à la retraite fin janvier, remplacée par une aimable femme indienne d'une quarantaine d'années, qui ne savait pas plus que Jane ce qu'il fallait faire et attendait les ordres. Jane agissait à l'aveuglette, constamment terrifiée de commettre une erreur qui pouvait avoir de graves conséquences. Elle avait exprimé son inquiétude à Bronzino, qui s'était contenté de hausser les épaules d'un air ennuyé : il n'était pas le DPL. Au téléphone avec Eric, Allison, ou ses parents, elle ne pouvait parler de rien d'autre que des problèmes sans intérêt qui remplissaient ses jours et peuplaient ses rêves. Elle était devenue une machine administrative. Se récitant les listes de choses à faire en se levant le matin et n'éprouvant de plaisir qu'à barrer mentalement les éléments sur les listes le soir avant de s'endormir. Fin mars, elle passa une semaine en Iowa. Pour une fois, c'était elle qui n'avait pas envie de faire l'amour : elle ne pouvait penser qu'à la version définitive du budget et du programme des cours de licence qu'elle devait rendre au retour : un vrai casse-tête chinois, qui lui avait demandé des heures de négociation au téléphone. Tout en respectant les règles du Livre Vert et les consignes de Bronzino, elle devait satisfaire les exigences de chacun ou risquer de se faire des ennemis.

Quand elle entra dans son bureau après le déjeuner le 26 avril, Rose avait déposé sur sa table

les épreuves du Livre Vert avec un billet lui demandant de les relire au plus vite. Jane s'assit, se frotta
les yeux et parcourut machinalement la première
page. Il y avait déjà une faute : une secrétaire qui
rêvait avait tapé « Hotkiss » au lieu de « Hotchkiss ».
Jane était trop fatiguée pour sourire. Elle corri-
geait la page dix des épreuves quand on frappa.

« Entrez. »

Une jeune femme fluette avec de longs cheveux
noirs et des yeux craintifs dans un joli visage
poussa timidement la porte.

« Je vous dérange ? Je peux repasser plus tard.

— Pas du tout, Christine. Entrez, asseyez-vous.

— Rose m'a dit que je n'avais pas de section
l'automne prochain, dit rapidement la jeune fille
d'une voix tremblante en restant à mi-chemin
entre la porte et le bureau.

— Oui. Je suis désolée. Il n'y a pas assez de sec-
tions de langue : tous les étudiants de huitième et
neuvième année sont dans le même cas. »

Les lèvres de Christine tremblèrent. Elle éclata
en sanglots et cacha son visage dans ses mains.

« Qu'est-ce que je vais faire ? Qu'est-ce que je
vais faire ? »

Jane se leva et lui tapota gauchement l'épaule.

« Ne vous inquiétez pas. Je suis sûre que vous
allez trouver quelque chose. »

Christine, en larmes, sortit en courant du bureau.
Le premier mouvement de Jane fut de la rappeler.
Mais pour lui dire quoi ? Elle n'avait pas de travail
à lui offrir. Une liste prioritaire et impartiale avait

été établie par Norman Bronzino et Peter McGregor. Jane, qui avait l'air d'ôter aux étudiants en fin de thèse leurs moyens de subsistance, n'avait aucun pouvoir : elle ne faisait qu'appliquer les consignes.

Elle ferma sa porte et se rassit à son bureau pour finir de corriger les épreuves, puis tria son courrier. Les lettres du président et du doyen qu'elle n'avait pas le temps de lire et n'osait pas encore jeter vinrent s'empiler sur la gauche de son bureau. Des publicités pour des vidéos en français, tamponnées du mot « urgent » en rouge, furent expédiées dans la corbeille à papier. Une enveloppe jaune avec l'en-tête des Presses universitaires de Stanford, que Jane avait tout de suite remarquée, fit battre son cœur plus vite. Elle ne se faisait pas d'illusion. On ne recevait jamais de bonne nouvelle d'un éditeur par la poste. Elle déchira l'enveloppe en retenant sa respiration : « Je suis désolé… » Juste quatre lignes. La lettre type : le manuscrit ne correspondait pas à leurs besoins éditoriaux actuels. Elle ouvrit le tiroir sur sa droite et rangea l'enveloppe dans le dossier « éditeurs » qui contenait maintenant une bonne collection de ces lettres. Quinze éditeurs avaient répondu « non » après avoir lu le résumé de son livre ; trois seulement avaient demandé à voir le manuscrit. La semaine dernière elle avait reçu un refus des Presses universitaires de Pennsylvanie. Les Presses universitaires de Stanford, qui avaient publié quatre de ses collègues, représentaient son plus solide espoir.

« Désolé », écrivait l'éditeur. « Désolée », venait-elle de dire à Christine. Un mot froid comme un poignard calmement enfoncé en plein cœur. Comparée à Christine elle avait de la chance : elle avait un mari, qui avait un travail. Elle irait vivre en Iowa avec lui. Ils auraient deux enfants. Ils achèteraient une maison et une voiture plus grande. Un jour elle dirigerait peut-être la section linguistique du département de français de l'université d'Iowa.

Le téléphone la fit sursauter. Elle décrocha. Rose l'informa que le professeur Bronzino souhaitait la voir.

« Maintenant ?

— Oui. Il vous attend dans son bureau. »

Jane eut un sombre pressentiment. Elle marcha le long du couloir vers le bureau de Bronzino. S'était-elle trompée dans le budget des cours de langue ? Avait-elle commis une erreur qui coûterait au département des milliers de dollars ? Si Bronzino lui faisait un seul reproche, elle dirait à ce vieil égoïste ce qu'elle pensait de lui. Elle frappa à sa porte.

« Entrez. »

Il était assis derrière son bureau massif. Il la regarda par-dessus ses petites lunettes rectangulaires et lui sourit chaleureusement.

« Jane, félicitations. Tu es promue professeur associée. Les rapports des quatre lecteurs extérieurs sur ton livre étaient excellents : le département a décidé de te faire confiance sans attendre que tu décroches un contrat. »

Elle le regarda fixement, trop fatiguée pour sentir quoi que ce soit.

« Tu as droit à un congé d'un semestre que tu peux prendre à partir de janvier prochain. Dawn t'indiquera les démarches. Si tu veux bien m'excuser, j'ai quelques coups de fil urgents à passer avant la réunion. »

Elle sortit du bureau de Bronzino et regagna le sien. Le soleil inondait la pièce et la fit cligner des yeux. Elle alla baisser les stores. Le carré de pelouse vert frais du jardin du club victorien attira magnétiquement son regard. Elle n'allait plus jamais se promener. Elle n'avait même pas remarqué l'arrivée du printemps.

Elle était promue. Elle avait encore son poste pour quatre ans et, grâce au congé de promotion, pourrait passer un semestre avec Eric l'an prochain. La bonne nouvelle ne soulevait pas le couvercle de plomb pesant sur sa tête.

Elle avait dit à Eric, Allison, ses parents, combien elle craignait de ne pas être promue. Elle comprit soudain qu'elle avait secrètement espéré ne pas l'être. Son contrat n'aurait pas été renouvelé. Son destin aurait été décidé sans qu'elle intervienne. Elle n'aurait pas eu d'autre choix que de partir en Iowa. C'était ce qu'elle voulait. C'était ce qu'Eric voulait. Il ne le lui demanderait pas. Il n'était pas le genre d'homme à exiger un sacrifice de sa femme. Elle n'était pas le genre de femme à démissionner d'un poste prestigieux après onze années d'études et six ans d'enseignement à Devayne. Elle n'aimait pas son travail, elle n'aimait pas Old Newport, elle n'aimait pas vivre sans Eric, mais elle resterait ici, parce qu'elle n'était pas capable d'un acte décisif. Pendant quatre ans encore, ils seraient séparés par des milliers de kilomètres. Un semestre ensemble ne changerait rien à cette réalité.

Ses yeux se posèrent distraitement sur l'horloge accrochée au mur. Quatre heures dix ! Elle attrapa son sac et courut vers la salle de réunion. Les têtes se tournèrent vers elle quand elle entra. Il y avait un siège vacant pour le DPL à la droite de McGregor. Pas grand monde dans la salle pour cette réunion de fin d'année. Juste sept visages aux traits tirés. Bronzino les pressait de trouver une idée de toute urgence afin d'utiliser les vingt mille dollars octroyés par le gouvernement français, qu'il fallait dépenser pour un colloque avant décembre prochain. Hugh Carrington se dévoua et proposa un colloque sur un écrivain récemment mort du sida dont personne autour de la table ne semblait avoir entendu parler, sauf Duportoy qui leva les yeux et esquissa un sourire qui s'acheva en bâillement. Il n'y eut pas d'objection. Le mot sida ou la fatigue générale. Même Begolu semblait étrangement absente. Jane regarda ses chaussures pointues à talon aiguille, rouges, en cuir bon marché.

Le département avait rétréci comme un pull en cachemire passé au sèche-linge. Quatre des six

191

professeurs assistants n'étaient pas là : ils quittaient Devayne et ne seraient pas remplacés. Le vieux Français prenait sa retraite. Bronzino n'avait obtenu d'embaucher qu'un professeur assistant à sa place. S'ils avaient promu Jane, c'était sans doute parce que son poste, sinon, aurait été supprimé par l'administration.

« Jane… », dit McGregor.

Jane sursauta. Elle n'avait pas entendu la question. Elle croisa le regard de Duportoy. Il avait au coin des lèvres un sourire complice à peine perceptible qui donna à Jane envie de rire. Elle se mordit l'intérieur des lèvres pour réprimer le fou rire nerveux qui menaçait de jaillir.

« …vous dira elle-même, reprit McGregor après s'être éclairci la gorge, la difficulté qu'elle a eue à caser tous les étudiants de septième année. Bien entendu, aucune section pour les étudiants de huitième année et de neuvième année. Je suggère que nous interdisions dorénavant l'inscription au-delà de la septième année. L'administration le souhaite.

— Et s'ils n'ont pas de poste ? » intervint Hotchkiss d'une voix pincée. Jane, qui n'aimait pas sa voix, ni celle de Begolu, se demanda si l'antipathie commençait avec la voix.

Hotchkiss était le seul professeur du département, avec Theodora Theodoropoulos qui n'était pas là, à avoir signé la pétition des étudiants qui réclamaient le droit de s'organiser en syndicat. Lesbienne et politiquement engagée, elle était extrêmement populaire parmi les étudiants en thèse qui, par contre, saluaient à peine Jane. Ils luttaient contre l'administration ; pour eux, Jane *était* l'administration.

« Ils ont un doctorat de Devayne, répondit sèchement McGregor : qu'ils se débrouillent. On est un département de français, pas une maison de charité. »

Le visage crispé de Natalie reflétait sa colère. Jane se demanda soudain si elle n'était pas tout simplement jalouse de sa collègue : Natalie Hotchkiss avait des opinions courageuses et des principes solides ; elle contrôlait son destin.

À la fin de la réunion, Jane marcha vers son bureau comme un automate, ferma la porte derrière elle et éclata en sanglots. On frappa à la porte. Elle s'essuya les yeux.

« Entrez. »

La porte s'entrouvrit. McGregor apparut.

« Ça ne va pas ? »

Il semblait prêt à lui présenter ses condoléances.

« Ce n'est rien. Juste la fatigue. »

La porte se referma. Elle eut honte. Il travaillait autant qu'elle, sinon plus, et ne sanglotait pas dans son bureau comme un bébé. Elle ouvrit son courrier électronique et se calma.

Il était presque neuf heures quand elle rassembla ses affaires pour partir. Elle était si fatiguée qu'elle monta l'escalier vers son ancien bureau au lieu de descendre vers la sortie. Là-haut, elle appela l'ascenseur. En l'attendant, elle se pencha pour boire à la fontaine. Quand elle se redressa, un grand jeune homme aux cheveux noirs frisés et courts, avec des lunettes à monture tigrée, habillé d'un pantalon en velours côtelé marron, d'une chemise blanche à petites raies bleues, et d'une veste beige bien coupée, se tenait debout près d'elle. Son visage rond et son sourire chaleureux inspiraient une sympathie immédiate. Il lui tendit la main.

« Francisco Gonzalez. Du département d'espagnol », dit-il avec un accent hispanique prononcé.

Le département d'espagnol se trouvait au deuxième étage.

« D'espagnol ? Qu'est-ce que vous faites ici ? »

Il rit du ton inquisiteur de Jane, qui rougit et allait s'excuser de cette question posée machinalement, quand il lui répondit avec un sourire :

« J'explore. J'enseigne ici depuis deux ans et je ne m'étais encore jamais aventuré au-delà du deuxième étage.

— C'est vrai : en six ans je ne suis jamais allée au deuxième étage. J'avais un bureau pendant quatre ans à cet étage-ci et je n'ai jamais parlé à personne du département d'italien alors qu'ils occupent les bureaux juste à côté. »

La porte de l'ascenseur s'ouvrit. Il la suivit.

« Votre bureau n'est plus à cet étage ?

— Non, depuis que je suis DPL je suis au troisième étage.

— Mais alors qu'est-ce que *vous* faisiez au quatrième ? »

Les yeux vifs de Francisco brillaient de malice. Elle sourit.

« Rien. Je suis tellement crevée que j'ai monté un étage au lieu de descendre en partant. Si on s'est rencontrés c'est purement par hasard.

— Je ne crois pas au hasard. »

Il l'invita à dîner deux semaines plus tard, quand les sessions des examens furent terminées. Il habitait Fort Hale et vint la chercher à Old Newport. Il était surpris qu'elle ne conduise pas : il pensait qu'en Amérique on naissait avec le permis. Il rentrait d'un colloque à Houston : un après-midi où il faisait si beau qu'il était parti se balader au lieu d'assister aux sessions, plusieurs conducteurs s'étaient arrêtés pour lui demander où sa voiture était tombée en panne et s'ils pouvaient l'aider. Quand il avait dit aux flics qu'il se promenait, il y avait eu une telle expression sur leur visage qu'il avait craint qu'ils ne l'emmènent directement à l'asile psychiatrique. Jane rit.

« Je sais, c'est idiot. Si j'apprends, la peur passera, on me l'a dit plein de fois, mais c'est plus fort que moi.

— Au contraire, préservez votre différence. »

Dès qu'il se gara devant sa maison à Fort Hale, deux gros chiens bondirent vers la voiture en aboyant.

« Ils sont gentils ? demanda Jane. Vous n'allez pas le croire mais j'ai aussi peur des chiens. »

Francisco claqua sa portière et appela les chiens. Quand Jane sortit, elle vit une femme debout sur le seuil, les bras croisés et très droite, qui l'observait avec un sourire ironique.

« Ils veulent jouer, c'est tout. »

Teresa, la femme de Francisco, était une grande femme à l'allure sportive, avec un long visage et une queue de cheval. Elle portait un jean, des tennis et un vieux sweat-shirt contrastant avec l'élégante tunique en velours marron de Jane, qui lui sourit humblement.

« Je suis sûre qu'ils sont très gentils. Mais dès qu'un chien aboie j'ai peur, je ne sais pas pourquoi. Pourtant je n'ai jamais été mordue. Je crois que c'est parce qu'on m'a dit qu'ils sentaient la peur et que ça leur donnait envie d'attaquer. »

Teresa était rentrée dans la maison. Il était clair qu'elle pensait qu'il n'y avait rien de plus ridicule que d'avoir peur de ses deux labradors.

De l'intérieur de la maison, on pouvait voir la mer par toutes les baies vitrées. Jane s'arrêta, le souffle coupé.

Teresa se détendit quand elle apprit que Jane était mariée. Plus tard dans la soirée, Jane décida que Teresa était plutôt sympathique : elle n'était pas exactement douce, mais elle avait des opinions fortes et un bon sens de l'humour. Elle n'aimait guère l'Amérique après un an en Californie et deux ans à Old Newport.

« Une tomate mûre, juteuse, une tomate qui a pris le temps de mûrir au soleil, une tomate avec du goût quoi, personne dans ce pays ne sait ce que c'est ! Je ne peux pas vivre dans un pays pareil. »

Les voisins, un menuisier polonais et une potière vénézuélienne, dînaient avec eux. Ils mangèrent dehors, sur la terrasse qui donnait sur le golfe de Long Island. La vue de la mer était apaisante. Le soleil disparut de l'autre côté de la maison. La mer passa d'un bleu clair lumineux à un bleu de Prusse profond, à un bleu-violet, et à un bleu nuit noire. L'air avait fraîchi. Teresa prêta à Jane un pull aussi doux que du cachemire, mais synthétique, pour que les mites ne le mangent pas.

Dans cinq jours Jane s'envolait pour l'Iowa. À la même date Francisco et Teresa partaient pour Madrid. C'était leurs derniers jours dans la maison du bord de mer. L'année prochaine, Teresa resterait en Espagne : elle avait obtenu une bourse de recherche dans un laboratoire de chimie ; elle garderait les labradors. Francisco allait déménager à New York où il sous-louerait l'appartement d'un professeur en congé sabbatique. Manhattan, après Fort Hale : il y avait des gens qui savaient où vivre. Francisco viendrait à Old Newport deux ou trois fois par semaine. Il serait le DPL de son département.

« Mon pauvre », dit Jane.

Il la raccompagna à minuit passé. Ils se souhaitèrent de bonnes vacances. Elle s'endormit en pensant aux mites qui mangeaient les pulls en cachemire, aux bleus de la mer au crépuscule et à la piqûre que Teresa faisait à ses labradors avant de les embarquer dans l'avion qui les transportait par-delà l'Atlantique.

Le cœur de Jane battait vite. Il s'agissait bien d'une vengeance. Quelqu'un qui voulait donner d'elle l'image d'une petite prof peureuse et bornée ; qui connaissait son travail administratif ; qui savait où, comment elle avait rencontré Francisco ; qui était au courant de la scène qu'elle avait faite pour un malheureux pull.

Elle cligna les paupières.

Pas Josh.

N'avait-elle pas remarqué çà et là des tournures de phrases que seul emploierait un étranger ?

Le style avait quelque chose de sec, de direct, de « viril » : selon la théorie de Jane revue par Bronzino, le style même d'un homme qui n'aimait pas la femme en lui — qui avait réprimé la part douce, molle et sentimentale de lui-même.

C'était le cas de Francisco.

Chaque élément trouva soudain sa place comme les pièces d'un puzzle. Si elle s'était livrée à quelqu'un, c'était à lui. Plus qu'à Eric. Plus qu'à Allison même. Si quelqu'un avait semblé la comprendre, c'était lui.

En lisant l'épisode concernant son pull en cachemire, elle n'avait pu s'empêcher de rougir. Rétrospectivement, elle se trouvait odieuse. Il lui semblait que tout lecteur de cette scène aurait pensé à juste titre qu'elle méritait de perdre son mari. C'était certainement l'opinion de Francisco. Mais il lui renvoyait d'elle une image déformée, en omettant un fait : Jane elle-même lui avait raconté cette scène ; elle était la première à se condamner.

Il écoutait si bien. Elle aimait entendre son rire désapprobateur et le voir secouer la tête dans un mouvement de solidarité avec Eric : « Oh, Jane ! Pauvre Eric ! » Le rire de Francisco lui permettait de prendre conscience de ses torts et de progresser. Elle n'avait jamais fait autant confiance à personne.

Le résultat se trouvait sous ses yeux. Elle tourna la page avec colère.

TROISIÈME PARTIE

Pas même un baiser

1

Quand elle entra au Café Romulus à midi et demi, elle avait pris sa décision : ne rien dire. Francisco n'était pas là. Elle espéra qu'il n'aurait pas son quart d'heure habituel de retard. Ils n'avaient pas beaucoup de temps. Le café était vide : les étudiants étaient déjà partis pour les vacances de Noël ou bouclaient leurs valises. Ce soir elle serait en Iowa. Elle frissonna. Elle n'avait toujours rien dit à Eric à propos de l'appartement.

Elle prit une table près de la librairie et ôta son manteau. Les petites tables en pin verni et le bar au milieu lui rappelèrent le restaurant japonais mardi soir.

Francisco entra par la librairie. Elle lui fit signe, lui sourit et se leva. Ils s'embrassèrent. Francisco ôta sa veste en cuir.

« Beau pull, dit Jane. Alors, ce colloque ?

— Merci. Comme d'habitude, chiant. Mais j'avais

oublié l'odeur des eucalyptus. Elle vaut le voyage. »

Il chercha des yeux un portemanteau. Il n'y en avait pas. Il plia soigneusement sa veste et la posa sur le dossier de sa chaise, puis s'assit.

« Et toi ? Des nouvelles des Presses du Minnesota ?

— Évidemment non. De toute façon ça ne marche jamais.

— Mais non. Ça va marcher.

— Ne t'inquiète pas. Il en faut plus pour gâcher mon humeur. Ce n'est pas ma faute si Flaubert est français, mâle, blanc, grand, et hétérosexuel.

— Grand ? »

Jane rit.

« Les universitaires sont petits.

— Je parie mille dollars que tu vas décrocher un contrat en 1997.

— Tu veux me les donner tout de suite ?

— C'est toi qui vas me les donner. »

Ils regardèrent les menus. Francisco avait l'air préoccupé.

« Tu as parlé à Teresa ?

— Ce matin. Elle m'a raccroché au nez.

— Oh non !

— Je l'ai trahie : Noël, le petit Jésus, la famille, ce qu'ils vont penser et tout le tralala. Je suis lâche et servile. Comme si je ne préférais pas aller n'importe où plutôt que perdre une semaine ici, et me retrouver ensuite enfermé pendant quatre jours dans une chambre d'hôtel à faire passer des entretiens dix heures par jour avec mes chers détestés collègues. Tu sais combien on a reçu de candidatures ? Deux cent dix : pour un poste ! Qu'est-ce que je peux faire ? Tu crois que mon directeur se soucie de ma vie de famille ? Ils comptent sur moi : je n'ai aucune échappatoire.

— Je sais. C'est le problème avec toi.

— Tu ne vas pas t'y mettre ! »

Elle sourit.

« Tu es trop fiable, trop gentil et trop efficace : tout le monde compte sur toi. Je ne connais personne qui travaille plus. Tu enseignes deux nouveaux séminaires, tu viens juste de donner une conférence inaugurale à Stanford, tu es le DPL d'un département qui a deux fois la taille du mien, tu écris chaque semaine un éditorial pour *El País*, tu bosses pour une maison d'édition et tu te tapes chaque soir un roman américain pour trouver des livres à traduire, et maintenant tu lis deux cents dossiers de candidature. J'ai oublié quelque chose ?

— Deux cent dix — douze.

— Tu ne peux pas laisser tomber quelque chose ? *El País* ?

— C'est la seule chose qui m'amuse. Je préférerais arrêter le mi-temps d'éditeur, mais ça paie bien. J'ai besoin d'argent.

— Que prendrez-vous aujourd'hui ? » leur demanda le serveur d'une voix distinguée.

Pendant que Francisco commandait sa focaccia aux aubergines grillées et son eau minérale, Jane regarda autour d'elle. Elle sursauta en reconnaissant la haute stature de Duportoy devant les étagères au fond de la librairie. Elle pâlit. Elle le croyait parti pour la France. D'habitude il quittait Old Newport dans l'heure suivant son dernier cours.

Comme Duportoy ne lui adressait presque jamais la parole, il y avait peu de risque qu'il lui demande devant Francisco ce qu'elle faisait à New York mardi. Mais il était curieux et il avait eu l'air surpris en voyant Jane dans le hall de la gare Grand Central où il prenait son train pour Old Newport tandis qu'elle débarquait, mardi à midi. Avec son manteau de fausse fourrure et son chapeau noir, ses cheveux relevés en chignon, ses boucles d'oreilles, le maquillage et ses yeux brillant d'excitation, elle avait l'air d'une femme qui se rend à un rendez-vous galant. Duportoy avait semblé s'apercevoir subitement que sa collègue existait.

« Qu'est-ce que tu regardes ? lui demanda Francisco en se retournant.

— Chut. Le type là-bas près des étagères, dans l'imperméable vert. C'est un de mes collègues. Un vrai trou du cul.

— Ah bon ?

— La typique arrogance française. Ça fait sept ans qu'on est collègues et il me dit à peine bonjour. Parce qu'il avait aussi une offre de *Harvard*, dit-elle en imitant l'accent snob de la colonie massachusettienne, et qu'il a décidé de venir ici, il croit qu'on devrait tous lui baiser les pieds. Évidemment il habite New York. »

Francisco sourit.

« Moi aussi j'habite New York.

— Il n'a rien à voir avec toi.

— Tu es amoureuse de lui ?

— De lui ? Ça ne va pas ? »

Francisco tourna la tête vers le fond de la librairie.

« Il est grand.

— Tu n'as pas vu sa tête ? Il louche et il a un nez énorme. Et en plus il ne peut pas parler sans transpirer, c'est dégoûtant.

— Plus tu le critiques, plus je suis convaincu. »

Elle pinça la main de Francisco posée à plat sur la table.

« Arrête. »

Le serveur apporta les boissons. Francisco se servit un verre d'eau minérale et but quelques gorgées. Il soupira.

« Je ne peux plus supporter le ton sur lequel Teresa me parle. Elle croit que je m'amuse à New York. Elle ne veut pas comprendre que je travaille au moins seize heures par jour.

— Je sais. Ne t'énerve pas contre elle. Ça ne doit pas être facile d'être seule, dans son état.

— C'est ce qu'elle me dit tout le temps. Mais elle a sa famille, ses amis, les chiens, et elle s'amuse bien. Et moi ? Excuse-moi. Je ne suis vraiment pas drôle aujourd'hui. J'ai reçu la facture de téléphone ce matin. Le coup de grâce.

— Mon pauvre ! Je me rappelle les factures de téléphone transatlantique. Eric et moi on a fait ça deux ans. Teresa n'a pas d'e-mail à l'Institut ?

— Elle veut entendre ma voix. »

Il haussa les épaules.

« Combien de mois maintenant ? demanda Jane.

— Cinq.

— Ça doit commencer à se voir. En octobre on ne pouvait pas vraiment s'en rendre compte. »

Le serveur apporta les sandwiches. Jane eut une sensation bizarre. Elle vit l'imperméable de Xavier Duportoy passer sur sa droite et s'immobiliser. Son cœur se mit à battre à toute allure. Trouver vite un mensonge. Elle avait l'esprit paralysé. Elle leva les yeux. Xavier souriait à Francisco et lui serrait la main.

« Bravo, Francisco : j'ai entendu dire que ta conférence à Stanford était géniale. On déjeune en janvier, c'est ça ? Je cours prendre mon train. Bonne année. Salue Teresa de ma part. » Il fit un petit signe de tête à Jane et lui sourit. Elle ne put s'empêcher de rougir. Il se dirigea vers la sortie à grands pas. Jane jeta à Francisco un regard furieux.

« Et tu m'as laissée parler ! »

Il rit.

« Pardon. Tu ne m'as laissé le temps de rien dire.

— C'est dégueulasse. Tu le connais depuis quand ?

— Ça te regarde ?

— Francisco !

— O.K. On s'est rencontrés il y a deux ans à Middlebury, avant que je vienne à Devayne. On enseignait tous les deux à l'université d'été.

206

— Vous êtes amis ?

— Oui. Je te jure qu'il n'est pas si horrible que tu crois. Très français, c'est vrai, un peu anti-américain sur les bords, misogyne, et plutôt politiquement incorrect. Ce que tu prends pour de l'arrogance, c'est sa haine de Devayne : ça ne le rend pas antipathique, non ? Je vais t'inviter à dîner avec lui à New York en janvier avec sa copine, tu verras.

— L'actrice ?

— Tu la connais ?

— J'ai entendu parler d'elle. Ils sont toujours ensemble ? Je croyais qu'il était un don Juan.

— Non. Ils sont tout à fait ensemble. L'essai de Xavier sur Sade, à propos, est excellent. Une réponse radicale et définitive à tous ceux qui prétendent que Sade n'est pas un bon écrivain.

— Je devrais y jeter un coup d'œil, je suppose. Sade me tombe des mains. Je n'ai jamais pu comprendre ce que Flaubert lui trouvait. »

Francisco regarda sa montre.

« À quelle heure est le bus ? »

Elle partait dans vingt minutes. Elle avala la dernière bouchée de son sandwich.

« J'ai peur.

— De quoi ?

— Eric va être furieux. Il ne sait pas encore. Il m'a envoyé dix messages électroniques cette semaine et laissé trois messages sur mon répondeur. Je ne décroche même plus. Ça me fatigue à l'avance. Pourquoi est-ce que c'est si compliqué ?

— Je suis sûr que ça se passera bien une fois que tu seras là-bas et que tu pourras lui parler plus de dix minutes. Ces conversations téléphoniques sont épouvantables. »

Elle prit la main de Francisco sur la table.

« Un mois ! Tu vas me manquer.

— Toi aussi. »

Elle regarda ses yeux noirs, vifs et pleins d'affection, derrière les lunettes ovales. Il n'y avait personne en qui elle eût plus confiance. Elle chuchota :

« J'ai fait une grosse bêtise. »

Il se pencha vers elle.

« Qu'est-ce que tu as fait ?

— Je me suis amourachée. »

Il continua sur le même ton de mystère :

« De qui ? »

Il n'avait pas l'air de comprendre. Elle sourit comme une petite fille excitée par sa propre audace.

« Tu te rappelles le Danois avec qui j'ai longuement discuté à la fête vendredi ? »

Francisco changea d'expression.

« L'écrivain ? »

Elle hocha la tête, les joues roses et les yeux brillants.

« Je l'ai revu mardi à New York.

— Tu es allée à New York pendant que j'étais à Palo Alto ?

— Tu n'aurais pas dû m'abandonner. Je lui avais donné mon numéro et il m'a appelée à Old

Newport. On voulait voir les nouvelles galeries de Chelsea. » Elle rougit. « On n'a pas vu grand-chose. On a passé la journée à s'embrasser.

— À s'embrasser. »

Elle vit le mouvement de sa pomme d'Adam tandis qu'il déglutissait. Il y avait quelque chose de bizarre dans sa voix et son regard. Il ne souriait plus. Il semblait regarder Jane de loin. Elle eut l'impression qu'il reculait, mettait entre eux une barrière pour se protéger. Il était trop tard pour effacer ce qu'elle s'était promis de ne pas dire trois quarts d'heure plus tôt.

« Ce n'est pas bien, je sais. Au moins je n'ai pas passé la nuit. Il voulait. Mais j'ai pris le dernier train pour Old Newport. Tu penses que c'est mal de toute façon ? »

Francisco ne répondit pas. Il y avait une réticence dans ses yeux. Il était assis droit, le dos raide.

« Je ne sais pas pourquoi j'ai fait ça, reprit Jane. Ce n'est pas de l'amour, rien de la sorte. Mais c'était vraiment bien. Ça faisait longtemps que je ne m'étais pas sentie comme ça, jeune, belle, sexy, désirable. Maintenant je pense à lui tout le temps. Il est beaucoup plus jeune que moi : vingt-sept ans. Mais je n'avais pas l'impression d'en avoir trente-cinq. J'aurais pu en avoir vingt. » Elle soupira. « De toute façon je m'en vais aujourd'hui et, quand je reviendrai en janvier, il sera retourné au Danemark : je ne suis pas folle, j'ai trouvé quelqu'un qui, je le savais, allait partir. »

Les mains de Francisco jouaient avec l'addition qu'il avait roulée en un mince tube. Il y avait un masque inexpressif sur son visage. Il prit sa fourchette et piqua un demi-cornichon qu'il porta à sa bouche et grignota sans regarder Jane. Elle avait les joues rouges.

« Francisco, qu'est-ce que tu penses ?

— Jane ? » dit une voix féminine.

Elle sursauta et leva les yeux.

« Oh, bonjour ! »

Kathryn Johns se tenait debout près de la table. Avait-elle pu entendre ? Jane était folle de tenir de tels propos en un lieu où les murs avaient des oreilles.

« Quelqu'un a emprunté la biographie de Colet par Fleman. Je l'ai redemandée : vous l'aurez en janvier.

— Merci. »

Francisco regardait Kathryn d'un air soulagé.

« Kathryn Johns, mon assistante. Francisco Gonzales, professeur au département d'espagnol. Kathryn fait une thèse remarquable sur la figure du bon nègre dans le roman et la peinture du dix-neuvième siècle. »

Kathryn la remercia d'un petit signe de tête. Elle portait un manteau noir cintré sur un col roulé noir et une courte jupe noire.

« Vous travaillez avec Jane ? » demanda Francisco.

Jane répondit pour Kathryn :

« Avec Alex Smith. C'est lui le spécialiste de la colonisation dans le département.

— On est tous plus ou moins des colonisés, vous ne croyez pas ? dit Francisco en souriant à Kathryn.

— Plus ou moins », répondit-elle froidement.

Jane regarda sa montre.

« Je ne veux pas vous interrompre mais il est une heure et demie. Il faut y aller ou je vais rater le bus.

— Je suis désolée de vous avoir retardés. Bon voyage, Jane. » Kathryn fit un signe de tête à Francisco. « J'ai été ravie de vous rencontrer. »

Elle s'en alla. Ils se levèrent et Francisco mit un billet sur la table avant que Jane ait le temps de sortir son porte-monnaie. Elle protesta.

« Tu as déjà payé la dernière fois : c'est mon tour.

— La prochaine. »

Ils sortirent du café et prirent place dans la voiture de Francisco garée juste en face.

« Elle est jolie, dit Francisco.

— Kathryn ? Très jolie.

— Elle est en quelle année ? »

Il était clair qu'il voulait à tout prix éviter de reprendre la conversation interrompue par Kathryn.

« Septième. Elle était dans mon séminaire sur Flaubert il y a cinq ans. Tu as dû la choquer en lui disant qu'on était tous des colonisés : on ne plaisante pas là-dessus, ici.

— J'étais sérieux. Dans le fond elle est sûrement d'accord.

— Peut-être. C'est une fille maligne.

— Je n'en doute pas. » Il ajouta d'un ton plein de componction : « La figure du bon nègre. Avec ça elle est sûre de trouver un poste, non ? »

Jane rit.

« Ce n'est pas ce que tu crois. Elle est bien, cette fille. Tu sais ce qu'elle a fait pour moi l'été dernier ? Elle a découpé une annonce dans *Lingua Franca* à propos d'un concours organisé par les Presses universitaires de North Carolina pour le meilleur manuscrit d'études du dix-neuvième siècle. Évidemment ça n'a pas marché mais j'ai trouvé ça vraiment sympa. Je lui ai écrit une super lettre de recommandation.

— En échange ? »

Il se gara devant la belle maison de pierre sur Main Street où Jane avait emménagé en septembre. Une plaque de cuivre scellée à la gauche de l'entrée indiquait la date de construction : 1887. Autrefois la demeure d'un riche armateur, la maison était maintenant divisée en sept appartements. Francisco précéda Jane dans les escaliers. Parvenu sur le palier de Jane au troisième étage, il se pencha et ramassa quelque chose sur le paillasson. Il se releva et lui tendit une rose.

« Qu'est-ce que c'est ? demanda Jane.

— Une rose.

— De qui ?

— Un admirateur secret, je suppose.

— C'est toi qui l'as apportée ?

— Tu m'as vu avec une rose ? »

Elle la prit et regarda le paillasson. Aucun mot n'accompagnait la fleur.

« C'est sans doute un de mes voisins qui sait que je pars aujourd'hui. »

L'explication était vraisemblable. Mais dans le contexte de ses récentes confidences, la rose semblait offrir une preuve supplémentaire de sa promiscuité. Il y eut un silence gêné pendant qu'elle ouvrait la porte. Le salon était inondé de soleil.

« C'est lumineux ! s'exclama Francisco.

— C'est vrai, tu n'es jamais venu l'après-midi. Tu verras, on est bien ici tout seul. »

Elle prit ses valises et son ordinateur. Elle referma la porte et lui tendit les clefs. Il prit la valise la plus lourde et descendit l'escalier derrière Jane.

« Les draps sont propres et les serviettes aussi. Pour les courses il faut aller jusqu'à Linden Street. Par contre tu as toutes les pizzerias que tu veux sur Columbus Street.

— Et toutes les pompes funèbres sur Columbus Square. »

Elle rit. Francisco lui avait fait remarquer les trois établissements de pompes funèbres autour de chez elle. Elle ne voyait jamais personne y entrer ou en sortir. Il soupçonnait ces établissements de servir au blanchiment d'un argent mafieux.

Il se gara devant le petit bâtiment de briques beiges qui arborait le large panneau bleu et blanc de « Connecticut Limousine ». Ils s'embrassèrent. Avec moins de chaleur qu'ils n'auraient dû avant une séparation si longue. Il y avait entre eux, pour la première fois, une réserve.

« Bonne chance, dit Francisco.

— Merci. Toi aussi. »

Sur le chemin de l'aéroport Kennedy et dans l'avion vers Chicago, elle ne pensait plus au mardi à New York mais au déjeuner avec Francisco et au malaise final.

Après un bon été avec Eric, dont deux mois entiers dans leur maison de Peach Street, elle avait emménagé dans un appartement plus petit, plus gai pour elle seule et plus près du campus. Ils avaient trouvé sans difficulté des locataires pour leur jolie maison : un jeune professeur d'économie avec sa famille, sa femme qui ne travaillait pas et leurs deux enfants. Après le départ d'Eric, Jane avait été horriblement triste, songeant à ce qu'aurait pu être leur vie si Hubert Herring n'était pas mort dans l'accident d'avion. Le troisième jour, elle était tombée sur Francisco au rez-de-chaussée du département. Ils s'étaient exclamés de plaisir en se reconnaissant, comme si l'été pendant lequel ils ne s'étaient pas vus avait resserré leur amitié. Elle avait marché avec lui jusqu'à sa voiture. Il lui avait annoncé que Teresa était enceinte. La nouvelle avait causé un choc à Jane qui avait espéré tout l'été le même événement, mais elle l'avait félicité sin-

214

cèrement, heureuse pour lui et attendrie par sa fierté latine. Il l'avait raccompagnée chez elle. Elle l'avait invité à dîner. Il était reparti pour New York à onze heures du soir. Et, de tout le semestre, ils ne s'étaient pour ainsi dire plus quittés. Voir apparaître la tête de Francisco qui la cherchait à son étage à la fin d'une longue journée de cours et de tâches administratives, ses joues rondes, ses yeux vifs derrière les lunettes à monture tigrée, son bon sourire, c'était une bouffée de chaleur et de joie : la seule figure humaine dans tout son département. Ils avaient le même âge et des situations similaires. Teresa voulait que Francisco vive avec elle dans la campagne au sud de Séville où elle avait hérité une maison de sa grand-mère. Il y étouffait comme Jane à Iowa City.

Ils déjeunaient ou dînaient ensemble trois fois par semaine à Old Newport et Jane passait presque tous les week-ends à New York, chez Francisco. Son appartement donnait sur Washington Square. Dans la journée, on entendait les guitaristes hippies et les cassettes rap au son desquelles dansaient les adolescents noirs. Chaque soir vers onze heures et demie, les flics installaient des barrières bleues à toutes les entrées du parc, puis sillonnaient le square en roulant très lentement et en clamant dans un haut-parleur : « Le parc est maintenant fermé. » Francisco répétait parfois les mots au milieu de la journée en imitant la voix mécanique des flics amplifiée par les haut-parleurs : « Le parc est maintenant fermé. » Il ne pouvait plus supporter d'entendre cette même phrase, chaque soir, trente fois de suite entre onze heures et demie et minuit. Il avait écrit un éditorial pour *El País* sur le nouveau maire républicain, Giuliani, et sur la réalisation de son idéal platonicien de Justice et de Beauté, dont la première étape consistait à nettoyer par la force les squares de Manhattan.

Quand Jane, le week-end, rejoignait Francisco à New York, elle marchait souvent de la gare de Grand Central jusqu'à l'arche blanche de Washington Square. Quarante minutes de marche sur la Cinquième Avenue, pendant lesquelles elle éprouvait l'exaltation de l'archéologue dans un désert qui découvre le fragment de poterie indiquant la proximité brûlante de la tombe longtemps cherchée. Elle aimait surtout West Village, les rues plantées d'arbres et bordées de jolies maisons débouchant soudain sur l'immense ouverture du ciel et de l'eau et les couchers de soleil qu'elle contemplait jusqu'à la disparition de la boule orange, appuyée à la rambarde de l'Hudson sur le chemin qu'empruntaient les patineurs, les joggeurs et les cyclistes. Les tours du World Financial Center, roses dans le soleil couchant, se détachaient sur le bleu vif du ciel. Elle respirait la mer. « La mer, n'exagère pas, protestait Francisco : Juste une rivière sale. Si tu veux sentir la mer, viens en Espagne ! »

Tout le monde à Devayne les croyait amants. Même Eric s'était un jour exclamé qu'il en avait assez d'entendre Jane répéter à quel point Francisco était sympathique. On aurait dit que personne ne pouvait concevoir une relation entre un homme et une femme où le sexe ne jouât aucun rôle, à moins que l'homme ne fût homosexuel. Les occasions n'avaient pas manqué avec toutes les nuits que Jane avait passées chez lui. Ils s'étaient vus en chemise de nuit, en caleçon. Il étaient comme frère et sœur. « Pourquoi crois-tu que les pharaons épousaient leurs sœurs ? avait remarqué Francisco : faire l'amour avec sa sœur, c'est évidemment ce qu'il y a de meilleur. » Ils pouvaient même en plaisanter. Il n'y avait entre eux aucun tabou, aucune ambiguïté.

Jusqu'à aujourd'hui. Jusqu'à ce que Jane ait l'idée de lui faire ses confidences. « Je me suis amourachée, hihihi. » D'où avait-elle sorti ce mot ? Tellement vieux jeu et vulgaire.

La pensée ne l'effleura pas que Francisco pût être jaloux. Ce n'était pas la question. Il était espagnol et catholique : moral.

N'importe quel homme eût réagi de même. C'était ce dont tous les hommes avaient peur : la Dalila en chaque femme, prête à couper les cheveux du mari endormi et à le vendre à l'ennemi.

Elle n'avait pas couché avec Torben, soit. Mais c'est elle qui lui avait téléphoné. Elle n'avait même pas osé l'avouer à Francisco. Tout était dit quand une femme composait le numéro d'un homme — même sans arrière-pensée. Il suffisait de se rappeler le soin avec lequel elle avait choisi ses vêtements lundi soir. Son excitation quand elle était montée mardi matin dans le train pour New York. Son plaisir quand elle avait croisé Duportoy à Grand Central et noté la surprise de ce dernier à la voir si jolie. Son bonheur, mardi soir, dans le train qui la ramenait vers Old Newport avec tous ses souvenirs, des lèvres étrangères et des dents petites se rapprochant d'elle, de l'étrange et plaisante sensation d'une moustache, des mains étrangères se glissant sous ses vêtements dans les rues de Soho, la déshabillant malgré le froid de décembre, des paumes chaudes cherchant passionnément les seins sous le soutien-gorge, de la dureté contre son ventre, et des baisers, des baisers et des baisers encore, des longs baisers mouillés. Tellement contente d'elle, d'être si jeune et si sexy.

Ce qu'il y avait de pire chez une femme.

Non. Le pire était de s'en vanter.

Mieux valait l'avoir dit à Francisco au déjeuner qu'à Eric au dîner. Et elle avait de la chance que Kathryn Johns l'ait interrompue.

Ils atterrissaient déjà à Chicago. La Nautamine qu'elle prit avant d'embarquer dans le petit avion eut l'heureux effet d'atténuer ses sensations, en particulier la peur qui ne cessait de croître. Dans une demi-heure elle verrait Eric et se rendrait peut-être compte qu'elle ne l'aimait plus. Cette pensée la terrifiait. Elle se rappelait les retrouvailles avec Josh à Chicago, à Noël sept ans plus tôt : ils s'étaient parlé au téléphone la veille, gaiement, tendrement ; ils étaient pressés de se retrouver ; à l'instant où elle l'avait vu dans l'aéroport, elle avait su qu'elle ne l'aimait pas. Mais elle n'avait jamais éprouvé pour Josh la passion qu'Eric lui avait inspirée. Pouvait-on cesser d'aimer celui qu'on avait adoré corps et âme ? « S'amouracher » d'un autre, n'était-ce qu'un message qu'on s'envoyait à soi-même, pour prendre conscience de cette réalité ?

Les gens autour d'elle se levaient. L'avion avait atterri et stoppé son moteur sans même qu'elle s'en rende compte.

Elle n'alla pas se repeigner et se remettre du rouge à lèvres comme elle le faisait d'habitude. Elle reconnut, de loin, la silhouette familière d'Eric. Il marchait vers elle de l'autre côté du hall du petit aéroport. Le cœur de Jane battait à toute allure. De toute façon, elle n'avait jamais aimé les retrouvailles. Il leur fallait toujours quelques jours avant de se retrouver. Rien que de très normal. Il était maintenant à dix pas d'elle. Elle le regarda.

Le miracle se produisit. Cet homme grand et svelte, en manteau sombre, avec des cheveux châtain clair tombant sur son front, qui lui souriait, était beau — l'homme le plus beau du monde. À trente-neuf ans, beaucoup plus beau que le jeune écrivain danois. L'univers retomba sur ses pieds. Elle était folle. C'était à cause de ces longs mois sans lui. Toutes ces tensions à cause de l'appartement, cette incertitude concernant l'avenir. Elle courut vers lui. Ils tombèrent dans les bras l'un de l'autre. Il la serra contre elle. Il sentait si bon. Elle le respira, le nez contre son cou. Elle suça sa peau chaude comme un petit vampire.

« Hé, qu'est-ce que tu fais ? Tu me chatouilles ! »

Il la repoussa en riant. Ils s'embrassèrent. Un vrai baiser, comme ils n'en avaient pas échangé depuis longtemps dans un aéroport. Il y mit fin.

« On va se faire arrêter. Le voyage s'est bien passé ?

— Oui, rapidement. »

Il la regarda avec des yeux pleins de désir.

« Tu es belle. C'est un nouveau manteau ?

— Tu plaisantes ? C'est celui que j'ai acheté chez Macy's il y a six ans !

— Ah ? Il te va bien. »

Distrait Eric. Il aurait été incapable de dire comment elle était habillée le soir où il l'avait rencontrée alors qu'elle se rappelait tout, la chemise, le costume, la cravate, les chaussettes. Il prit sa valise et ils marchèrent vers la sortie.

« Tu vas être contente. Il a neigé toute la nuit juste pour toi : c'est tout blanc.

— Oh ! »

La neige poussée par les chasse-neige formait des murailles sales le long des trottoirs. Ils montèrent dans sa voiture et attachèrent les ceintures. Eric demanda sans la regarder en démarrant la voiture :

« Tu as trouvé un locataire ?

— Pas encore. »

Elle rougit. Aussitôt se dressa entre eux un mur de non-dit. Ils n'ajoutèrent pas un mot pendant tout le trajet.

220

Les jours se suivaient, calmes et monotones comme les champs plats recouverts de neige. Elle n'aurait pu dire quel jour de décembre on était, sauf la veille de Noël quand ils échangèrent les cadeaux. Le matin, elle travaillait à la table de la salle à manger. L'après-midi, elle faisait une longue marche dans la neige blanche intacte, la même marche, chaque jour un peu plus longue. Le soir elle cuisinait. Ils écoutaient la radio, regardaient la télé, commentaient les nouvelles. Il lui parlait d'un article qu'il venait de lire. Son livre sur l'École de Vienne avançait bien. Il était presque sûr de recevoir quatre mille dollars pour faire des recherches en Autriche cet été : voulait-elle passer l'été à Vienne ? Ils pourraient retourner à Prague. Ou aller à Salzbourg pour le festival. Ou découvrir le Tyrol. Ou, si elle préférait la mer, voyager en Istrie ou sur la côte Dalmate, maintenant que la guerre était finie. Ou Dubrovnik ? Tant de possibilités excitantes. Mais éloignées. Après — après ce dont il ne parlaient pas, le déménagement de Jane, la location de son appartement d'Old Newport, son départ pour l'Iowa. Des conversations normales. Sauf qu'il y avait ce silence qui grandissait en elle de jour en jour, comme une ombre penchée par-dessus son épaule. Elle avait peur — d'elle, de dire un mot au mauvais moment, de provoquer la colère d'Eric, de ne pas comprendre ce qui se passait.

Il n'y avait aucun problème, avait décrété Eric, sauf dans la tête de Jane. Elle devait d'abord, une bonne fois, mettre fin à son habitude exaspérante de commencer des discussions sur leur relation tard le soir juste quand il s'endormait. Elle aimait le drame, mais il n'y avait aucun drame. La situation se résumait en deux phrases : il fallait qu'elle sous-loue son appartement et se ramène, point. C'était le programme. Aucun besoin d'en reparler, même une minute.

Avec Josh, elle avait passé des jours et des nuits à disséquer chaque sentiment et chaque mot. Elle respectait la confiance d'Eric dans les actes.

Ils firent l'amour le deuxième jour. C'était la semaine de l'ovulation. Elle l'avait mentionné la nuit précédente, alors qu'elle parlait brièvement de Francisco et de Teresa. Ce serait tellement bien d'avoir un bébé. Eric aussi en avait envie. Après une demi-heure de tentatives infructueuses il lui dit avec impatience :

« Suce-moi. »

Elle n'avait rien contre. Mais le ton de sa demande et la demande elle-même la surprirent : l'amour avec Eric était d'ordinaire tendre et pudique.

« Je ne crois pas que tu en aies envie maintenant. » Elle ajouta rapidement pour le déculpabiliser : « Ce n'est pas grave, ne t'inquiète pas, une autre fois.

— Pourquoi je te le demanderais si je n'en avais pas envie ? Comment tu peux savoir ce dont j'ai envie ou non ?

— Je peux le sentir. Tu y penses trop : ça ne va pas marcher. »

Il haussa les sourcils avec une moue méprisante.

« C'est exactement ça le problème avec toi. Si ça ne marche pas c'est à cause de toi.

— De moi ?

— Tu es tellement passive. C'est toujours moi qui dois tout faire. Et quand une fois je te demande de faire un truc, un seul, tu *sens* que je n'en ai pas envie. Super. »

Il ricana.

« Tu veux dire, demanda lentement Jane en le regardant, que je suis toujours trop passive ?

— Oui.

— Tu veux dire qu'on n'a jamais bien fait l'amour ?

— Exactement. »

Elle devint toute rouge.

« Comment peux-tu dire ça dans un moment pareil ? Tu es odieux ! »

Elle sauta du lit et enfila sa robe de chambre à toute vitesse pour qu'il ne puisse plus la voir nue. Elle était de plus en plus furieuse.

« Prends-toi une maîtresse, voilà ce que tu devrais faire ! Divorce, change de femme ! Paie une pute ! Je suis désolée d'être un si mauvais coup ! »

Elle s'enfuit de la chambre en pleurant, claqua la porte et s'enferma dans la salle de bains. Une demi-heure plus tard elle s'habilla, enfila son manteau, son écharpe, son bonnet et ses boots, et partit se promener dans la nuit sur la route glacée.

Elle marcha plus d'une heure. Plus le froid pinçait les parties de son visage qui n'étaient pas couvertes de laine, plus sa colère fondait. Eric avait dû sentir quelque chose. Il était injuste mais il avait raison. Peut-être attendait-elle de lui qu'il fût comme Torben : un étranger brûlant de désir avec une érection de cinq heures sans qu'elle eût rien à faire. Ou peut-être était-elle allée vers Torben seulement parce qu'elle avait peur de ce qui venait d'arriver avec Eric. Ce dont elle avait peur n'était peut-être arrivé que parce qu'elle en avait peur. Encore un de ces mignons cercles vicieux dont la vie regorgeait.

« Jane ! »

Elle était en train de monter les marches glacées du perron et faillit glisser en se retournant. Une ombre mince se tenait près d'un réverbère au bord de la route. Elle identifia le garçon qui avait fait sa thèse à Devayne.

« Comment tu m'as reconnue ? »

Elle était enveloppée d'écharpes et il ne l'avait vue que de derrière. Il s'approcha.

« À cette heure-ci ça ne pouvait pas être la locataire du rez-de-chaussée. Il fallait que ce soit quelqu'un rendant visite à Eric, et quelle autre femme que toi ? » Il jeta un coup d'œil autour de lui. « Eric n'est pas là ? »

Il la scrutait. Elle se trouvait juste sous la lumière du perron ; elle avait les yeux rouges et gonflés.

« Je n'arrivais pas à dormir, je suis allée faire un petit tour. Et toi ? Qu'est-ce que tu fais dehors par

224

un froid pareil alors que tout le monde ici est au lit à dix heures ?

— Je suis allé promener le chien 'qui est en moi. » Il sourit et reprit d'un ton sérieux : « J'écris le soir et je n'arrive pas à dormir si je passe directement de l'ordinateur à mon lit. Je vais toujours faire une balade vers cette heure-ci. » Il hésita une seconde. « Tu veux aller boire un verre ? Je connais un bar sympa ouvert jusqu'à deux heures. »

Une heure plus tôt elle aurait dit oui — et peut-être atterri chez lui au milieu de la nuit.

« Pas maintenant, merci. Comment va l'écriture ? » demanda-t-elle poliment. Les yeux de David s'éclairèrent.

« Pas mal du tout. Je suis dans un projet à long terme, une sorte de livre total qui contiendra tout, de la philo, de la théorie littéraire, des citations, des commentaires de textes, et des fragments autobiographiques. Mon modèle, c'est le patchwork. Ma grand-mère en fabriquait quand j'étais petit et ça me fascinait, tous ces petits bouts de tissus mis ensemble, disparates et pourtant unis. Je crois qu'il y a un lien très étroit entre l'écriture et la couture. En fait c'est ça, le thème du livre. Mon grand-père était tailleur, et ma mère couturière. »

Elle ouvrit sa porte. Il semblait prêt à parler des heures. Heureusement qu'elle n'était pas allée boire un verre avec lui. « Promener le chien qui est en moi. » Elle rit en montant l'escalier. Pas un garçon bête. De toute façon n'importe qui se couchant plus tard que dix heures à Iowa City était a priori fascinant.

Eric dormait dans son bureau. Le lendemain il lui présenta ses excuses. Il ne pensait pas ce qu'il lui avait dit dans un moment de frustration : bien sûr qu'ils avaient fait l'amour merveilleusement bien. Jane aussi s'excusa : il avait raison, elle essaierait d'être moins passive.

Ils ne firent plus l'amour.

Le soir du Nouvel An, ils s'habillèrent avec élégance. Il portait une chemise de soie noire, et Jane une longue robe en velours rouge sombre qu'elle avait trouvée pour presque rien dans un petit marché en plein air de Soho. « Très jolie », répondit-il quand elle lui demanda si la robe lui plaisait. Il avait acheté des blinis, du saumon fumé, de la crème fraîche légère et du champagne français : tout ce que Jane aimait. Elle mit une nappe blanche sur la table de salle à manger rustique et trouva deux chandeliers où elle planta des bougies. Billie Holiday chantait. Ils mastiquaient l'un en face de l'autre les blinis et le saumon fumé.

« Je suis content d'avoir pris le saumon norvégien finalement. J'ai hésité parce qu'il était en solde. Mais il est excellent, non ? »

Jane fit oui de la tête. Avec Francisco, elle pourrait dire tout ce qui lui passait par la tête. Pourquoi était-ce si simple avec un ami et si compliqué avec un mari ? Toute parole sonnerait comme un reproche. Ce serait peut-être un reproche. Les

femmes étaient peut-être en colère contre les hommes. Une sorte de colère originelle.

« Eric ? »

Il leva les yeux, la bouche pleine de blinis et de
saumon fumé.

« Quoi ? » dit-il d'une voix teintée d'impatience.

Aucun des mots qui se bousculaient dans l'esprit
de Jane ne put sortir. Aucun n'était le bon. Un
seul mot et elle déclenchait sa colère. Il était déjà
irrité. Elle était en train de gâcher la soirée. Pourquoi ne pouvait-elle pas, tout simplement, se réga-
ler du saumon norvégien et du champagne sec
Veuve Clicquot avec ses fines bulles ? Elle regarda
le saumon rose pâle sur l'assiette : la meilleure
qualité. Pourquoi était-il en solde ? Elle ne pouvait plus manger, l'estomac tendu et bloqué. Elle
entendit Eric mastiquer. Elle prit son verre et le
porta à ses lèvres. Elle but. Reposa la flûte sur la
nappe blanche. Les yeux fixés sur le verre, elle
commença à le balancer sur la nappe entre ses
deux mains, de droite à gauche, de plus en plus
fort. Le silence était extrêmement tendu. Eric se
resservit du saumon sans regarder Jane. Le bruit
du couteau contre son assiette et de sa mastica-
tion était évincé par le mouvement de balancier
du verre qui remplissait l'espace et le silence. La
flûte finit par tomber et se cassa. Le sang apparut
immédiatement sur l'index de Jane. Eric se leva
et dit froidement :

« J'ai eu ma dose. »

Il quitta la salle à manger. Elle entendit la porte de son bureau se refermer — pas claquer.

Elle ramassa les éclats de verre et les posa sur son assiette. C'était une des deux flûtes en cristal de Bohême avec des losanges gravés qu'elle avait achetées dans un magasin d'antiquités l'an dernier, et dont la finesse rendait encore plus raffiné le goût du champagne. Il n'en restait plus qu'une. Les débris de verre et le sang coulant abondamment de son doigt lui rappelèrent soudain une scène d'un film de Bergman qu'elle avait vu autrefois avec Josh : devant son mari, une femme introduisait dans son vagin un morceau de verre et se mettait à saigner, en regardant fixement son mari. La violence hystérique de cette scène avait mis Jane mal à l'aise. Elle comprenait maintenant comment une femme pouvait commettre un acte aussi autodestructeur. Le silence réprobateur d'un mari vous donnait envie de crier et de vous blesser — juste pour le voir réagir, perdre ce glacial contrôle de soi. Elle regarda la tache de sang sur la nappe blanche et versa du sel dessus avant de se rappeler que c'était une recette pour le vin, non pour le sang. Elle mit son doigt sous l'eau, longtemps.

À minuit il ne sortit pas de sa chambre. Ils ne se souhaitèrent pas la bonne année. Jane était atrocement triste. Elle pleura, but tout le champagne et finit par s'endormir.

Trois jours plus tard elle ne put plus tenir. Il était trop dur. Elle devait trouver un accès à lui :

sa distance, son silence étaient insupportables. Elle entra dans son bureau le matin, après avoir frappé. Il lisait. Il ne leva pas la tête. Elle l'appela timidement :

« Eric ?

— Quoi ? »

Sa voix était glacée.

« Je peux te parler ? »

Il mit un marque-page dans son livre et la regarda avec, dans les yeux, l'impatience ironique qui la condamnait.

« Oui ?

— Je ne comprends pourquoi on se fait si mal alors qu'on veut tous les deux la même chose : être ensemble. Je t'aime, je sais que tu m'aimes. Si je n'ai pas sous-loué mon appartement, c'est seulement parce que j'étais mal organisée et complètement débordée. Je comprends que tu sois en colère. Mais tu sais comment je réagis à la pression : ça me paralyse. C'est pour ça que je n'ai pas répondu à tous tes messages. Ce n'était ni de la mauvaise volonté ni de la mauvaise foi. Maintenant, écoute : que je trouve un locataire ou pas, je reviendrai avant le 6 février. »

Le 6 février était l'anniversaire d'Eric. Sa résistance fondit plus vite que la neige au soleil le plus chaud d'un jour de printemps précoce. Il se leva. Il avait les yeux humides. Il l'enlaça. Bien sûr qu'il l'aimait. Ô combien il l'aimait ; ô combien il aimait l'entendre parler de cette manière calme et raisonnable.

Ils firent une grande balade dans la neige étincelante sous le soleil et transformée en glace par le froid. Ils glissaient ensemble, se rattrapaient l'un à l'autre, riaient, sous un ciel d'un bleu pur et glacé. Après chaque baiser, il essuyait le pourtour des lèvres de Jane avec un mouchoir en papier pour que le froid ne gerce pas sa peau mouillée. Faire l'amour dans la neige ? Ils éclatèrent de rire. Leurs fesses se transformeraient en glaçons. Ils retournèrent chez eux et elle s'agenouilla devant lui sur la moquette au milieu du salon. Elle fit glisser la fermeture éclair. Suffisamment active ? Il la renversa et s'allongea sur elle : elle ne devait pas l'être trop. Au dernier moment son érection fléchit, mais il parvint à entrer en elle. Elle le désirait tant qu'elle jouit à l'instant.

Ils restèrent allongés sur la moquette, nus, pendant des heures, enlacés, à parler bébé. Eric était adorable. Chacun de ses mots, chacune de ses expressions faisait rire Jane. Si seulement elle avait ovulé maintenant : les fiers spermatozoïdes d'Eric auraient eu tout le temps de s'aventurer là-haut et de se familiariser avec son gros œuf. Ce n'était guère scientifique, mais c'était ainsi qu'elle se représentait la chose : même les spermatozoïdes d'Eric lui inspiraient de la tendresse.

Il n'y avait aucune tristesse entre eux quand il la conduisit à l'aéroport le 12 janvier. Elle serait de retour dans moins d'un mois. À Old Newport, elle aurait de quoi s'occuper pendant les trois semaines à venir. Elle avait déjà composé des listes de choses à faire, de livres à emprunter à la bibliothèque, d'articles à photocopier, d'objets à emporter en Iowa. Le tapis pour commencer.

« Tu es sûre ? Ce n'est peut-être pas essentiel.

— Tu plaisantes ! C'est l'essentiel. »

Elle fut d'excellente humeur pendant tout le trajet de retour, et son excitation crût au fur et à mesure que l'avion se rapprochait de la côte Est — de Francisco. Elle lui raconterait tout : le silence, le terrible réveillon, le verre brisé, et l'heureux dénouement. L'hystérie de Jane le ferait rire. Elle espérait que Teresa aussi s'était calmée.

Francisco n'avait laissé de mot ni sur la table de salle à manger ni sur son bureau. La housse de couette était soigneusement pliée sur le lit, à côté des draps et des serviettes : il avait trouvé le temps de les laver, pas d'écrire un mot. L'appartement reluisait de propreté : pas un mouton de poussière ; la cuisinière et l'évier, étincelants, n'avaient jamais été si bien astiqués. Elle sourit. Sa manière à lui de remercier. La seule trace personnelle de son passage se trouvait dans la poubelle de la salle de bains : un rasoir Gillette bleu. Il avait dû oublier son rasoir à New York.

Elle composa son numéro. La sonnerie résonna deux, trois, quatre fois. Il n'était sans doute pas encore rentré. À la cinquième, on décrocha.

« Allô ? »

Une voix endormie. Elle jeta un coup d'œil au réveil sur la cuisinière : neuf heures dix.

« Je te réveille ?

— Oh, Jane. Non non, ça va.

— Excuse-moi ! Je n'ai pas pensé au décalage horaire.

— Ça va, vraiment, ne t'en fais pas. » Il avait une drôle de voix — peut-être parce qu'elle l'avait réveillé dans un sommeil profond. « Qu'est-ce qui se passe ? »

La question étonna Jane, qui n'avait jamais eu besoin d'un motif spécial pour lui téléphoner.

« Rien... Je voulais juste te souhaiter une bonne année.

— Ah oui, c'est vrai, bonne année. Alors... tu es rentrée ? »

C'était une évidence. Elle fronça les sourcils.

« Oui, tout à l'heure. Merci d'avoir laissé l'appartement si propre. Tout s'est bien passé ?

— Très bien. C'est moi qui te remercie. Tu m'as vraiment facilité la vie. Je te suis très reconnaissant. J'ai laissé les clefs chez Susan comme tu me l'avais demandé. »

Il lui parlait comme à une grand-tante. Peut-être était-il simplement épuisé.

« Je vais te laisser dormir. Tu viens à Old Newport demain ? On pourrait déjeuner ou dîner.

— Non. Pas demain. J'ai trop de travail. Je t'appellerai.

— Comment va Teresa ?

— Bien, merci. »

Le silence se prolongea. Avait-il encore en tête leur déjeuner de décembre et la confession non sollicitée ? C'était absurde. Elle devait lui dire que tout s'était arrangé avec Eric.

« Francisco, qu'est-ce qui se passe ? »

Il poussa un soupir, avant de répondre d'une voix épuisée et plus vraie :

« Ça ne s'est pas très bien passé avec Teresa. »

Jane respirait vite. Elle était triste. Elle reconnaissait la voix de Francisco — et sa vision caustique des rapports conjugaux.

Il n'y avait pas un détail inexact. Elle n'avait parlé de Torben qu'à Francisco. Il se rappelait tout, même la rencontre nocturne de David Clark à Iowa City. Il avait une excellente mémoire. Sélective, évidemment. Il fabriquait son petit patchwork. Clark avait raison : il existait un lien étroit entre l'écriture et la couture. La métaphore n'avait rien de neuf pour les étudiants en lettres à l'âge de la déconstruction, qui savaient tous qu'un texte n'est qu'un tissu. Mais c'était la première fois que Jane assistait au processus même du tissage. La place de chaque petit bout était déterminée par un dessin originel. Francisco construisait, chapitre après chapitre, l'image d'une femme hystérique et incapable d'aimer.

Une autre particularité du roman la frappait : chaque chapitre commençait par un retour en arrière résumant des mois ou des années de la vie de Jane. Cette structure lui rappelait un point de couture qu'elle avait appris dans un cours de travaux manuels à l'école primaire : le point arrière. L'aiguille retournait jusqu'à la fin du point précédent puis ressortait un peu plus loin. Moitié en arrière, moitié en avant : pour finir le fil était doublé tout du long. Mais ce qui rendait une couture solide produisait dans un roman un effet tout à fait différent. La vie résumée dans le point arrière d'un flash-back semblait dépourvue de vie. Francisco avait peut-être choisi cette structure parce qu'il manquait de faits. Mais son but pouvait aussi avoir été de ridiculiser le bonheur de Jane en le caricaturant.

Elle commençait enfin à comprendre : ce n'était pas un roman sur elle mais sur lui. Il avait raconté les amours de Jane pour servir de faire-valoir aux siennes.

Elle se leva et marcha jusqu'à la fenêtre. La pluie tombait moins dense. Elle revit les grands champs de neige où elle avait si souvent foulé la neige vierge. Au retour elle trouvait l'appartement obscur et silencieux avec une seule petite veilleuse, la lampe sur le bureau d'Eric. Elle n'avait pas été malheureuse là-bas, non — du moins dans les images qui lui restaient, images d'Épinal dont le temps avait effacé les aspérités.

Pas de regret. C'était un principe vital. « Ne retiens pas. » Ce qui avait eu lieu parce que rien d'autre ne pouvait avoir lieu en ce point de l'espace et du temps.

Elle se rassit et contempla le gros paquet qui restait, le coude appuyé sur la table, en pinçant sa lèvre inférieure entre le pouce et l'index.

2

Elle rappela Francisco quatre fois avant qu'il accepte de déjeuner avec elle. Sa réticence ne découragea pas Jane, qui voulait comprendre ce qui se passait. Elle eut un choc en le voyant entrer dans le restaurant thaïlandais le 20 janvier : il avait perdu dix kilos. Les joues s'étaient creusées, il avait des yeux éteints et de gros cernes noirs. Le déjeuner de décembre ne pouvait pas être la cause d'un pareil changement.

« Francisco ! Qu'est-ce qui s'est passé ? »

Il haussa les épaules et évita son regard. L'enfer, dit-il, dès le premier instant où Teresa et lui s'étaient retrouvés face à face à l'aéroport de Madrid. Un tel enfer qu'elle avait décidé le jour même de partir chez ses parents à Séville. Elle était enceinte de six mois : trop tard pour avorter.

« Avorter ! C'est ce que tu voulais ? »

C'était ce dont Teresa parlait. Chaque mot sorti

de sa bouche visait à le déchirer. Elle n'était que haine.

« Mais pourquoi ? »

Il haussa les épaules à nouveau, l'air perdu, et ne répondit pas.

« Parce que tu n'étais pas là pour Noël ? Parce qu'elle est seule pendant sa grossesse ? Tu as essayé de lui expliquer ? Tu lui as dit quelle quantité de travail tu avais tous les jours, quelle pression tu subissais ici ? Est-ce qu'elle comprend que ce n'est pas une question de mauvaise volonté ou de mauvaise foi ? Tu veux que je le lui écrive pour lui dire à quoi ressemble ta vie ?

— Non.

— Peut-être qu'elle devrait venir ici et rester avec toi pour comprendre comment c'est, jour après jour, maintenant que tu es DPL !

— Non. Elle ne veut pas venir à cause du bébé : elle ne fait pas confiance aux hôpitaux américains. Et de toute façon elle n'a aucun respect pour mon travail. »

Il poussa la salade sur le côté de l'assiette et joua avec les feuilles vertes. Jane se dit que Teresa était aussi fière et inquiète qu'Eric et que Francisco n'avait pas su trouver les mots rassurants. Elle ouvrait la bouche pour prodiguer ses conseils avisés quand Francisco reprit d'un ton brusque en la regardant :

« Il y a quelqu'un d'autre. Je l'ai rencontrée en décembre juste avant que tu partes en Iowa. Je suis amoureux, Jane. Amoureux fou. »

Son triste sourire n'était pas dépourvu de dérision à l'égard de lui-même. Jane ouvrit de grands yeux. Amoureux fou. Francisco n'était pas du genre à utiliser à la légère de telles expressions. Pas amouraché, non. Amoureux. Amoureux fou. Elle avala sa salive. Sa fourchette avec le morceau de poulet au curry resta suspendue à mi-chemin de sa bouche.

« Je l'ai vue plus de dix fois en dix jours. Il ne s'est rien passé, dit-il en la regardant toujours droit dans les yeux. Rien : pas même un baiser. Mais c'est de l'amour, de son côté comme du mien. »

Il soupira. Jane fut frappée par la tristesse de ses pupilles ternes. Elle rougit. « Pas même un baiser. » Quand, en décembre, elle avait passé sa journée à échanger des baisers avec Torben. Quand Francisco était amoureux fou de cette femme et l'avait vue plus de dix fois en dix jours. Comment avait-il pu ? Quelle force ! Et quelle peur d'aimer.

Ce n'était pas la première fois depuis Teresa, mais la première fois tout court, continua Francisco, qu'il sentait une telle ouverture en lui-même, une telle curiosité à l'égard de l'autre.

« Elle est tellement belle, Jane. Son visage est beau. Son âme est belle. Elle est incroyablement proche de moi. »

Les yeux de Francisco commençaient à reprendre vie, brûlant comme des charbons couvant sous la cendre quand il parlait de cette femme. Il ne l'avait pas vue depuis son retour une semaine plus tôt. Il l'avait appelée le soir même.

« Elle m'a dit qu'elle n'était pas libre de toute la semaine. Pourquoi est-ce qu'elle fait ça ? Elle a sa vie, je ne suis pas idiot. Je sais que je ne peux rien lui apporter : je suis marié, ma femme est enceinte. Je ne lui ai pas menti. Elle a trente-trois ans, elle a besoin de trouver un homme libre, qui puisse s'engager avec elle : je le comprends. Mais pourquoi cette colère ? Pourquoi ne plus me voir ? Je ne peux pas. C'est trop difficile, Jane. Je n'y arrive pas. J'ai besoin de la voir. Tu crois qu'elle est en colère parce que je suis allé en Espagne ? Qu'elle me punit ? Mais je n'avais pas le choix ! Elle ne peut pas jouer avec moi ! Ce serait trop horrible. Qu'est-ce que tu penses ? Tu es une femme, tu dois savoir. »

Tout en parlant, il pressa sa fourchette si fort contre son assiette qu'il la tordit. Jane cligna les yeux. Elle était horrifiée. Elle n'avait jamais vu une plaie aussi profonde et ouverte ainsi exposée sous ses yeux. Il ne pouvait pas contrôler ce qu'il disait. Il n'arrivait même pas à penser à Teresa, au bébé. Il n'y avait que cette femme.

« Peut-être qu'elle doit se protéger, suggéra doucement Jane. Si elle est amoureuse de toi, elle doit avoir peur.

— C'est ce que tu penses ? Tu crois que c'est parce qu'elle est amoureuse et qu'elle doit se protéger ? C'est exactement ce que je me suis dit. »

Il eut l'air si soulagé que Jane fut encore plus effarée.

« C'est qui ?

— Tu ne la connais pas. Je l'ai rencontrée à un dîner chez Miguel le soir où je suis rentré de Californie en décembre. C'est sa voisine dans East Village.

— Qu'est-ce qu'elle fait ?

— Elle crée des bijoux.

— Mais comment est-ce possible, Francisco ? Comment peux-tu faire un bébé à une femme et tomber amoureux d'une autre ? »

Il dit à Jane ce qu'il n'avait encore jamais raconté à personne, pas même à son meilleur ami à Madrid. Il connaissait Teresa depuis quatorze ans. La relation n'avait jamais été idyllique. Teresa était dictatoriale, jalouse et possessive. Elle l'avait fait rompre avec ses amis les plus proches. Il lui avait toujours cédé. Elle était pleine d'insécurité. Dès qu'il lui résistait, elle le menaçait d'un divorce, d'une aventure ou d'un suicide. Les amis de Francisco n'aimaient guère Teresa et pensaient qu'il aurait pu trouver mieux. Il l'avait toujours défendue : elle avait bon cœur, elle était passionnée. Elle avait des opinions fortes et instinctives sur tout et tout le monde : Francisco appréciait ce tempérament. Il avait l'habitude des femmes fortes, avec sa mère et ses trois sœurs plus âgées qui avaient toujours tout décidé pour lui. Il aurait été trop fatigant de se battre contre quatre femmes : il avait cessé d'avoir des opinions personnelles. Teresa était plus âgée que lui : elle avait trente-neuf ans. Il ne pouvait pas lui refuser un bébé. Il croyait l'aimer.

« Tu n'as jamais pensé à la quitter ? Tu n'as jamais eu d'aventures ?

— Non. J'ai rencontré Teresa quand j'avais vingt-deux ans dans un cours de théâtre où je me suis inscrit parce que j'étais trop timide. » Il sourit. « Elle a été ma première petite amie, et la seule, si j'excepte une histoire d'une semaine quand j'avais vingt-trois ans, avant que ça devienne vraiment sérieux entre Teresa et moi. Les occasions n'ont pas manqué, mais je n'étais pas intéressé : je n'aime pas les complications et je suis fidèle. Je me sentais bien avec Teresa. Elle était jalouse, mais respectueuse et protectrice de mon espace. Avec elle je pouvais passer ma vie à faire ce que j'aimais : lire et écrire. Il y a trois ans elle a eu une aventure et elle a failli me quitter. J'ai tellement souffert que je n'aurais jamais pu penser que je ne l'aimais pas. Peut-être que tomber amoureux de quelqu'un d'autre maintenant, c'est ma façon de me venger.

— C'est bien possible.

— Je ne sais pas. Tout ce que je sais c'est que j'aime cette femme, Jane. Je l'aime.

— Peut-être que tu ne l'aimes pas vraiment. Peut-être que c'est seulement une crise parce que ta femme est enceinte et que tu as peur de te retrouver père et de la responsabilité que ça représente. Apparemment beaucoup d'hommes traversent ce genre de crise : ils ont peur de se retrouver piégés. »

Les yeux de Francisco s'allumèrent :

« Oui, c'est aussi ce que je me suis dit ! Tu penses que ce pourrait être ça ?

— Peut-être. Je ne sais pas. Tu sais, je ne te juge vraiment pas. J'essaie seulement de voir tous les côtés de ta situation. Ça ne va pas être facile, quelle que soit ta décision. Rappelle-toi que je suis là. Maintenant, si tu veux mon avis… »

Il la regarda avec des yeux exprimant son attente.

«…tu ferais mieux de ne pas chercher à revoir cette femme. Si quelque chose doit arriver entre vous, ça arrivera. Va à contre-courant.

— Tu as raison. Tu as tellement raison. Mais si tu savais comme c'est difficile de ne pas pouvoir lui parler. C'est insupportable. Tu veux dire ne plus jamais la voir ? Tu crois que j'en aurai la force ? Parfois je me dis que ce serait plus facile de sauter du pont de Brooklyn.

— Arrête. Tu dis n'importe quoi. C'est juste une crise. »

Le serveur apporta l'addition. L'assiette de Francisco était encore à moitié pleine alors que Jane avait fini la sienne depuis longtemps. Francisco sortit son portefeuille de sa poche.

« Ah non, dit Jane : c'est mon tour. »

Elle était triste en sortant du restaurant. Un homme, seul à New York pendant cinq mois, passionnément amoureux d'une femme célibataire habitant près de chez lui et passionnément amoureuse de lui, pouvait-il ne pas la voir ? Humainement impossible.

Elle longea le bâtiment néogothique de la bibliothèque Goldener, qui ressemblait à une cathédrale. Ce matin elle s'était dit qu'elle devait passer par la bibliothèque pour emprunter un livre après le déjeuner avec Francisco : elle ne se rappelait plus lequel. Elle devait aussi absolument photocopier l'annonce pour l'appartement. Il ne restait plus beaucoup de temps jusqu'au 6 février. Il fallait qu'elle appelle l'agence et réserve son billet. Eric lui avait demandé si elle l'avait fait.

Pauvre Francisco. Elle était maligne, la dessinatrice de bijoux. Une artiste. Forte et indépendante. Pas le type de la maîtresse passive. Elle lui faisait déjà comprendre qu'elle n'était pas à sa disposition. Trente-trois ans : plus l'âge de batifoler. Dans une ville comme New York où il y avait beaucoup plus de femmes seules que d'hétérosexuels disponibles, une fois qu'une femme s'était emparée du cœur d'un homme, elle n'allait pas lâcher sa proie. Francisco céderait. Pour commencer, juste une aventure. Jane était prête à parier beaucoup plus de mille dollars. Un Espagnol élevé dans la religion catholique pouvait-il abandonner sa femme et son nouveau-né ? Un homme amoureux pour la première fois pouvait-il renoncer à sa passion ?

Elle aimait trop Francisco pour avoir une curiosité malsaine. Du fond du cœur elle espérait qu'il parviendrait à oublier l'autre femme. Elle le connaissait : il ne serait pas capable de garder du respect pour lui-même s'il abandonnait son enfant.

La révélation de Francisco expliquait en tout cas son attitude de décembre : il venait de rencontrer cette femme, la veille à New York ; Jane lui présentait une caricature de son propre cœur. Il aurait mieux valu que Kathryn Johns ne les interrompe pas : si Francisco avait pu exprimer sa peur, il aurait peut-être résisté au désir de voir l'autre femme. Maintenant c'était trop tard.

Il faisait si doux pour un jour de janvier que quelqu'un à l'École de musique répétait la fenêtre ouverte. Une soprano. Schubert ? Malher ? Un piano l'accompagnait. Jane traversa la rue et la musique devint un écho distant. Un léger gong résonnait dans sa tête. Elle avait laissé son aspirine chez elle. Un mal de gorge lancinant. Le curry très épicé tuerait peut-être les germes. Elle ne pouvait pas s'offrir le luxe d'un rhume maintenant. Il y avait trop à faire. D'abord, ranger le bureau du DPL pour Catherine Lehman, mettre tous les dossiers en ordre. Une idée apparaissait et disparaissait dans son esprit à laquelle elle n'arrivait pas vraiment à donner forme : le vague sentiment d'une incohérence. « Plus de dix fois en dix jours. » Où avait-il trouvé ces dix fois quand cette femme habitait New York et qu'il avait passé une semaine chez Jane à Old Newport et quatre jours au MLA ? Il était peut-être retourné à New York une ou deux fois, même trois fois, mais dix fois ?

Il fallait que la femme fût venue à Old Newport — et qu'elle fût restée avec lui dans l'appartement de Jane. Peut-être même l'avait-elle accompagné

244

au congrès du MLA. Peut-être qu'il le lui avait proposé comme Eric la nuit de leur rencontre, impulsivement : « Et si tu venais ? » Il semblait y avoir,
entre Francisco et cette femme, une passion de
cette nature. Francisco lui avait-il menti parce qu'il
avait honte d'avoir utilisé son appartement pour
consommer l'adultère, rendant Jane complice à
son insu ? Elle sourit en imaginant leurs nuits.
Elle était désolée pour Teresa et pour le bébé.
Mais elle ne jugeait pas Francisco. La passion était
toujours belle. Plus belle qu'une fidélité au passé
qui n'était souvent que lâcheté.

Quand elle passa devant Bruno's Pizza, une
odeur de pizza chatouilla ses narines. Elle pouvait
encore sentir, elle n'était donc pas si malade. Elle
rentra dans l'immeuble du département et prit
son courrier, qu'elle feuilleta en attendant l'ascenseur. Des étudiants voulaient des lettres de recommandation : une tâche de plus avant de partir. La
porte de l'ascenseur s'ouvrit. Bronzino en sortit
et faillit se cogner à elle. Il s'éloigna rapidement,
sans s'excuser et sans même lui dire bonjour. Il
était difficile de croire qu'ils avaient eu un jour
un rapport intime. Jane se dit qu'elle était vraiment contente de quitter ces lieux et de ne plus
voir pendant un certain temps des gens comme
Bronzino. Seul Francisco lui manquerait. Dans l'ascenseur, une remarque bizarre d'Allison un an et
demi plus tôt lui revint : Allison lui avait dit qu'elle
aimait imaginer Eric et Jane en train de faire
l'amour. Jane comprit soudain. Il y avait une beauté,

presque spirituelle, de l'amour charnel, même pour le spectateur, quand les amants s'aimaient de passion.

« Pas même un baiser », avait dit Francisco. Ces mots la dérangeaient. Pourquoi un mensonge qui n'était pas nécessaire ? Au contraire : « juste un baiser », « à peine quelques baisers » aurait été beaucoup plus vraisemblable. La voix de Francisco au moment où il avait prononcé ces mots avait un accent de vérité, comme une pointe amère de souffrance. « Pas même un baiser. » Ce n'était pas le genre de détail qu'on inventait. Elle sortit de l'ascenseur.

Ce soir-là, elle appela Francisco à New York.

« Ça va ?

— J'ai trop à faire pour me poser la question. Ça m'a fait du bien de parler avec toi, Jane. J'ai pris ma décision : je ne vais pas la revoir.

— Bravo : c'est la bonne décision. À propos, j'ai une question à te poser. C'est complètement idiot mais ça me dérange. Une fois que je l'aurais dit, ça me sortira de la tête.

— Quoi ?

— Ce n'est pas Kathryn Johns, par hasard ? » À peine le nom prononcé, elle eut un rire gêné. « Excuse-moi, c'est ridicule. Je sais bien que ce n'est pas elle puisque cette femme vit à New York et qu'elle fait des bijoux, mais je ne sais pas pourquoi, c'est à cause des dix fois, j'ai pensé… » Son cœur battait à toute allure. « Francisco ? Allô ? Tu m'entends ?

« — Tu n'entends pas mon silence, Jane ? Je ne vais pas te mentir. »

Sa voix était triste. Il y eut un silence. Il était un peu tard pour prier Francisco de lui pardonner son indiscrétion.

Elle avait plus de respect et de compassion pour lui avant de savoir qui était la femme. Qu'il tombe amoureux de la belle Kathryn semblait trop évident. Il ne différait donc pas des autres hommes. Kathryn intimidait Jane, qui la trouvait froide et réservée. Peut-être Kathryn était-elle plus chaleureuse avec Francisco, mais son attitude depuis qu'il était rentré d'Espagne ne présageait rien de bon. Kathryn, déprimée comme tous les étudiants en fin de thèse qui cherchaient vainement un poste en cette période sombre de récession et de coupes budgétaires, n'incarnait pas l'équilibre. Son mari et elle avaient divorcé quatre ans plus tôt, alors qu'elle était en troisième année à Devayne. Elle avait passé une semaine dans un hôpital psychiatrique et Jane avait entendu dire qu'elle était au bord du suicide : mais Kathryn promenait partout son magnifique sourire froid et assurait que tout allait bien. Elle s'était toujours montrée très gentille et polie avec Jane, et, comme assistante, d'une remarquable efficacité. Mais derrière le masque du sourire contrôlé et parfait, Jane sentait la colère, la violence et le ressentiment. Kathryn était fière et intelligente. Elle ne rendrait pas la vie facile à Francisco. Il était regrettable qu'elle fût la femme qu'il aurait tant de mal à oublier. L'attraction des contraires : aussi nordique, blonde et pâle que Francisco était brun et latin. Jane ne pouvait pas s'empêcher de penser que Kathryn ne valait pas la souffrance de Francisco.

Elle se sentait coupable de les avoir présentés l'un à l'autre, et dans un tel contexte. Le désir était une maladie contagieuse.

Cette semaine-là et la suivante, elle laissa plusieurs messages sur le répondeur de Francisco à New York et l'invita à la fête que donnait une de ses voisines. Il ne répondit pas. Le soir de la fête, à peine entrée dans l'appartement résonnant de musique et de conversations, Jane s'aperçut qu'elle n'avait envie de parler à personne. Elle se servit un verre de sangria et se réfugia dans un bureau vide où elle regarda les titres des livres de médecine. Un couple entra. Le petit homme barbu avec d'épaisses lunettes se présenta comme son voisin du dessous, Karl, et l'avertit aussitôt qu'on pouvait tout entendre d'un étage à l'autre, même les messages du répondeur, tant la maison était mal insonorisée. La femme, une blonde aux cheveux courts qui portait un pull synthétique bleu à motifs géométriques noirs et un jean trop étroit pour son gros derrière, n'était pas la compagne de Karl mais une autre voisine habitant l'entresol. Elle s'extasia en apprenant que Jane, si jeune, était professeur à Devayne. Sa voix criarde donnait mal à la tête à Jane. Le petit homme à l'ouïe délicate s'était éclipsé. Jane aurait aimé en faire autant, mais Lynn l'assaillait de questions et l'invita à boire un verre chez elle cette semaine. Jane répondit qu'elle n'avait pas le temps parce qu'elle préparait son départ, ce qui l'obligea à résumer sa situation : elle était mariée, son mari habitait l'Iowa, et elle avait maintenant un semestre de congé qui lui permettait de le rejoindre.

« On se rencontre juste quand vous allez partir ! Quelle déveine ! Remarquez, ça vaut mieux pour vous : séparés, c'est pas une vie. Mais dites-moi, vous allez avoir plein de bagages si vous partez pour longtemps : Vous voulez que je vous conduise au bus de l'aéroport ? Les taxis, ici, chacun sait comment c'est : une fois sur deux ils ne viennent pas ! »

Jane la remercia pour son offre, en effet bienvenue. Elle se leva et prit congé de Lynn.

« Déjà ?

— Oui, je vais me coucher. J'ai mal à la gorge.

— Ma pauvre cocotte ! Ce qu'il vous faut, c'est un jus de citron bien chaud avec de l'aspirine. Non, non, encore mieux : une infusion de gingembre. Une recette africaine. Radicale, je vous jure. Ça vous nettoie tout l'intérieur, les sinus et tout. J'ai du gingembre à la maison. Je vais vous le chercher ? »

Il y avait des gens bien intentionnés dont on ne pouvait pas se débarrasser. Jane remonta chez elle en se disant que tout le monde à Old Newport l'ennuyait à mourir — sauf Francisco.

Le lendemain, elle frappa à sa porte au deuxième étage. Personne ne répondit. Elle était déprimée.

Il lui manquait. Son rhume l'empêchait de bien dormir la nuit et lui prenait toute son énergie. Eric recommençait à s'énerver contre elle : elle avait mis les annonces ? Téléphoné aux secrétaires d'autres départements pour savoir si un professeur invité pour le semestre n'avait pas besoin d'un appartement ? Acheté ou tout au moins réservé son billet ? Pas encore ? Elle le faisait exprès ? Le 6 février approchait. Il en parlait comme d'une date de clôture officielle et non d'une date choisie par Jane elle-même. Elle avait finalement photocopié l'annonce, qui, depuis dix jours, traînait sur le bureau du DPL qu'elle n'avait toujours pas fini de nettoyer. Chaque jour elle oubliait d'aller la punaiser sur les murs. Chaque jour elle se rappelait à cinq heures cinq d'appeler l'agence qui fermait à cinq heures. Eric avait raison de se mettre en colère. Si l'oubli n'était pas délibéré, il était significatif. Discuter avec Francisco l'aurait aidée à y voir plus clair.

Elle était assise sur la moquette de son bureau le jeudi 30 janvier, en train de classer les derniers tiroirs de dossiers de DPL, quand la porte s'ouvrit après deux petits coups légers. La tête de Francisco apparut dans l'entrebâillement. Elle sourit.

« Je peux ?

— Bien sûr ! »

Le brusque mouvement qu'elle fit pour se lever lui donna le vertige. Il n'était pas rasé, il avait l'air plus malade que jamais. Il avait encore maigri. Elle lui sourit chaleureusement et s'approcha de lui pour l'embrasser. Il recula.

« J'ai un rhume.

— Ne t'inquiète pas : moi aussi. »

Il s'assit sur la chaise en pin de l'autre côté du bureau.

« Excuse-moi de ne pas t'avoir rappelée, Jane. Je ne vais pas trop bien. »

Elle lui jeta un regard interrogateur.

« Heureusement que je croule sous le travail, reprit-il. Je n'ai pas revu Kathryn. Je ne vais pas la revoir. Jamais. »

Jane se demanda pourquoi il était tellement sur la défensive.

« Ce doit être difficile.

— Difficile ? »

Il eut un petit rire. Une souffrance si aiguë traversa ses yeux et les muscles de son visage que Jane en eut un frisson.

« C'est une torture du matin au soir. À chaque seconde je me bats contre moi. Je ne peux pas couper le fil du téléphone, à cause de Teresa. C'est épuisant. Je suis vidé. »

On frappa à la porte, trois petits coups secs. Jane fit la grimace. L'étudiant avait sans doute entendu les voix : elle ne pouvait pas prétendre qu'elle n'était pas là.

« Entrez ! »

La porte s'ouvrit et Kathryn fit son entrée. Elle évita de regarder Francisco, qui pâlit.

« Voilà les articles. La biographie de Colet est revenue. Vous pouvez l'emprunter. »

Elle se tenait très droite, la tête haute, incroyablement belle avec sa robe noire toute simple arrivant juste au-dessus des genoux, son gilet noir à petits boutons nacrés, sa peau très blanche, son chignon d'or pâle attaché par un chouchou de velours noir, son long cou à la Modigliani, et ses boucles d'oreilles en perle assorties aux dents parfaites que dégageait son sourire froid.

« Merci, Kathryn. À propos, comment s'est passé le MLA ? Je ne vous ai pas vue depuis. »

Jane rougit. Comme si Kathryn s'en souciait, quand Francisco était la seule personne occupant sa pensée. Ils avaient sans doute dîné ensemble tous les soirs. Tous les deux, seuls, dans une ville étrangère. « Pas même un baiser. » La tension qui remplissait la pièce maintenant, explosive, était celle d'une passion brûlante.

« Bien, merci.

— On vous a rappelée ? »

Kathryn sourit poliment, mais ses yeux — qui étaient marron-noir, pas bleus, Jane s'en aperçut soudain — trahirent son impatience.

« Oui, j'ai été invitée à donner une conférence à l'université de Virginie à Charlottesville.

— Ah, bravo. C'est une bonne université. C'est là où il y a la maison de Jefferson, vous savez ? J'espère que ça va marcher. »

Un pli ironique se dessina sur les lèvres de Kathryn. Jane se tut.

« Il faut que j'y aille », dit Francisco en se levant.

Kathryn, pour la première fois, se tourna vers lui, avec le même pli dur au coin des lèvres. Il dut passer tout près d'elle et effleura son épaule. Elle ne bougea pas, gardant le même sourire poli et glacé.

« Vous vous reconnaissez ? demanda Jane. Je n'ai pas besoin de refaire les présentations ? »

Sous le regard froid de Kathryn, Jane devint écarlate. Sans répondre, Francisco sortit et s'éloigna à grands pas. Kathryn jeta un coup d'œil à sa montre.

« Six heures ! Il faut que je me dépêche. Bon voyage si je ne vous vois pas, Jane. »

Deux jours plus tard, Jane avait la gorge si enflammée que même boire lui faisait mal. Elle enroula son écharpe autour de son nez avant de sortir de chez elle. L'air lui brûlait la gorge. Elle serait mieux au fond de son lit. Mais elle n'avait plus rien à manger. Sur le chemin du supermarché, passant devant un café, elle décida de s'arrêter pour boire un thé bouillant et s'anesthésier la gorge. Juste comme elle tirait la porte, elle se trouva nez à nez avec deux personnes qui sortaient : Francisco et Kathryn. Tous les trois s'exclamèrent de concert :

« Bonjour ! »

Il y eut un silence dans lequel résonna le serment de Francisco de ne jamais revoir Kathryn. Il gardait les yeux baissés comme un enfant pris la main dans le sac. Un samedi, il n'avait aucune raison, sinon Kathryn, de se trouver à Old Newport.

Ils étaient allés dans un café à l'écart, à un quart d'heure à pied du département, à l'opposé de Main Street et de Colombus Square, pour éviter la personne qui se tenait maintenant face à eux et qui s'exclamait joyeusement :

« Quel drôle de mois de janvier, non ? Un jour tiède et humide, le lendemain froid et sec. Je préfère quand l'air est froid et vif comme aujourd'hui mais j'ai un mal de gorge terrible, et je me suis dit que ça me ferait du bien de boire un thé chaud avant d'aller faire mes courses au supermarché. Comment va ton rhume, Francisco ?

— Ça va, merci. »

Ils descendirent les marches. Jane entra dans le café qu'ils venaient de quitter. Ils pensaient sans doute qu'elle les espionnait. Tant pis. Ce n'était pas son problème. Elle frissonna. Elle avait les mains brûlantes. La fièvre, sûrement. Il fallait qu'elle achète un thermomètre.

Une drôle d'odeur, comme une odeur de pizza brûlée, chatouillait les narines de Jane depuis un moment, mais elle était trop absorbée par sa lecture pour se rendre compte que l'odeur n'était pas dans le manuscrit mais dans sa cuisine. Elle bondit : son thé ! Elle se leva et courut à la cuisinière. La plaque chauffait au maximum. Elle attrapa la casserole par l'anse. Même le plastique était chaud. Le métal avait complètement brûlé. Quand elle tourna le robinet et mit la casserole sous le filet d'eau froide, il y eut un bruit d'allumette géante ou de sorcière disparaissant dans un dessin animé de Walt Disney, accompagné d'une fumée épaisse.

Elle alla ouvrir la fenêtre. La pièce était nettement plus claire que tout à l'heure : la pluie avait cessé et le ciel semblait s'éclaircir. Il était cinq heures et demie. Cette plongée dans son passé avait un effet positif : elle avait cessé de se torturer en se demandant si Alex lui avait envoyé ou non un message. L'idée de se retrouver à Hawaï demain soir lui sembla encore plus surréaliste que tout à l'heure. Avec Alex !

Elle irait au bureau plus tard. Mieux valait finir le manuscrit d'abord et résoudre l'énigme pour la mettre de côté avant le rendez-vous de demain soir. L'énigme était d'ailleurs résolue. Pas seulement une vengeance, mais une sublimation : la seule façon, pour Francisco, de faire son deuil. Il savait mettre en valeur sa douleur. Mais il n'était pas totalement injuste envers Jane : il reconnaissait au moins qu'elle avait compati.

Elle se resservit de l'eau et se rassit sur la chaise en bois. Elle avait mal au dos à force de rester dans la même position. Elle n'avait pas déjeuné. De là cette bizarre sensation, cette sorte de crampe au ventre. Elle mangerait quelque chose à la fin du prochain chapitre.

3

Hier soir, après la scène avec Eric, la vie semblait un trou noir sans fond. Elle montait maintenant dans le train pour New York, d'excellente humeur. Sa place favorite, un siège dans le wagon de tête avec une banquette en face où étendre ses jambes, était libre. Elle posa les journaux près d'elle et son sac sur le siège d'en face. C'était un temps de fin mars, pas vraiment froid mais insidieusement humide. Elle avait pris une paire de chaussures supplémentaire au cas où il pleuvrait ce soir : prudente pour sa première vraie sortie en deux mois. Le wagon n'était pas bien chauffé. Elle n'enleva pas son manteau ni son écharpe. Une voix de femme sortit de haut-parleurs sifflants pour débiter comme un chapelet le nom des gares où s'arrête-rait le train.

Elle s'était montrée gratuitement méchante au téléphone avec Eric hier soir. Le pauvre. Elle sourit tendrement. Il était si fier du petit test qu'il avait inventé pour ses étudiants, leur projetant des diapos de tableaux dont ils devaient deviner le siècle, le pays, le peintre même si possible.

« Ça fait plaisir de voir que je leur ai appris quelque chose. Il y avait un tableau français du dix-huitième siècle de Diane et Actéon qui aurait très bien pu être peint au dix-septième siècle en Hollande. Et... tu m'écoutes ?

— Oui. »

Il avait des antennes. La pensée de Jane divaguait. Elle se demandait comment elle s'habillerait le lendemain pour aller à New York.

« Ils ne se sont pas trompés. Tu sais comment ? La perspective...

— À vrai dire, je m'en fous. »

La note d'humour qu'elle avait voulu mettre dans sa voix n'était pas passée. Il y avait eu un lourd silence à l'autre bout de la ligne, comme si elle venait d'assommer Eric d'un coup de marteau.

« Tu sais bien, avait-elle repris d'un ton plus doux pour atténuer la violence de son agression, que je suis encore très faible. Il est onze heures et demie et d'habitude je dors à cette heure-là. Je n'arrive pas à me concentrer : l'effort que je fais pour te suivre me donne le vertige.

— Bonne nuit », avait répondu Eric de sa voix glacée de petit garçon qui n'admettrait pour rien au monde avoir été blessé. Elle l'avait laissé raccrocher et n'avait pas rappelé.

Il est vrai qu'elle craignait parfois qu'Eric se provincialise : à un dîner new-yorkais personne n'aurait décrit avec enthousiasme ses méthodes pédagogiques. Mais ce n'était pas le souci de vérité qui avait fait jaillir les mots de sa bouche : elle avait voulu le blesser. Pas une méchanceté gratuite, donc, mais une sorte de machiavélisme instinctif. Elle savait qu'il réagirait par le silence jusqu'à ce qu'elle lui présente des excuses : il n'appellerait donc pas ce soir et ne risquait pas d'apprendre son absence. Cette petite dispute lui permettait d'éviter une scène beaucoup plus dangereuse : il n'aurait jamais pu comprendre qu'elle perde une soirée à New York au lieu de préparer son départ pour l'Iowa. Elle lui téléphonerait demain et mettrait sa méchanceté sur le compte de de la fatigue et de la claustrophobie, sans dire un mot de sa soirée à New York.

Deux femmes sautèrent dans le train juste avant que la porte se ferme automatiquement : l'une portait une poussette et l'autre un bébé. Elles s'exclamaient bruyamment, excitées d'avoir eu le train de justesse. « Là ! » Elle choisirent les sièges à côté de Jane, de l'autre côté du couloir. Deux femmes noires aux cheveux teints auburn et raidis — pourquoi ne gardaient-elles pas leur frisure naturelle beaucoup plus jolie ? —, l'une grasse, l'autre mince et jeune. La grosse femme posa l'enfant sur le siège en face. Il se mit à pousser des cris aigus. Les deux femmes continuaient à rire comme si elles ne l'entendaient pas. Pas un bébé mais un solide petit bonhomme habillé en adulte miniature avec un jean Levis flottant, des tennis Nike, un blouson en cuir noir et un sweat-shirt gris dont la capuche dépassait. Il tapa énergiquement la grosse femme qui lui répondit par un coup de poing.

« Je t'ai dit : pas de ça ! Si tu me frappes, je te frappe ! »

Il continua à hurler. Un groupe intéressant à observer, mais le bruit donnait déjà la migraine à Jane, qui se leva à regret et battit en retraite vers l'autre bout du wagon. L'odeur des toilettes la contraignait à passer dans le wagon suivant. Alors qu'elle tirait la lourde porte, elle reconnut les sons rudes de l'hébreu. Deux grands jeunes hommes aux cheveux châtain clair, assis au dernier rang avant les toilettes, étaient lancés dans une discussion animée. « *Ken, ken* », disait l'un d'eux d'une voix forte. Il sembla à Jane qu'il n'y avait pas de plus jolie façon de dire « oui ». Elle recula et prit place juste de l'autre côté du couloir : il y avait même un siège libre en face où étendre ses jambes. Un des deux Israéliens lui jeta un coup d'œil. Elle lui sourit. Le regard du garçon glissa sur le siège à côté d'elle ; il détourna la tête sans répondre à son sourire. Jane rougit et retourna les journaux pour que le *New York Times* soit au-dessus du journal à sensation qu'elle avait acheté pour se distraire pendant le trajet.

Sa pensée revint joyeusement au but de son voyage. Elle devait se rappeler de rembourser

Francisco pour les courses qu'il avait faites pour elle début février, quand elle l'avait appelé à son bureau et presque imploré de lui rendre ce service, contrainte par la nécessité — une grosse fièvre et un frigidaire vide — de ravaler sa fierté. Quel choc quand, dévalant l'escalier à quatre heures après avoir entendu Francisco sonner, elle avait trouvé suspendu à la poignée de la porte le sac en plastique contenant la nourriture et les médicaments avec le ticket de caisse ! Francisco n'avait même pas attendu de lui dire bonjour. Le message était clair : il n'était pas à sa disposition. Elle avait remonté l'escalier tristement, abrutie par la fièvre, se disant qu'elle avait perdu un ami. Deux heures plus tard le téléphone l'avait réveillée. Francisco appelait de Manhattan et s'était confondu en excuses : il voulait sortir d'Old Newport avant l'heure de pointe et, à cette heure-là, chaque minute comptait. « Et puis ta grippe m'a fait peur : elle a l'air féroce. » Jane souriait, ravie. Francisco était son ami : comment avait-elle pu l'oublier ? La seule fausse note avait été la déclaration abrupte de Francisco alors qu'elle ne lui demandait rien : « Je n'ai pas revu Kathryn. »

Les deux Israéliens se levèrent. Westport. Elle aurait pu jurer qu'ils allaient à New York. Ils n'avaient pas l'air à passer le week-end chez une riche tante du Connecticut. Elle s'assoupit et se réveilla quand le train entra en gare de Stamford et que la voix de la conductrice dans les haut-parleurs grésillants demanda aux passagers de libérer tous les sièges en rangeant leurs valises sur les porte-bagages. Par chance, personne ne s'assit en face d'elle. Le môme à l'autre bout du wagon s'était remis à hurler de sa voix perçante et les cris se rapprochaient : il courait dans le couloir entre les sièges. Un bolide atterrit soudain sur elle : l'enfant s'était jeté contre ses jambes étendues sur le siège d'en face. Il riait et criait, le nez enfoui entre ses genoux, laissant couler un filet de bave chaude. Il semblait n'avoir absolument aucune conscience du fait qu'elle était une personne et pas une souche. C'était drôle. Mais il pesait sur ses tibias. La mère l'appelait. Elle allait sans doute le frapper. Jane tendit le bras pour attraper l'enfant et le remettre sur ses jambes. Avant qu'elle atteigne la veste en cuir, une main saisit son poignet :

« Ne le touche pas ! »

Jane leva la tête. La grosse femme noire la regardait avec haine et serrait son poignet à lui faire mal. Jane rougit.

« Mais je n'ai pas... »

La femme prit l'enfant dans ses bras et l'emporta en le couvrant de baisers. Son pouce avait laissé une marque rouge sur le poignet de Jane. Un homme aux cheveux blancs bien peignés et portant une parka en daim vert, assis de l'autre côté de l'allée, regarda Jane et lui sourit, tout en secouant la tête :

« Incroyable. »

Jane esquissa un vague sourire d'acquiescement et détourna les yeux. Elle ne voulait pas de sa complicité. Que savait-il de la pauvreté et des mères célibataires ?

262

Ses deux mois au lit avaient laissé à Jane le temps de réfléchir. Elle s'était rendu compte qu'elle était pleine d'idées préconçues — entre autres, la croyance inconsciente, profondément ancrée en elle et héritée de sa mère, qu'une femme ne pouvait pas s'en sortir sans un homme. Sa mère lui avait rendu visite fin février, quand Jane n'était plus contagieuse, et qu'il n'y avait aucun risque de transmettre le virus au bébé de Susie. Jane avait apprécié d'avoir sa mère pour la dorloter, lui apporter son dîner au lit, poser une main fraîche sur son front et lui lire le journal. D'être une petite fille à nouveau. Mais le matin sa mère n'abordait qu'un sujet : « Fais attention. » Jane avait eu une chance folle, à trente ans, de rencontrer un homme comme Eric. Il ne garderait pas éternellement sa merveilleuse patience. Il était extrêmement beau et charmant, il avait un bon poste. « Tous les hommes sont pareils, ma chérie. Que crois-tu qu'ils veulent ? Une femme dans leur lit, qui leur donne des enfants et qui cuisine pour eux. Tu vas avoir trente-six ans, l'horloge tourne. Dans un couple, il faut parfois que l'un des deux sache sacrifier à l'autre son intérêt professionnel. » Inutile de demander lequel. Sa mère, qui avait commencé à travailler, comme assistante de son mari, après le départ de sa dernière fille pour l'université, n'imaginait pas d'autre destin pour la femme que celui d'une planète tournant sur orbite autour d'un homme-soleil.

Jane était presque heureuse du départ de sa mère, dont la présence avait fini par la rendre anxieuse. Le lendemain, elle avait eu subitement envie d'entendre la voix de Francisco, dont elle était sans nouvelles depuis près d'un mois. Elle l'avait appelé à New York. « Allô ? » Il avait répondu d'une voix normale qui montrait qu'il avait une vie normale dans laquelle il parlait normalement à des gens normaux lui téléphonant.

« C'est Jane.

— Ah, Jane. » Il y avait eu un silence gêné. « Comment vont tes recherches ?

— Mes recherches ? Bien, merci. » Il ne lui avait jamais posé une telle question. De plus elle était malade : Francisco pouvait se douter qu'elle avait interrompu tout travail de recherche. « Tu veux que je raccroche ? avait-elle repris d'une voix hésitante, avec émotion.

— Peut-être. Il est encore trop tôt.

— Mais je me moque que tu sortes avec Kathryn ! Si je t'ai conseillé de ne plus la voir, c'était seulement pour toi. Je ne te juge pas. Tu me manques, Francisco. J'ai besoin de te voir. Tu es mon ami, mon seul ami ici.

— Je ne sors pas avec Kathryn. Je ne l'ai pas revue depuis que tu nous as rencontrés. Mais elle est sans cesse avec moi, Jane : à chaque seconde du jour et de la nuit, dans mon cœur, dans ma tête, dans ma peau, devant mes yeux. Je dois l'oublier. Ça va prendre du temps. Je ne peux pas te voir parce que tu es associée à elle. »

C'était ce manque de confiance qui attristait Jane. Kathryn avait sans doute demandé à Francisco de mentir et peut-être même de ne plus voir Jane. Francisco avait un jour dit à Jane que Kathryn avait peur d'elle. S'il avait vraiment rompu avec Kathryn, pourquoi se serait-il privé de la seule douceur qui lui restait, l'amitié ? Si Jane était associée à Kathryn, tout le reste de Devayne l'était, pour commencer l'immeuble où il avait son bureau. Leur amitié ne pouvait pas être détruite simplement parce qu'elle lui avait par hasard présenté Kathryn. Francisco était trop intelligent, subtil et généreux pour commettre une pareille injustice.

Malgré sa promesse d'être aussi silencieuse qu'une tombe, elle avait tout raconté à Lynn — sauf l'épisode avec l'écrivain danois. Lynn, de toute façon, ne connaissait personne d'impliqué dans l'histoire. Elle était entièrement d'accord avec Jane : il y avait une liaison. Elle se montrait peu optimiste quant au dénouement. Malgré le portrait enthousiaste que Jane lui avait tracé de Francisco, Lynn avait de lui une piètre opinion : un homme qui faisait un bébé à sa femme et tombait aussitôt amoureux d'une autre ne pouvait être qu'un salaud. C'était, selon Lynn, un comportement masculin typique, comme lui semblait typique le transfert de culpabilité sur Jane.

Pendant les deux mois étranges et confus qu'avait duré sa maladie, Jane avait passivement laissé Lynn entrer dans sa vie, malgré le manque d'affinités entre elles. Lynn avait sa clef et venait chaque soir lui préparer un repas léger. Originaire du Texas, elle était assistante sociale. Jane craignait de la vexer en lui demandant de parler moins fort. Lynn portait toujours le même jean trop tiré sur les bourrelets de son ventre et ses fesses, et le même pull synthétique à encolure ronde et motifs géométriques bleus et noirs, comme si elle ne possédait pas d'autres vêtements. Elle était petite et avait de gros seins, un gros derrière et de grosses cuisses, un cou épais et court, des cheveux blonds courts mal coupés, et un grand nez qui lui donnait l'air anglais. Les amis de Jane avaient toujours été beaux : aussi superficiel que cela parût, la beauté était une composante déterminante de son attirance pour quelqu'un. Mais Lynn habitait la maison, elle avait une voiture, elle était heureuse de se rendre utile, flattée d'être l'amie d'une prof de Devayne. Elle était devenue la personne la plus présente dans l'existence quotidienne de Jane. Plus de Francisco. Pas d'Eric, sauf au téléphone.

Pendant toutes ces semaines au lit, elle avait souvent pensé à Eric, avec beaucoup de tendresse. Elle se réveillait parfois avec la sensation de la main d'Eric sur sa cuisse ou son sein. Elle rêvait de son sexe et de la peau douce et brune qu'elle effleurait du bout des doigts. Elle se rappelait ses mains, ses longs orteils aux ongles toujours propres. Elle avait envie de quelque chose de très doux, très facile, très tendre et très sensuel, un amour chaud à la fois maternel et érotique.

Il l'appelait presque tous les jours. Au télé-phone, elle passait son temps à se plaindre et à lui faire des reproches. Il prétendait ne pas remarquer son agressivité. « Mmmm », disait-il, comme s'il n'écoutait pas. Il ne valait même pas la peine de se disputer avec elle : une enfant malade.

Le train s'arrêta. La 125ᵉ Rue. Des cris et des exclamations bruyantes à l'autre bout du wagon : les deux femmes et le gamin descendaient. Jane regarda par les vitres, soudain excitée. La nuit tom-bait. Le train repartit, longeant les hautes tours en briques sombres aux fenêtres illuminées comme de petites étoiles. Puis il rentra dans un tunnel et Manhattan disparut. Elle ouvrit son sac et en sor-tit son tube de rouge à lèvres brun qu'elle passa sur ses lèvres. Elle resserra l'écharpe autour de son cou.

Le train entra en gare de Grand Central. Tous les passagers se levèrent et se bousculèrent vers la sortie. Elle descendit dans la foule. Un homme marcha vers elle avec un sourire. Elle haussa les sourcils. Il s'écarta pour embrasser une femme qui marchait juste derrière elle. Elle regarda tout autour, comme s'il était possible qu'Eric l'atten-dît pour qu'ils rentrassent ensemble chez eux, à Manhattan, à la fin d'une journée de travail.

Elle traversa le vaste hall de marbre blanc cou-vert d'échafaudages, à la voûte peinte d'un ciel étoilé. Il fallait presque effectuer des pas de danse pour éviter de se cogner dans les gens sillonnant le hall à toute allure et dans tous les sens. Elle rit :

on aurait dit un film de Charlie Chaplin. Elle passa devant le kiosque aux informations où elle avait croisé Duportoy en décembre, puis descendit l'escalator conduisant au métro. Le serveur automatique était cassé : une longue file de gens faisait la queue devant le guichet. Jane fut fière de tirer de son portefeuille la métrocarte jaune qu'elle avait achetée en décembre et qui lui donnait l'air d'une vraie New-Yorkaise : l'unique trace de son mardi à Manhattan trois mois plus tôt. Elle ne pouvait même pas se rappeler le visage de Torben : juste un vague souvenir des dents petites sous la lèvre supérieure rose et la moustache blonde, mais aucun des baisers et de ses mains sur elle. Il y avait donc des actes sans conséquences — à moins que Francisco ne les ait payées pour elle. De l'autre côté du portillon, une foule de gens encore plus compacte que dans la gare courait dans tous les sens. Elle descendit sur le quai et plaqua ses mains sur ses oreilles quand un métro express entra en gare dans un vacarme épouvantable de métal frottant le métal. En y pensant, le concept même d'une ville tenait du délire.

Elle descendit à Union Square cinq minutes plus tard et traversa Broadway avec la foule, étourdie par la cohue, le flot de voitures et les coups de klaxon. Un colosse effleuré par un taxi pour être descendu trop tôt du trottoir frappa le coffre d'un coup de poing et hurla « fils de pute ! » sans qu'aucun piéton semble remarquer l'incident. On avait besoin d'un entraînement spécial pour vivre à New York. Après deux mois au lit elle avait perdu ses défenses. À peine eut-elle tourné à gauche sur University Place qu'elle se retrouva chez elle. Une foule de jeunes gens en tenues fantaisistes descendait l'avenue ; beaucoup portaient des pantalons à pattes d'éléphant redevenus à la mode. Elle passa le News Bar, le restaurant Japonica plein de monde, le supermarché, le café Dean et Delucca, s'arrêta pour acheter un bouquet de jonquilles et tourna à droite dans la rue privée bordée de petites maisons dont elle ressortit sur la Cinquième Avenue. Une joie folle, contenue pendant des mois, montait en elle. Elle ne pouvait réprimer un sourire. Un homme qu'elle croisa la regarda. Dans trois minutes elle allait voir Francisco.

Quand elle l'avait appelé cinq jours plus tôt, le 22 mars, ce n'était pas seulement parce qu'il lui manquait, mais pour le surprendre en flagrant délit de mensonge. On était en pleines vacances de printemps : s'il décrochait — si, donc, il ne se trouvait pas en Espagne — tout était clair. Au cas — improbable — où elle entendait la voix de Kathryn, Jane aurait immédiatement raccroché. Francisco avait répondu après deux sonneries. Jane avait souri. Mais après l'avoir informée d'une voix sans vie que tout allait bien, il avait ajouté :

« Teresa est là.

— Teresa ? à New York ?

— Elle accouche dans moins d'un mois et les compagnies aériennes ne laissent pas les femmes enceintes embarquer après le huitième mois. »

Jane se rappelait que ce n'était pas le programme. Teresa avait toujours refusé d'accoucher à New York même si cela donnait droit au bébé à un passeport américain : elle ne faisait pas confiance aux hôpitaux américains.

« Elle est avec toi dans l'appartement maintenant ?

— Non, elle fait des courses.

— Mais comment vas-*tu* ?

— J'ai traversé une passe difficile. Vraiment difficile. Mais je vais l'oublier. »

Jane rougit. Il ne pouvait même pas *la* nommer. Alors qu'elle l'imaginait en train de prendre du bon temps — avec Kathryn.

« Qu'est-ce que tu as fait pendant toutes ces semaines ?

— Rien d'autre que travailler. Je n'ai vu personne. J'avais besoin d'être complètement seul. C'était déjà assez dur d'arriver à me supporter. »

Elle perçut, dans sa voix triste, la pointe de dérision de son demi-sourire.

« Et avec Teresa, comment ça se passe ?

— Difficile. Mais mieux qu'à Noël. On a beaucoup parlé.

— Tu lui as dit pour Kathryn ? »

Quand elle prononça le nom, elle eut l'impression que Francisco sursautait de l'autre côté du fil comme sous l'effet d'une décharge électrique.

« Non, bien sûr. Elle me tuerait. J'ai parlé d'une crise : de ma peur de devenir père, de la différence entre une carrière ici et le monde universitaire

270

espagnol vieux et poussiéreux. Elle a compris. Mais elle est encore en colère. Elle me fait payer, littéralement : je dois l'emmener chaque soir dans des restaurants horriblement chers et elle achète toutes les layettes de luxe qu'elle trouve sur Madison Avenue ou chez Bloomingdale. Baby Gap n'est pas assez bien pour elle. Je n'ai plus un sou mais si je fais une remarque c'est la guerre : je préfère les dettes.

— Je pourrais te voir ? »

Il avait répondu après une hésitation :

« Peut-être. Mais avec Teresa.

— Bien sûr !

— Laisse-moi lui demander. »

Il l'avait rappelée le même soir : Teresa n'avait rien contre un dîner avec Jane.

Elle s'était trompée sur son compte, et Lynn aussi. C'était quelqu'un de bien. Plus que ça : il avait tranché son propre bras afin d'assumer ses responsabilités. Un jour le secret de son amour refoulé ne serait plus qu'un doux souvenir entre Jane et lui. Le jour où elle rendrait visite, avec Eric et les enfants, à Francisco, Teresa et leurs enfants dans la belle villa andalouse avec une piscine sous les oliviers.

Elle entra dans l'immeuble de Francisco et donna son nom au vieux gardien à lunettes épaisses. Il eut un large sourire et lui dit avec un accent portoricain renforcé par son bégaiement :

« Longtemps pas vu vous ! »

Elle prit l'ascenseur familier, descendit au sixième étage et longea le couloir aux murs nus aussi gai qu'un couloir d'hôpital. Elle sonna.

Francisco lui ouvrit. Elle sut aussitôt que c'était terrible. Il y avait sur son visage une expression qu'elle n'avait jamais vue, même en janvier. Ses yeux ne se posaient pas sur elle. Teresa s'avança. Énorme et fumante de colère. Jane lui tendit les fleurs. Teresa les prit sans la remercier et les abandonna sur une table.

« Assieds-toi, la pria Jane.

— Je suis mieux debout.

— C'est pour bientôt ? »

Il n'y eut pas de réponse. Peut-être avaient-ils pris la question pour une constatation.

Jane n'aurait jamais cru qu'il pût y avoir tant d'amertume chez une femme enceinte de huit mois. Allison et Susie lui avaient dit que les hormones vous rendaient heureuse comme un légume : la meilleure période dans la vie d'une femme. Chez Teresa, pas un gramme de joie : seulement de la colère dirigée contre Francisco.

Ils s'assirent dans le salon, sur le canapé-futon où Jane avait souvent dormi.

« Le porto », dit agressivement Teresa.

Francisco se leva pour aller chercher la bouteille.

« Tu es là depuis combien de temps ? demanda Jane à Teresa.

— Trois semaines. Je ne dors pas bien. Il y a trop de bruit.

272

— New York est tellement bruyant. Et en plus vous avez les flics qui crient tous les soirs : "Le parc est maintenant fermé." »

Le regard de Francisco s'appesantit sur Jane, qui rougit. Teresa ne savait évidemment pas que Jane avait dormi ici.

« Francisco m'a dit qu'il n'en pouvait plus d'entendre les flics répéter ça tous les soirs.

— De toute façon tout est horrible dans cet appartement. » Teresa ajouta abruptement : « Il paraît que tu as été malade ?

— J'ai eu une pneumonie.

— Une pneumonie ! »

Teresa eut un mouvement de recul et tourna vers Francisco un regard accusateur, comme s'il cherchait à l'assassiner ainsi que son enfant en faisant rentrer chez eux des germes mortels.

« Oh, mais c'est complètement fini. D'ailleurs la pneumonie même, c'est fini depuis longtemps. Je suis allée voir le docteur début février à cause d'un mal de gorge qui ne passait pas, il m'a donné des antibiotiques mais la fièvre a encore augmenté. Une semaine plus tard on m'a fait une radio, mais entre-temps l'infection avait eu le temps de se répandre et ce n'était pas très joli : une grosse tache noire sur mon poumon droit... »

Teresa huma l'air et crispa ses narines.

« Les pizzettas ! Tu les as laissées dans le four ? »

Francisco se leva à nouveau. Jane poursuivit son explication, pour ne pas avoir l'air de remarquer la tension.

« Le docteur m'a dit qu'il fallait absolument que je crache. Excuse-moi, ce n'est pas très ragoûtant : mais apparemment c'était la seule façon d'expulser le pus dans le poumon... »

Teresa fit une grimace dont Jane ne sut si elle lui était adressée ou à Francisco qui revenait de la kitchenette avec une assiette pleine de mini-pizzas brûlées sur les bords. Jane tendit la main.

« Elles sentent délicieusement bon. Je peux ? »

Teresa eut un rictus dégoûté.

« Elles sont brûlées. Ça donne le cancer.

— Enfin bref, au bout d'un mois je n'avais plus de fièvre et quand je crachais ce n'était plus jaune, mais j'avais horriblement mal, je pouvais à peine bouger. Je suis retournée à l'hôpital : l'infection avait disparu, mais à force de cracher j'avais provoqué une inflammation du muscle autour du poumon : ça s'appelle une pleurésie. J'ai dû passer trois semaines au lit en faisant tous les efforts possibles pour me retenir de cracher.

— Tu as éteint le four ? » demanda sèchement Teresa.

Francisco fit oui de la tête. Aucun des deux n'avait l'air intéressé par le récit de Jane. De toute façon, se dit-elle, il n'y avait rien d'ennuyeux comme le détail des maladies d'autrui.

« Donc voilà : en tout j'ai été malade plus de deux mois. C'est étrange quand on est malade longtemps comme ça : on entre dans un autre temps, une autre réalité... »

Teresa eut une moue sarcastique.

« Ce n'est pas si long que ça. Ma cousine a eu une leucémie contre laquelle elle s'est battue deux ans.

— Deux ans ! Et...

— Elle s'en est tirée.

— Oh, tant mieux... »

Jane se resservit une pizzetta et but un peu de porto. Elle serait bien repartie pour Old Newport à l'instant. Il y eut une discussion entre Francisco et Teresa sur le choix du restaurant. Il aurait fallu réserver plus tôt : tous les restaurants bien à New York étaient pleins, même en semaine. Inutile de tenter sa chance au Gotham sur la 12ᵉ Rue, ou chez Balthazar, ou à L'Odéon Café. Teresa demanda à Jane :

« Tu aimes le japonais ?

— Beaucoup », répondit-elle avec soulagement. Un restaurant japonais ne pouvait pas être si cher.

Mais il s'agissait du restaurant japonais le plus chic de New York. Ils eurent la chance d'obtenir la dernière table. À peine étaient-ils installés qu'une queue se formait déjà à l'entrée. Jane ne reconnut presque aucun nom sur le menu. Pas un endroit à nouilles ou à sushis. Le plat le moins cher coûtait trente-neuf dollars. Un serveur apporta leurs assiettes, ou plutôt leurs planches, au couple assis juste à côté d'eux : d'énormes morceaux de poisson crus sans riz et une salade d'algues. Le couple regardait la nourriture d'un air désorienté. Il y avait un guide sur la table. Des touristes. La femme déchiqueta un morceau de poisson avec ses baguettes, le porta à sa bouche et fit la grimace. Elle le recracha discrètement dans un mouchoir en papier et le posa sur la table. Il y eut une brève discussion entre eux. Des Italiens. L'homme sortit son portefeuille et déposa sur la table un billet de cent dollars. Ils se levèrent. C'était plutôt drôle, mais Francisco et Teresa étaient trop tendus et trop absorbés par le menu pour remarquer la scène. Jane aurait bien récupéré les planches couvertes de nourritures déjà payées, mais un serveur les emporta rapidement et nettoya la table où un autre couple s'assit aussitôt. Jane prit un saumon Teriyaki, le moins cher et le seul plat familier du menu. Teresa choisit les mets les plus chers, puis commanda le meilleur saké et une bouteille de vin à quatre-vingt-dix dollars. Francisco haussa nerveusement les sourcils. Teresa lui jeta un regard furieux.

« C'est le seul vin qui aille avec l'anguille. »

Le serveur appouva d'un hochement de tête poli et s'éloigna. Teresa regarda Jane comme si elle remarquait soudain sa présence.

« Il me dit qu'il n'a pas un rond. J'aimerais bien savoir à quoi ça sert de travailler autant si ce n'est pas pour gagner de l'argent. Tu comprends, toi ? »

Jane rit comme s'il s'agissait d'une bonne blague. Ils ne pouvaient pas se taire pendant tout le dîner. Francisco ne semblait pas prêt à entamer la conversation. Teresa ne cherchait que les occasions de l'agresser. Jane tenta de détendre l'atmosphère en décrivant la pression épouvantable qui pesait sur tout le monde à Devayne et les difficultés qui en avaient résulté pour elle avec Eric : il avait déjà oublié comment était Devayne et il attribuait à la mauvaise volonté de Jane des oublis ou des lenteurs dus seulement à la pression. Francisco et elle avaient une expérience similaire, parce qu'ils étaient tous deux directeurs du programme de licence en plus de leur enseignement et de leur recherche :

« Ma première année comme DPL, c'était l'enfer. J'avais tout le temps Devayne dans la tête et sans cesse la terreur d'oublier quelque chose d'essentiel. Les étudiants paient vingt mille dollars par an pour venir à Devayne : on n'a pas le droit à l'erreur. Parfois, la nuit, je me réveillais en sueur. »

Teresa écoutait. Jane avait trouvé un bon sujet.

« C'est pour ça qu'avec Francisco on s'est si bien compris. »

C'était le moment ou jamais d'éclaircir les doutes que Teresa avait pu se former sur la nature de leur relation. Elle continua avec un sourire :

« Ça nous a tellement rapprochés que tout le monde dans nos départements a cru qu'on avait une liaison. »

Le mot fit sursauter Teresa et Francisco comme si Jane venait de les atteindre en même temps d'une balle de fusil en caoutchouc. Teresa pâlit. Francisco jeta à Jane un regard intensément noir. Jane rougit. Pas un mot à prononcer devant eux, c'était clair. Mieux valait changer de sujet tout de suite.

« Vous avez vu le dernier Woody Allen ? »

Ils l'avaient vu. Sur ce point ils étaient d'accord : pas bon.

« Je ne l'ai pas encore vu mais ça ne m'étonne pas. Je ne suis pas sûre qu'il puisse encore faire un bon film maintenant qu'il n'est plus avec Mia Farrow. En décembre j'ai revu *Crimes et délits.* Ça c'est un excellent film. Son meilleur, à mon avis. Vous vous en souvenez ? »

Ils ne l'avaient pas vu.

« C'est l'histoire d'un médecin, marié, deux enfants, qui a une liaison avec... »

Elle s'arrêta brusquement. Les deux personnes assises sur la banquette en face d'elle semblaient sur le point d'exploser. Francisco baissa les yeux. Teresa demanda sèchement :

« Avec qui ?

— Une hôtesse de l'air jouée par Angelica Houston. Il veut rompre avec elle, elle menace de tout dire à sa femme, et avant qu'il ait eu le temps de se rendre compte de ce qui se passait, son frère, qui a des liens avec la mafia, fait assassiner Angelica Houston par un tueur professionnel. Toute la question est de savoir si le docteur va céder à la culpabilité et se trahir ou non. En même temps il y a une autre intrigue avec Woody Allen qui joue un scénariste sans aucun succès tournant un documentaire sur Primo Levi et amoureux de la belle Mia Farrow, qui est aussi courtisée par un metteur en scène hollywoodien célèbre, que Woody

Allen déteste et dont il se moque avec Mia Farrow en pensant qu'elle est de son côté. Pour finir... »

Le serveur apporta les plats. Quand il s'éloigna, Francisco et Teresa prirent leurs baguettes et commencèrent à manger d'un air concentré sans demander à Jane la suite de l'histoire. De toute façon mieux valait ne pas raconter le film s'ils comptaient le voir un jour. Et un film traduit en mots avait toujours l'air ennuyeux, surtout quand il était décrit par quelqu'un d'enthousiaste. Elle suivit leur exemple et se mit à manger en silence.

Teresa se plaignit aussitôt. C'était ça, le meilleur restaurant japonais de Manhattan ? Le poisson n'avait aucun goût et il n'avait pas l'air si frais que ça. Un vin de table espagnol aurait été meilleur que cette bouteille à quatre-vingt-dix dollars.

Ses récriminations fournirent à Jane un nouveau sujet de conversation : la croisière avec les anciens élèves de Devayne six ans plus tôt. Elle décrivit leur surprise quand ils avaient embarqué, en pleine campagne française, sur un bateau allemand. Teresa sourit. Enfin un terrain non miné.

« Le chef aussi était allemand. »

Elle raconta avec humour les vacances d'une célibataire de trente ans parmi des vieillards de quatre-vingts ans qui salivaient en regardant Jane et qui avaient tous pris le Concorde de New York à Paris parce que c'était à peine plus cher et tellement plus pratique qu'un billet première classe. Des déjeuners et des dîners de deux heures auxquels il n'y avait pas moyen d'échapper. Totalement déprimant. Un vrai film de Fellini. Et puis le docteur, un jeune Allemand blond, très beau, sorti tout droit d'un roman de Thomas Mann. Mais le plaisir simple et innocent de causer avec lui s'était gâté quand l'épouse du docteur, qui était enceinte...

Épouse. Elle sut tout de suite que c'était un mot qu'il ne fallait pas prononcer. Il portait une grosse lumière rouge clignotante. Enceinte : la sirène se mit en marche. Francisco regardait obstinément sa planche et jouait avec ses baguettes. Teresa était blanche. Jane eut l'impression de conduire une voiture de course sur une route de montagne et de perdre le contrôle après un tournant. La voiture dégringola dans l'abîme quand elle finit courageusement sa phrase : « ...était devenue jalouse. »

Après cela, rien n'eût été pire que le silence. Elle continua et raconta la scène : la guêpe prise dans ses cheveux, le docteur l'aidant à se dégager et se faisant piquer, leur arrivée en retard dans la salle de conférence, la femme du docteur la regardant, et, ce soir-là, la crise de nerfs de l'Allemande.

« J'étais vraiment désolée pour elle. Alors qu'il ne s'était rien passé. »

On aurait dit un déni. Peu importait, de toute façon. Francisco et Teresa ne semblaient même pas l'écouter. Le malaise à la table était extrême. Jane se tut. Elle transpirait. Le serveur s'approcha et remplit avec un geste élégant les verres de Francisco et de Teresa. Jane n'avait même pas entamé le sien. Ivre, elle n'aurait pu mieux faire. Le serveur demanda si tout allait bien. Dès qu'il se fut éloigné Teresa maugréa :

« Même la salade est dégueulasse. Beaucoup trop salée. »

Ils finirent le dîner dans un silence presque total. Teresa était la seule à parler, et seulement pour s'exclamer sur tout ce qui n'allait pas. Jane n'osait plus ouvrir la bouche ni même lever la tête. Elle avait croisé le regard de Francisco une seconde : glacé, sans vie, sans amitié. Dès que Teresa eut avalé sa dernière bouchée, il demanda l'addition. Quand le serveur l'apporta, il jeta un coup d'œil au total sans aucune expression sur son visage et sortit sa carte de crédit. Teresa le regardait fixement. Jane vit, à l'envers, que l'addition se montait à près de trois cents dollars — trois cent cinquante, donc, avec le service. Elle ouvrit de grands yeux. Elle n'avait jamais dépensé autant dans un restaurant.

« Je te dois combien ?

— Donne-moi cinquante dollars, ça ira. Tu n'as pas pris d'entrée et pratiquement pas de vin.

— Tu pourrais l'inviter, s'exclama Teresa avec mépris : ce que c'est radin, les profs ! »

Francisco frotta ses mains contre la serviette blanche. Jane regarda ses veines bleues et gonflées.

Tandis qu'ils attendaient, debout dans l'entrée, Teresa qui était allée aux toilettes, Jane s'excusa pour ses gaffes.

« En effet, tu as bien choisi tes histoires », dit Francisco avec un rictus tendu.

Dès qu'ils sortirent du restaurant, elle prit un taxi pour Grand Central. Elle attrapa de justesse le train de neuf heures cinquante-cinq pour Old Newport. Elle lut le journal à sensation, sans en sauter une ligne, pendant tout le trajet de retour.

Jane gardait les dents serrées. Elle avait les yeux fixés sur la dernière ligne.

Elle devait trouver le moyen d'entrer en contact avec Francisco dès ce soir. Le département d'espagnol aurait sans doute ses coordonnées. Mais il était déjà six heures : la secrétaire serait partie. Qui d'autre ? Elle connaissait vaguement le directeur du département, Alfonso Menor, à qui Francisco l'avait présentée trois ans plus tôt. Elle trouverait son numéro personnel dans l'annuaire des professeurs de Devayne en allant au bureau maintenant. Si Alfonso Menor lui donnait le numéro de Francisco, elle appellerait ce dernier de son bureau. C'était le milieu de la nuit à Séville : elle réveillerait Francisco, ainsi que sa femme et son bébé, mais elle n'allait pas se gêner.

S'il était toujours marié ; s'il habitait toujours en Espagne. Le paquet avait été posté à New York. S'y trouvait-il ? Ou à Old Newport, attendant la réaction de Jane ? La sonnerie du téléphone la fit bondir. Elle saisit le récepteur.

« Allô ?

— Pourrais-je parler au professeur Jane Cook, s'il vous plaît ? »

Pas une trace d'accent hispanique. Ce n'était pas Francisco.

« Moi-même.

— Jane, bonjour ! David Clark.

— Qui ?

— David Clark, du département de français et d'italien de l'université d'Iowa à Iowa City.

— Ah, bonjour. Comment ça va ?

— Bien, merci. Excuse-moi de t'appeler chez toi. Je me suis permis de demander ton numéro à Eric parce que j'avais quelque chose d'urgent à te dire. »

Tournée vers la fenêtre, Jane vit le soleil percer l'épaisse couche de nuages noirs et projeter à l'horizon un faisceau de rayons verticaux, comme dans un de ces tableaux du Lorrain qu'Eric lui avait montrés au Louvre. Eric aimait les ciels déchirés par la lumière après une tempête. Clark n'avait pu obtenir d'Eric le numéro de Jane, qui en avait changé l'an dernier et s'était fait mettre sur liste rouge. Pourquoi Clark mentait-il ?

« On serait ravis que tu viennes faire une conférence chez nous l'automne prochain. J'ai besoin de ta réponse le plus tôt possible : le directeur voit le doyen demain matin pour obtenir l'accord budgétaire et je dois lui remettre la liste des conférenciers. On n'est pas très riches : on peut te donner trois cents dollars et on rembourse les frais de transport, bien sûr. Ensuite tu pourrais dormir chez moi : j'ai une chambre d'amis avec une salle de bains privée, et je te promets un délicieux pain perdu *pour le petit déjeuner. Ce serait plus sympathique que le Faculty Club. »*

Jane frissonna. Elle avait froid. Ou faim.

« Ce serait quand ?

— Je pensais au 12 octobre. »

Elle servait sans doute de bouche-trou pour quelqu'un qui venait d'annuler.

« Je dois réfléchir. Je peux te rappeler ce soir ?

— Bien sûr. Même très tard, n'hésite pas. Je ne me couche pas avant deux heures. »

Elle eut soudain la vision du perron glacé et de l'ombre noire sous le réverbère.

« Et avant de dormir tu vas promener le chien qui est en toi.

— Pardon ? » Il rit. « Tu as bonne mémoire.

— Où en est le patchwork ?

— Mon livre, tu veux dire ? J'ai complètement changé mon plan initial. Plus de patchwork.

— Pourquoi ?

— Trop banal. C'est la nouvelle mode chez les universitaires, ce mélange de fragments autobiographiques et de réflexions critiques. Je trouve ça bâtard. Je suis revenu à une structure plus traditionnelle : une histoire, la vie d'une prof. Une femme plutôt qu'un homme, pour qu'on ne me reconnaisse pas. Un vrai roman avec une dimension philosophique, une vision de la vie, tu sais, ce que les Allemands appellent une "Weltanschauung". Je veux raconter une longue période de la vie de cette femme, avec ses hauts et ses bas, plutôt qu'une simple crise, comme tous les romans d'aujourd'hui. C'est la durée qui m'intéresse. Il y aura deux dimensions, celle

de l'amour et celle de la carrière, avec tous ses petits soucis pathétiques qui occupent souvent le premier plan de la vie. Tu voudras y jeter un coup d'œil ? Tu dois être bonne lectrice. »

Elle l'écoutait distraitement. Il y avait une question sur le bout de sa langue. Elle compta les mois : seulement quatre depuis la dernière fois qu'elle avait vu David Clark, donc il n'y avait rien de nouveau du côté d'Eric. Elle n'allait pas lui poser une question que, de toute évidence, il attendait, et qui était peut-être la vraie raison de son appel. Ce type avait une curiosité malsaine.

« À propos, ne t'inquiète pas, dit David comme s'il lisait en elle. Cet automne Eric a un congé sabbatique : il ne sera pas à Iowa City. »

Jane pâlit et demanda du ton le plus neutre possible :

« Il va où ?

— En Italie. Il travaille sur un projet complètement différent : une biographie de Bronzino.

— De Bronzino ! »

Il rit.

« Pas le vôtre. Le peintre italien du seizième siècle.

— David, je te remercie pour ton invitation mais je crains de ne pas pouvoir venir. Entre le nouveau poste et mon travail personnel, je vais être débordée.

— Tu es sûre ? Réfléchis. Tu peux même me rappeler demain matin si tu veux. Ce n'est pas loin, ça ne te prendra qu'un après-midi. J'adore ton travail, j'aimerais vraiment que tu viennes. Au printemps, si tu préfères. »

Quand elle raccrocha, elle frissonna de froid. Elle marcha jusqu'au salon et tourna le thermostat à vingt-deux degrés. Dans la cuisine, elle ouvrit le frigidaire. Elle n'avait pas le courage de cuisiner, même des œufs.

La vie d'une universitaire. Un roman couvrant une longue durée. Elle était une bonne lectrice. Il l'appelait comme par hasard au milieu de sa lecture. Il mentionnait Eric avec une curiosité sadique. Puis Bronzino. Il l'invitait à téléphoner au milieu de la nuit, à n'importe quelle heure.

Un peu beaucoup pour une simple coïncidence. Mais pourquoi Clark écrirait-il un roman sur elle ? Elle le connaissait à peine. Où aurait-il recueilli toutes les informations sur elle ? D'Eric ? Il était impossible d'imaginer le discret Eric s'épanchant sur l'épaule de son collègue à la peau grêlée. Et puis ce texte contenait des épisodes qu'Eric ignorait.

Elle prit le carton de lait dans le frigidaire et la boîte de céréales au blé entier Kellogg's dans le placard. Elle se servit un grand bol dont elle avala vite quatre larges bouchées coup sur coup, et se rassit en posant le bol à la droite des pages qu'elle n'avait pas encore lues. La pile de gauche était maintenant deux fois plus épaisse que celle de droite. Elle décida de poursuivre sa lecture. Elle irait au bureau plus tard. Elle continua à manger en tournant les pages.

4

Avec la pluie qui battait les vitres, on était mieux chez soi que dehors. C'était pour l'instant sa pensée la plus positive. Assise sur le canapé elle lisait, ou plutôt repassait dans son esprit la conversation d'hier soir, non sans un certain plaisir masochiste. Le téléphone sonna.

Elle courut à la cuisine et décrocha.

« Je te réveille ? »

Eric. Il n'y avait personne qu'elle désirait plus entendre. Elle lui avait laissé un message dans l'après-midi. Il était déjà minuit.

« Non non.

— Excuse-moi de rappeler si tard. Je dînais avec David. Ça va ?

— Oui. Il pleut des cordes, pour changer.

— Tu n'as pas pris ton vélo. »

C'était plus une constatation qu'une question, mais elle le détrompa.

« Si mais j'ai fait attention. J'ai mis le poncho en plastique jaune, tu sais, qui me couvre complètement.

— C'est idiot. Tu n'es pas raisonnable.

— Je sais. Mais à vélo je vais tellement plus vite. » Elle se garda de lui dire que ses poumons faisaient un drôle de sifflement quand elle était rentrée tout à l'heure. « J'ai reçu la lettre des Presses universitaires du Minnesota.

— Quand ? »

Il ne lui demandait même pas quel était son contenu. Une évidence. Il avait épuisé sa réserve de mots consolateurs. Elle ne cherchait pas à se faire consoler. Mais la lettre d'aujourd'hui avait eu sur elle un effet oublié et désagréablement familier. Un pincement qui avait tout à coup assombri son humeur. Elle avait su dès qu'elle avait vu l'enveloppe en papier vélin blanc crème, avant même de déchiffrer le nom de l'éditeur. Son dernier espoir. Il y avait, bien sûr, des choses plus importantes. La santé, pour commencer. Mais la conversation d'hier soir avec Francisco lui avait laissé une amertume que la pluie et la lettre avaient aujourd'hui renforcée.

« Cet après-midi.

— Qu'est-ce qu'ils disent ?

— Pas grand-chose. » Elle rit. « Ils doivent économiser l'encre : pas même de rapport de lecture alors qu'ils ont gardé le manuscrit cinq mois. Juste la lettre standard : mon livre, malgré toutes ses qualités, ne correspond pas à leurs besoins éditoriaux en ce moment et ils en sont vraiment, vraiment désolés.

— Tu devrais les appeler et leur demander pourquoi.

— Je sais pourquoi.

— Pourquoi ?

— Ils ont publié un livre de Jeffrey Woodrow il y a un an sur un sujet proche. C'est la raison pour laquelle je leur ai écrit au départ : je savais que le sujet les intéressait.

— Tu as lu le bouquin de Woodrow ?

— Pas encore.

— Jane. »

Elle le voyait secouer la tête : pas professionnelle. Quand la première chose qu'elle aurait dû faire, en universitaire intelligente et responsable, eût été de prendre position par rapport au dernier livre paru sur le sujet. Le Woodrow était sorti il y a plus d'un an et, comme par hasard, elle oubliait systématiquement de le lire.

« Je sais. Je vais le prendre à la bibliothèque et le photocopier avant de partir. Je n'ai pas eu le temps cet automne. »

La phrase sonna une cloche familière.

« Tu as fini tes préparatifs ?

— Presque. Je n'ai plus qu'à boucler les valises. »

Elle rougit : elle avait oublié de rappeler l'agence cet après-midi pour payer son billet par carte de crédit. La réservation s'était donc automatiquement annulée. Pourvu qu'Eric ne pense pas à lui

290

poser la question. Il y eut un déclic contre son oreille.

« Tu peux attendre une seconde ? dit Eric. J'ai un autre appel. »

Elle tira une chaise derrière elle et s'assit face à la cuisinière et la fenêtre. Il pleuvait toujours à verse. Elle entendait le bruit de la pluie qu'elle ne pouvait pas voir dans la nuit. Aussi sinistre que la voix de Francisco hier soir quand il avait décroché et l'avait reconnue : si distante, si sombre, si peu contente de l'entendre. Ils ne s'étaient pas parlés depuis le dîner à New York cinq jours plus tôt. Hier, c'était le 1er avril. En composant son numéro, Jane avait pensé à lui faire une blague pour détendre l'atmopshère : lui dire qu'elle était enceinte, par exemple. Mais la voix de Francisco avait tout de suite dissipé l'idée d'une plaisanterie. Elle avait demandé presque timidement :

« Ça va ?

— Ça va.

— Tu viens à Old Newport demain ?

— Oui.

— Tu veux boire un café ?

— Non. »

Une réponse plutôt sèche, mais Francisco était sans doute débordé entre son travail et Teresa qui l'attendait à New York.

« La semaine prochaine ? N'importe quel jour avant vendredi : je pars pour l'Iowa vendredi et je voudrais te dire au revoir.

— Je ne veux pas te voir. »

Le cœur de Jane avait accéléré ses battements.

« À cause de jeudi soir ?

— Je ne te pardonnerai jamais d'avoir parlé de Kathryn devant Teresa. Tu es méchante.

— De Kathryn ? Je n'ai pas parlé d'elle !

— Tu as mentionné ton excellente assistante et tu m'as même demandé si je me souvenais d'elle, en me disant que tu me l'avais présentée une fois au Café Romulus. Je souhaiterais ne t'avoir jamais rencontrée. »

Jane avait complètement oublié. Elle avait prononcé le nom de Kathryn par hasard alors qu'ils parlaient des ressources offertes par Devayne pour aider à la recherche. Elle avait rougi et tenté de dissimuler son malaise par une question apparemment anodine, justement parce qu'elle avait l'impression de marcher sur une corde au-dessus d'un abîme.

« Mais ce n'était pas délibéré, Francisco ! C'est comme pour les histoires que j'ai racontées au dîner. La tension était si grande et j'avais tellement peur pour vous deux, j'étais si mal à l'aise ! »

Il avait ricané.

« Donc tu as fait ton possible pour empirer la situation.

— Non : c'était complètement inconscient ! Tu sais bien comment ça se passe quand on sait qu'on ne doit surtout pas aborder un sujet : on finit toujours par y revenir d'une manière ou d'une autre, inconsciemment.

— Exactement. Le problème avec toi, c'est ton inconscient : c'est là qu'est ta méchanceté. Tu ne peux rien y faire. Il y a un autre trait de ton caractère qui m'a frappé depuis longtemps : tu es tellement compétitive que si tes amis sont dans la merde, tu te sens mieux par comparaison. »

La fin de la conversation. Un jugement sans appel. Elle avait montré, en un soir, ce qu'elle valait. Il y eut un déclic contre son oreille gauche. Eric avait repris la ligne :

« Ça y est. Excuse-moi. Un collègue avait besoin d'un renseignement sur l'examen final et il m'a raconté que notre directeur, hier, avait marché toute la journée avec un gros poisson en papier collé dans son dos qui disait : "Embrasse-moi." Ces étudiants ! Je n'aurais pas du tout aimé que ça m'arrive. De quoi on parlait ? Ah oui, de ton arrivée. Vendredi en huit à cinq heures, c'est ça ? J'ai un rendez-vous chez le dentiste à quatre heures mais je vais l'annuler. J'espère qu'il pourra me prendre bientôt : j'ai une carie qui me fait mal.

— Ne l'annule pas.

— Pourquoi ? »

Il y eut aussitôt une tension dans la voix d'Eric.

« J'ai oublié de rappeler l'agence aujourd'hui. En refaisant la réservation demain, je peux la changer pour samedi, si c'est plus pratique pour toi.

— Tu veux dire que tu n'as pas encore acheté ton billet ? demanda lentement Eric.

— J'ai oublié. Sans doute à cause de cette lettre.

— Tu as oublié. Je vois. » Il y eut un silence.
« Entre nous, reprit Eric d'une voix glacée, je ne
trouve pas ton petit jeu particulièrement drôle.
Soit tu achètes ton billet demain, soit…

— J'ai oublié, je t'ai dit.

— Tu es un peu trop distraite à mon goût. On
est le 2 avril, Jane. Ça a commencé en décembre.
Je vais finir par perdre patience.

— Ne me parle pas sur ce ton. C'est ça le problème. C'est peut-être même la raison pour laquelle
j'ai oublié d'appeler l'agence.

— Pardon ?

— Parce que je savais déjà comment tu réagirais.
Ça me stresse. Si seulement tu pouvais être gentil.

— Je ne suis pas gentil ? »

Il ricana.

« Quand tu me parles comme ça tu n'es pas gentil. Tu me fais peur.

— Je te fais peur.

— Oui. Parce que je sais que tu ne céderas
jamais.

— Je ne céderai jamais.

— Arrête de répéter ce que je dis. »

Elle avait envie de pleurer. Mais elle ne pouvait
pas être faible, pas maintenant. Ils touchaient le
cœur du problème. Il fallait le régler maintenant
et se débarrasser de ce silence entre eux avant
qu'elle n'arrive en Iowa et qu'Eric ne considère sa
présence près de lui plus significative que les mots.

« Quand tu me parles comme ça, c'est comme…
comme si tu me voyais tomber dans un abîme et

que tu refusais de me tendre la main, juste pour me prouver que j'avais tort de marcher tout au bord quand tu m'avais prévenue que c'était glissant. »

Il ricana de nouveau.

« Lumineux. J'essaierai de m'en souvenir la prochaine fois que je te verrai tomber dans un abîme.

— Arrête. Tu ne vois pas que je parle sérieusement ? Tu ne peux pas être gentil ?

— Je suis gentil. Je suis très gentil. Je suis extrêmement gentil. Je suis beaucoup trop gentil. J'aurais dû être beaucoup moins gentil beaucoup plus tôt !

— Je ne peux pas venir tant que tu me parles comme ça. Je ne peux pas venir si tu ne peux pas céder, Eric.

— Bienvenue chez les dingues. Céder, gentil. C'est quoi ? Une secte où cette bonne femme Lynn t'a enrôlée ? Ma petite chérie je te supplie de venir ici le plus tôt possible. Ça va ? C'est assez gentil ? »

Elle avala sa salive. Il y avait, dans sa poitrine, une constriction douloureuse.

« Je suis triste.

— Tu as jusqu'à demain midi pour acheter ton billet.

— C'est du chantage.

— Celui de nous deux qui fait du chantage à l'autre, ce n'est pas moi. "Cède, ou je ne viens pas" : je ne comprends pas un traître mot. Au moins moi je suis clair.

— Ce n'est pas un bras de fer, Eric. C'est de nous qu'il s'agit. Si seulement tu pouvais céder...

— Aaah ! » Le hurlement la fit sursauter. « Ne prononce plus ce mot ! Tu me rends dingue.

— Ne crie pas. Sois gentil, je t'en supplie... »

À l'autre bout du fil il y eut un fracas, comme si Eric venait de projeter contre le mur le téléphone sans fil. Puis elle n'entendit plus que la tonalité.

Elle composa son numéro immédiatement. Il décrocha dès la première sonnerie.

« Comment oses-tu me raccrocher au nez ? C'est toi qui devrais aller voir un psy, pas moi ! Celui que je suis allée voir, à propos, c'est ce qu'il m'a dit : pas mon problème mais un problème de couple, un problème de communication. Le problème c'est que tu es complètement incapable de communiquer. Comme ta mère ! Ce n'est pas difficile de comprendre pourquoi Sonia t'a plaqué ! Ni pourquoi ton père s'est barré ! »

Eric eut un rire jaune.

« Mais oui.

— Ça fait des mois que j'essaie de te parler. Tu ne m'écoutes pas. Ça ne t'intéresse pas. Tu n'es même pas venu me voir quand j'avais une pneumonie.

— J'avais des cours : je ne pouvais pas partir. Je t'ai appelée tous les jours.

— Et tes vacances il y a quinze jours ?

— J'avais un colloque. Il faut un motif sérieux pour annuler à la dernière minute.

— Un motif sérieux ? Tu veux dire si j'étais morte ? Peut-être que tu serais venu à l'enterrement ?

— Tu es ridicule.

— Tais-toi. Je ne te permets pas de prononcer ce mot. Je ne suis pas ridicule. On peut mourir d'une pneumonie. Tu sais à quel point j'ai été malade ? Tu sais ce que c'est, une fièvre de quarante-deux degrés ? Tu crois qu'on peut se lever et se faire à manger ?

— J'ai appelé ta mère et elle est venue te voir.

— Merci. Elle a rempli sa mission, rassure-toi. Mais avant, pendant toutes les semaines où j'ai eu cette fièvre de cheval, qui était supposé s'occuper de moi ? Qui, s'il n'y avait pas eu cette "bonne femme Lynn" ?

— Ton copain espagnol, j'imagine. »

Jane se mit à pleurer. Ils restèrent silencieux quelques secondes.

« Eric, dit-elle lentement, est-ce qu'il faut que je te dise que j'ai couché avec quelqu'un pour que tu m'écoutes ?

— Ah ? Tu as couché avec quelqu'un ?

— Oh mon Dieu ! mon Dieu ! Tu n'écoutes rien de ce que je dis, rien !

— J'écoute et j'entends très bien. Tu cries. J'en ai même entendu assez.

— Oui, j'ai couché avec quelqu'un.

— L'abruti hispanique ?

— Duportoy, si tu veux savoir. Et c'était bien, oui. »

Elle ne pleurait plus. Elle avait la bouche ouverte, l'expression étonnée d'un enfant qui tire sur ses camarades de classe avec un fusil automatique et qui les voit tomber dans des flaques de sang. Duportoy. Le nom lui était venu aux lèvres au moment même où elle l'avait prononcé — elle se rappela soudain l'avoir croisé le matin sur Garden Street quand elle était allée chercher son courrier. Elle n'aurait pu choisir de nom plus approprié. Eric l'avait rencontré et savait qu'il était un homme à femmes.

Il ne répondit pas. Ce fut Jane qui reprit, d'une voix tremblante :

« Si c'est tout ce qu'on a à se dire, on dirait que ce qu'il y avait entre nous est mort. On ferait aussi bien de divorcer. »

Elle avait l'impression d'enfoncer un poignard dans son propre ventre — ou dans celui d'Eric.

« C'est ce que tu veux ? »

Sa voix glacée. Pas un gramme d'émotion, de douleur. Incapable de céder.

« Ce serait plus honnête, non ? »

Il raccrocha. Jane avait le vertige. À son tour elle reposa le récepteur. Sa main était pleine de sueur. La douleur dans sa poitrine était beaucoup plus forte que tout à l'heure. Elle avait sans doute de la fièvre. Elle mit de l'eau à chauffer pour une tisane, puis alla dans la salle de bains se passer de l'eau sur le visage. Sa respiration produisait un sifflement de mauvais augure. Le thé très chaud lui fit du bien. Elle était plus calme quand elle composa de nouveau le numéro d'Eric. Il ne décrocha pas, et le répondeur ne se déclencha pas non plus. Eric avait dû débrancher le téléphone. Sage. Mieux valait se parler demain.

Elle se réveilla à six heures et attendit une heure décente pour appeler Eric. À neuf heures, huit heures pour lui, elle composa son numéro. Personne ne répondit. Elle laissa sonner au moins quinze fois. Elle essaya toutes les dix minutes en appuyant sur la touche qui refaisait automatiquement le dernier numéro appelé. À dix heures vingt, le répondeur se mit en marche. Il venait sans doute de sortir et de rebrancher l'appareil juste avant. Elle appela le bureau sans succès, puis refit le numéro de la maison et lui laissa un message en s'excusant : la lettre des Presses universitaires du Minnesota l'avait déprimée même si elle avait pris l'habitude de se voir ainsi rejeter. Elle achèterait son billet aujourd'hui. Pouvait-il la rappeler ?

Dans l'après-midi elle réessaya son bureau, puis chez lui. Et le soir à nouveau. Pas de répondeur à la maison : il avait débranché le téléphone. Elle était trop nerveuse pour lire et regardait la télévision. À minuit elle composa le numéro d'Allison à Seattle. John répondit.

« C'est Jane. Allison est là ?

— Elle couche Jeremy. Elle peut te rappeler ?

— Bien sûr. Dis-lui de me rappeler ce soir si elle peut.

— Quelque chose ne va pas ?

— Non, tout va bien. »

Une demi-heure plus tard Allison n'avait pas rappelé. Jane était sûre que John avait transmis le message. Elle se servit un verre de whisky et s'assit sur le canapé. « Méchante. » La valeur d'une personne se manifestait dans des actes non délibérés, des détails hors focus qui révélaient l'essentiel. Elle était d'accord. On ne pouvait pas être toujours sur ses gardes : on se trahissait à un moment ou un autre ; on trahissait le vrai moi, le moi au-delà du contrôle. « Compétitive. » Elle se comparait sans cesse aux autres, c'était tellement vrai. Depuis qu'elle était toute petite, elle avait toujours regardé l'assiette ou les présents de sa sœur Susie avant les siens. Francisco avait commis l'acte le plus difficile qui soit : renoncer à son amour pour rester fidèle à sa parole. Il avait eu confiance en Jane. « Liaison », « liaison », « liaison » : elle avait trois fois de suite enfoncé le clou dans son cœur.

Elle somnolait, un peu ivre, quand le téléphone sonna. Elle courut à la cuisine et regarda l'horloge sur la cuisinière : une heure cinq. Ce ne pouvait être qu'Eric. Elle soupira de soulagement.

« Allô ?

— Salut. J'espère que je ne te réveille pas. »

Son cœur s'effondra.

« Non.

— John m'a dit que tu n'avais pas l'air très gaie et que tu avais insisté pour que je te rappelle ce soir. Je suis désolée d'appeler si tard. Jeremy ne s'endormait pas. Il a dû sentir que tu attendais mon appel et que je devais y aller. Une histoire, et à peine j'ai lu le dernier mot qu'il dit déjà : une autre ! Trois histoires, ce soir, et des longues. Je n'ai plus de voix. Et pas moyen de sauter un mot : il les connaît par cœur. Surtout les mots qu'il ne comprend pas : c'est ceux qu'il préfère. Qu'est-ce qu'il est mignon. Il a fini par s'endormir il y a vingt minutes, mais ensuite on a dû se mettre au travail.

— Au travail ? »

Allison rit.

« C'est le jour de la montée de LH. Je ne peux pas te dire comme c'est sexy. John doit me faire une piqûre dans la fesse avant d'agir.

— Hein ?

— Eh oui. J'ai quarante et un ans, c'est encore plus difficile que pour Jeremy. Mais j'imagine que tu ne m'as pas appelée pour entendre ces détails croustillants. Qu'est-ce qui se passe ? »

Jane fondit en larmes et lui raconta la dispute de la veille au téléphone à cause du billet d'avion. Maintenant Eric ne la rappelait pas.

« Il est vraiment temps que vous vous retrouviez ensemble et que vous fassiez un bébé », dit Allison d'une voix tranquille et distraite, comme si elle était en train de faire autre chose tout en parlant à Jane, comme de sortir le linge d'une machine ou de classer des papiers, ce qui était vraisemblable étant donné qu'elle profitait de chaque instant chez elle où elle n'avait pas Jeremy dans les pattes. « Crois-moi, avec un mioche vous n'aurez plus un instant pour ce genre de bêtise. Vous vous triturerez un peu moins le nombril. » Jane rougit.

« Achète ton billet demain matin et vas-y, conclut Allison avec un bâillement.

— Ça revient à lui dire qu'il a raison de me faire du chantage avec du silence.

— Tu n'as pas dit qu'il fallait céder parfois ? Cède. Tu discuteras quand tu seras là-bas. D'ailleurs je parie qu'il n'y aura plus rien à discuter. »

Le lendemain matin Jane acheta son billet pour le même vendredi, le 11, et se sentit déjà mieux. Elle avait une semaine pour rassembler ses livres, ses dossiers, ses papiers, nettoyer son appartement et boucler ses valises. Elle laissa un message sur le répondeur d'Eric, d'une voix tendre, pour annoncer son arrivée. Elle appela la secrétaire de son département : pouvait-elle demander à Eric de la rappeler après son cours ? C'était urgent. À quatre heures et demie elle joignit à nouveau la secrétaire, qui eut l'air surpris.

« Il ne vous a pas rappelée ? Je l'ai vu après son cours ce matin et j'ai transmis le message.

— Il a dû m'appeler à la maison et me laisser un message », dit rapidement Jane pour que la secrétaire ne soupçonne pas quelque chose de bizarre et ne commence pas à répandre des potins. Eric aurait été furieux. Mais c'était sa faute : il aurait pu rappeler.

Cette nuit-là, incapable de s'endormir, elle se versa un grand verre de whisky. Avait-il parlé d'un colloque ? Il dirait encore qu'elle ne l'écoutait pas. Mais un déplacement ne l'empêchait pas de vérifier ses messages et d'appeler Jane. Elle essaya au milieu de la nuit : personne et pas de répondeur. Il était donc là et avait débranché.

À sept heures du matin, elle réessaya. Puis toute la matinée jusqu'à ce que le répondeur se déclenche vers onze heures : il venait sans doute de sortir. Il était presque réconfortant de pouvoir suivre ses allées et venues par le branchement du répondeur. Elle laissa un message humble, donnant raison à la colère d'Eric et reconnaissant qu'elle avait passé les bornes. Bien sûr, elle n'avait jamais couché avec Duportoy ni avec personne d'autre. Elle l'aimait.

Un peu plus tard elle appela Nancy dont elle avait recopié le numéro dans son carnet d'adresses. Elle laissa sonner douze fois : pas de répondeur. La mère d'Eric ne débranchait son répondeur que lorsqu'elle partait en voyage. En janvier elle était allée en Floride. En avril elle n'avait aucun voyage prévu. Jane devina que Nancy se trouvait là-bas, en Iowa, aux côtés d'Eric qui l'avait sans doute appelée à la rescousse.

Dimanche fut horrible. Lynn était partie voir sa mère qui louait un mobile home en Floride. Allison aussi s'était absentée pour le week-end. Jane passa la journée à se ronger les ongles et à appeler Eric toutes les demi-heures.

Lundi matin elle essaya de nouveau chez lui et à son bureau.

Elle savait ce qui se passait. Elle avait provoqué la fureur d'Eric. Pas en parlant de Duportoy, mais en s'exclamant qu'elle comprenait pourquoi son père et Sonia l'avaient abandonné. Francisco avait dit vrai : elle était méchante ; son inconscient ne s'y trompait pas quand il s'agissait de décocher une flèche venimeuse. Eric la punissait par le silence, à la façon d'Eric. Il avait dû se jurer qu'il ne lui reparlerait pas tant qu'elle n'aurait pas débarqué avec armes et bagages. Elle avait trop souvent retardé son arrivée. Pour de bonnes raisons et malgré elle, soit. Mais Eric croyait aux actes, pas aux mots.

L'après-midi elle trouva son billet dans sa boîte aux lettres à l'université. Elle envoya à Eric un courrier électronique : elle avait besoin de savoir s'il avait un bon dictionnaire anglais-français. Elle appela la compagnie de bus et réserva une place pour l'aéroport. À la bibliothèque, elle photocopia quelques articles et emprunta des livres, parmi lesquels celui de Woodrow, qu'elle photocopierait le lendemain au département. Quand elle sortit de la bibliothèque, la nuit était tombée. Elle reprit son vélo et glissa le long de Central Square en pensant à Eric. Le silence n'était quand même pas une bonne méthode. Lynn avait raison de dire que le silence n'était pas neutre, mais agressif. Jane devait réussir à le faire comprendre à Eric sans le mettre en colère.

De loin, elle vit que le feu au croisement de Market Street était vert et pédala le plus vite possible pour franchir la rue juste avant que les voitures démarrent. Après avoir traversé le pont par-dessus les voies ferrées, elle tourna à droite le long des cubes en béton gris avec de toutes petites fenêtres. Le trottoir à ce niveau-là était à peine éclairé. Elle se vit soudain tomber. Ce fut une sensation étrange, presque comme dans un film dont elle était la spectatrice : elle plongeait vers le sol, les mains en avant, tandis que l'arrière de son vélo, comme celui d'un cheval hennissant, se hissait dans les airs.

Le téléphone sonna. Jane grogna, se leva et décrocha.

« Salut. Je suis rentrée plus tôt que prévu à cause des petites. J'ai parlé à Josh. »

Allison appelait sans doute pour lui donner le numéro de Josh. Ça ne servait plus à rien : l'auteur n'était pas Josh.

« Lea et Nina vont mieux ?

— Elles ont beaucoup de fièvre, les pauvres. Jeremy est insupportable : j'ai peur qu'il soit en train de tomber malade. Et moi aussi je me sens bizarre. J'ai l'impression qu'on va tous se retrouver au lit. Je suis en train de bâiller et de m'endormir en te parlant. Josh serait très content que tu lui téléphones. Tu as de quoi noter son numéro ? »

Jane le griffonna sur un bout de papier. C'était plus simple que de dire qu'elle n'en avait plus besoin.

« Il a eu l'air surpris quand tu lui as dit que je cherchais à le joindre ?

— Pas vraiment. Apparemment vous avez des amis communs et il sait tout ce qui t'est arrivé ces dernières

années. *Il semble convaincu que vous finirez par vous retrouver ensemble. Il était de très bonne humeur : son roman vient d'être accepté par un agent important, c'est une garantie de publication chez un bon éditeur.*

— *C'est quoi, ce roman ? Sa vie, j'imagine ?*

— *Non, un polar qui se passe dans le monde universitaire. Sa façon de régler son compte à l'université, dit-il.*

— *Ça doit être chiant.*

— *Pourquoi ?*

— *Un roman universitaire : tu l'as dit toi-même tout à l'heure.*

— *Oui, mais un polar ça peut être rigolo.*

— *Moi, les polars, ça m'ennuie : c'est trop construit. Tu sais si j'y suis, dans son polar ?*

— *Je ne sais pas. Il y a plein de morts à la fin, peut-être qu'il en a profité pour te régler ton compte.*

— *J'en suis sûre. C'est qui, ces amis qu'on a en commun ?*

— *Ta collègue qui a un drôle de nom, un nom de pays...*

— *Jamaica ?*

— *Oui, c'est ça.*

— *Mais comment est-ce qu'il la connaît ?*

— *Par ton copain espagnol, je crois.*

— *Par Francisco ? Tu veux dire que Josh connaît Francisco ? Mais comment ?*

— *Je n'en ai aucune idée. Attends, si : est-ce que Francisco ne travaillait pas pour une maison d'édition espagnole ? Je crois me rappeler que Josh lui a vendu les droits d'un roman ou un truc comme ça.*

— *Le monde est vraiment petit !*

— *Jeremy, non ! Jane, Jeremy vient de faire tomber une lampe et les jumelles hurlent, il faut que j'y aille.* »

Jane se rassit, pensive. Josh connaissait Jamaica et Francisco ; il voulait que Jane le sache ; sinon, pourquoi se serait-il empressé de le dire à Allison ? Des bruits la concernant avaient circulé, de toute évidence. Dans quel sens ? Qui devait-elle contacter en premier ? Josh ou Francisco ?

Elle déciderait à la fin du chapitre. Où en était-elle, déjà ? Ah oui, la chute de vélo, ce soir terrible.

Elle eut le temps de penser qu'un vélo n'était pas supposé s'élever dans le ciel et atterrir sur le nez comme un avion, puis son corps entra brutalement en contact avec le sol. Elle roula sur le béton et s'arrêta sur le côté gauche, le vélo sur elle. Les larmes jaillirent de ses yeux. Une voiture s'arrêta et une portière s'ouvrit. Une radio bruyante jouait de la musique rap. Un jeune Noir en sortit et s'avança vers elle.

« Ça va ?

— Je crois. »

Deux hommes qui venaient de l'autre bout de la rue arrivèrent à sa hauteur. Le plus jeune ramassa le vélo et l'autre, un petit homme aux cheveux gris, lui tendit la main pour l'aider à se relever après s'être assuré qu'elle pouvait le faire. Le conducteur rentra dans sa voiture et repartit.

La morve coulait du nez de Jane et elle essuya d'une main sale ses joues couvertes de larmes.

« Ça va ?

— Oui.

— Vous habitez où ? demanda l'homme aux cheveux gris.

— Tout près, sur Main Street. »

Elle pointa du doigt la direction d'où ils venaient.

« On va vous raccompagner.

— Vous êtes gentils mais ça va, je vais me débrouiller. »

Ils ne l'écoutèrent pas. Le plus jeune poussa le vélo et l'autre prit le bras de Jane.

« Vous vous sentez comment ?

— Ça va, vraiment. S'il y avait quelque chose de cassé je ne pourrais pas marcher. Juste des bleus.

— Vous avez de la chance. Vous auriez pu vous tuer. Vous devriez porter un casque.

— Je sais. C'est ce que mon mari me répète tout le temps. »

Elle avait eu envie de mentionner son mari.

« Vous êtes mariée ?

— Oui.

— Où est votre mari maintenant ? Chez vous ? »

Elle n'était pas capable de mentir.

« En Iowa.

— C'est loin ! Eh bien vous pourrez dire à votre mari que vous avez eu une fière chance ce soir. Vous auriez pu vous fracturer le crâne, ou le genou, ou le coude, ou la colonne vertébrale ! Et vous marchez ! Vous êtes sûre que vous vous sentez bien ?

— Oui, sûre.

— Vous avez une chance incroyable que mon ami et moi soyions passés par là. Ce jeune homme avait l'air tout à fait louche. Tom, tu as remarqué comme il s'est éclipsé dès qu'on est arrivés ? »

Le dénommé Tom qui poussait le vélo sur le trottoir en marchant sur la route approuva en hochant de la tête. Il était aussi grand et maigre que son compagnon était petit et rond. On aurait dit Laurel et Hardy. Jane esquissa un sourire à travers ses larmes.

« Ses intentions se lisaient sur son visage : il comptait profiter de votre faiblesse. Il n'avait pas l'air heureux de nous voir. Madame… ?

— Madame Blackwood. »

Elle utilisait rarement ce nom. À Devayne elle était Jane Cook et publiait sous ce nom.

« Madame Blackwood, vous pouvez vous considérer, ce soir, comme rescapée miraculeusement de deux graves dangers : la fracture du crâne et l'agression sexuelle. »

Le grand maigre hocha la tête en signe d'approbation. Jane ne se rappelait pas que le conducteur eût l'air louche. Il était reparti simplement parce que les deux autres s'étaient arrêtés pour l'aider. Ils avaient une drôle d'imagination. Jane les trouvait bizarres. Mais ils étaient habillés de costumes noirs comme des gens tout à fait respectables et semblaient vraiment se soucier d'elle. Elle hocha la tête.

« Oui, j'ai eu de la chance. J'ai eu tellement peur quand je suis tombée. Je me suis vue tomber. C'est ici que j'habite. »

Les deux hommes s'arrêtèrent avec elle devant la grille du jardin en fer forgé et regardèrent la belle maison de pierre avec ses détails architecturaux raffinés.

« Vous vivez seule ?

— Chez moi, oui, mais la maison comprend sept appartements. »

Ils posaient des questions bizarres.

« Vous êtes sûre que vous allez bien et que vous ne voulez pas qu'on appelle un docteur ?

— Non, vraiment, ne vous inquiétez pas. J'ai une voisine qui est une amie et elle sera là d'un moment à l'autre.

— Peut-être qu'on devrait l'attendre avec vous. »

Elle fronça les sourcils. Souhaitaient-ils un pourboire ? Ou qu'elle les invite à boire un verre ?

« Non, vraiment. Je me sens très bien. Je vous remercie. Vous m'avez bien aidée.

— Bon, alors on va vous laisser. Mais prenez ça. »

Le petit gros aux cheveux gris lui tendit des papiers.

« Lisez-les dès que vous serez chez vous.

— Merci.

— Vous avez eu une chance folle, ne l'oubliez pas. »

Elle attacha son vélo contre la grille à l'intérieur du jardin. Elle n'avait pas la force de le porter dans la maison où elle le laissait d'habitude pendant la nuit et ne voulait pas demander à ces hommes de l'aider. Ils la regardèrent monter les marches du perron et pousser la porte d'entrée. Ils lui firent un signe d'adieu.

« N'oubliez pas de répondre ! » s'écria l'homme aux cheveux gris avant que la porte se referme sur elle.

En haut, son premier regard fut pour le répondeur : pas de lumière clignotante. La pensée sombre et lourde dont la chute de vélo et Laurel et Hardy l'avaient distraite un instant remplit à nouveau son esprit. Elle regarda les papiers qu'elle tenait à la main. Une enveloppe au port déjà payé avec une adresse tapée. Elle déplia la feuille blanche : une longue liste avec, à côté, deux colonnes de prix, dont l'une, barrée, indiquait un rabais. « Accident de voiture, accident de ski, accident de moto, accident de cheval, accident de tracteur, accident de vélo, accident de travail, noyade… » Des assureurs, évidemment. Elle haussa les sourcils en lisant l'article suivant : « Dispute conjugale. » On trouvait aujourd'hui des assurances pour tout et n'importe quoi. Elle écarquilla les yeux quand elle vit la suite : « Divorce, viol, violence domestique, abus sexuel par une personne de la famille, mort accidentelle du partenaire, de la femme ou de l'époux, mort de la mère, mort du père, mort de l'enfant », et ensuite, après un espace blanc :

« Fiançailles, mariage, premier enfant, enfant miraculeusement obtenu après une longue attente, adoption, promotion professionnelle, nouvelle amitié, ami retrouvé, etc. » Les prix allaient de neuf dollars quatre-vingt-dix-neuf à quatre-vingt-dix-neuf dollars quatre-vingt-dix-neuf. De quoi s'agissait-il ? Elle retourna l'enveloppe et regarda le nom : Père Nathan G. Allgreen. Un prêtre d'affaires ! Elle éclata de rire. Prières en solde : voilà qui plairait à Eric.

Elle riait encore en marchant jusqu'à la salle de bains. Elle se regarda dans le miroir du placard. Il y avait des marques rouges au-dessus et au-dessous de son œil droit : d'ici demain matin, quand le rouge passerait au noir et au bleu, elle aurait l'air d'une femme battue. Le curé avait raison : elle avait eu de la chance. Son genou gauche lui faisait mal. Sa paume droite saignait. La sonnerie de la porte la fit sursauter. Sans doute Lynn. Jane sortit de la salle de bains et s'arrêta devant sa porte, la main sur la poignée.

« C'est qui ? »

Elle regarda par le judas et, ne voyant personne, comprit que c'était l'interphone : quelqu'un avait sonné en bas. Le curé ? Elle ouvrit sa porte et dévala les étages, un sourire aux lèvres, saisie d'un espoir fou, sans sentir la douleur au genou. Ce soir elle était prête à croire aux miracles.

Ce n'était pas Eric, la surprenant à la façon d'Eric, qui se tenait debout de l'autre côté de la porte vitrée, ni le curé d'ailleurs, mais un inconnu de grande taille en imperméable beige avec des épaulettes. Elle ouvrit avec hésitation.

« Madame Cook-Blackwood ?

— Oui ?

— Shérif Adam Brownswille, du tribunal d'Old Newport. »

Il lui tendit un badge. Il y avait bien écrit « Shérif » dessus, même si l'homme était habillé comme tout le monde. Elle eut une intuition et poussa un cri.

« Eric ! »

Les larmes jaillirent de ses yeux. L'homme eut l'air surpris.

« J'apporte les papiers.

— Qu'est-ce qui est arrivé à Eric ? Il a eu un accident ? »

Le shérif, qui semblait fatigué de tenir la lourde porte avec son pied, entra dans le hall. De corpulence massive, il avait un gros ventre de buveur de bière, une moustache et un nez rouge bouffi. Il sentait la transpiration.

« Eric ? Je ne sais pas. J'apporte juste les papiers de divorce. »

Il lui tendit une enveloppe qu'elle prit mécaniquement.

« Le divorce ? Quel divorce ? Je n'ai pas demandé de divorce. C'est une erreur ! J'essaie de le joindre depuis cinq jours ! J'ai juste…

— Vous êtes sûre que tout va bien, m'dame ? »

Il scrutait son visage dans la lumière du hall. Elle rougit.

« Je suis tombée de vélo.

— Vous devez voir avec le plaignant et votre avocat. J'apporte les papiers et je dois vous les remettre en mains propres, c'est tout.

— Le plaignant ? »

Il jeta un coup d'œil à l'enveloppe.

« M. Eric Blackwood, votre mari. Il a demandé le divorce en Iowa. Si vous voulez contester, vous ou votre avocat devez remplir le formulaire et le renvoyer avant la date indiquée à l'intérieur. Vous avez quinze jours. C'est clair ? Tout est écrit dedans. »

Jane avait le vertige. Elle ne comprenait rien. Il se retourna et ouvrit la lourde porte.

« C'est à vous le vélo attaché à la grille ?

— Oui.

— Je serais vous, je ne le laisserais pas dehors toute la nuit. Pas dans ce quartier. Bonne nuit, m'dame. »

Elle remonta lentement les étages. En haut, elle posa l'enveloppe sur la table de salle à manger sans l'ouvrir. Elle eut un hoquet, courut à la salle de bains et vomit, agenouillée au bord de la cuvette. Peut-être après tout devrait-elle appeler un taxi et aller aux urgences. Quand elle était petite, une fille de sa classe était tombée à la patinoire, s'était relevée en croyant que tout allait bien, et s'était effondrée deux jours plus tard pour mourir en une heure d'une hémorragie cérébrale : fracture du crâne. Jane tira la chasse, se rinça la bouche et se brossa les dents. Sa poitrine la brûlait. Elle marcha jusqu'à la cuisine et se servit un verre d'eau. L'enveloppe était toujours sur la table. Réelle. Appeler qui ? Sa mère ? Allison ? Eric ?

On frappa à la porte. Elle marcha dans le couloir comme un automate et ouvrit sans même regarder par le judas. Lynn lui souriait, les joues et le nez rouges de coups de soleil. Elle portait une chemise bleu ciel à pois blancs et tenait un filet plein d'énormes pamplemousses.

« Tout frais, cueillis hier en Floride. » Son sourire s'altéra. « Mais qu'est-ce qui t'est arrivé ?

— Je suis tombée de vélo et Eric demande le divorce. »

Lynn laissa choir les pamplemousses et la prit dans ses bras.

Du chantage, lui dit Lynn. Un pur enfantillage pour lui faire peur. On ne divorçait pas parce qu'on s'était disputés au téléphone. Même si Jane avait été vraiment méchante. Dans un couple, on utilisait toujours sa connaissance des points faibles de l'autre pour faire le plus mal possible. Si c'était un motif de divorce, il n'y aurait plus un seul couple marié sur la surface de la terre. C'était au contraire une preuve de bonne santé conjugale : pour se déchirer par des mots, il fallait s'aimer. Jane buvait les paroles de Lynn, plus vraisemblables et plus sensées que tout ce qui s'était passé ce soir. Mais Lynn ne connaissait pas Eric — sa fierté, la force de son silence. Lynn haussa les épaules : tous les hommes étaient comme ça. Elle tenait la main de Jane, lui caressait les cheveux, lui promettait que tout irait bien, qu'elle ne devait pas se faire de souci. Jane se demandait ce que Lynn connaissait aux hommes et à l'amour.

Au matin la douleur était là. Un bloc de béton dans le ventre. Impossible de rien avaler. Elle ne pouvait même pas pleurer. Elle avait envie de vomir. Tout le corps lui faisait mal. Ce n'était pas la chute, elle en était sûre. Elle n'avait connu qu'une douleur semblable : celle qui avait suivi l'avortement. Mais il y avait une cause physique, alors.

Les jours suivants, elle tenta de joindre Eric un nombre incalculable de fois. Elle appuyait mécaniquement sur la touche « bis » et attendait la tonalité, sachant qu'il ne répondrait pas. Elle composa le numéro de Nancy dans le Maine. Personne. Juste une vérification. L'ennemi était évidemment dans la place et faisait subir à Eric un lavage de cerveau en lui répétant jour et nuit qu'il était le cocu d'Old Newport.

Elle aurait pu partir pour Iowa City. Le billet se trouvait sur son bureau. Elle débarquerait chez Eric, le verrait, le forcerait à l'entendre. Elle lui parlerait en adulte et non en hystérique. Elle reconnaîtrait, de cette voix contrôlée et raisonnable qu'il aimait, qu'elle avait été infantile, égoïste et cruelle. Elle promettrait de changer, de ne plus jamais se plaindre. Ils avaient besoin d'être ensemble. Elle l'aimait. Il l'aimait. Ce n'était pas la sorte d'amour qu'on trouvait deux fois dans une vie. Ou il n'y aurait pas cette pierre dans son ventre maintenant. Elle en était sûre. Même si Eric, un jour, lui avait dit que la douleur insupportable qu'elle sentait après une dispute n'était pas un signe d'amour. Il l'écouterait. Elle gagnerait contre sa mère.

Mais Eric lui avait envoyé un shérif. Pour ce qu'il s'en souciait, elle aurait aussi bien pu se tuer ce soir-là.

Le 11 avril passa. Elle jeta le billet. Elle ne consulta pas d'avocat. Elle attendit encore cinq jours avant d'ouvrir l'enveloppe et de regarder les papiers. Le plaignant, l'accusé, tout était là, tapé. L'écriture manuscrite d'Eric n'apparaissait que dans sa signature au bas de chaque feuille. Si elle voulait protester, elle devait remplir ce formulaire. Elle avait encore quatre jours pour le faire. Mais il n'y avait rien à objecter. C'était le cas le plus simple de divorce : pas d'enfants. Dans la liste des choses dont devait décider le juge, Eric avait coché seulement « Divorce (dissolution du mariage) », et pas « Juste répartition des propriétés et des dettes ». Il avait eu cette décence. Ils règleraient les choses entre eux, ce serait moins laid.

Eric lui téléphona le 22 avril après avoir appris qu'elle n'avait pas rempli le formulaire de protestation et par conséquent acceptait le divorce. Quand elle reconnut sa voix, tout son corps se mit à trembler. Elle eut assez de dignité pour ne pas fondre en larmes. Eric n'était ni hostile ni même froid. Sa voix triste et douce montrait qu'il avait souffert.

« Je suis désolé de ne pas t'avoir rappelée. C'était une décision que seulement l'un de nous pouvait prendre, parce qu'elle allait contre l'autre. On ne pouvait pas en discuter.

— Mais je t'aime, protesta Jane d'une voix faible, tandis que des larmes silencieuses coulaient sur ses joues.

— Moi aussi je t'aime », répondit gravement Eric de cette voix aux inflexions douces et chaudes qui semblait constater, sans pouvoir l'empêcher, une réalité très triste. « Malheureusement il y a des choses plus fortes que l'amour : je ne peux pas te donner ce que tu attends de moi, Jane. »

Sa douceur était plus terrible que l'agressivité. Elle montrait une détermination calme et irréversible. Après avoir raccroché Jane ne pleura pas. Elle resta longtemps assise près du téléphone. Elle pouvait à peine respirer. Pendant les jours qui suivirent elle eut la nausée. Eric avait confirmé que sa mère se trouvait là-bas.

Ce fut seulement après avoir parlé à Eric qu'elle trouva la force d'appeler Allison et ses parents. Allison fut horrifiée. D'abord elle ne pouvait pas le croire. Mais elle ne pleura pas comme le jour de l'avortement.

« Après tout c'est peut-être ce que tu voulais. Ou tu serais déjà là-bas. Aucun mariage ne peut résister à la distance géographique. Au bout d'un certain temps ça veut simplement dire que deux personnes peuvent vivre l'une sans l'autre. Je n'ai jamais compris comment tu faisais. Moi je n'arrive pas à être séparée de John plus d'une semaine. »

Ses parents étaient déjà au courant. En vrai gentleman, leur gendre les avait avertis dix jours plus tôt.

« Ton père m'avait interdit de t'appeler, lui dit sa mère d'un ton d'excuse. Il est furieux. Il dit que tu as un comportement autodestructeur. »

Restait Lynn.

« Si tes parents l'aimaient tant, ce n'était pas le bon mec pour toi. Ne t'inquiète pas. Les parents sont des machines à culpabiliser. Tu aurais dû entendre les miens quand j'ai divorcé, et ensuite, quand je leur ai dit que…

— Tu étais mariée ?

— Tu ne savais pas ? »

Convaincue que la vie affective de Lynn s'était toujours limitée à ses deux chats, Jane ne lui avait jamais posé aucune question. Elle apprit que Lynn avait épousé à dix-neuf ans son premier petit ami, dont elle avait divorcé à vingt-sept. Il buvait et la battait. Elle avait déménagé à Old Newport et c'est là, quatre ans plus tard, qu'elle avait rencontré Jeaudine, une étudiante en thèse au département d'études afro-américaines de Devayne venue l'interviewer pour une étude sociologique des ghettos d'Old Newport. Lynn avait attendu cinq ans avant d'annoncer à ses parents qu'elle était lesbienne. Elle avait trente-sept ans et elle était engagée dans une relation solide avec Jeaudine. Ils lui avaient dit qu'ils ne la reverraient jamais.

« Et encore je les ai épargnés : je ne leur ai pas dit que Jeaudine était noire ! Mon père aurait eu une crise cardiaque. »

Jane écoutait, les yeux écarquillés. Lynn sourit.

« Tu ne savais pas que j'étais lesbienne ?

— Non.

— Ça te gêne ?

— Mais pas du tout, pourquoi ? Tous les grands écrivains français de Marcel Proust à Marguerite Yourcenar sont homosexuels ! Et la moitié de mon département. »

Jane rougit, consciente d'avoir parlé trop vite et avec trop de chaleur, comme les racistes et les antisémites qui protestent qu'ils ont des amis noirs ou juifs. Ce qui la gênait, c'était que le physique de Lynn incarnait le cliché de la lesbienne-camionneur.

« Ton amie a quitté Old Newport ?

— Jeaudine ? Elle est morte.

— Oh, pardon. » Jane hésita. « Un accident ?

— Le sida.

— Le sida ! »

Il y avait tant d'étonnement horrifié dans sa voix que Lynn la considéra en haussant les sourcils.

« Tu n'as pas d'ami mort du sida ? »

Jane fit non de la tête.

« Eh bien, tu as de la chance. »

Lynn resta silencieuse quelques secondes avant de résumer l'histoire de Jeaudine : elle avait grandi à Bedford Stuyvesant, une des quartiers les plus pauvres de Brooklyn ; à seize ans elle se droguait et travaillait pour son oncle, un petit dealer qui lui avait fait un enfant avant de se retrouver en prison. L'assistance sociale avait confié le bébé à une famille adoptive. Jeaudine, à vingt-deux ans, avait décidé de reprendre sa vie en main : arrêter la drogue, retourner à l'école, trouver du boulot, devenir la mère de son enfant. Elle avait obtenu un diplôme de licence du City College à Brooklyn. La petite était morte du sida avant que Jeaudine puisse la récupérer.

« Elle aurait pu retomber, recommencer à se droguer. Mais elle est entrée à Devayne. Je ne sais pas si tu te rends compte de ce que ça veut dire pour une fille de Bedford Stuyvesant. »

La vie avait rattrapé Jeaudine au tournant. Elle était en train de finir sa thèse quand elle était morte du sida, à trente-six ans. Lynn parlait simplement, sans émotion apparente, tout en mâchant des morceaux de poulet. Jane n'avait pas commencé à manger.

« Je suis désolée. Je n'avais aucune idée.

— Mange. Ne sois pas désolée. Plains plutôt les cadavres ambulants que sont la plupart des vivants. Avec Jeaudine on a eu quelques années qui valent mille fois bien des vies de quatre-vingt-dix ans. Et elle vit encore, là. »

Elle fit toc-toc-toc sur sa poitrine à l'endroit du cœur.

On était en mai, un mai ensoleillé. Jane ne remarqua pas le changement de temps. Elle était vivante. Elle se réveillait le matin, buvait son thé, lisait, prenait des notes, réfléchissait à son second projet. Les romans lui semblaient artificiels mais le travail était une bouée de sauvetage. Une nuit, elle tomba sur un passage dans *La Duchesse de Langeais* où Balzac comparait l'amour et la passion : on avait, écrivait-il, plusieurs passions au cours d'une vie, que la jalousie ou le manque d'espoir pouvait éteindre ; mais on n'avait qu'un amour, serein, sans fin. Les larmes ruisselaient sur les joues de Jane. Elle avait craint qu'Eric ne l'aime pas de passion mais seulement d'un calme et tendre amour. C'était le contraire. Il avait une passion pour elle, pas de l'amour : or la passion pouvait mourir.

Non. Elle prit un mouchoir en papier et se moucha. Il n'était pas question qu'elle se mette à penser à Eric dès qu'elle voyait écrit « amour » quelque part. Pas question qu'elle se laisse emporter par une vague d'émotion alors qu'elle était en train de travailler. Pas question qu'elle trouve superstitieusement sa vérité dans un roman. Pas question qu'elle se laisse détruire. Si les romans la faisaient pleurer, elle ne lirait plus de roman. Elle n'ouvrirait plus que des livres de critique littéraire où elle ne risquait pas de se reconnaître. Elle se rappela soudain le Woodrow qu'elle avait abandonné sur une étagère de sa chambre après l'avoir emprunté à la bibliothèque le jour terrible, il y avait un mois. Elle allait lire ce fichu livre qui ne voulait pas se laisser lire par elle. Reprendre son destin en main. Elle se leva, les dents serrées, alla chercher le volume à la jaquette bleu ciel. Elle s'assit sur le canapé avec un verre de whisky, les pieds confortablement appuyés sur un tabouret tapissé, devant son tapis aux couleurs chaudes, la commode antique et, dessus, le beau bouquet d'iris et de roses que Lynn lui avait apporté hier. Le lampadaire en métal doré dont Jane avait fabriqué l'abat-jour en enroulant un large ruban de satin blanc autour d'une structure métallique projetait sur elle une lumière douce.

Elle regarda la table des matières. Il n'y avait qu'un chapitre sur Flaubert. Elle avait déjà lu des tonnes de livres sur Flaubert, jusqu'à l'écœurement. Elle savait tout ce qu'on pouvait écrire sur lui. Elle parcourut rapidement les premières pages. Son intérêt s'éveilla quand elle s'aperçut que Jeffrey Woodrow, un professeur connu de l'université Duke, défendait des idées proches des siennes. Cela pouvait expliquer pourquoi elle avait du mal à trouver un éditeur : comme Eric le lui avait dit, elle aurait dû commencer par prendre position par rapport à Woodrow, sinon son livre avait l'air de calquer des idées déjà publiées. La similitude de leurs vues, toutefois, était plaisante : à force de lire des rapports de lecteurs, Jane avait fini par mettre en doute la validité de ses analyses. Woodrow avait choisi pratiquement les mêmes citations qu'elle dans la *Correspondance* de Flaubert et dans *Madame Bovary*, pour défendre la même idée sur l'artiste et la répression du féminin — du mou, du sentimental, du personnel. Jane lisait maintenant très attentivement, avec un sentiment étrange. Elle passa à la section des notes à la fin du livre : Woodrow et elle avaient les mêmes références. Elle n'était pas citée, bien sûr, puisque ses deux ou trois articles sur le sujet avaient été publiés au moment de la sortie du livre de Woodrow ou après, même s'ils avaient été écrits bien plus tôt. Jane lut une longue note d'une quarantaine de lignes et pâlit.

La note racontait un malentendu entre Louise Colet et Gustave Flaubert. Alors qu'ils passaient devant une statue de Corneille à Paris, Louise s'était exclamée qu'elle sacrifierait toute la gloire de Corneille pour l'amour de Gustave. Au lieu de s'émouvoir de cette tendre déclaration, Flaubert s'était mis en colère : comment Louise pouvait-elle proférer une telle bêtise ? Louise avait été tellement blessée par cette rebuffade qu'elle avait transposé la scène dans son roman *Lui* : il était méprisable, l'homme à l'âme trop petite pour comprendre qu'une femme préférât l'amour à la gloire — l'homme ambitieux et froid qui préférait la gloire à l'amour d'une femme.

Mais si Flaubert s'était mis en colère, ce n'était pas parce qu'il jugeait la gloire plus importante que l'amour. La gloire n'était rien : juste la face sociale, extérieure, de l'art. Pour un puriste comme lui, il était insupportable qu'une femme qu'il aimait, une artiste, pût confondre l'art et la gloire, adoptant ainsi le point de vue des dilettantes qui ignoraient que l'art n'était rien d'autre qu'un progrès patient vers une perfection produite par le travail.

C'était l'analyse que Jane avait faite d'un incident qui l'avait frappée. Personne n'avait jamais rapporté cette scène en ces termes. Elle en était sûre. Elle avait ajouté cette analyse à la seconde version de son manuscrit après avoir lu le roman de Colet. Son article qui contenait l'analyse de cet incident était sorti plusieurs mois après le livre de Woodrow. Maintenant elle avait l'air d'avoir plagié Woodrow sans même le citer.

Comment une telle coïncidence était-elle possible ? Il n'y avait qu'une explication : Woodrow connaissait le travail de Jane parce qu'il avait lu son manuscrit en circulation. Rien d'étonnant : il travaillait dans le même domaine. Voilà donc comment fonctionnait le système : un professeur de cinquante ans titularisé dans une grande université « empruntait » le travail d'une jeune collègue non titularisée, qui demeurait inédit grâce au rapport qu'il avait rédigé. Pas tout, bien sûr : les idées, les références, les interprétations, les citations, et quelques phrases. Dix ans de travail.

Elle referma le livre et but quelques gorgées de whisky. C'était donc par une sorte de pressentiment qu'elle avait évité pendant un an de consulter ce livre. Elle se leva et regarda l'horloge sur la cuisinière. Neuf heures moins le quart. Impulsivement, elle prit dans le tiroir de la petite table la feuille avec les numéros de ses collègues et composa le numéro de Bronzino. Il était lui aussi en congé sabbatique ce semestre et peut-être en voyage. Mais il décrocha après deux sonneries.

« C'est Jane. Je ne te dérange pas ?

— Non, ça va. De quoi s'agit-il ? » répondit-il d'une voix légèrement ennuyée, sans demander à Jane comment elle allait. Il n'était au courant ni de la maladie ni du divorce.

Elle lui raconta sa découverte avec émotion : Jeffrey Woodrow lui avait volé son travail.

« Pourquoi est-ce que tu m'appelles ? reprit Norman de la même voix distante.

— J'ai pensé que tu aurais sans doute son numéro. Je voudrais lui téléphoner.

— Tu es sûre ? Jeffrey niera et sera sûrement de bonne foi. Tu as retrouvé tes phrases mot à mot ?

— Quand même pas.

— Tu vois. Vous avez peut-être des idées semblables, voilà tout. D'ailleurs, il n'y a pas d'idées : il n'y a que du style. Je connais Jeffrey depuis longtemps : il est intelligent et très intègre. Par ailleurs, n'oublie pas que c'est le président de la Société d'études françaises du dix-neuvième siècle. Il pourra t'être utile. »

Elle raccrocha sans noter le numéro de Woodrow. Ses paumes transpiraient. Attendait-elle que Bronzino prenne sa défense contre un ami à lui ? Il devait la considérer comme une féministe hystérique, une de plus. Lui aussi avait sûrement déjà emprunté le travail inédit d'un élève ou d'un collègue plus jeune. C'était la règle du jeu. Il fallait

soit se taire, soit entrer dans le camp des Hotchkiss : faire un scandale, intenter un procès. Jane
n'avait aucun désir de se battre. Pas pour ça. Tout
cela n'avait fondamentalement aucune importance.

Elle se rassit sur le canapé et finit le verre de
whisky. Son indignation était déjà retombée et
faisait place à un sentiment de nausée générale
— englobant les universitaires, les livres, le travail, Woodrow, Bronzino, Eric, et Flaubert. Oui,
Flaubert. Ne pouvait-il tout simplement dire à
Louise qu'il l'aimait, au lieu de se scandaliser
parce qu'elle ne comprenait rien à l'art ? Ne
pouvait-il être gentil ? Céder ?

Fin mai, Eric vint à Old Newport. Elle le vit : un
homme grand et svelte avec une bouche admi-
rablement dessinée, un homme de quarante ans
dont la beauté, un jour, la laisserait de glace. Ils
ne s'embrassèrent pas, ne se serrèrent pas la main,
comme la première nuit où Eric l'avait raccompagnée chez elle six ans plus tôt, et où elle avait su
que quelque chose se passerait précisément parce
qu'il n'y avait eu entre eux aucun contact physique — comme si le frôlement de leurs peaux eût
été l'étincelle mettant le feu aux poudres. Mais elle
n'avait plus le droit de toucher ses lèvres ou ses
joues douces. Ils étaient divorcés. Il ne portait plus
son alliance. Elle rougit quand les yeux d'Eric se
posèrent une seconde distraitement sur la sienne.
Elle se demanda si elle devait la lui rendre, puisqu'il
avait acheté les anneaux. Cette nuit-là, après une

longue hésitation, elle jeta dans une poubelle dehors son alliance et sa bague de fiançailles au lieu de les garder au fond d'un tiroir : une coupure nette avec le passé. Les bagues qu'Eric avait choisies pour elle feraient la joie d'un clochard.

Ils vidèrent le garde-meubles et se répartirent leurs biens sans dispute. En vrai gentleman, Eric ne prit que ce que Jane ne réclamait pas, loua un camion et porta chez elle ce qui lui appartenait. Lynn le rencontra. Elle dit à Jane le même soir :

« Pas si beau que ça. Trop aryen, trop symétrique, trop froid. On dirait un modèle de publicité Calvin Klein. Tu peux faire mieux. »

Ils vendirent leur maison à leurs locataires pour le prix auquel ils l'avaient payée, alors que le marché de l'immobilier avait encore baissé. En cinq jours, grâce à l'efficacité d'Eric, il ne restait aucun lien matériel entre eux.

Elle ne vit jamais Eric seul. Sa mère les suivait partout et se tenait à tout moment entre lui et Jane. Un matin, Jane appela Eric à son hôtel et sa mère répondit : ils partageaient la même chambre.

« Avec sa môman », dit Jane avec un ricanement.

Lynn rit.

« Qu'est-ce que tu dois lui faire peur ! »

Jane posa lentement la page en haut de la pile sur sa gauche et, du revers de la main, essuya rageusement les larmes sur ses joues. L'assiette à côté du manuscrit était pleine de corn-flakes ramollis dans le lait. Elle ne pouvait plus manger.

Elle resta immobile pendant cinq minutes, puis se leva comme un automate et marcha jusqu'à sa chambre, où elle prit, sur l'étagère encastrée dans le mur, une petite boîte en cuir rouge. Au fond, sous les bijoux que Jane ne mettait plus guère, elle vit le bout de papier blanc fermé par un scotch. Elle le déchira. La bague se trouvait là, bien sûr. Pendant un moment elle avait douté de sa propre mémoire. C'était au moins une chose que l'auteur de ce manuscrit ne savait pas : elle avait jeté son alliance mais gardé la bague de fiançailles, dont elle aimait la forme inhabituelle et qu'elle espérait pouvoir remettre un jour sans aucune émotion.

Pour la première fois depuis deux ans elle regardait à nouveau l'anneau en forme d'accent circonflexe incrusté de tout petits diamants qu'Eric lui avait donné à leur retour de Grèce, dans un restaurant de Fort Hale. Ils mangeaient du homard et avaient noué autour de leur cou, comme des bébés, des serviettes en plastique ornées de gros homards rouges qui donnaient à la scène un côté grotesque. Eric avait l'air si ému et solennel quand il lui avait tendu l'écrin que Jane avait réprimé son envie de rire.

Elle vit soudain Eric devant elle, si près d'elle qu'elle avait juste à lever le bras pour le toucher. Elle pouvait sentir son odeur et voir le grain de sa peau, la forme de ses oreilles, ses yeux tantôt bleu-gris, tantôt gris noisette, qui la regardaient si intensément dans le désir, les petites rides au coin de ses yeux et son sourire, ce sourire qui la faisait s'ouvrir complètement. Elle ferma les yeux et tendit le bras. Elle ne pouvait même pas pleurer. Elle n'avait plus d'autre sensation que le désir de le toucher — et, brutalement, un sentiment de nausée qui la fit courir à la salle de bains où elle se pencha au-dessus des toilettes et essaya de vomir.

Elle se rinça la bouche et s'aspergea le visage d'eau froide, presque violemment. La lecture de ce roman la rendait folle. Cela faisait des mois qu'elle n'avait pas été aussi émotive. Elle croyait avoir dépassé ce stade depuis qu'Alex était entré dans sa vie. Alex, bien sûr, ne serait jamais Eric. Mais c'était évidemment l'absence d'Alex et l'attente angoissée d'un message de lui qui réveillaient en elle ce souvenir d'Eric si vif et si douloureux.

Il n'y aurait pas d'autre amour pareil à celui-là. Elle l'avait perdu. Ce n'était pas, comme ne cessait de le suggérer l'auteur du manuscrit, parce qu'elle refusait de suivre l'exemple de sa mère et d'être juste une épouse en

Iowa. Après deux ans passés à se demander pourquoi, Jane n'avait trouvé qu'une explication : le syndrome mygale.

En dernière année de collège, elle avait donné une fête chez elle. Dans l'après-midi, alors qu'elle préparait une salade composée, elle avait ouvert une boîte de cœurs de palmier importée du Brésil et vu, flottant dans le jus par-dessus les cœurs blancs, une énorme araignée marron. Elle avait aussitôt laissé tomber la boîte dans l'évier et évacué les lieux. Elle s'était retrouvée dans la rue, les jambes tremblantes, l'ouvre-boîte dans la main droite, les clefs dans l'autre.

Elle s'était raisonnée : à vingt et un ans, elle ne pouvait quand même pas se faire chasser de chez elle par une araignée brésilienne morte depuis des mois ! Elle s'était forcée à rentrer dans la cuisine. Les yeux mi-clos, elle avait vidé la boîte de son jus et de l'araignée. Puis elle avait coupé les cœurs de palmier en lamelles et les avait mélangés au reste de la salade.

Tard dans la soirée, quelqu'un avait raconté une horrible histoire à propos d'une tante qui avait rapporté une plante tropicale d'Afrique et, un jour, entendu un drôle de sifflement à l'intérieur du pot. Elle en avait parlé à une voisine qui lui avait conseillé d'appeler les pompiers. Ils avaient trouvé dans la terre un nid de mygales en train d'éclore, qui auraient sans doute tué cette nuit-là la tante et ses deux petites filles. Cette histoire en avait inspiré une autre. Jane, à son tour, avait raconté la sienne : comment elle avait paniqué ce même après-midi en trouvant une mygale morte dans une boîte de cœurs de palmier importée du Brésil, et courageusement

331

vaincu sa peur. Tout le monde avait ri. « Ce n'est pas les cœurs de palmier qu'on a mangés, j'espère ? avait demandé une amie. — Ça ne va pas ? s'était exclamé quelqu'un d'autre en riant. Tu crois qu'elle veut nous tuer ? » La première amie, qui avait vu rougir Jane, avait repris en la regardant dans les yeux : « Si tu as mis ces cœurs de palmier dans la salade, dis-le-nous tout de suite. Il faut qu'on contacte immédiatement un centre de toxicologie. » Tous avaient levé la tête. « Bien sûr que non ! » avait-elle répondu avec un rire forcé.

Elle avait passé la nuit à suivre les mouvements de son ventre et à attendre un coup de fil lui annonçant la mort d'un de ses amis.

Jane avait d'ordinaire un comportement responsable. S'il ne lui était pas venu à l'idée une seconde qu'elle risquait d'empoisonner ses invités en leur servant le contenu d'une boîte où flottait depuis des mois une arai-gnée morte, c'était parce que son esprit et son énergie, en cet instant, avaient été entièrement absorbés par une seule action, qui la rendait aveugle à tout le reste : com-battre sa peur irrationnelle des araignées.

Avec Eric, c'était la même histoire. Elle avait été telle-ment absorbée par sa terreur de le perdre et par la néces-sité de combattre cette terreur afin de survivre qu'elle ne s'était même pas aperçue qu'elle le perdait. Pendant les mois et même les années qui avaient suivi le divorce, elle était restée convaincue qu'ils finiraient par se retrouver — comme si le temps ne comptait pas.

Elle retourna dans la salle à manger et se servit encore un verre d'eau qu'elle but lentement, pour se cal-mer, tout en regardant le paquet de feuilles sur la table.

La pile de droite s'amincissait : il restait un peu plus d'un quart, elle approchait de la fin, mais n'avait toujours pas la clef du mystère. Qui se permettait de jouer avec ses émotions ? Francisco ? Elle n'était plus si sûre. Pas parce que ce chapitre racontait des faits qui s'étaient produits après le départ de Francisco pour l'Espagne, mais à cause de la bague.

Francisco ne pouvait avoir qu'une source d'informations : Jamaica, directement ou via Duportoy. Jane avait raconté son divorce en détail à Jamaica. Elle lui avait dit qu'elle avait jeté son alliance au moment de son divorce mais gardé sa bague de fiançailles, et qu'elle avait dû mentir sur ce point à Lynn, qui aurait blâmé Jane en ne voyant dans toutes ses raisons qu'un faux prétexte pour garder un lien symbolique avec Eric et ne pas rompre avec le passé. Jamaica s'était indignée : ce n'était pas parce qu'on perdait un mari qu'on devait se débarrasser d'un bijou précieux, et, d'ailleurs, ce que faisait Jane de ses bagues ne regardait qu'elle ; sa crainte du jugement réprobateur de Lynn prouvait le pouvoir de ce que Jamaica, et Duportoy avec elle, nommaient le « terrorisme lesbien ». Si Jamaica avait parlé des bagues à Francisco, elle ne se serait pas privée de raconter une anecdote qui permettait de rire aux dépens de Lynn. Francisco, quant à lui, aurait certainement mentionné un détail qui révélait sa connaissance approfondie de la vie de Jane.

Mais l'auteur du texte, comme Lynn, semblait ignorer que Jane n'avait pas jeté ses deux bagues.

Comme Lynn.

Jane sursauta. Pourquoi avoir pensé jusque-là que l'auteur était un homme ?

Il y avait quelqu'un d'autre à qui elle avait beaucoup parlé sans se censurer, parce que c'était quelqu'un qui ne comptait guère : Lynn.

Lynn était assistante sociale : son métier, comme celui d'une psychologue, consistait à écouter les autres. Il était difficile d'imaginer Lynn en train d'écrire ce roman. Mais il avait été difficile de l'imaginer mariée ou amoureuse de Jeaudine. Et si Lynn écrivait, son style serait certainement sec, direct comme un coup de poing, « viril ». Lynn était une féministe avec une piètre opinion du mariage et des hommes en général : les hommes du roman, jusque-là, ne jouaient guère un meilleur rôle que Jane.

Jane s'exclama, de plus en plus excitée : le paquet avait été posté à New York cinq jours plus tôt et Lynn était justement allée à New York la semaine précédente pour une marche de protestation contre la violence policière.

Jane se rassit avec circonspection. Il ne fallait pas sauter trop vite à la conclusion. De chapitre en chapitre elle changeait de suspect. Une nouvelle partie commençait. « Guérir. » Un mot qui, certes, ressemblait à Lynn, mais qui pouvait aussi désigner la guérison de Francisco après son retour en Espagne.

QUATRIÈME PARTIE

Guérir

1

Il était presque dix heures du soir quand elle sortit du gymnase. Elle avança vers le poteau auquel elle avait attaché son vélo, et s'immobilisa. Le vélo n'était pas là. On lui avait déjà volé deux vélos dans le passé ; elle connaissait la sensation : l'incrédulité à laquelle se substituait peu à peu la conscience de la réalité du vol. Elle se tourna et regarda les barres faites spécialement pour garer les vélos. Le sien ne se trouvait pas parmi les dizaines de bicyclettes tombant les unes sur les autres — la raison pour laquelle elle ne rangeait jamais son vélo là. Elle rit, se rappelant subitement qu'elle n'avait pas pris son vélo ce soir à cause de la longue jupe en lin qu'elle portait pour son rendez-vous avec Jamaica. Le cours de danse africaine la détendait tant qu'elle en perdait la mémoire.

Elle prit la direction de Boston Avenue et traversa

un carrefour animé avec un garage, un magasin ouvert vingt-quatre heures sur vingt-quatre, un McDonald, un Dunkin Donuts, une banque et un café devant lequel traînaient des punks aux narines, aux lèvres et aux sourcils percés de petits anneaux. Elle pressa le pas sans les regarder.

Elle se sentait beaucoup mieux que tout à l'heure. Elle se félicita d'être allée au cours au lieu de s'écouter à sept heures, quand elle n'avait qu'une envie, s'allonger et somnoler. La joie, l'énergie que lui donnait la danse africaine compensaient le manque de sommeil. Elle n'avait encore dormi que quatre heures la nuit dernière, lisant jusqu'à plus d'une heure du matin et réveillée à cinq heures et demie par le rêve, comme toutes les nuits depuis l'agression.

Depuis un mois le même rêve, tous les matins à l'aube : Eric ouvrant la porte de sa maison à Iowa City et trouvant, sur le seuil, un policier qui lui annonçait d'une voix grave que son ex-femme avait été violée et égorgée la veille à Old Newport près de la voie ferrée.

Un mois plus tôt, par un samedi après-midi ensoleillé de septembre, Jane se promenait autour de Columbus Square quand quelqu'un avait soudain plaqué une main sur son visage par derrière et, de l'autre bras, enserré son cou, l'étouffant à moitié, tout en aboyant un ordre incompréhensible. Elle n'avait pas résisté. Avec un calme dont elle s'était dite ensuite la première surprise, elle avait extrait son portefeuille de la poche de sa veste. On entendait des bruits de voix proches : des adolescents ponctuant leurs interjections de « merde » et de « putain ». L'homme s'était emparé du portefeuille et s'était enfui. Jane était restée immobile quelques secondes avant d'émerger de sa torpeur et de courir jusqu'à Columbus Square à moins de cinquante mètres. Elle s'était laissée tomber sur un banc, les jambes molles, au milieu de la foule profitant joyeusement du dernier samedi d'été, et avait mis sa main dans son cou, là où elle avait mal : il y avait du sang sur ses doigts. Juste quelques gouttes : une éraflure. Il n'avait peut-être pas fait exprès, il avait peur lui aussi. Elle n'avait même pas remarqué le couteau. Elle avait soudain compris ce qui venait d'arriver — et ce qui aurait pu arriver si des adolescents n'étaient pas passés par là, si elle avait essayé de s'enfuir, si l'homme l'avait entraînée dans les buissons, si… Elle avait éclaté en sanglots.

Elle n'avait pas déposé plainte : elle n'aurait pu identifier son agresseur. Et elle ne souhaitait pas voir, sur le visage des flics, l'expression d'intérêt mêlée de compassion et presque de regret que les choses ne soient pas allées plus loin. Histoires de viol : celles dont elle se délectait dans le journal au petit déjeuner, avant.

Elle s'était mise à avoir peur tout le temps et à sangloter dès qu'elle entendait un son fort, une sirène ou un coup de klaxon. Elle avait toujours pleuré facilement, mais jamais à ce point. Un jour un conducteur de camion la klaxonna parce qu'elle roulait trop à gauche : elle dut s'arrêter aussitôt et s'assit sur le trottoir, en larmes. Elle avait raconté l'agression de nombreuses fois, à Lynn, Jamaica, aux secrétaires, à ses collègues, à sa mère, à Allison. Lynn était folle de rage : juste quand Jane commençait à aller mieux. Tous se montraient horrifiés. En plein jour ! Ils lui recommandaient de déménager du bon côté de la voie ferrée.

Mais le pire, c'était ce dont elle ne pouvait parler à personne et surtout pas à Lynn : le feuilleton qui la réveillait chaque matin, Eric apprenant qu'elle était morte égorgée et se rendant compte, trop tard, de sa perte. Jane se retournait dans son lit en grognant de colère.

Elle était arrivée devant Casa Blue. Elle entra dans une pièce à l'atmosphère chaleureuse, pleine de gens installés sur de vieux canapés et des fauteuils confortables qui semblaient avoir été récupérés dans un grenier de grand-mère. Jane vit Jamaica dans la pièce voisine, près de l'estrade où jouaient les musiciens, un saxophoniste chauve et deux grands types aux cheveux longs se contorsionnant sur leurs guitares électriques. Sa tête aux yeux mi-clos reposait contre le dossier du fauteuil. Elle portait un tee-shirt noir moulant qui découvrait son nombril, une mini-jupe à petits carreaux et des bottes à talons hauts en cuir noir moulant ses mollets. Pas de bijoux ni de maquillage. Elle changeait vraiment des Martins, Lehman, Copland et Hotch-kiss, et même du froid Duportoy, si jolie avec sa chevelure frisée tombant sur ses épaules et encadrant un visage plat comme un masque antique avec de grands yeux en amande, à l'iris mêlant le brun et l'or, et une bouche au dessin oriental. Jane posa sa main sur l'épaule de Jamaica et s'assit sur une chaise à côté.

« Salut ! lui dit Jamaica. Comment était le cours ?

— Génial. Tu devrais vraiment venir.

— Je n'aime pas les cours. Même les cours de danse.

— Mais ça n'a rien à voir avec un cours. On est là pour s'amuser. Et puis c'est très sensuel. Tu sais ce qu'on fait à la fin ? On se prosterne toutes à genoux et on baise le plancher devant les joueurs de tambour. Symbolique, non ?

— Mmmm. Tu ferais mieux de baiser les joueurs de tambours. Ils sont mignons ? »

Jane rit. Une serveuse s'approcha. Jane commanda un Bailey's et Jamaica une autre bière.

« J'ai quelque chose à te raconter », reprit Jamaica avec un sourire coquin.

Jane se pencha vers elle.

« Hier soir j'étais à une fête à l'école de théâtre. Un mec me regardait. Il commence à danser avec moi — ou plutôt contre moi, et il bandait : je sentais sa bite, derrière le jean, juste contre ma peau. » Elle montra son ventre nu. « On a dansé comme ça sans s'arrêter jusqu'à ce qu'on s'aperçoive qu'il n'y avait plus personne et plus de musique, juste deux types en train de ranger la stéréo. Ça faisait trois heures qu'on était au bord de l'orgasme. Sa bite était du vrai béton. Moi j'étais complètement mouillée. On ne s'était pas dit un mot, on ne s'était jamais vus avant et tu sais quoi ? Je savais qui c'était, et lui aussi il savait qui j'étais. Pour lui c'était plus facile parce que je suis noire, mais quand même je ne suis pas la seule Noire à Devayne.

— C'était qui ?

— Xavier Duportoy.

— Xavier ? Mais tu le connais : vous êtes collègues !

— Oui mais je ne l'avais jamais vu : on n'enseigne pas les mêmes jours, il habite à New York et il n'est pas venu aux deux premières réunions du département. Depuis que je suis arrivée ici en août tout le monde me dit que je devrais le rencontrer comme si quelque chose de spécial devait arriver entre nous. Et tu sais quoi ? Pareil pour lui. On se retrouve dehors et il me dit : Jamaica ? Et moi : Xavier ? *La Princesse de Clèves*, quoi. »

Elle faisait cours sur le roman du dix-septième siècle dans un cursus que Jane dirigeait. Jamaica venait d'évoquer la scène du bal où la princesse de Clèves dansait avec le duc de Nemours à la demande du roi, avant même de lui avoir été présentée. Le duc, après la danse, disait au roi et à la reine avoir reconnu la princesse de Clèves, la personne la plus parfaite de la cour ; la princesse, rougissante, niait avoir deviné l'identité du duc. La reine concluait en riant qu'il y avait, dans le déni de la princesse, quelque chose d'« obligeant » pour le duc de Nemours.

« D'accord pour toi et la princesse, mais Dupor-toy et Nemours, je suis moins sûre. Et ensuite ?

— Curieuse. D'abord on s'est baladés ou plutôt on a à moitié fait l'amour dans la rue. On a fini chez moi à cinq heures. On a fait l'amour sans s'arrêter jusqu'à ce que je parte en cours à neuf heures moins cinq. Je puais le sexe ! Je suis rentrée à onze heures et demie et on a recommencé. D'après Duportoy il n'y a pas de limite au nombre d'orgasmes pour une femme : il faut juste arriver à se détendre complètement. On a essayé de mettre cette théorie en pratique : ce matin j'ai eu neuf orgasmes de suite.

— Neuf ! Et lui ?

— Trois ou quatre. Il s'est fait durer. »

Elles rirent.

« Et il est où, maintenant, ton Nemours ?

— À New York. En train de rompre avec sa copine.

— Après une nuit ?

— Ce n'était pas juste une nuit. »

Jane finit son Bailey's. Jamaica ferma les yeux. Elle avait de longs cils et quelque chose d'extrê-mement délicat dans son visage d'enfant. Vingt-six ans : encore plus jeune que Jane quand elle était arrivée à Devayne. On lui en donnait dix-huit : elle devait toujours montrer son permis à l'entrée des bars. Elle venait de Philadelphie. Son père était avocat et sa mère professeur d'anglais. Elle était l'aînée d'une famille de sept enfants. Ils allaient à l'église tous les dimanches. Encore récemment elle composait des Gospels. Il y avait dix ans de différence entre elles, mais Jane se sentait comme une grand-mère face à cette représentante du « New Age » qui ne fumait pas, ne buvait guère, mangeait macrobiotique, faisait du yoga, baisait avec des capotes, parlait de sexe crûment et croyait à l'amour romantique. Duportoy. D'une certaine manière ils semblaient prédestinés à se rencontrer : deux étoiles dans le ciel de Devayne.

Elles se séparèrent dans la rue un peu après minuit. Jamaica n'habitait pas loin.

« Tu n'as pas ton vélo ? Tu veux que je te raccompagne ?

— Non, après il faudrait que tu reviennes toute seule. Je vais prendre le minibus. »

Jane longea le théâtre de Devayne et les restaurants déjà tous fermés jusqu'à l'arrêt du minibus près du vieux campus. Jamaica et Xavier Duportoy. Neuf fois ! Elle sourit. Duportoy n'était pas beau, mais sexy : il y avait quelque chose d'érotique dans l'énergie qui se dégageait de son corps et de son sourire. Elle n'aurait jamais pu tomber amoureuse de lui mais comprenait l'attirance qu'il pouvait exercer.

En tout cas, voilà qui mettait fin au prosélytisme de Lynn, qui cherchait à convaincre Jane qu'elle devait tenter sa chance auprès de Jamaica. D'après Lynn, ce que Jane prenait pour une absence de désir sexuel n'était qu'une barrière culturelle qui tomberait dès la première expérience, quand elle découvrirait que l'amour avec une femme était plus délicat, plus généreux, plus doux, plus ludique et sans risque d'impuissance.

Elle attendait depuis près d'un quart d'heure, seule sous l'abri, quand elle se rappela qu'après minuit, il fallait appeler le service de minibus. Il y avait un téléphone du campus pas loin mais elle ne connaissait pas le numéro par cœur. Elle fouilla dans ses poches : pas de monnaie pour téléphoner à Jamaica. À cette heure-ci il serait difficile d'en trouver à moins de remonter vers les bars près de chez Jamaica : autant aller chez Jamaica. De là où elle se trouvait, Jane serait même plus vite arrivée chez elle. Mais elle devrait traverser quelques rues peu sûres autour de la voie ferrée. Il était irritant d'être une femme, surtout par une nuit si douce où il aurait fait bon se promener. Après tout, l'agression de septembre avait eu lieu en plein jour et près d'un square plein de monde : le risque était aussi grand au centre d'Old Newport. En toute probabilité, rien n'arriverait : ce genre d'accident ne se produisait qu'à l'improviste. Elle décida de vaincre sa peur et se dirigea d'un bon pas vers la voie ferrée.

L'ancien « Quartier du Crime », comme on l'appelait quand Jane était arrivée à Old Newport, avait reçu un lifting ces deux dernières années : Devayne essayait de nettoyer les rues entre la gare et l'université afin de faciliter l'accès au campus. De larges vitrines vides au rez-de-chaussée d'immeubles en brique tout neufs arboraient des panneaux « À louer » qui ne semblaient pas près d'être ôtés. Jane traversa Market Street sans attendre le feu rouge : pas une voiture à l'horizon. Même les parkings le long de la voie ferrée, autrefois de simples terrains vagues pleins de détritus, s'étaient métamorphosés : asphaltés et striés de larges bandes blanches qui délimitaient nettement les places, entourés d'une grille en fer forgé surmontée de réverbères de facture ancienne, ils avaient presque l'air élégants. Elle parvint au pont piétonnier, couvert et éclairé au néon. Un sifflement déchirant la fit sursauter : les planches vibrèrent sous ses pieds quand le train passa à toute allure. Le pont menait à une rue que les travaux de construction d'un nouveau pont par-dessus la voie ferrée avait transformée en voie sans issue. Les maisons délabrées aux fenêtres barrées par des planches et la route mal éclairée n'étaient guère rassurantes. Par terre, près de la grille déchirée donnant sur la voie, traînaient des canettes de bière, des bouteilles cassées, des capotes et des seringues. Elle n'était plus très loin de chez elle. La rue serait mieux éclairée dès qu'elle aurait traversé Union Street. Elle pressa le pas et passa devant un garage fermé depuis longtemps et couvert de graffitis. Il y eut un mouvement dans les buissons sur sa droite. Son cœur se mit à battre à toute allure. Elle entendit un grognement d'animal. Sans doute un raton-laveur. Dans le noir on ne voyait rien. Une fois, elle avait surpris un raton-laveur près de chez elle : on aurait dit un énorme rat avec une longue queue mince. Les ratonslaveurs pouvaient transmettre la rage. Si elle criait, il s'enfuirait sans doute.

Soudain elle vit l'homme. Il grimpait la butte à quatre pattes en venant de la voie ferrée. Elle eut un souvenir éclair de la terreur de septembre et de la main plaquée sur sa bouche. Il se trouvait à dix mètres d'elle et ne l'avait pas encore remarquée. Si elle essayait de passer, il l'arrêterait facilement, d'autant plus qu'elle ne pouvait pas courir avec la jupe longue et étroite. Il se redressa. Il était grand.

Derrière elle il y avait la palissade bloquant Orchard Street, les maisons en ruine et le pont couvert, parfait pour un meurtre. La chemise de l'homme sortait de son pantalon. Il jeta des regards tout autour de lui comme s'il venait de commettre un crime. Jane était paralysée par la peur. Elle pensa à tout ce qu'elle aurait pu faire : appeler un taxi de chez Casa Blue ; marcher jusqu'à chez Jamaica ou se débrouiller pour lui téléphoner ; aller au poste de police de Devayne et demander le numéro du minibus ; ou, tout simplement, avoir le numéro sur elle. Trop tard. Elle avait choisi de se jeter dans la gueule du loup. Elle ne pouvait pas dire qu'elle n'était pas avertie : depuis septembre, elle savait dans son corps que la violence existait. Eric apprendrait sa mort près de la voie ferrée : elle ne serait pas là pour découvrir l'effet que la nouvelle avait sur lui. Elle mit les mains dans ses poches : quelques dollars, sa carte de Devayne, les clefs. Elle agrippa son trousseau de clefs et prit la plus grande entre le pouce et l'index.

Il fallait viser l'œil et, d'un coup de genou, frapper les couilles en même temps. Surtout ne pas le rater. Il se tourna vers elle et se raidit soudain en remarquant l'ombre dans l'obscurité. Elle discerna son visage.

« Chip ! »

Il sursauta. Elle marcha vers lui rapidement.

« Qu'est-ce que tu m'as fait peur !

— Jane ! »

Il avait l'air aussi étonné qu'elle et guère content de la voir. Il passa la main dans ses cheveux et cligna les yeux.

« Mais qu'est-ce que tu faisais là-bas ? demanda Jane. Tu as perdu quelque chose ? »

Elle s'aperçut soudain que la braguette de Chip était ouverte et rougit. Ce devait être un de ces endroits de rencontre pour gays dont Chip lui avait parlé. Il rit et lui adressa un clin d'œil.

« Je faisais une petite promenade, par cette belle nuit. Et toi donc ?

— J'ai bu un verre avec Jamaica. Tu veux bien me raccompagner ?

— Bien sûr. Vous êtes allées au concert samedi ?

— Oui. C'était magnifique. Vous auriez dû venir.

— Hugh avait un rhume, et la Neuvième n'est pas ma tasse de thé.

— Mais l'entendre jouer dehors, sous les étoiles, c'était quelque chose. On était assises dans l'herbe juste au pied de l'estrade. Je n'avais jamais été aussi près d'un orchestre. Je voyais même les gouttes de sueur sur le visage du chef d'orchestre ! Un vieux bonhomme d'au moins soixante-dix ans, à cheveux blancs, mais avec une énergie ! Il avait l'air monté sur ressorts. Je n'arrêtais pas de penser à *Orange mécanique*. Quel génie, Kubrick, d'avoir utilisé la Neuvième Symphonie !

— Sans doute le meilleur usage qu'on puisse en tirer. »

En vérité, elle n'avait guère pensé à Kubrick pendant le concert. Elle avait passé deux heures à sangloter. Et lorsque Lynn et elle étaient silencieusement retournées vers la voiture de Lynn à la fin et que Lynn avait doucement posé une main sur l'épaule de Jane qui pleurait encore, celle-ci avait explosé. Elle avait dit à Lynn qu'Eric et elle n'auraient jamais dû divorcer, qu'elle aurait dû le rejoindre en Iowa au lieu d'écouter les conseils autour d'elle, qu'ils étaient faits l'un pour l'autre, qu'on ne rencontrait un tel amour qu'une seule fois dans sa vie, et que Lynn — responsable, il allait sans dire, de ce désastre — n'avait aucune idée de ce dont Jane parlait. Le lendemain, quand elle avait frappé à la porte de Lynn pour s'excuser, celle-ci avait souri et dit à Jane qu'elle n'avait pas pris personnellement cette petite crise, qui représentait une étape normale et saine dans le processus de guérison.

Ils étaient arrivés devant chez elle. Ils s'embrassèrent, Chip attendit qu'elle soit entrée dans la maison, puis s'en alla. Jane riait en montant l'escalier. Drôle de rencontre.

De tous les amis de Lynn, Chip était celui qu'elle préférait. Elle l'avait rencontré en juin à un pique-nique de l'association Gay and Lesbian. Charles Trowbridge, « Chipie pour les intimes », avait-il dit en français avec un geste coquet de vieille tante. Il était grand et maigre, avec de grandes dents en avant et l'œil vif sous ses sourcils épais et ses cheveux blancs. Il connaissait Proust par cœur. Il avait invité Lynn et Jane à dîner chez lui une semaine plus tard. Jane avait été stupéfaite de découvrir que Chip habitait une superbe demeure ancienne juste à côté de celle du président de Devayne. Encore plus surprise d'apprendre que la moitié des bâtiments de l'université et la maison du président avaient un jour appartenu à la famille de Chip. Ses ancêtres s'étaient installés à Old Newport au seizième siècle et y avaient prospéré comme marchands. La plupart d'entre eux étaient enterrés dans la crypte de l'église la plus ancienne sur Central Square. De nombreux bâtiments de l'université, des salles, et des bourses, portaient le nom de Trowbridge. À commencer par le collège George-Trowbridge auquel Jane était affiliée. La maison sur Green Avenue, pleine de portraits et d'antiquités, ressemblait à un musée : les plus belles pièces se trouvaient d'ailleurs au musée historique d'Old Newport, fondé par un Trowbridge.

Sur le chemin du retour, Jane, à moitié ivre, avait fait part à Lynn d'une idée géniale : contracter avec Chip un mariage à la mode du dix-huitième siècle — l'union idéale : sociale, affective et intellectuelle, et libre sur le plan sexuel. Elle adorait Chip, elle adorait sa maison, elle avait adoré le dîner et ne déplorait qu'une fausse note : la présence du vieil Hugh Carrington que Chip avait sans doute convié en l'honneur de Jane. Quand ils seraient mariés, elle n'inviterait pas ses collègues chez eux.

Craignant que Jane ne donne suite à sa plaisanterie et que Chip n'accepte, Lynn avait révélé quelques faits : Chip était couvert de dettes ; les banques attendaient à sa porte comme des requins. Le dernier descendant des Trowbridge n'avait pas une vie de rentier oisif comme le croyait Jane, mais travaillait huit heures par jour dans un parking d'Old Newport. Jane riait. Lynn lui conseilla aussi de s'abstenir de tout commentaire sur Hugh Carrington. « Pourquoi ? Chip a trop d'esprit pour ne pas le trouver chiant. — Ils sont amants. — Chip et Carrington ? Impossible ! »

Jane s'endormit en se demandant si Hugh était au courant des petites promenades nocturnes de Chip. Malgré ses nombreuses discussions avec Chip sur le sujet, elle n'arrivait pas à comprendre qu'on puisse, dans un couple, se laisser une liberté sexuelle : comment évacuait-on la jalousie ?

Elle ouvrit les yeux. Il faisait nuit noire. Elle avait mal à la tête : le résultat d'un cauchemar qu'elle ne se rappelait pas. Quatre heures et demie, indiquaient les aiguilles fluorescentes. Elle soupira. Elle resterait au lit même sans dormir.

Quand elle rouvrit les yeux, le soleil striait d'ombre et de lumière les murs blancs à travers les stores. Elle regarda son réveil et s'exclama joyeusement : onze heures moins le quart. Si elle avait eu des cours aujourd'hui, elle les aurait ratés. Une brise passant par la fenêtre ouverte lui caressait les joues. Le matelas ferme sous son dos et la couette en duvet légère et chaude qui la couvrait jusqu'au menton la remplissaient d'un délicieux bien-être. Elle crut, soudain, à la possibilité d'un futur. « Fais confiance au temps », ne cessait de dire Lynn. Lynn, Chip, Jamaica, le cours de danse africaine : la vie lui faisait des cadeaux.

Elle croisa Lynn dans l'entrée de la maison vers midi et lui raconta en riant sa rencontre nocturne avec Chip. Lynn lui dit sévèrement :

« Qu'est-ce que tu faisais dehors à cette heure-là ? Tu es folle ou quoi ?

— Je sais. Crois-moi, j'ai eu peur. Je n'avais pas sur moi le numéro du minibus. »

Lynn secoua la tête.

« Mais Jane ! Tu n'es vraiment pas…

— Francisco ! »

Lynn se tourna vers la porte, surprise.

« Mon rêve ! s'exclama Jane. Je me rappelle ! Cette nuit j'ai fait un rêve, écoute : j'étais dans une grande pièce vide avec Francisco à l'autre bout et sa mère à mi-chemin entre nous deux. Je lui disais que son fils était une ordure, un salaud, je disais même "una mierda" alors que je ne connais pas l'espagnol ! Sa mère avait l'air convaincu, et Francisco me regardait d'un air furieux sans oser m'interrompre. Quel rêve bizarre ! Alors que je n'ai pas vu Francisco depuis mars dernier, que je ne pense plus à lui et que je ne le verrai plus jamais ! »

Lynn s'avança et embrassa Jane.

« Félicitations.

— Quoi ?

— Una mierda ! J'adore. C'est la guérison, Jane. Je suis ravie. J'ai toujours pensé que tu n'étais pas assez en colère. C'est d'Eric aussi qu'il s'agit, bien sûr : deux ordures. »

En roulant vers le campus, Jane revit le Francisco de son rêve et identifia soudain son expression tendue, hostile et malheureuse : c'était ainsi qu'il l'avait regardée après le dîner au restaurant japonais. Sept mois plus tard elle se réveillait en colère : la guérison, vraiment ? Elle prit son courrier. Une enveloppe jaune avec l'en-tête des Presses universitaires de North Carolina la fit sourire en lui rappelant un passé oublié. Il y avait sept mois, ce genre de lettre avait encore le pouvoir de gâter son humeur. De l'eau était passée sous les ponts. Son livre ne serait jamais publié, et alors. Quand son contrat avec Devayne s'achèverait, elle enseignerait dans un lycée ou changerait de profession. En tout cas, ces gens ne s'étaient pas pressés pour répondre. Elle ouvrit machinalement l'enveloppe tout en marchant vers l'ascenseur et jeta un coup d'œil à la lettre type : une seule feuille, pas de rapport de lecture. Au lieu de la phrase « je suis désolé de, etc. », un mot inattendu, étrange écho du cri de Lynn tout à l'heure, accrocha son regard distrait et lui fit hausser les sourcils : « Félicitations ! » Félicitations ? Elle déplia rapidement la lettre.

« Chère Professeur Cook,

Félicitations ! J'ai le plaisir de vous annoncer que vous avez gagné le prix Percy K. Delaware 1997 du meilleur manuscrit d'études du dix-neuvième siècle pour votre livre "'Madame Bovary, c'est moi' : l'écriture et la différence sexuelle chez Flaubert."

Veuillez m'excuser de vous écrire si tard. Des complications administratives ont retardé l'annonce de ce prix décerné pour la première fois.

Aux Presses universitaires de North Carolina, nous espérons vivement que votre manuscrit est encore disponible. Si votre réponse est positive, dès que nous l'aurons reçue, je vous enverrai le contrat type. Vous recevrez le chèque de cinq mille dollars à la signature. Je vous prie de bien vouloir croire », etc.

Un canular ? La lettre avait été postée en Caroline du Nord. Jane la relut dans l'ascenseur. « Félicitations ! » Son rire quand elle entra dans son bureau au quatrième étage provoqua les aboiements des quatre chiens de Begolu dans la pièce à côté. Elle se laissa tomber sur son fauteuil de bureau et rit tant, la tête renversée en arrière, que les larmes jaillirent de ses yeux. Elle composa le numéro indiqué au bas de la lettre.

« Pourrais-je parler à Virginia Prescott, s'il vous plaît ? »

Le soir, quand elle annonça la nouvelle à Lynn, celle-ci hurla de joie.

« Je le savais. J'aurais dû parier mille dollars comme cette mierda de Francisco. Tu as de la chance qu'il ne fasse plus partie du décor, celui-là !

— Quand tu penses que c'est Kathryn Johns qui m'a parlé de ce prix. Quelle ironie : elle m'a pris un ami et me donne un éditeur.

— Et cinq mille dollars. Tu n'as rien perdu au change.

— Je devais être la seule au courant. C'est sans doute pour ça qu'ils parlent de "complications administratives" : un candidat, ça ne fait pas sérieux !

— Tu plaisantes ? Tu dois être la seule prof en Amérique à ne pas lire *Lingua Franca*. Une publication et cinq mille dollars quand plus personne n'arrive à trouver d'éditeur pour sa thèse ? Ils ont dû recevoir des centaines de manuscrits, en lettres, en histoire, en histoire de l'art. C'est sûrement ça qui les a retardés. Tu es la meilleure, Jane, c'est tout. »

Lynn organisa un dîner pour fêter l'événement, chez Jane à cause des chats auxquels Jane était allergique. Elles passèrent l'après-midi à cuisiner et à rire. Au dîner, Jane rit tant qu'elle s'en étrangla et que du vin rouge lui sortit par le nez à la grande joie des convives. Les histoires s'enchaînaient : ils avaient tous été l'invité indésirable quelque part, tous vomi sur un bateau ou dans un avion. Rien à voir avec Devayne. Jane les regardait : Lynn, Jamaica, Amy et Becky, les lesbiennes dont le mariage religieux avait été, en août, une cérémonie si émouvante, Chip et Hugh, Susan, et le taciturne Karl qu'elle avait invité pour qu'il ne se plaigne pas du bruit. Ses amis. Ils n'avaient rien d'autre en commun que la gentillesse, et le fait qu'aucun d'eux n'avait connu Eric. Jane avait l'impression de se réveiller, enfin, après sept mois.

Quand ils levèrent tous leurs verres à la magnifique gagnante du prix Percy K. Delaware pour le meilleur manuscrit d'études du dix-neuvième siècle, Jane sourit fièrement. Il y avait de l'humilité à se réjouir d'un si petit succès. Elle était une pâle professeur associée non titularisée en début de neuvième année, une de ces condamnées à mort que tout le monde à Devayne entourait d'un discret mur de silence. Norman Bronzino, qui venait d'épouser une jeune professeur de physique de vingt-neuf ans, avait conseillé à Jane de commencer à chercher un poste ailleurs et de ne pas attendre la fin. La fin. Elle sourit. Ils ne pouvaient plus lui faire peur. Elle n'était pas pressée de quitter Lynn et Jamaica.

Tard dans la soirée, Chip tira les cartes aux quelques invités qui restaient. Il commença par Lynn et Jamaica. Il connaissait bien Lynn mais pas Jamaica : ce qu'il lui dit était d'une surprenante véracité. Il réussit à l'effrayer en lui annonçant la mort de quelqu'un de proche d'ici deux ans. Jane s'assit enfin près de lui sur le canapé.

« Tu peux poser aux cartes une question secrète », dit Chip.

Jane formula silencieusement sa question : réussirait-elle à oublier Eric ?

La première carte qu'elle tira voulait dire : « Ne retiens pas. »

« Ne retiens pas quoi ?

— La carte ne le dit pas. »

Jane fit la moue. La seconde carte fut un peu plus parlante : un grand amour. Aussitôt elle pensa à Eric : irritant. Puis il y eut une carte sur une femme qui jouait un rôle important dans sa vie : Lynn, Jamaica ? La prochaine carte annonça un événement proche dont elle serait la seule à reconnaître le signe. Jane se dit qu'elle était trop rationnelle pour ce genre de prédiction obscure. Elle tira une autre carte qui signifiait encore l'énergie mâle, mais qui n'était pas la même que tout à l'heure : un autre amour. Elle sourit, déjà plus satisfaite. Hugh s'approcha d'eux.

« On y va ? Il est tard. Je suis fatigué. »

Jane supplia comme une petite fille :

« Juste une dernière. »

Elle tira vite la carte qui devait décider de son sort.

« Ne protège pas, dit Chip.

— Ne protège pas quoi ?

— Il n'y a pas d'objet, seulement un verbe. Cette carte est étonnamment proche de la première que tu as tirée. C'est le cœur du problème, évidemment : sans doute la réponse à la question que tu poses aux cartes.

— C'est-à-dire ?

— Le problème avec toi, je suppose, c'est que tu protèges et que tu retiens.

— C'est tellement vrai », intervint Lynn qui s'était approchée.

Jane leva les yeux au ciel en riant.

« Merci. C'est lumineux. »

Jane se mordillait l'intérieur de la joue. Elle se leva et fit des moulinets avec les bras puis quelques mouvements de gymnastique. Elle était fatiguée de lire depuis plus de sept heures. Il aurait été plus amusant de savoir ce qui était arrivé à Francisco en Espagne.

En un sens elle était guérie, Lynn avait raison. La « rupture » avec Francisco lui paraissait aujourd'hui un enfantillage : elle ne se laisserait plus humilier ainsi. La preuve, c'était qu'elle n'avait jamais parlé de Francisco à Alex : elle n'y avait même pas pensé.

Francisco, en tout cas, ne pouvait être l'auteur : on était trop loin de l'Espagne. Jamaica non plus : elle ne s'intéressait pas assez au passé de Jane. Lynn restait la piste la plus convaincante. Ce chapitre décrivait, étape par étape, un processus de « guérison ». Lynn avait toujours pensé que le divorce était une bonne chose et que Jane devait se séparer d'Eric pour se trouver elle-même.

Lynn seule, ou Lynn avec Chip ? Jane lui avait parlé du rêve qui l'éveillait chaque matin à l'aube après l'agression. Chip avait des ambitions littéraires et le temps

d'écrire, dans son parking. L'envoi d'un manuscrit anonyme n'était pas incompatible avec son caractère. Chip
était curieux et lui avait posé de nombreuses questions.
Un roman à quatre mains ? Chip pour s'amuser et Lynn
dans un but thérapeutique : prouver à Jane que son
grand amour n'était plus qu'un roman ?

Dehors, un homme et une femme parlaient fort et semblaient se disputer. La portière d'une voiture claqua,
suivie d'un bruit de moteur. Un chien aboya. Jane alla
dans le salon pour regarder par la fenêtre, et ne vit rien.
Elle retourna dans la cuisine et composa le numéro de
Lynn. Le répondeur se déclencha. Huit heures moins le
quart. Il était rare que Lynn ne soit pas chez elle à cette
heure-là en semaine. Jane raccrocha sans laisser de message et essaya le numéro de Chip. Elle laissa sonner dix
fois. Personne ne répondit. Elle avait froid et alla chercher un pull dans sa chambre avant de se rasseoir à la
table de la salle à manger. Le gros paquet sur sa gauche
comptait déjà deux cent soixante-dix pages ; elle n'avait
jamais lu aussi vite. Elle bâilla. Ses yeux étaient fatigués.
Elle entendit soudain le silence.

2

Jane sortit de la voiture et Lynn redémarra. Il faisait frais mais le ciel était clair, un bleu vif sans nuage rare pour un matin de début avril. Elle portait une courte jupe en daim bleu marine pour laquelle Jamaica et Lynn l'avaient complimentée, confirmant l'opinion d'Eric que le bleu foncé n'était pas une couleur réservée aux blondes. Elle aurait mieux fait de prendre un imperméable au lieu de s'habiller comme une petite fille pour sa photo de classe. Sous l'arche, il y avait deux portes sur lesquelles était écrit « Police ». Elle hésita et poussa la porte qui indiquait « Services de Communication ». Elle se trouva dans une toute petite pièce avec un guichet et personne derrière. Un homme apparut.

« Oui ?

— Il m'est arrivé quelque chose, dit Jane d'une voix hésitante.

« — Vous venez pour déposer une plainte ?

— Peut-être.

— J'appelle un inspecteur. Il sera là dans cinq minutes. »

Une affiche en gros caractères sous le guichet avertissait les étudiants qu'ils paieraient vingt-cinq dollars d'amende s'ils ne rapportaient pas la clef de leur chambre avant de partir. La fin de l'année universitaire approchait. Dix minutes passèrent. L'homme du guichet avait disparu. Les sons d'une radio ou d'une télévision parvenaient d'une pièce proche. Quelqu'un poussa la porte.

« C'est vous qui voulez me voir ?

— Vous êtes l'inspecteur ? »

Elle s'était attendue à voir débarquer un petit homme avec un vieil imperméable et un air malin, pas un policier à cheveux blancs habillé comme ceux qui réglaient la circulation. Elle sortit derrière lui. Il avait une large carrure, un derrière proéminent et, sur le côté droit, un revolver dans une pochette en cuir noir accrochée à sa ceinture. Lui aussi devait croire au printemps : il portait une chemisette bleue à manches courtes. Il se tourna vers elle.

« C'est pourquoi ?

— Ici ? »

Il hocha la tête. Ils se trouvaient au milieu du passage conduisant de la rue au vieux campus.

« J'ai reçu des billets anonymes.

— Vous les avez ?

— Je les ai oubliés chez moi. »

Il secoua la tête, les bras croisés sur sa large poitrine.

« Vous auriez dû les apporter. Combien ?

— Trois.

— Il faut les garder et noter le jour et l'heure exacts où vous les avez reçus. Ils disent quoi ?

— Le premier était une carte de la Saint-Valentin où il y avait écrit : "Tu es tellement jolie." Ce n'était pas signé. »

Il la regarda comme s'il remarquait à l'instant qu'elle n'était pas vilaine. Des centaines de filles à Devayne recevaient sûrement des cartes anonymes le jour de la Saint-Valentin. Il sourit.

« Vous devez avoir un admirateur.

— Je sais. Ça ne m'a pas inquiétée jusqu'à ce que je reçoive le deuxième billet anonyme.

— Quand ?

— Je ne me rappelle pas précisément, fin février ou début mars. Les deux autres, c'est facile, parce que c'était la Saint-Valentin, et hier le 1er avril. Étant donné le choix des dates, on dirait une farce.

— Ça en a tout l'air. Les billets contenaient des menaces ?

— Non. »

Il lui jeta un regard en coin.

« Ils étaient… explicites ?

— Explicites ?

— Sexuels ?

— Oh non. Plutôt infantiles. Vous pensez que quelqu'un me joue un tour et qu'il n'y aucune raison de s'inquiéter ?

— Il faudrait les voir. »

Il n'avait pas l'air inquiet. La réaction de Lynn et Jane était sans doute disproportionnée par rapport à un incident qui, pour un flic, était simple routine.

« Vous êtes étudiante ici ?

— J'enseigne.

— Vous enseignez ! Comme assistante ou lectrice ?

— Professeur. »

Il se redressa et la regarda de manière plus respectueuse.

« Vous avez reçu les billets à l'université ?

— Deux d'entre eux.

— Vous enseignez quoi ?

— La littérature française. »

Il eut un grand sourire.

« Paalez-vous fouançais ? C'est tout ce que je sais. Belle langue. Où est le département de français ? Sur Garden Street ?

— Oui, juste à côté de Bruno's Pizza. Je peux vous poser une question ?

— Bien sûr.

— Il y a beaucoup de gens qui reçoivent des billets anonymes ?

— Ça arrive. Surtout des coups de fil anonymes. Les numéros des chambres sont les mêmes que les quatre derniers chiffres des numéros de téléphone, les seuls qui varient, alors vous pensez : on a sans cesse des plaintes sur des appels anonymes. Et puis il y a monsieur Frotti-Frotta.

— Qui ?

— C'est un type qui appelle la nuit et qui dit : "Bonsoir, je suis monsieur Frotti-Frotta, voulez-vous vous frotter contre moi ?" » Il éclata de rire. « On ne l'a toujours pas attrapé mais rien n'est jamais arrivé. Il fait partie du folklore. De temps en temps il fiche encore la trouille à une petite nouvelle.

— Ça me rassure d'entendre ça. Je ne regrette pas d'être venue. » Elle sourit. « Vous auriez dû me voir hier soir : j'ai paniqué. Peut-être parce que le contenu des billets était scatologique, je ne sais pas.

— Scatologique ? Comme quoi ?

— Celui d'hier disait… » Elle hésita puis finit vite sa phrase : « "Allons faire ensemble la grosse commission."

— La grosse commission ? » Il rit. « Vous voulez dire : aller à la selle ? »

Elle s'empourpra.

« Vous trouvez ça drôle ?

— On dirait bien que quelqu'un se moque de vous. Et l'autre ? »

Elle jeta un coup d'œil autour d'elle.

« "Fais-moi voir ta zézette, dit-elle rapidement en baissant la voix, et je te montrerai ma quéquette." Vous voyez : juste ce que dirait un enfant.

— Un enfant ? » Il fronça les sourcils. « Hum. »
Il répéta d'une voix retentissante : « Fais-moi voir
ta zézette et je te montrerai ma quéquette ? »

Deux étudiants qui passaient sous l'arche tournèrent vivement la tête et leur jetèrent un coup
d'œil étonné. Jane ne pouvait plus le regarder en
face. Si seulement elle avait mis un pantalon.

« Je n'aurais pas dû vous déranger pour rien.

— Pour rien ? Ce n'est pas ce que je dirais. Je
n'aime pas le contenu de ce billet, pas du tout. Et
l'autre, là, celui sur la grosse commission, revu
dans ce contexte, ne me plaît pas non plus. Je ne
sais pas encore si c'est menaçant, mais en tout cas
c'est explicite. Je suis d'avis que vous déposiez une
plainte.

— Vous pensez ?

— Tout à fait. Ce n'est peut-être rien, juste une
plaisanterie de mauvais goût. Mais il vaut mieux
déposer une plainte : c'est la seule façon de vérifier si d'autres gens ont reçu des billets du même
genre. »

Elle respira profondément, soulagée comme
un hypocondriaque qui a fait tous les tests possibles, que personne n'écoute plus, et à qui un spécialiste découvre soudain une maladie rare, qui
peut être soignée. Si ce policier, qui ne semblait
pas de tempérament anxieux, jugeait qu'il y avait
matière à déposer plainte, sa peur d'hier ne rele-
vait pas du délire. Il lui tendit la main :

« Inspecteur Richard Merriman. Vous vous
appelez ? »

Elle le suivit dans un bureau de l'autre côté de l'arche, où se trouvait une femme d'une quarantaine d'années aux cheveux noirs courts qui se présenta comme l'inspecteur Hilari Tait et qui tapa sur un ordinateur les réponses de Jane aux questions de l'inspecteur Merriman. Comment elle avait trouvé la carte en forme de cœur le 14 février avec les mots « Tu es tellement jolie » tracés d'une écriture enfantine, et tout de suite pensé à sa jeune collègue Jamaica Locke. Elle l'avait appelée ce soir-là à New York. Jamaica, qui lui avait raconté une dispute avec son petit ami la nuit d'avant, s'était contentée de dire avec amertume que Jane avait de la chance qu'on pense à elle pour la Saint-Valentin. Après avoir raccroché, Jane s'était demandé si la carte pouvait venir de son mari.

« Vous êtes mariée ?

— Divorcée. »

Les deux inspecteurs échangèrent un regard.

« Depuis combien de temps ?

— Presque un an.

— Vous êtes en quels termes avec votre ex-mari ?

— Oh, très bons. On ne s'est pas parlé depuis le divorce, mais c'était un divorce par consentement mutuel, il n'y a eu aucun problème. De toute façon mon mari habite Iowa City : il n'aurait pas pu déposer cette carte dans ma boîte.

— Il aurait pu la faire déposer.

— Non, je ne vois pas par qui, et vraiment ça n'aurait aucun sens. J'ai pensé à lui parce que j'aurais souhaité que la carte vienne de lui, je suppose. C'est tout. »

En décembre, elle avait décidé d'envoyer une carte de vœux à Eric, qui serait amicale, neutre et gaie. Elle avait écrit des dizaines de brouillons avant de renoncer. Pendant des semaines elle n'avait pas ouvert sa boîte aux lettres sans espérer y trouver une carte d'Eric. Elle n'était pas guérie.

« Mais ce n'est pas la carte de la Saint-Valentin qui m'a inquiétée. »

Elle leur dit qu'elle avait pensé la même chose que l'inspecteur tout à l'heure : qu'elle avait un secret admirateur, sans doute un étudiant timide. Il y avait une alternative moins flatteuse : un étudiant malicieux répondant à un pari. Auquel cas les étudiants observeraient son comportement. Elle avait donc décidé de ne parler de la carte à personne, pas même aux secrétaires. L'inspecteur hocha la tête en signe d'approbation.

Elle n'avait pas eu peur du tout jusqu'à ce jour de fin février ou de début mars où elle avait trouvé le petit morceau de papier plié en quatre dans sa boîte aux lettres au département, une demi-feuille de papier à lignes arrachée à un cahier à spirale. C'était le billet qui disait : *Fais-moi voir ta zézette et je te montrerai ma quéquette.* La même écriture enfantine et déguisée que sur la carte de la Saint-Valentin, maladroite, avec des lettres irrégulières et mal contrôlées, comme si un droitier avait écrit de la main gauche. Arrivée chez elle, elle avait verrouillé sa porte et mis la chaîne de sécurité : c'était comme ça qu'elle s'était rendu compte qu'elle avait peur. Elle avait pleuré. Sa réaction pouvait sembler excessive par rapport à un petit billet anonyme, mais en septembre elle s'était fait agresser près de chez elle : on lui avait volé son portefeuille et il aurait pu lui arriver pire si des gens n'étaient pas passés par là.

« Où est-ce que vous avez déposé votre plainte ?

— Je n'ai pas déposé de plainte. »

Les deux inspecteurs se regardèrent. Si elle n'était pas professeur à Devayne, ils ne l'auraient pas prise au sérieux. Elle s'expliqua : elle n'avait pas vu son agresseur.

« Vous ne nous facilitez pas le travail. C'est plus sérieux qu'un billet anonyme, ça. Le lieu, l'heure, tout compte, et c'est important pour les statistiques. »

Elle n'avait pas jeté le deuxième billet mais l'avait mis de côté et ne le trouvait plus. Malgré sa peur, elle n'en avait parlé à personne. Elle ne voyait qu'une explication : une blague ou une vengeance d'étudiant. La personne qui avait écrit « Tu es tellement jolie », déçue par son absence de réaction, essayait quelque chose de plus fort. Le mieux, c'était donc de ne pas réagir. Elle avait passé en revue tous ses étudiants à qui elle avait mis de mauvaises notes. Mais ce pouvait être un étudiant d'une autre année. Elle avait aussi envisagé les étudiants de huitième ou neuvième année sans travail. Mais les étudiants de doctorat étaient trop mûrs pour ce genre de petit jeu. Et l'an dernier ce n'était pas elle qui avait signé la version finale du programme de cours.

« En dehors des étudiants, vous ne voyez personne qui voudrait se venger de vous ? Un amoureux éconduit ?

— Non, vraiment. »

Elle ne pouvait plus voir ses étudiants sans se demander si celui-ci ou celui-là pouvait en être l'auteur, ce qui avait rendu les cours pénibles. Elle était certaine qu'il y aurait un autre billet bientôt et n'arrivait pas à cacher sa nervosité quand elle prenait son courrier à l'université. Elle en était venue à souhaiter de trouver un bout de papier plié dans sa boîte aux lettres : le pire, c'était l'attente.

« Ça me fait penser, dit l'inspecteur, à l'histoire du type que son voisin réveille toutes les nuits quand il rentre chez lui ivre et laisse tomber ses chaussures sur le plancher au pied de son lit. Vous la connaissez ? »

L'inspecteur Tait s'appuya contre le dossier de sa chaise en étirant ses doigts.

« Il finit par se plaindre au voisin qui promet de faire attention. La nuit suivante, l'alcoolo rentre chez lui, laisse tomber une chaussure, vlan ! se rappelle son voisin endormi, et ôte délicatement l'autre qu'il pose sans un bruit à côté de la première. Une heure plus tard on sonne chez l'alcoolique. Il se réveille et va ouvrir. C'est son voisin de dessous, l'air hagard, qui le supplie de laisser tomber la deuxième chaussure ! »

L'inspecteur éclata de rire. Jane sourit poliment.

« Oui, c'est à peu près ça. Les vacances sont arrivées et il n'y avait pas de billet, ce qui a confirmé mon soupçon qu'il s'agissait d'un étudiant rentré chez lui pour les vacances. J'ai recommencé à me détendre. Je me suis dit que c'était une bonne idée de n'en avoir parlé à personne et de ne pas avoir réagi. Jusqu'à hier.

— Hier c'était le billet sur la grosse commission ?

— Oui. »

L'inspecteur Tait ouvrit de grands yeux. Jane lui dicta le contenu du billet.

« À quelle heure vous avez pris votre courrier ? demanda Merriman.

— Je suis arrivée chez moi vers six heures. Je ne sais pas si je vous ai dit que j'ai trouvé ce billet chez moi, pas à l'université.

— Ah bon ! Vous habitez où ?

— 582 Main Street, près de Columbus Square.

— C'est en dehors du campus. Il va falloir que vous déposiez deux plaintes au commissariat de Market Street : une pour l'agression et l'autre pour ce billet anonyme. Mais comme vous en avez reçu deux à l'université, je vais quand même prendre tous les renseignements.

— Le papier venait du même cahier à spirale et c'était la même écriture. Je ne l'ai pas vu tout de suite : il s'était glissé entre deux factures. Si je l'avais découvert en bas, je crois que j'aurais eu trop peur pour rentrer chez moi. J'ai été complè-

369

tement terrorisée après avoir trouvé ce billet : j'étais convaincue qu'il y avait quelqu'un dans la salle de bains. Je ne peux pas vous dire à quel point j'ai eu peur quand j'ai ouvert la porte de la salle de bains et tiré le rideau de douche. J'avais même pris un couteau dans la cuisine. »

Elle sourit. Mais ça n'avait pas été drôle du tout. Elle avait regardé partout, même sous son lit, le cœur battant à toute allure, et tout raconté à Lynn dès qu'elle était rentrée : Lynn ne pensait pas que c'était une blague de 1er avril. Elle avait passé la nuit chez Jane et l'avait accompagnée à la police le matin.

« C'est qui, Lynn ?

— Ma voisine et amie.

— Elle a eu raison. Elle s'appelle comment ?

— Lynn Oberfield. »

Jane vit l'horloge qui marquait dix heures trente.

« Mon cours ! Il faut que j'y aille. »

Ils fixèrent un rendez-vous à trois heures, après ses cours. L'inspecteur Tait dit à Jane de ne pas oublier les listes de ses étudiants des trois dernières années. Elle lui tendit une carte de visite :

« Cet après-midi je vous donnerai les numéros des centres pour les traumatismes résultant d'agressions. C'est anonyme. »

L'inspecteur Merriman l'accompagna jusqu'à la porte, lui tapota l'épaule et lui dit, avec un bon sourire paternel, de ne pas s'inquiéter. C'était un peu plus sérieux qu'il ne l'avait cru tout d'abord, mais certainement une farce d'étudiant qui n'avait rien à voir avec l'attaque de septembre. Il lui donna également sa carte de visite. Jane se sentait beaucoup plus légère quand elle courut jusqu'à sa salle de classe.

Elle perçut un changement subtil dans le ton de l'inspecteur quand elle rentra dans le bureau à trois heures. Il regarda ses listes et posa quelques questions rapides : elles ne semblaient plus l'intéresser. Il avait d'autres listes, qu'il lui montra : Jane les parcourut et reconnut les noms de Lynn et de ses amis membres de l'association Gay and Lesbian. L'inspecteur lui faisait maintenant subir un interrogatoire. Il voulait connaître ses activités extra-curriculaires. La réponse était simple : elle ne faisait rien en dehors de quelques balades au bord de la mer le week-end et du cours de danse africaine deux soirs par semaine. Elle mentionna le doux dingue qu'elle rencontrait dans le bus de Fort Hale. Le cours de danse africaine intéressait davantage l'inspecteur. Jane s'efforça de garder son calme. Pour montrer l'absurdité des questions, elle décrivit la merveilleuse atmosphère d'un cours où de nombreuses femmes emmenaient leurs enfants, et même le professeur, Sheila, une femme d'une beauté éclatante dont la petite fille de sept ans, Tamara, dansait comme un ange tombé du ciel. L'inspecteur Tait tapait comme si Jane fournissait des renseignements utiles et finit par dire :

« Ça a l'air sympa.

— C'est vraiment sympa. Vous devriez venir. »

L'inspecteur Merriman l'interrogea sur Lynn. Il voulait savoir depuis quand Jane et Lynn étaient amies.

« Un an, un an et demi, à peu près.

— C'est le moment où vous avez commencé vos relations intimes ?

— Pardon ?

— À coucher ensemble ?

— Mais on n'a jamais…

— Vous nous avez dit tout à l'heure que Lynn Oberfield avait couché avec vous la nuit dernière.

— Mais non ! Chez moi. On est amies, c'est tout. »

Jane rougit. L'inspecteur Merriman exposa sa nouvelle théorie : pas un étudiant mais plutôt une attaque anti-lesbienne ou une vengeance de quelqu'un qui était amoureux de Jane ou de Lynn.

« Mais je ne suis pas lesbienne ! »

Elle avait l'air sur la défensive. Ce matin l'inspecteur Merriman s'était montré galant. Il semblait maintenant condescendant.

À cinq heures il la conduisit au commissariat de Market Street, près de la gare. Elle monta l'escalier aux côtés de Merriman comme si la police venait de l'arrêter, sous les regards des jeunes qui traînaient sur les marches en attendant leurs copains interrogés par la police ou en garde-à-vue. À l'intérieur il lui fallut tout répéter, l'agression de septembre et l'histoire des billets. Le visage des policiers reflétait exactement la sorte d'intérêt grivois que Jane avait anticipée, surtout quand elle prononça le nom de Lynn.

Lynn vint la chercher à sept heures. Jane monta vite dans la voiture. Elle avait peur que les flics voient Lynn et que son physique ne confirme leurs préjugés les plus vulgaires. Elle éclata en sanglots et raconta à Lynn l'interrogatoire humiliant qu'elle avait subi. Lynn sourit.

« Ma pauvre cocotte. J'avais oublié de te prévenir. J'ai tellement l'habitude que je n'y fais plus attention. Les flics me connaissent parce que j'ai fait beaucoup d'activisme après la mort de Jeaudine.

— Mais ils sont dingues ! Ils étaient prêts à accuser Sheila ! Et pourquoi pas Tamara ? Je leur ai parlé du fou du bus, ce n'est pas que je pense que c'est lui, mais c'est quand même le type le plus bizarre que je connaisse à Old Newport. Il ne les intéresse pas. Parce qu'il est blanc ? Parce que c'est un homme ?

— Ça les réconforte de penser qu'il s'agit d'un Noir ou d'une lesbienne. Tant qu'ils ne fabriquent pas de preuves, tout va bien. On a besoin d'eux. Ils vont trouver qui c'est, Jane, ils n'ont pas le choix : tu es professeur à Devayne. »

Jane croisa Jamaica dans le couloir de son bureau le lendemain. Elles s'embrassèrent. Elles ne se voyaient presque plus maintenant que Jamaica habitait à New York avec Xavier Duportoy : elle venait à Old Newport trois fois par semaine mais courait à la gare dès qu'elle avait fini ses cours. Elle portait une jupe noire courte, ses longues bottes moulantes en cuir noir, et une chemise étroite tigrée blanc et noir, déboutonnée jusqu'à sa poitrine dont apparaissait la ligne profonde entre les seins. Jane aperçut une bretelle en dentelle blanche.

« Joli soutien-gorge.

— Merci. C'est Xavier qui me l'a offert. Il adore la lingerie. J'en ai toute une collection. Tu as l'air fatiguée, Jane. Mais ce n'est pas de vacances que tu as besoin, ajouta Jamaica avec un sourire coquin : c'est d'un amant. Et ce n'est pas parmi les amis de Lynn que tu vas le trouver. Tu ne veux pas venir à New York ce week-end ? On est invités à un cocktail au consulat français vendredi soir. Il y aura tout le gratin français de New York. On irait danser dans un club après. Tu peux dormir chez nous.

— Merci, c'est gentil, mais ce week-end j'ai trop de travail. Une autre fois, promis. Et toi, ça va ?

— Je suis crevée. Ce train trois fois par semaine, ça me tue. Xavier a de la chance : tu lui as fait un horaire avec seulement deux jours par semaine. C'est dommage que tu ne sois plus DPL. Merde, il est trois heures moins vingt-cinq, je vais rater mon train ! Tu m'accompagnes cinq minutes ? »

Jamaica attrapa son sac et sa veste en cuir à col en fausse fourrure pelucheuse dans son bureau. Elles descendirent les escaliers en courant et marchèrent vers Central Square. Jamaica lui demanda :

« Tu crois que deux personnes qui s'aiment doivent tout se dire ?

374

— Ça dépend. » Jane pensa à Vincent et Torben. « En fait, non, je ne crois pas. L'idéal de transparence ne prend pas en compte la jalousie. Pourquoi ? Tu as quelque chose à cacher à Xavier ?

— Non. C'est Xavier qui insiste pour me dire tout ce qui lui passe par la tête, même quand je ne tiens pas à le savoir. Il me trouve trop prude à cause de mon éducation. On descend Broadway et il commente le cul de la fille qui marche devant nous en me décrivant tout ce qu'il aimerait faire avec. Il voudrait que ça m'excite ou au moins que je l'accepte parce que c'est ce qu'il a envie de me dire à ce moment-là. Moi ça m'horripile. Tu trouves que j'ai tort ?

— Certainement pas !

— Et maintenant sa grande idée c'est de faire l'amour à trois avec une autre femme. Il ne parle plus que de ça. Mais je n'ai pas envie, moi. L'idée de voir Xavier pénétrer une autre femme est insupportable.

— Je te comprends. Qui est l'autre femme ?

— Il n'est pas sûr encore. Il pense à plusieurs personnes. Pourquoi, ça t'intéresse ?

— Moi ? Tu es folle !

— Je plaisantais. C'est dommage : avec toi je crois que je ne serais pas jalouse. En tout cas, s'il ne change pas, je ne sais pas si cette histoire va durer. Xavier dit qu'une relation où l'on doit réfréner ses désirs ne peut pas durer, de toute façon.

— Ça me semble infantile.

— Si seulement tu pouvais le lui dire ! Il faut que je coure, ou je vais rater mon train. Xavier n'aime pas que je sois en retard. Ciao, Jane ! »

Elle fila vers la gare. Jane revint sur ses pas. Elle avait laissé son vélo devant le département. Jamaica aussi avait l'air fatiguée, comme tout le monde en fin d'année universitaire, mais il y avait autre chose : son éclat juvénile avait disparu. À cause de Devayne ou de Duportoy ? Jane s'arrêta pour prendre son courrier. Elle ne se sentait pas nerveuse en ouvrant la boîte : une bonne idée, en fin de compte, d'être allée déposer une plainte.

Allison appela ce soir-là pour annoncer la nouvelle : elle était enceinte. Des jumelles.

« Quatre mois et demi ! Tu aurais pu me le dire avant !

— Excuse-moi. Je voulais d'abord faire l'amniocentèse. »

Il y aurait presque cinq ans de différence avec Jeremy, qui était ravi d'avoir deux petites sœurs.

« Mais très ambivalent aussi. Ce matin il me demande s'il peut toucher les bébés dans mon ventre et puis tout à coup, avec un sourire adorable, s'il peut écraser mon ventre. J'ai commencé à lire des bouquins de psychologie. Je n'ai pas envie qu'il soit traumatisé. Mais c'est triste d'être enfant unique.

— C'est ce qu'Eric disait. Il voulait qu'on ait au moins deux enfants. »

Il y eut un silence. Jane savait ce que pensait Allison : tant que Jane mentionnait Eric, elle n'était pas guérie.

« Alors quand est-ce que tu viens nous voir ? demanda Allison. Ton filleul réclame tatie Jane. »

Trois enfants. Quelque part dans le monde la vie continuait normalement. Duportoy perdrait Jamaica et pleurerait. Allison avait raison quand elle disait qu'une relation se construisait par un lent et patient effort. Ce travail consistait à réprimer : un désir passager, un mot de colère, un mouvement d'humeur. Une relation simple et solide comme celle d'Allison et John, sur laquelle il n'y avait rien à dire, impliquait une constante vigilance. Pour Duportoy, c'était la médiocrité même. Mais la médiocrité était peut-être l'équilibre le plus difficile à atteindre.

En entrant dans l'immeuble de Garden Street, le lendemain, Jane repensait à la proposition finale d'Allison. Elle n'était jamais allée rendre visite à John et Allison depuis qu'ils étaient installés à Seattle comme avocats : elle ne savait rien de leur vie. Elle avait vu deux fois le deuxième enfant de sa sœur qui habitait New York. Elle n'était pas allée chez ses parents une seule fois depuis le divorce. Ils avaient été horriblement inquiets quand elle s'était fait agresser en septembre : ils l'aimaient. D'année en année, ils vieillissaient. Elle habitait maintenant à cinq heures de train de chez eux. Si son prochain poste se trouvait à l'autre bout des

États-Unis il serait moins facile de leur rendre visite.

On perdait ses liens avec sa famille et ses amis à force de ne pas les voir. Toute relation, et pas seulement l'amour, demandait du temps et des efforts. C'était cela qu'elle admirait chez Lynn et ses amis : le temps qu'ils se consacraient. Ils formaient une communauté, conscients d'être une minorité et d'avoir besoin les uns des autres dans une société pleine de préjugés. À Devayne, personne n'avait le temps. On économisait chaque minute comme un avare contemplant ses pièces d'or. À quoi servait de stocker tout ce temps ? Pourquoi passer sa vie à un bureau, enfoui dans les livres, barricadé contre les autres et persuadé qu'on n'avait pas le temps ?

Alors qu'elle rentrait sa clef dans la serrure de sa boîte aux lettres, elle eut une révélation. « Ne protège pas. » « Ne retiens pas. » Elle sut soudain quel était l'objet de ces verbes : le temps. Donner son temps, c'était se prodiguer soi-même. L'essence de soi, c'était le temps. Voilà quel était le problème avec elle : elle avait toujours eu peur de perdre son temps. Elle savait enfin comment changer les choses, comment se racheter. Pour commencer, elle irait voir ses parents ce week-end, et sa sœur le week-end suivant. Puis elle achèterait un billet d'avion pour rendre visite à John et Allison dès la fin des cours. Comme elle sortait son courrier de la boîte, un petit papier vola sur le sol. Du papier blanc à lignes, plié en quatre, arraché à un cahier à spirale. Elle pâlit. C'était trop tôt après le dernier billet anonyme, ça ne correspondait pas au scénario que l'inspecteur essayait d'établir. Elle le ramassa et le déplia avec quelque difficulté : elle tenait son courrier dans la main gauche et ses clefs dans la main droite. Ses doigts tremblaient.

Papa n'est pas là ce soir : tu veux jouer avec moi ?

Elle avala sa salive et regarda l'écriture enfantine. « Ce soir. » Son cœur frappait des coups de gong. Aujourd'hui, dans la soirée, cette nuit. Il l'attendait chez elle. Elle écouterait ses messages et il y aurait soudain sa voix enregistrée, l'avertissant qu'il se trouvait juste derrière elle et qu'elle allait mourir. Puis, aussitôt après, la main sur sa bouche et le bras autour de son cou. Elle poussa un gémissement de peur. Elle avait vu cette scène dans un feuilleton télévisé vingt ans plus tôt et ne l'avait jamais oubliée : la terreur même. Il l'attacherait, la bâillonnerait. Elle pourrait toujours le supplier des yeux ou, si elle avait moyen de parler, lui promettre de ne jamais rien dire. Il serait moins dangereux de la tuer. Et plus excitant. Il la lacérerait de légers coups de couteau atrocement douloureux avant de la poignarder au moment de l'orgasme.

Elle s'appuya contre le mur. Elle ne pouvait plus bouger. Elle avait le vertige et envie de vomir. Ce n'était pas une plaisanterie. Elle tenait, dans sa main, le petit papier déplié. Le quatrième, trois jours après le précédent, et deux jours après sa visite à la police. Peut-être qu'il l'avait suivie et savait qu'elle avait déposé une plainte : il la narguait. Pas un étudiant. Elle en était sûre. Elle ne sentirait pas cette terreur. C'était quelqu'un qui connaissait son adresse et jouissait de sa peur. Quelqu'un qui jouait avec elle. Qui était peut-être en train de l'observer en ce moment même. Elle se retourna en sursautant et regarda du côté de l'ascenseur, puis, de l'autre côté, par le carreau de la porte donnant sur la rue. Personne. L'immeuble était silencieux, vide en général à cette heure-là. Elle sortit.

Elle avait laissé chez elle, à côté du téléphone, les cartes de visite des deux inspecteurs. Elle courut au poste de police de Devayne. Le bureau de l'inspecteur Tait était déjà fermé. Elle poussa la porte du Service des Communications. Un policier apparut au guichet.

« Je voudrais voir l'inspecteur Merriman.

— Revenez demain matin.

— C'est urgent. »

Il la regarda.

« Vous vous appelez comment ?

— Jane Cook. Je suis professeur. Il me connaît.

— Attendez ici. »

Il disparut dans l'arrière-bureau et revint deux minutes plus tard :

« L'Inspecteur Merriman sera là dans cinq-dix minutes. »

Elle fut vraiment contente de le voir. Il regarda le billet et secoua la tête. Il ouvrit le bureau de l'inspecteur Tait avec une des nombreuses clefs attachées à un anneau relié à sa ceinture par une chaîne et tapa les nouveaux faits. Il la reconduisit chez elle. Une voiture de police de Devayne passerait toutes les demi-heures. Qu'elle n'hésite pas à téléphoner si elle s'inquiétait.

Lynn dormit chez elle. Merriman appela Jane le lendemain matin pour lui demander si elle connaissait un certain Charles Edward Trowbridge.

« C'est un ami. Pourquoi ?

— Juste une vérification. »

L'inspecteur l'informa que la police de Devayne avait installé une caméra miscroscopique en face des boîtes aux lettres à l'université. Maintenant il suffisait d'attendre le prochain billet et ce serait la fin de la série. En espérant qu'elle le trouve à l'université et pas chez elle, pensa Jane ; en espérant que la police attrape le coupable avant que quelque chose arrive. L'inspecteur Merriman lui avait dit qu'une personne écrivant des billets anonymes n'était pas du genre à agir, mais il devait quand même s'inquiéter pour avoir installé une caméra à l'université.

« Chip : tu vois, ils sont fous », dit Jane à Lynn ce soir-là.

Lynn sourit.

« J'étais étonnée qu'ils ne t'aient pas encore posé la question.

— Pourquoi ? Qu'est-ce qu'il a fait ?

— Il s'est fait arrêter l'an dernier sur Central Square avec un étudiant de Devayne, de ton département d'ailleurs, je crois : David Tin…

« — Tinderman ? Je vois très bien ! Un gros bébé ! Oh, je me rappelle : j'étais au département le jour où Tinderman a débarqué l'air affolé ; il venait de passer la nuit au poste, il a dit que la police l'avait arrêté alors qu'il était simplement en train de donner des renseignements à un type qui l'avait abordé. Il était terrorisé à l'idée que ses parents l'apprennent.

— Il était en train de se faire sucer la bite par Chip. Il a dû passer un mauvais moment au poste, le pauvre. Les flics sont horribles avec les pédés. En plus, ils adorent Chip. Il y a neuf ou dix ans, un étudiant de Devayne s'est fait poignarder en plein campus, un samedi à minuit, tu connais cette histoire ?

— Oui, je me rappelle. Quel rapport avec Chip ?

— On a retrouvé le corps sous ses fenêtres.

— Non !

— L'étudiant a sans doute surpris quelqu'un en train de cambrioler. Chip n'était pas chez lui ce soir-là, mais son alibi était gay. Les flics lui en ont fait baver. »

Une semaine plus tard Jane détachait son vélo au rez-de-chaussée de la maison quand elle entendit du bruit à la cave. Son cœur se mit à battre à toute allure. Elle voulut courir dehors. Ses jambes se dérobèrent sous elle. Elle s'appuya contre le mur. Quelqu'un venait de fermer une porte en bas et montait maintenant l'escalier de bois étroit de la cave. Inutile de crier : la maison était vide.

Elle ouvrit la bouche : elle avait perdu sa voix. Elle put juste demander d'une voix faible :

« C'est qui ? »

Personne ne répondit. Les pas se rapprochaient. Elle ferma les yeux. Quand elle les rouvrit, elle vit un pied se poser sur la moquette rouge — dans une grosse charentaise. Il fut suivi d'une corbeille en plastique tenue par deux bras poilus sur lesquels étaient relevées les manches. Karl. Il lui fit un petit signe en passant devant elle, guère loquace à son habitude.

« Tu ne travailles pas aujourd'hui ? demanda Jane d'une voix raffermie.

— J'ai un rhume. J'en profite pour faire ma lessive. Pour une fois que la machine est libre. »

Elle était si nerveuse chaque fois qu'elle introduisait sa clef dans la serrure de sa boîte aux lettres, au département ou à la maison, que les nerfs au bout de ses doigts la chatouillaient. « Vous allez chez qui ? » se surprit-elle à demander d'un ton policier à quelqu'un qui attendait qu'elle ouvre la porte. Toute personne passant de l'autre côté de la grille du jardin alors qu'elle rentrait chez elle la faisait trembler de peur. Jour et nuit elle se posait la question : qui ? Pourquoi ? Qu'avait-elle fait pour inspirer un tel désir de la persécuter ? Lynn était furieuse.

« Ça n'a rien à voir avec toi. Il y a des gens fous, Jane. Tu n'y peux rien. Ce salaud paiera, crois-moi. »

Lynn était sûre qu'il s'agissait d'un homme. Sans Lynn, il y avait des moments où Jane aurait avalé toute une boîte de tranquillisants pour faire cesser la peur.

Le salaud avait disparu. Il se cachait. Savait-il que la police le guettait ? Avait-il vu la microscopique caméra ? Le dernier billet remontait au 5 avril. On était le 24. Elle avait perdu le sens du temps. Elle était incapable de faire aucun projet pour l'avenir, comme d'acheter un billet d'avion pour rendre visite à Allison et John au début de l'été. Jour après jour, elle attendait. Rien. Il attendait sans doute qu'elle ne soit plus sur ses gardes. Elle avait reçu chaque billet à un moment où elle n'y pensait plus. Ce type devait être un excellent psychologue. Il frapperait quand elle aurait oublié. Pendant l'été ? Quand elle rentrerait de voyage ? Elle souhaitait de tout cœur trouver un autre billet. C'était la seule manière de l'attraper. À la radio, un matin, elle entendit qu'une fusillade avait eu lieu la veille devant le tribunal, suivie d'une poursuite effrénée en voiture à travers Old Newport, comme dans un film. C'était à peu près l'heure à laquelle elle était passée devant le tribunal en allant au campus à vélo : elle n'avait rien remarqué et ne se rappelait même pas avoir entendu les sirènes. Le type sur qui on avait tiré allait témoigner dans un procès pour trafic de drogue et portait un gilet pare-balles : il se savait une cible. Les billets pipi-caca de Jane devaient faire rire les policiers d'Old Newport.

Quelques jours plus tard, elle entrait dans l'immeuble du département sur Garden Street quand elle se trouva nez à nez avec une jeune normalienne, lectrice pour l'année à Devayne.

« Bonjour, madame. Vous allez bien ? »

Elle lui avait demandé de l'appeler Jane et de la tutoyer, mais la jeune fille semblait la trouver trop âgée pour se permettre une telle familiarité.

« Avec un soleil pareil on ne peut qu'aller bien. »

Hélène soupira.

« C'est le jour des examens oraux pour les cours de langue : je vais passer toute la journée enfermée dans un bureau. Alors qu'aujourd'hui personne ne travaille en France.

— Ah oui, c'est le 1er mai. Vous rentrez en France bientôt ?

— Je vais voyager pendant un mois avec ma sœur sur la côte Ouest et au Canada. Mais d'abord j'essaie de trouver un locataire pour son appartement à Paris cet été. Vous ne connaissez pas quelqu'un que ça intéresserait ?

— Vous en avez parlé à Dawn et à Rose ?

— Oui, et j'ai mis une annonce. C'est un endroit charmant.

— Le dernier endroit charmant où j'ai vécu à Paris, il y avait sept étages raides à monter à pied. Votre sœur a l'ascenseur ?

— Non mais c'est seulement au troisième étage. C'est vraiment joli : un vieil appartement qu'elle a rénové, et le quartier est merveilleux. Vous

connaissez Montmartre ? C'est comme un village :
très gai, plein de boutiques et de bars branchés.

— Ce doit être bruyant.

— Justement, la chambre donne sur une cour
très calme.

— Bonne chance. Je suis sûre que vous trouve-
rez quelqu'un. »

Elle entra, se demandant pourquoi elle avait
posé à Hélène des questions si précises. Paris
devait lui manquer : elle n'y était pas retournée
depuis cinq ans. Elle passa devant les boîtes aux
lettres. Elle avait déjà pris son courrier la veille et
il était trop tôt pour que Dawn ait distribué celui
d'aujourd'hui. Elle fit quand même un pas en
arrière et introduisit sa clef dans la serrure en
haussant les épaules : allait-elle vérifier quatre fois
par jour, maintenant ?

Dans la boîte vide en pin se trouvait un petit
morceau de papier plié. Jane s'immobilisa. Un
billet, juste au moment où elle ne l'attendait pas,
quand une sorte d'instinct l'avait quand même
poussée à ouvrir sa boîte. Elle prit avec solennité
le bout de papier qui allait permettre à la police
d'attraper son persécuteur. C'était presque la fin.
Il n'avait pas vu la caméra, puisqu'il avait laissé
le mot à l'université. Il s'était trahi. Elle le déplia
lentement. Quelqu'un poussa la porte de l'immeuble. Jane referma son poing autour du bout de
papier. Elle s'attendait à voir Hélène qui était allée
chercher un café à Bruno's Pizza, mais c'était

Jamaica, avec un gobelet de café aussi. Pour la première fois Jane la voyait sans plaisir.

« Qu'est-ce que tu fais ici si tôt ?

— C'est bien ce que je me demande. » Jamaica soupira. « On a les examens oraux du cours de langue toute la journée aujourd'hui. »

Son gilet noir était boutonné de travers. Ses longs cheveux frisés tombaient n'importe comment sur ses épaules et elle n'avait pas les yeux bien ouverts. Elle bâilla.

« Putain ! Qu'est-ce que c'est chaud ! »

Elle posa le gobelet au bord de la fontaine d'eau potable.

« Comment va Xavier ?

— Bien. Il part en France la semaine prochaine.

— Tu ne pars pas avec lui ?

— Je le rejoindrai en juin si je trouve un billet. Ce n'est pas évident avec la Coupe du Monde.

— La Coupe du Monde ?

— De football. Oh hé, sors de tes bouquins, Jane. Elle a lieu en France cette année, tu n'es pas au courant ? »

Jamaica ramassa son courrier. Sa boîte aux lettres était pleine : elle n'avait pas dû venir souvent depuis la fin des cours. Elles prirent l'ascenseur ensemble. Jamaica descendit au troisième étage. Dès que la porte se referma, Jane déplia le bout de papier froissé. La même écriture faussement enfantine.

Tu vas aimer ça, je te jure.

Son corps se crispa. En un flash tout revint : la main sur la bouche, le bras dans le cou, l'homme derrière elle, le couteau, le sang, la terreur. Elle le sentit à l'intérieur d'elle. L'ascenseur s'arrêta et la porte s'ouvrit. Elle courut jusqu'à son bureau. La porte du bureau de Begolu était ouverte et Jane la vit, de dos, tapant à son ordinateur. Pas d'aboiement : les chiens n'étaient pas là. Jane claqua sa porte et composa le numéro de Merriman. Elle parla à voix basse pour que Begolu n'entende pas :

« C'est Jane Cook. Un nouveau billet. Oui, à l'université. »

Il y avait une excitation fébrile dans sa voix. Presque de la joie. Merriman eut l'air satisfait.

« Le contenu est menaçant ?

— Très explicite.

— Vous avez peur ?

— Pas ici en plein jour. Il y a du monde. »

Il lui donna rendez-vous dans une demi-heure.

L'inspecteur Merriman et Jane s'assirent sur des chaises face à la petite télévision dans le bureau de l'inspecteur Tait, qui appuya sur le bouton. Ils fixaient tous les trois l'écran du regard. Dawn distribuant le courrier hier. Jane le prenant un peu plus tard. Puis quelqu'un d'autre : un homme. Elle retint sa respiration. C'était lui. Elle reconnut le profil et les cheveux blancs.

« Hugh Carrington ! »

Merriman arrêta le film et demanda à Jane d'épeler le nom. Elle avait la bouche sèche. Carrington ? Mais pourquoi ? Pouvait-il être jaloux d'elle à cause de Chip ? Savait-il par Chip, qui le savait peut-être de Lynn ou de Jane elle-même, que Jane le trouvait ennuyeux ? Ou le prix pour le manuscrit avait-il éveillé son envie ? Il avait eu l'air impressionné quand il était venu dîner chez elle en novembre dernier. Il n'avait rien publié sauf quelques articles depuis qu'il avait été titularisé à Devayne vingt ans plus tôt. Mais il s'était toujours montré très gentil. Par hypocrisie ? Avait-il besoin d'exprimer une haine pour les femmes refoulée pendant quarante ans ?

L'inspecteur Tait revint en arrière et ils regardèrent à nouveau Carrington. Il levait le bras mais ne touchait pas la boîte aux lettres de Jane : on ne le voyait pas y glisser un papier.

« Sa boîte aux lettres est juste au-dessus de la mienne, que je suis bête ! »

Ils continuèrent le film. Quelqu'un d'autre. Une veste bleu foncé ou noire vue de derrière. Quelqu'un de très grand dont la tête ne rentrait pas dans le cadre filmé par la caméra. On voyait son dos, ses épaules, son cou. Ils regardaient attentivement, dans un silence intense : ils savaient que, cette fois, c'était lui. En effet, son bras plié laissa tomber quelque chose à l'intérieur de la boîte de Jane. Ils s'exclamèrent en même temps tous les trois. Un nom vint spontanément aux lèvres de Jane :

« Duportoy.

— Qui ? »

Tait arrêta le film. Merriman écrivit le nom. Jane secoua la tête.

« Ça ne peut pas être lui. Il est grand, c'est pour ça que j'ai pensé à lui. Et parce que je viens de voir sa copine.

— C'est qui, ce Duportoy ?

— Un de mes collègues.

— Il a une raison de vous en vouloir ?

— Aucune.

— Vous croyez qu'il est attiré par vous ?

— Oh non. Il a toutes les filles qu'il veut et il ne m'a pour ainsi dire jamais adressé la parole. »

Tait revint en arrière et ils regardèrent à nouveau la scène. Cette fois-ci, rien ne rappela Duportoy à Jane. Ce bout de veste aurait pu appartenir à n'importe qui. On ne voyait ni ses cheveux, ni son visage, même en partie. De plus, elle savait que Duportoy ne venait jamais à Old Newport le vendredi. Il habitait New York. Il avait d'autant moins de raisons de venir que les cours étaient finis. Voilà qui l'excluait comme suspect.

« Mais la date sur le film est hier, jeudi. Et l'heure, dix-neuf heures vingt-huit, dit Merriman. On saura facilement si ce Duportoy se trouvait à Old Newport hier. »

C'était l'heure à laquelle il aurait quitté le bâtiment pour prendre le train de dix-neuf heures cinquante-quatre. Jane fronça les sourcils.

« Même si c'est lui sur le film, il y a une autre explication très simple : quelqu'un a pu lui demander de déposer ce papier dans la boîte.

390

— En effet, c'est possible. Dans ce cas Duportoy pourra décrire le suspect. Il le connaît peut-être, d'ailleurs. En tout cas je crois que vous pouvez dormir sur vos deux oreilles. Le mystère est presque résolu. »

L'inspecteur Merriman appela Duportoy à New York, ce même soir, et lui demanda de venir à Old Newport le lendemain pour une affaire importante dont il ne pouvait pas discuter au téléphone. Au début, Duportoy nia tout et dit aux flics qu'ils regardaient trop de films hollywoodiens. Il connaissait à peine sa collègue Jane Cook. Il savait juste par sa petite amie, Jamaica Locke, et par un autre ami, Francisco Gonzalez, que cette femme avait fait une vraie fixation sur lui.

« Il a dit ça ? »

Il avait perdu son arrogance en apprenant qu'il avait été filmé en train de déposer un billet dans la boîte aux lettres de sa collègue, et identifié par elle. Sans s'effondrer, il avait changé de visage, puis aussitôt souri : c'était lui, d'accord, mais il ne s'agissait que d'une plaisanterie, Jane Cook ne devait pas prendre tellement au sérieux trois malheureux petits billets. Il avoua tout avant de voir le film et de se rendre compte qu'on ne pouvait pas l'y reconnaître. Il ne lui vint même pas à l'idée d'inventer pour sa défense l'excuse que Jane avait trouvée pour lui.

Jane était stupéfaite. Lynn aussi.

Jamaica appela Jane le dimanche matin. Duportoy lui avait tout dit en rentrant d'Old Newport la veille.

« C'est dingue. Je suis vraiment désolée. Je n'arrive pas à le croire. Maintenant tu comprends à qui j'ai affaire.

— Tu as rompu ? »

Jamaica eut l'air surpris. Non, bien sûr. Il ne fallait pas dramatiser. Xavier devait changer. Il avait parfois un comportement infantile et irresponsable. L'interrogatoire de police l'avait secoué. Il avait besoin de ce genre de confrontation avec le réel. Tout était trop facile pour lui : il obtenait tout ce qu'il voulait, il s'ennuyait et ne savait plus quoi inventer pour se distraire : faire l'amour avec deux femmes ou laisser des billets anonymes scatologiques à une collègue. Il avait une grande maturité intellectuelle mais, de toute évidence, une aussi grande immaturité affective. Jane se sentit mal à l'aise. La complexité psychologique de Duportoy ne l'intéressait guère.

« Pourquoi tu appelles ?

— Je voulais savoir comment tu allais. Je pense à toi tout le temps. Je suis furieuse contre lui. Qu'est-ce que tu vas faire ?

— Qu'est-ce que tu veux dire ?

— De ta plainte.

— Ça va suivre son cours, j'imagine. Ce n'est plus entre mes mains. La police s'en occupe.

— Mais c'est ta plainte.

— Alors ?

— Tu pourrais la retirer. »

Jane faillit raccrocher.

« Dis-lui de ne pas s'inquiéter. Devayne n'aime pas les scandales. La police m'a déjà dit que ça ne sortirait pas des murs de Devayne.

— Mais regarde comment tu parles ! Jane, tu ne peux pas prendre les choses tellement au sérieux. Je ne t'appelle pas parce que Xavier me l'a demandé, mais parce que je vous connais tous les deux, pour t'expliquer.

— Expliquer quoi ?

— Xavier t'aime bien. Il n'a rien contre toi. »

Jane rit.

« Ça me fait une belle jambe.

— Arrête. Écoute. Il dit que tu as toujours été très gentille avec lui. L'an dernier, tu lui as donné exactement l'horaire de cours qu'il t'avait demandé. Il pense que tu n'es pas comme les autres : tu n'as pas soif de pouvoir, et c'est ce qui fait que tu es gentille.

— Vraiment.

— Il n'a jamais eu l'intention de te terroriser. Il ne savait pas que tu avais été agressée en septembre, ou il n'aurait pas fait ça. Ça a commencé complètement par hasard, le 14 février, quand il a débarqué du train à Old Newport et qu'il a vu la carte en forme de gros cœur rouge au stand à journaux de la gare. Il l'a achetée pour moi parce que j'aime le kitsch et qu'on s'était disputés la veille. Mais il t'a croisée au département ce jour-là et t'a trouvé l'air morose. Xavier déteste tout le cirque autour de la Saint-Valentin. Le résultat, il dit, c'est que les gens seuls se sentent encore plus seuls ce jour-là. Il a écrit la carte pour toi, pour que tu te dises que quelqu'un avait pensé à toi. Et il te trouve très jolie, tu sais. »

Jane leva les yeux au ciel.

« La carte de la Saint-Valentin n'est pas vraiment le problème.

— Je sais. Mais c'est juste pour te dire comment tout a commencé. C'est ça qui lui a donné l'idée de continuer. Une plaisanterie stupide, d'accord, mais derrière il y avait une bonne intention : Xavier aussi pense que ta vie à Old Newport est horriblement triste et que tu es en train de perdre tes meilleures années. »

Jane eut un sourire sarcastique en imaginant Xavier et Jamaica discutant ensemble, le soir, le cas de la pauvre Jane.

« On a souvent pensé à des hommes qu'on pourrait te présenter, reprit Jamaica. On t'a invitée à New York mais tu n'es jamais venue : tu disais chaque fois que tu n'avais pas le temps. Xavier pense que Devayne s'est déjà infiltré en toi. Il est convaincu que cet endroit vous dessèche le cœur, l'imagination et les sens et vous transforme en vieux parchemin. Toi et moi on en a souvent parlé d'ailleurs. Bien sûr tu ne risques pas de devenir comme Begolu parce que tu es beaucoup plus gentille, mais un jour tu finiras par acheter un ou deux chiens et tu ne quitteras plus jamais Old Newport, sauf pour aller au congrès du MLA faire passer des entretiens à des candidats. Comme

McGregor et Carrington : morte à l'intérieur de toi. Xavier ne veut pas que ça t'arrive.

— Il faudrait d'abord que je sois titularisée à Devayne.

— Devayne ou ailleurs. C'est pareil. Devayne est un syndrome. J'espère que tu comprends ce que j'essaie de te dire : Xavier a juste souhaité t'ouvrir l'imagination, te faire penser à autre chose que Devayne.

— Merci. Il a réussi.

— Xavier croit au pouvoir des mots : il voulait te secouer, éveiller tes fantasmes, pour que tu te trouves un amant cet été. »

Elles passèrent une heure au téléphone. Lynn était furieuse.

« Tu ne peux pas parler à Jamaica. Tu ne comprends pas ? Elle est dans l'autre camp. »

Que Jamaica prenne la défense de Xavier n'avait rien d'étonnant. Ce qui attristait Jane était la condescendance méprisante dont Jamaica ne semblait même pas consciente. Jamaica pensait probablement que les billets anonymes de Xavier n'avaient pu que faire du bien à une divorcée de bientôt quarante ans, en passe de devenir lesbienne en désespoir de cause. Ce que Duportoy pensait sur le sujet, et la manière dont il devait parler de Lynn, que Jane pouvait facilement deviner, lui inspirait un sentiment plus proche de la haine qu'elle n'avait jamais ressenti.

L'audience disciplinaire eut lieu le 25 mai, alors que des bandes de pelouse fraîche étaient déroulées partout en vue de l'imminente cérémonie de remise des diplômes, que des tentes à larges raies blanches et vertes étaient installées au milieu du campus, et que Devayne tout entier prenait un petit air de fête. La vaste salle aux murs couverts de panneaux de chêne et au sol tapissé de moquette vert clair, dans un des plus anciens bâtiments de l'université, était impressionnante. Les juges, sept professeurs venant de divers départements et écoles professionnelles de l'université, siégaient à un bout de la longue et antique table en bois sombre sur des chaises tapissées avec de hauts dossiers. L'accusé et la plaignante prirent place à l'autre bout avec leurs témoins, Duportoy et Jamaica d'un côté de la table, Jane et Lynn de l'autre. Duportoy portait un costume vert, la couleur de Devayne, une chemise blanche et une cravate classique à raies jaunes et bleues. Habillées toutes deux de longues jupes noires et de chemises blanches, Jamaica et Jane avaient l'air de pensionnaires du même lycée. Elles ne se dirent pas bonjour. Lynn avait mis ses habits du dimanche : une jupe bleu marine plissée et une chemise en soie que Jane venait de lui offrir pour son anniversaire, d'un rouge un peu trop vif pour l'occasion. Jane était la première à parler. Elle le fit calmement, posément, sans agressivité. Elle raconta sa peur croissante, la suspicion permanente qui faisait qu'elle avait perdu son plaisir à enseigner, sa terreur quand elle avait reçu le premier billet chez elle et vécu dorénavant avec la conviction que quelqu'un la guettait, sa panique quand les billets étaient devenus de plus en plus explicites, et le sentiment d'avoir perdu le contrôle d'une vie qui ne ressemblait plus à rien sinon à un feuilleton de série B. Puis Duportoy prit la parole.

Il parlait anglais avec un mélange d'accent français et britannique raffiné qu'il avait acquis à l'école en France. Il mit en cause son comportement infantile mais insista sur le fait qu'il n'avait rien contre Jane et n'avait jamais voulu lui faire peur ni la persécuter. La réaction violente de Jane, et, d'après Duportoy, disproportionnée, était liée à cette agression de septembre dont il n'était pas informé : Jane, sinon, n'aurait jamais cru qu'elle était poursuivie par un tueur en série juste parce qu'elle avait reçu trois petits billets scatologiques. La plaisanterie de Duportoy — stupide et de mauvais goût, il était le premier à le reconnaître, mais une simple plaisanterie — avait pâti d'un mauvais concours de circonstances. Duportoy était grave et prenait l'air humble, mais les membres du comité ne semblaient guère séduits par son éloquence. Jane jeta un regard de côté à Lynn. Elle avait les dents serrées, la bouche plissée, et la haine étincelait dans ses prunelles. Duportoy pouvait s'estimer heureux de ne pas se retrouver entre ses mains.

L'audience dura plus de trois heures. Les sept professeurs se retirèrent dans une autre pièce d'où ils revinrent après une rapide délibération : ils avaient unanimement décidé, non un simple blâme, mais le licenciement de Duportoy.

« On aurait dû l'expulser, dit Lynn à Jane ce jour-là : quand tu penses au nombre d'immigrants illégaux pour qui l'Amérique est le rêve et qui sont expulsés tous les jours simplement parce qu'ils n'ont pas d'argent. Ça m'écœure. Et ce jugement ne te rend pas justice non plus. Il t'a gâché des mois de ta vie. Tu aurais dû obtenir des centaines de milliers de dollars de dommages et intérêts. Je suis sûre que ses parents ont du fric. C'est dégoûtant. »

À l'intérieur de Devayne, il n'existait pas de sanction plus grave que le renvoi d'un professeur, une procédure tout à fait exceptionnelle. Fin mai, Duportoy n'avait aucune chance de se trouver un poste pour l'année suivante. Jane se demanda ce qu'il allait faire. Elle revoyait les yeux de Jamaica qui s'étaient posés sur elle après le verdict et se sentait coupable. Peut-être aurait-elle dû retirer sa plainte. Mais l'idée de s'asseoir à côté de Duportoy dans une réunion du département l'an prochain était insupportable.

La nouvelle éclata quelques jours plus tard : Duportoy venait de se faire embaucher par la New School à Manhattan comme professeur d'esthétique et de théorie. Le processus était resté secret car, pour des raisons budgétaires, il n'était pas sûr que l'offre se concrétise. Duportoy venait de signer son contrat : un poste avec titularisation future dans une des universités les plus intéressantes du monde, à New York, au cœur de Manhattan, dans Greenwich Village. Jane était souvent passée devant les bâtiments de la New School sur la Cinquième Avenue et la 13e Rue.

Lynn était folle de rage. Duportoy avait, à Devayne, un dossier d'accès public indiquant qu'il avait été renvoyé, mais qui s'en souciait. Une punition purement symbolique. Duportoy avait sûrement déjà oublié l'humiliation de l'audience disciplinaire, et il devait être en train de célébrer son nouveau poste en buvant du champagne français. Bientôt il se vanterait d'avoir terrorisé une pauvre prof de Devayne qui avait bien besoin de se faire baiser. C'était trop facile. Jane haussa les épaules.

« Tu sais, ça m'est égal. L'essentiel c'est que je ne le voie plus. »

Trois jours plus tard Lynn frappa à la porte de Jane, les yeux brillant d'excitation.

« Je peux te parler ? »

Jane la suivit dans le salon. Lynn portait la chemise de soie rouge vif qu'elle ne quittait plus et son jean trop serré. Elle s'assit sur le canapé, jambes croisées, confortablement, et Jane au bord du fauteuil de l'autre côté du tapis. Lynn eut un sourire joyeux.

« Tu as été inspirée d'acheter ce tapis. Chaque fois je me dis qu'il donne une âme à cette pièce. Tu me prépares un gin tonic ? »

Elle construisait délibérément le suspense. Jane prit le gin dans le placard, le schweppes et le citron dans le frigidaire. Elle apporta son verre à Lynn.

« Qu'est-ce qui se passe ? »

Elle s'avisa soudain qu'il ne s'agissait pas nécessairement de Duportoy. Il n'y avait pas que lui dans le monde. Hier à dîner, Lynn lui avait parlé d'une femme qu'elle était en train de conseiller, qui avait adopté un bébé d'origine hispanique treize ans plus tôt, après avoir essayé pendant dix ans d'avoir un enfant. Son mari l'avait quittée et elle avait élevé l'enfant seule. Il était tout le temps malade, otites et bronchites à répétition. Deux ans plus tôt la mère avait découvert qu'il avait le sida. Elle avait décidé d'intenter un procès à l'agence d'adoption qui le savait et ne l'avait pas informée. C'était une décision extrêmement difficile à prendre, à cause du message qu'elle risquait d'envoyer à son fils malade et adoré : si j'avais su, je ne t'aurais pas adopté. L'enfant, intelligent et courageux, avait compris et voulait se battre aux côtés de sa mère.

« Je me suis rappelé que tu m'avais dit qu'il avait enseigné à Smith College avant de venir à Devayne. J'ai une amie dont la partenaire enseigne là-bas au département d'espagnol. »

« Il. » Jane se pencha en avant. Lynn continua :

« Je viens d'entendre une histoire intéressante. » Elle but quelques gorgées de gin tonic. « Tu savais que Duportoy avait été licencié là-bas aussi ?

— Licencié ? Mais non : il a accepté une offre de Devayne.

— Oui. Il a été un tout petit peu plus prudent là-bas qu'ici. Il a attendu d'avoir une offre ailleurs avant de faire sa petite blague. »

Jane pâlit.

« Sa petite blague ?

— Coups de fil anonymes, répondit Lynn d'une voix calmement triomphante. À une étudiante de première année, une gamine de dix-huit ans obèse et boulimique. Elle a été terrifiée. »

Jane s'exclama. Lynn reprit quelques gorgées de gin tonic.

« Elle s'appelle Amber Martin. Elle avait suivi son cours au premier semestre, et figure-toi qu'elle était tombée amoureuse de lui. La police l'a arrêté après avoir mis sous écoute le téléphone de la fille. Il n'appelait jamais de chez lui ni de son bureau mais d'une cabine près de chez lui. »

Jane secoua la tête avec incrédulité.

« Duportoy, à l'époque, avait une petite amie sublime, reprit Lynn : une actrice de New York qui lui rendait souvent visite. Et voilà ce qu'il faisait la nuit pour se distraire : appeler une pauvre gosse obèse et respirer bruyamment dans le téléphone comme un type en train de se masturber et de jouir. Ça ne te rappelle pas quelque chose ? Je ne veux pas dire dans le choix de la victime : tu n'as rien de commun avec cette gamine. Mais dans le genre de jeu. Ça c'est quelqu'un qui aime les blagues ! »

Elle rit. Jane la regardait fixement.

« Qu'est-ce que tu vas faire ?

— Le faire savoir.

— À qui ?

— Le doyen de la New School. »

Cela prit moins d'une semaine. Le 8 juin, Lynn entra triomphalement chez Jane. Elle portait toujours le jean et la chemise de soie rouge qu'elle lavait le soir et remettait le matin. Jane regrettait de ne pas avoir choisi une couleur plus discrète.

« Ils ont annulé son contrat.

— Ah bon !

— L'amie d'une amie, qui enseigne au département de Women Studies de New York University, a appelé le professeur de la New School qui a embauché Duportoy, William Townsend. Elle était ravie : son département voulait embaucher une spécialiste en études lesbiennes il y a un an, et un rapport négatif du même Townsend les en a empêchés. Townsend a appelé les doyens de Devayne et de Smith. Ensuite il n'avait pas d'autre choix que d'aller parler à son doyen, qui a été catégorique : impossible d'embaucher Duportoy dans le climat actuel. Si quoi que ce soit arrivait, ça coûterait à l'université des millions, car on pourrait prouver leur responsabilité. Townsend a dû donner un coup de fil très triste à notre ami, qui s'est précipité dans son bureau, qui a offert de signer tout ce qu'on voudrait, de réciter cent mea culpa, de traverser Manhattan pieds nus avec une corde au coup et un panneau dans le dos "Honte aux harceleurs sexuels", qui a juré que ce genre de chose ne se produirait jamais à New York, parce qu'il y avait été poussé seulement par l'ennui que lui inspiraient Smith et Devayne, qui a promis qu'il irait voir un psy trois fois par semaine, qui a baisé les pieds de Townsend, l'a supplié, et pour finir a éclaté en sanglots. Une tragédie grecque. »

Jane n'avait pas envie de rire. Elle voyait la scène.

« Comment tu sais tout ça ?

— Par une amie de la secrétaire de Townsend. » Lynn se servit un verre de porto et s'assit à la table de salle à manger. Jane était en train de couper des courgettes.

« Qu'est-ce qu'il va faire maintenant ? »

Lynn sourit.

« Franchement, c'est le cadet de mes soucis.

— Ça doit être terrible pour lui. Ce poste, c'était son rêve. En une semaine il l'a obtenu et perdu. »

Lynn la regarda en fronçant les sourcils.

« Tu vas finir par me faire croire qu'il y a vraiment un problème avec toi. Tu veux dire que tu le plains ? Tu as déjà oublié le moment où tu pétais de trouille qu'il y ait un assassin caché dans ta baignoire ?

— Si j'ai eu tellement peur, ce n'est pas à cause des billets anonymes mais de l'agression de septembre. Duportoy ne pouvait pas savoir. Pour lui ce n'était qu'une plaisanterie. D'ailleurs je n'en subis aucune conséquence. Alors que ce qu'on fait à Duportoy n'est pas une plaisanterie. »

Lynn se leva et marcha de long en large entre la cuisine et le salon, pendant que Jane continuait à couper ses courgettes en tranches. Lynn finit son verre de porto et poussa un soupir. Elle s'arrêta derrière Jane.

« Jane. »

Jane se retourna. Lynn la regardait sans aménité et sa voix n'était guère amicale.

« Qu'est-ce que tu appelles une plaisanterie, exactement ? demanda Lynn d'une voix calme et sévère. Traumatiser une pauvre gosse obèse pour le reste de sa vie, ça, d'accord, c'est une plaisanterie. Agresser une femme par-derrière avec un couteau, ça aussi c'est une plaisanterie ? Après tout tu en as été quitte pour la peur. Est-ce que ça cesse d'être une plaisanterie quand la gamine se suicide ou qu'on retrouve la femme égorgée ? »

Jane se mordit la lèvre. Lynn avait évidemment raison. Mais elle était tellement sûre d'avoir raison.

« Fais un tout petit effort d'imagination, reprit Lynn. Essaie de te rendre compte comment tu te sentirais maintenant si Duportoy n'avait pas été attrapé, au lieu de me dire que je n'aurais pas dû fouiller son passé et qu'on devrait laisser le pauvre garçon s'amuser comme il peut.

— Je n'ai pas dit ça. »

Elle prit la poêle, versa un peu d'huile et mit les oignons à cuire. Lynn posa son verre sur la table et marcha vers la porte.

Et voilà. Clôture d'un nouveau chapitre. Lynn et elle étaient trop différentes. Cela devait finir par se savoir. Leur amitié ne pouvait durer qu'aussi longtemps que Jane avait besoin d'aide. Quelques semaines plus tôt, Lynn l'avait emmenée entendre une célèbre féministe, une activiste et pas une intellectuelle, qui donnait une conférence à la faculté de droit sur le harcèlement sexuel dans les milieux professionnels, un sujet brûlant depuis que les aventures du Président avec une jeune stagiaire de la Maison-Blanche faisaient la une des journaux. En entendant l'oratrice au pouvoir rhétorique fascinant évoquer d'une voix brisée par l'émotion les souffrances des femmes abusées, battues, violées et torturées dans le monde entier, Jane s'était sentie terriblement coupable de ne pas avoir assez d'imagination ou de compassion pour consacrer sa vie à se battre pour les victimes du monde. Mais en sortant, elle n'avait pu s'empêcher de penser que cette féministe charismatique était aussi une dangereuse fanatique et qu'un monde où il n'y avait plus de place pour les plaisanteries et les couleurs non tranchées était terrifiant. Lynn s'était exclamée avec enthousiasme : « Elle est fantastique, hein ? » Jane mentait de plus en plus à Lynn par omission. Maintenant, grâce à Duportoy, tout était clair. Lynn la mépriserait et ne lui adresserait plus la parole. Elles se croiseraient dans l'entrée et s'ignoreraient, comme Jane et Jamaica dans les couloirs du département. Pourquoi Jane perdait-elle ses amis les uns après les autres ? Le problème était-il elle, ou son choix d'amis ? Lynn posa sa main sur la poignée.

« Tu t'en vas ? demanda Jane avec angoisse en se retournant, le couteau en l'air.

— Les chats attendent leur dîner. »

Pas une trace de colère dans la voix de Lynn. Elle regarda Jane, sourit et retraversa la cuisine pour lui pincer doucement la joue en secouant la tête avec un sourire.

« Toi alors ! »

Lynn appela le lendemain soir.

« J'ai une bonne nouvelle pour toi, ma chérie. Ton petit ami a plus d'un tour dans son sac. Figure-toi qu'il a aussi décroché une bourse du NEH pour l'année prochaine : plein de fric et aucun fil à la patte. Tu vois : tu n'as aucun souci à te faire pour lui. »

Jane frissonna en posant cette dernière page sur l'épaisse pile de gauche.

Lynn aurait pu écrire ce chapitre : elle en connaissait tous les faits. Mais Jane savait que ce n'était pas Lynn, ni Chip, ni Francisco, ni Josh. Elle regardait fixement devant elle, pâle. Elle prit l'enveloppe marron à l'autre bout de la table et examina de nouveau l'adresse manuscrite. Elle avait déjà vu cette écriture : au dos d'une carte postale que Jamaica lui avait montrée. Elle regarda les mots « Old Newport ». Elle se rappelait la façon particulière qu'il avait de former les d, peut-être parce qu'il était gaucher : la ligne droite du d se terminait par une boucle incurvée sur la gauche. Elle voyait même la ressemblance avec l'écriture déguisée des billets anonymes.

Elle se leva et se servit un autre verre d'eau. Un bruit la fit sursauter. Un grattement léger, comme si quelqu'un essayait d'ouvrir discrètement la porte de son appartement. Elle marcha à pas de loup dans le couloir et regarda par le judas. Elle ne vit personne, mais sentit une présence. Elle avait la bouche sèche. C'était impossible : il était mort. Ou bien son suicide aussi était-il une farce ?

« Miaou ! »

Elle rit nerveusement.

Son goût des canulars et des lettres anonymes aurait dû faire de Duportoy le suspect numéro un. Elle n'avait pas pensé à lui plus tôt parce qu'il n'avait jamais été son ami et ne la connaissait pas. Mais si Francisco avait pu obtenir des renseignements sur elle par le canal Jamaica-Duportoy, l'inverse était aussi plausible.

Par Francisco, Xavier Duportoy avait rassemblé une mine d'informations sur Bronzino, sur Josh, sur Eric, sur Francisco lui-même. Tout ce qui concernait Allison, Lynn, et Chip, il l'avait appris de Jamaica. S'il avait rencontré Josh à New York, il lui avait certainement posé des questions aussi. Quant au chapitre qu'elle venait de lire, personne n'était mieux placé que lui pour l'écrire.

Il avait donc pu obtenir toutes les données biographiques concernant Jane. Mais comment avait-il deviné ses pensées ? Au début, même si les faits étaient exacts, Jane avait parfois l'impression de lire le récit de la vie d'une inconnue. Mais plus elle avançait dans sa lecture, plus elle se reconnaissait dans le miroir que lui présentait le texte : elle retrouvait ses mots, ses pensées, ses sentiments, avec une exactitude inouïe. On l'avait dépossédée d'elle-même. Si Xavier était l'auteur — et l'intuition de Jane ne laissait aucune place au doute — il la connaissait mieux qu'aucun de ses amants, mari, amis.

Xavier avait-il découvert son mot de passe et lu sa correspondance avec Alex ? Seule cette hypothèse permettait d'expliquer la stupéfiante familiarité révélée par ce texte.

Elle avait une sensation bizarre, qui n'était pas de faim, mais comme une envie de pleurer, de crier, ou de vomir. Un poids dans sa poitrine oppressait sa respiration. C'était de la peur. Elle lisait depuis presque huit heures une lettre posthume. Il avait passé son année à rédiger ce manuscrit et le lui avait envoyé juste avant de se donner la mort. Pourquoi ?

La réponse ne pouvait se trouver que dans le mince paquet qui lui restait à lire.

Elle espéra, plus que jamais, qu'un message d'Alex l'attendait au bureau. Elle lui raconterait tout : lui seul trouverait les mots justes et rassurants.

3

Jane parvint à l'angle de la rue des Abbesses et s'arrêta, le souffle coupé. La rue entière dansait. Un bal spontané. Quatre Noirs avec des chapeaux sud-africains assis à la terrasse d'un café jouaient du tambour. Des cris et des rires montaient de la foule, si dense qu'aucune voiture ne pouvait passer. « On aaaaaaa ga-gné ! » « Et un ! Et deux ! Et trois ! Zéro ! » « Zi-zou ! » « Allez Zizou ! » « Zizou président ! » Jane reconnut le nom, ou plutôt le diminutif, du joueur nord-africain qui avait fait des Français les champions du monde en marquant deux buts de la tête. Elle n'avait jamais été témoin d'une si grande joie collective. Hommes et femmes, Arabes et Français, Blancs et Noirs, policiers et sans-papiers communiaient dans la même émotion, s'enlaçant, s'embrassant, chantant ensemble. À la télévision tout à l'heure, la France entière avait pu voir le distingué président de la

République grimper sur un mur pour déposer un baiser sur le crâne chauve du gardien de but.

Jane, fatiguée, n'avait pas suivi Rosen, Vincent et Mylène sur les Champs-Élysées où un grand rassemblement célébrait l'événement. Mais la vraie fête était ici, juste devant chez elle. Entraînée par la musique rythmée des tambours, elle se dandina d'un pied sur l'autre en tapant les numéros sur son digicode. Elle n'eut pas le temps de pousser sa porte : un homme saisit sa main et l'attira dans la foule. Tous les pas et les mouvements qu'elle avait appris cette année au cours de danse africaine lui revinrent instinctivement. Des hommes la frôlaient, se frottaient contre elle, touchaient ses seins. Elle ne résistait que si l'on cherchait à remonter sa robe. Elle se sentait en sécurité au milieu de cette foule, dans ce quartier animé toute la nuit.

Vers trois heures, les serveurs rangèrent les tables et balayèrent les trottoirs. La foule se dispersait, à pied, en voiture, à vélo, à moto. Les joueurs de tambour s'étaient installés sur un banc place des Abbesses. Jane les y avait suivis et dansait encore. Elle remarqua un garçon appuyé contre un arbre, qui la regardait. Assez petit, il portait une casquette de base-ball dont la visière cachait son front et de larges vêtements blancs flottant autour de son corps mince. Ses cheveux dépassaient de la casquette dans son cou. Il avait l'air d'un artiste. Il lui sourit. Elle tendit la main.

« Vous dansez ? »

Il ne sembla pas comprendre.

« Do you dance ? »

D'un geste, elle l'invita à la rejoindre et il accepta gracieusement l'offre. Le corps désarticulé comme une marionnette, sautant, cabriolant, faisant des moulinets avec ses bras, pointant les doigts vers le haut, vers le bas, tournant sur lui-même comme une toupie, souple comme un élastique, il dansait comme un adolescent de Washington Square gagnant sa vie au rythme d'une cassette de rap. Jane sourit. Étourdie et à bout de souffle, elle recula et s'appuya contre l'arbre qu'il venait de quitter. Il dansa pour elle en la regardant, puis prit la main de Jane et la refit danser avec lui plus lentement. Quand il souriait, ses yeux de velours souriaient aussi. Corps contre corps et lèvres contre lèvres, ils dansèrent jusqu'à ce que les musiciens cessent de jouer. Le ciel s'éclaircissait.

Jane et le garçon s'assirent sur le banc. Il était israélien. « Israélien ! » s'exclama Jane. Il était arrivé d'Irlande la veille pour voir le match à Paris, et repartait ce matin pour Tel-Aviv. Il venait de voyager un mois en Europe avec trois copains qu'il avait perdus plus tôt dans la foule. Elle lui demanda si quatre garçons en voyage avaient beaucoup d'aventures. L'idée ne lui déplaisait pas, répondit-il avec un sourire, d'autant plus qu'il venait de rompre avec sa petite amie qu'il avait rencontrée trois ans plus tôt à l'armée, et avait besoin d'oublier son chagrin d'amour ; mais l'occasion ne s'était pas présentée. Ce qu'on attendait, souvent, n'avait pas lieu. Il avait vingt-deux ans. Il faisait des études d'ingénieur. Il ne lui demanda pas son âge. Les baisers interrompaient leur dialogue. Elle lui dit qu'elle louait un appartement tout près. Il regarda sa montre.

« Je dois aller à l'aéroport dans une demi-heure. Tu m'offres un café ? »

Il avait des lèvres pulpeuses d'adolescent. Jane répondit en rougissant :

« Je ne veux pas faire l'amour. Ça ne te dérange pas ?

— Absolument pas. »

À peine dans l'appartement, ils recommencèrent à s'embrasser et se laissèrent tomber sur le canapé du salon. Jane proposa de s'allonger dans la chambre. Ils se déshabillèrent. Son buste était imberbe comme celui d'un enfant et ses gestes avaient une délicatesse inattendue pour un danseur de rap. Elle était tendue vers lui, son dos formant presque un arc de cercle, et elle gémit quand la main du garçon approcha du haut de ses cuisses. Elle se pencha sur lui et prit dans sa bouche son sexe dur et circoncis. Une goutte perlait au bout du gland. Il la renversa subitement et la pénétra d'un coup sec, presque brutalement. Elle poussa un cri. Après tout ce temps elle était comme vierge. La sensation d'un corps étranger à l'intérieur de soi était stupéfiante. Il lui faisait mal. Les yeux de velours étaient fixés sur les siens avec l'intensité trouble et presque sadique du désir. Elle se détendit soudain et le laissa l'envahir, irradier

413

en elle. Il ferma les yeux une seconde et les rouvrit en bougeant lentement, circulairement, à l'intérieur d'elle. Il demanda dans un souffle :

« Can I come inside you ? »

Non, pensa-t-elle. Il ne pouvait pas. C'était trop dangereux. Le sida. Le risque d'être enceinte. Elle ferma les yeux sans répondre. Avec un gémissement rauque, il s'arracha d'elle et répandit sa semence sur son ventre. Elle lissa doucement les longues mèches châtains.

« Tu n'as pas joui, dit-il.

— Je suis bien. »

Il s'allongea près d'elle et la caressa. Il semblait savoir exactement les gestes et le contact de la paume qu'elle aimait. Elle écarta les jambes davantage. Il se glissa entre ses cuisses. Ses cheveux chatouillaient la peau de Jane tandis que sa langue la fouillait et la léchait délicatement tour à tour. Elle ne put résister à la montée du plaisir et referma les cuisses autour de sa tête.

Il n'avait pas le temps de prendre un café. Il avait passé chez elle une heure au lieu d'une demi-heure. Il risquait de manquer son avion. Il fallait espérer que ses amis auraient pris son sac à l'auberge de jeunesse. Elle lui montra un plan de métro et lui indiqua précisément comment arriver à Roissy par le RER. Elle l'accompagna à la porte. Il baisa doucement ses lèvres. Avec sa casquette de base-ball on lui donnait dix-huit ans à peine.

414

« Merci de m'avoir invité chez toi. C'est le premier appartement parisien que je vois. »

Il descendit l'escalier quatre à quatre. Elle referma la porte et marcha, nue, jusqu'au balconnet du salon. Elle s'appuya contre la barre en fer forgé et le vit courir vers le métro Pigalle. Elle ne savait même pas son nom. Sur le trottoir d'en face, un chien déchirait de ses aboiements le calme du petit matin. Les cafés n'avaient pas encore ouvert. La plupart des boutiques restaient fermées le lundi. Face au chien menaçant s'agenouilla un jeune homme qui, sans quitter l'animal des yeux, entreprit, avec des gestes lents, d'ouvrir l'antivol de son vélo appuyé contre le mur. Le chien-loup appartenait au SDF dormant devant l'épicier arabe, que les aboiements furieux de son animal prêt à déchirer les couilles du jeune homme n'avaient pas dérangé. Le courageux cycliste parvint à se relever lentement, à enfourcher son vélo et à glisser sur le trottoir, suivi sur cent mètres par le chien aboyant. Jane referma la fenêtre et alla se coucher sans même prendre une douche. Quand elle se réveilla vers midi, le sperme sur son ventre avait formé une fine croûte translucide qui tirait son duvet et sa peau. Des couples silencieux, portant des lunettes de soleil, mangeaient des croissants aux terrasses des cafés juste en face. Elle prit son thé et son pain grillé, et s'installa à la fenêtre. Une vieille mendiante chantait d'une voix déraillante des chansons d'Édith Piaf. Jane pensa à Xavier Duportoy. Avec gratitude. Non pour la prescription de se faire baiser, même si le traitement n'avait rien de désagréable, mais plutôt pour la peur qu'il lui avait inspirée : rien de tel qu'une vraie peur pour guérir du hoquet — si l'on pouvait appeler ainsi le souvenir récurrent d'Eric qui l'avait obsédée pendant plus d'un an et empêchée de voir le monde autour d'elle.

Après six semaines à Paris, l'Amérique la surprit comme si elle était étrangère. Il n'y avait plus, partout, qu'un unique sujet de conversation : l'affaire Lewinsky. Le président des États-Unis risquait de tomber pour une pipe. Son pays ne s'était pas autant intéressé à la politique depuis longtemps. C'était absurde, une folle et dérisoire perte de temps et d'argent. Toutes proportions gardées, Clinton la faisait penser à Duportoy : de brillants hableurs qui commettaient, au faîte de leur succès, des actes suicidaires les rendant étrangement sympathiques.

En octobre elle dépouilla la liste des postes et écrivit douze lettres. Mi-décembre, neuf des douze université l'avaient appelée pour lui fixer un entretien au MLA : elle avait bien ciblé. Le congrès avait lieu à San Francisco. Elle obtint une chambre dans l'hôtel de son choix, le Marriott près de la Marina. Elle passerait le réveillon à Seattle avec Allison et John et ferait connaissance de Lea et Nina, les petites sœurs de Jeremy.

Les entretiens se passèrent bien. Elle donna une communication, « Aveuglement et connaissance de soi dans *La Princesse de Clèves* », qui obtint de longs applaudissements et provoqua une tempête de questions. Le lendemain soir, au cocktail organisé par Devayne, elle fut entourée de gens qui la félicitaient. Certains des professeurs qui lui avaient fait passer un entretien la courtisaient professionnellement : une position enviable. Un petit homme mince s'approcha d'elle.

« Bravo, Jane. Ta communication était magnifique.

— Merci », répondit-elle, sans pouvoir mettre un nom sur le visage familier. Il avait un haut front dégagé par un début de calvitie, une mauvaise peau et des lunettes rondes : rien de très caractéristique dans cette profession.

« Malgré le titre, ce n'était évidemment pas dans la lignée de l'École Critique de Devayne. Plutôt du côté d'une herméneutique gadamérienne, non ? »

Il approcha son visage d'elle en parlant. Elle sentit son haleine, un mélange de café, de cigarettes, de vieux livres et d'acidité d'estomac, et identifia aussitôt le collègue d'Eric avec le doctorat de Devayne.

« Comment va Eric ? lui demanda-t-elle pour montrer qu'elle l'avait reconnu.

— Il a le vent en poupe. Son livre sur l'École de Vienne vient de sortir, il a été titularisé, et il attend un bébé. »

Jane répéta :

« Il attend un bébé ?

— Enfin sa copine, Catherine. C'est tout récent.

— Cat... »

La gorge serrée, elle ne put ajouter une syllabe.

« Tu n'es pas au courant ? Je suis désolé, je suis d'une indiscrétion ! Je croyais que c'était toi qui avais quitté Eric, c'est ce que m'a dit Catherine, elle est ma collègue ! Je suis confus, Jane, excuse-moi, vraiment… »

Catherine. Il prononçait le nom à la française, avec l'accent sur la dernière syllabe, et dévisageait Jane avec cette compassion voyeuriste des badauds assistant à un accident mortel. Elle se mordit l'intérieur de la lèvre et, dans un effort immense, se força à sourire. Elle avait les joues brûlantes.

« Bien sûr que je sais pour Catherine. J'ignorais seulement qu'elle était enceinte. Mais cela n'a rien de surprenant : la normalité par excellence ! »

Elle rit trop fort. David la regardait avec le même mélange de pitié et d'intérêt.

« Tu veux boire quelque chose ? Je suis vraiment confus d'avoir été aussi indiscret…

— Excuse-moi », articula Jane avant de se précipiter hors de la pièce pleine de monde.

Elle courut et trouva les toilettes au bout du couloir. Elle s'enferma et éclata en sanglots. Elle ne pouvait pas le croire. Qu'Eric allait avoir un bébé. Qu'elle avait réagi avec une violence qui révélait son cœur nu à elle-même d'abord, et ensuite à un étranger curieux et malveillant qui n'aurait de cesse de colporter partout l'effet que cette nouvelle avait eu sur elle. Elle était folle. Il était parfaitement naturel qu'Eric sorte avec une autre femme. Ils avaient divorcé deux ans plus tôt et ne s'étaient pas parlé depuis. C'était fini. Elle le savait. Elle avait passé un merveilleux été à Paris. Elle était retournée à Old Newport avec une énergie fraîche, prête à commencer une vie nouvelle. Comment pouvait-elle se montrer si faible ? Le bébé ? Mais c'était la chose la plus banale du monde, Eric aurait des tonnes de bébés et mènerait une petite vie banale avec sa femme et ses mioches dans ce trou d'ennui qu'était l'Iowa. Deux femmes entrèrent en bavardant et la forcèrent à interrompre ses sanglots. Elle se leva, tira la chasse, sortit des toilettes et s'aspergea le visage d'eau froide au lavabo, puis elle sortit du Hilton en courant, renonçant à son intention de rencontrer au cocktail de Devayne les membres des universités dont elle souhaitait recevoir une offre.

Mi-janvier, au bureau, elle dépouillait son courrier électronique quand elle tomba sur un message intitulé « fan » d'un certain Alex Letterman, professeur assistant à l'université de San Diego, qui avait assisté à sa communication au congrès du MLA. Il n'avait rien entendu d'aussi inspirant depuis qu'il avait décidé, neuf ans plus tôt, de se consacrer aux études de lettres. Jane lui avait rappelé les raisons pour lesquelles il avait choisi ce métier. Il avait été particulièrement sensible à son mélange d'engagement personnel et de rigueur linguistique. Avait-elle utilisé le programme ARTFL comme outil de recherche dans sa quête exhaustive des emplois du verbe « connaître » dans *La*

Princesse de Clèves ? Pourrait-il bientôt lire ce texte en article ou dans un livre ?

Jane prit sur l'étagère le programme du congrès de décembre et regarda à la fin la liste des participants. Pas de Letterman. Ce qui voulait dire qu'il n'avait pas donné de communication ni dirigé de session mais ne l'empêchait nullement d'avoir assisté au congrès. Elle descendit au troisième étage.

« Dawn, vous avez le bottin du MLA ? »

La secrétaire fit pivoter sa chaise à roulettes et prit un volume à la couverture bleu clair sur l'étagère derrière elle, qu'elle tendit à Jane en pointant un index menaçant.

« Ça s'appelle Reviens.

— J'ai juste quelque chose à vérifier, je peux le faire ici. »

Letterman, Alex. Son nom se trouvait là, suivi de son affiliation : université de Californie, San Diego. L'adresse de son département, et son adresse électronique. Jane ferma le bottin et le rendit à Dawn.

« Merci. »

Simple prudence. Ce nom de Letterman ressemblait à un calembour. On entendait des histoires horribles sur des hommes qui avaient rencontré des femmes sur l'internet avant d'obtenir leur adresse, de les violer et de les tuer. Elle sourit. Elle se montrait quelque peu paranoïaque, mais sa méfiance était compréhensible. De retour dans son bureau elle fit quelque chose de plus, cette fois par simple curiosité. Elle vérifia le nom de Letterman sur le catalogue électronique de la bibliothè-que, où elle ne trouva rien, puis sur la bibliographie du MLA, où sa recherche produisit un seul titre : un article sur l'humour dans le *Lancelot* de Chré-tien de Troyes. Un médiéviste, donc, sans doute en début de carrière. Elle répondit à son message en le remerciant ; cette communication faisait en effet partie d'un futur livre, encore à l'état d'ébau-che. Elle n'avait pas utilisé ARTFL, préférant la méthode archaïque qui consistait à relire le roman quatre ou cinq fois pour collecter les mots dans leur contexte.

Le lendemain il y avait un nouveau message d'Alex Letterman. Sujet : Flaubert. Il avait trouvé ses articles à la bibliothèque et lu celui sur le malentendu entre Flaubert et Louise Colet à pro-pos de la statue de Corneille et de l'usage du mot « gloire », qui lui avait beaucoup plu : il parta-geait l'idée que Flaubert se faisait de l'art, mais trouvait son attitude envers Louise odieuse. Il était bien connu que les génies étaient des gens impos-sibles à vivre. Le travail de Jane sur Flaubert l'in-téressait d'autant plus qu'il avait fait sa thèse sur la misogynie au Moyen Âge. Jane lui répondit im-médiatement et mentionna son livre qui devait bientôt paraître.

Elle aurait été curieuse de lire son article mais n'en avait pas le temps. De toute façon c'était le dernier message qu'ils échangeaient. Le courrier électronique représentait une inestimable perte de temps. Les étudiants de doctorat, qui se plaignaient de ne pouvoir finir leur thèse parce qu'ils étaient surchargés de travail, passaient trois ou quatre heures par jour à correspondre avec leurs amis à travers les États-Unis. Chaque jour, Jane consacrait presque une heure à lire ses messages, la plupart professionnels et venant des secrétaires. On ne se parlait plus. Elle croisait Rose dans le couloir, échangeait un signe de tête, remontait dans son bureau et trouvait un message de Rose lui rappelant de rendre un formulaire le jour même.

Elle avait reçu six appels des universités qui lui avaient fait passer un entretien au MLA et accepté cinq invitations. Elle préparait ses voyages. Quelques jours plus tard il y eut un nouveau message de Letterman sur un autre de ses articles. Elle fut contente de voir son nom et de lire son message. Elle lui envoya une brève réponse : elle partait maintenant pour une série de visites dans des campus et elle était débordée — une façon de lui dire, sans l'offenser, qu'elle ne pourrait plus lui répondre. Trois minutes plus tard elle reçut un message de lui : il se trouvait donc, en cet instant même, à l'autre bout des États-Unis, assis comme elle face à son écran. Sept heures et demie du matin à San Diego : Letterman se réveillait tôt. Il avait sans doute l'internet chez lui, contrairement à Jane qui voulait protéger ses matins de l'invasion électronique. Son premier geste au réveil consistait-il à allumer son ordinateur ? Ou le laissait-il allumé toute la nuit ? Vérifiait-il son courrier électronique avant même d'avoir bu son

422

café ou son thé ? Son message était bref : puisqu'elle allait passer du temps en avion, il lui recommandait *Paulina 1880* de Pierre Jean Jouve.

Ce soir-là, elle alla à la bibliothèque Goldener et emprunta le roman. Elle le commença le lendemain, pas dans l'avion mais dans sa chambre surchauffée du Faculty Club à Madison, Wisconsin. Elle ne le reposa qu'après avoir lu les derniers mots à cinq heures et demie du matin. Ce n'était pas raisonnable, quand elle avait besoin de toute son énergie pour faire face à une journée d'entretiens débutant à sept heures du matin. Le soir, à dîner, elle ne put s'empêcher de parler avec enthousiasme de cette histoire d'amour aussi sensuelle que spirituelle qui se passait à Florence au dix-neuvième siècle. Le directeur du département, qui avait lu le roman, fut charmé de constater que Jane avait des intérêts littéraires en dehors de son champ de recherches. Au retour de ce premier voyage, elle envoya un message à Alex : non seulement elle avait adoré le livre, mais il lui avait même été utile professionnellement. Il lui répondit bientôt :

« Je savais qu'il vous plairait. Avez-vous lu *Enfance* de Nathalie Sarraute ? »

Quelques années plus tôt, elle avait essayé un autre livre de la romancière française et laissé tomber après cinquante pages. Jane, qui avait été victime du terrorisme de la « bonne » littérature du temps où elle sortait avec Josh, n'aimait pas les romans trop intelligents ni les conseils de lecture qui tournaient souvent à la dictature. Ce n'est pas ce qu'elle écrivit à Alex Letterman. Elle n'avait pas l'intention de commencer avec lui une discussion littéraire dans laquelle elle aurait eu l'air bête sans voir son opinion modifiée par une rhétorique convaincante. Elle emprunta *Enfance* à la bibliothèque mais ne le lut pas durant son voyage. Au retour, elle trouva un message d'Alex qui s'informait de la visite dans le campus sans mentionner Nathalie Sarraute. Sa discrétion lui plut. Le soir elle ouvrit le livre.

Ce n'était pas, comme *Paulina 1880*, un livre qu'on dévorait en un soir. *Enfance* se savourait plus lentement. Jane lisait un fragment, s'arrêtait, songeait, puis relisait le même passage, frappée par la justesse et la précision du ciselage : la perfection de Flaubert. Des phrases musclées. Un enfant surgissait, vivant, entre les lignes. Les mots restituant à la vie son souffle au lieu de la trahir. Elle était stupéfaite : pas seulement d'aimer le livre, mais qu'il existât quelqu'un qui semblait savoir exactement le genre de livres qu'elle aimerait. Quelqu'un qui avait la même sensibilité qu'elle — mais le mot était trop vague : la même attente des mots, le même amour pour le vrai, si l'on pouvait appeler « le vrai » ce mouvement de l'esprit si subtil que les mots n'en donnaient qu'une caricature approximative.

La Princesse de Clèves était aussi l'un des livres de chevet d'Alex. Il s'intéressait à la manière dont le désir circulait dans le roman, et pensait que la reine dauphine, amoureuse de Nemours et jalouse de la princesse de Clèves, jouait un rôle pervers entre les deux amants. Jane n'était pas d'accord. Ils eurent une dispute sur plusieurs messages et s'envoyèrent, comme autant de preuves, diverses citations du roman.

« La reine dauphine, écrivit Jane, sait que Nemours n'est pas amoureux d'elle et n'en est pas blessée : elle ne peut pas l'aimer ! »

Il était étrange de débattre ainsi des sentiments de personnages dans un roman du dix-septième siècle. Jane se rappela ce qu'Eric lui avait dit sur la possibilité d'un échange intellectuel ailleurs qu'à Devayne. Elle était si fière et étonnée de sa correspondance qu'elle ne put s'empêcher de la mentionner un soir, après avoir tapé son message quotidien à Alex, alors qu'elle attendait son tour près d'Edwin Sachs dans la salle de la photocopieuse. Elle s'avisa soudain que Sachs était médiéviste : connaissait-il Alex Letterman ? « Oui. Il a fait une excellente communication sur Lancelot au congrès annuel des médiévistes à Minneapolis en avril dernier. — Vraiment ? » s'exclama joyeusement Jane, sans oser poser de questions sur le physique d'Alex.

Mi-février Alex voulut savoir si elle avait lu *L'Amant* de Marguerite Duras. Elle l'avait lu longtemps auparavant.

« Relisez-le. »

Il avait quelque chose à lui dire à propos de ce livre.

Elle le relut en deux jours : une bonne surprise encore, quand elle se croyait fatiguée de Duras, auteur consacré des campus. Alex venait d'assister à une conférence d'une certaine Natalie Hotchkiss que Jane connaissait sans doute puisqu'elle était sa collègue. Selon Hotchkiss, Marguerite Duras était devenue écrivain pour surmonter le terrible traumatisme qu'elle avait subi, enfant, quand sa famille l'avait vendue à un riche Chinois qui l'avait violée. Alex n'avait jamais rien entendu d'aussi stupide et s'exclamait, indigné, qu'on devrait interdire aux féministes américaines d'interpréter les romans français. Jane rit, ravie qu'il n'aime pas Hotchkiss.

« Dès le premier instant c'est Duras qui décide, écrivait Alex. Le Chinois n'a pas le choix. Elle a quinze ans, elle est vierge, mais elle sait "ça". Ce moment où elle sait exactement, sans la connaître, la nature du rapport sexuel, ce moment où la conscience qu'elle a de son pouvoir attire le Chinois vers elle, c'est le moment où elle devient écrivain. Il ne s'agit pas du tout d'un traumatisme. »

Ils ne parlaient que de livres et de films. Elle ne savait rien sur sa vie et n'avait rien demandé. De message en message, ils étaient devenus de plus en plus proches, simplement parce que leur accord constant confirmait leurs affinités. La correspondance structurait le temps : Jane savait que, chaque fin d'après-midi, elle trouverait un message d'Alex et lui répondrait. Dans l'avion qui la ramenait à Old Newport après son voyage de dix jours à La Nouvelle-Orléans, Salt Lake City et Tucson, le 3 mars, au lieu de préparer les cours de remplacement qu'elle devait donner le lendemain, elle mordillait son stylo en composant mentalement pour Alex le récit le plus amusant possible des aventures de Jane dans le Midwest et chez les mormons.

Le jeudi matin, elle dut se réveiller tôt pour préparer ses trois cours à la dernière minute. Elle eut à peine le temps d'avaler un bol de corn-flakes en cinq minutes avant de descendre l'escalier en courant à une heure moins trois, d'enfourcher son vélo et de pédaler à toute allure vers l'université. Une vieille femme traversait Market Street en progressant à tout petits pas, appuyée sur un caddy vide qui l'aidait à garder son équilibre chancelant. Le feu passa au vert avant que la petite vieille ait atteint le milieu de la rue. Les conducteurs attendirent, sans klaxonner. Sa perruque châtain était posée de travers. Jane sourit. Si elle avait envie de chanter, ce n'était pas seulement grâce à l'air frais et vif et au grand ciel bleu dont elle n'avait pas pu profiter ce matin, et certainement pas parce qu'elle avait maintenant cinq heures de cours à donner, ni même parce que ses entretiens dans les campus se solderaient sans doute par une offre. Mais sa journée, telle cette vieille femme, avançait lentement et sûrement vers le moment où Jane allumerait son ordinateur et verrait apparaître, parmi d'autres, le nom d'Alex.

Quand elle sortit de cours, à six heures et demie, la nuit tombait. Elle était si fatiguée qu'elle décida d'aller nager. Ce fut une torture d'entrer dans l'eau froide mais la piscine était vide : un luxe. Elle nagea longtemps. Quand elle sortit du gymnase, détendue, sèche et réchauffée, il faisait nuit noire. Elle reprit son vélo et roula jusqu'au département où elle prit son courrier. Elle n'était pas pressée, même si sa jubilation croissait au fur et à mesure que se rapprochait le but de sa journée. Elle se rappela une blague de son père quand elle était petite et n'avait plus faim : « Divise ton assiette en deux portions : commence par ce qui est en trop, puis mange le reste. » En attendant l'ascenseur elle parcourut la liasse de courrier qui s'était accumulé pendant ces dix jours. Elle mit de côté trois enveloppes où les timbres postaux et son adresse écrite à la main indiquaient un contenu plus personnel que les messages de l'administration ou les publicités multicolores qu'elle n'ouvrirait même pas : une lettre de son éditrice, une autre de l'université de Miami, et la dernière, sans en-tête, postée à New York.

Dans l'ascenseur elle ouvrit la lettre de Floride : une invitation à donner la conférence d'ouverture du colloque annuel de la Société des études francophones qui se tiendrait à Hawaï en mai. La présidente du comité, professeur à Miami, avait entendu la communication de Jane au congrès du MLA en décembre. Seuls les professeurs connus étaient invités à donner des conférences d'ouverture, et son unique livre n'était même pas encore sorti : le début de la gloire. Tous les frais de voyage payés et un honoraire de cinq cents dollars. Pas désagréable. Elle ouvrit la lettre qui venait de New York. Une lettre de deux pages, tapée, commençant par les mots « Chère Jane ». Elle regarda la signature au bas de la seconde page et frissonna : Xavier Duportoy. Voilà quelqu'un qu'elle avait complètement oublié. La porte de l'ascenseur s'ouvrit. Elle parcourut la lettre en marchant vers son bureau.

Il s'excusait encore pour le préjudice qu'il lui avait causé. Il en était sincèrement, profondément désolé. C'était vraiment une blague stupide et méchante, et même plus : il voyait maintenant un psychanalyste deux fois par semaine et comprenait qu'il avait un problème.

« J'ai perdu le poste que je voulais, à Manhattan. C'est entièrement ma faute et je ne m'en prends qu'à moi. Le jour de l'entretien, il y a un an, je me suis retrouvé avec une fièvre de quarante-deux degrés dont on n'a pas trouvé la cause quand on m'a hospitalisé d'urgence et qu'on m'a mis sur un lit de glace. Je suis sûr que seule ma terreur de ne pas obtenir le poste à la New School a provoqué cette poussée de fièvre. Voilà comment je voulais ce poste. Il n'y en aura pas d'autre comme celui-là. J'ai perdu ma chance de vivre à New York et de faire un travail qui me passionnait. C'est ma faute, je le sais. Je voulais simplement te dire que tu es vengée, Jane. Souvent je me réveille en pleurant. Je n'arrive pas à croire ce qui m'est arrivé. Je me maudis. Je ne maudis que moi, crois-moi.

Maintenant je ne te demande qu'une seule chose : le droit de vivre. Ces mots te semblent sans doute bien dramatiques. Mais si je ne trouve pas de poste d'enseignant, je ne vois pas comment je vais survivre l'an prochain. Je ne sais rien faire d'autre. Je n'ai envie de rien faire d'autre. J'aime ce métier. J'aime lire, enseigner, faire lire. Ce n'est pas l'argent qui m'intéresse, évidemment, ni même la carrière. Je souhaite juste pouvoir faire ce que j'aime.

J'ai envoyé de nombreuses lettres de candidature cette année et j'ai eu plusieurs entretiens au MLA... »

Jane frissonna à l'idée qu'il se trouvait en décembre à San Francisco et qu'elle aurait pu l'y rencontrer.

«...qui se sont soldés par une série d'invitations dans des campus. Mais, mystérieusement, les secrétaires m'ont téléphoné l'une après l'autre pour annuler l'invitation. Cinq universités. J'ai vainement essayé de joindre le directeur ou la directrice des départements respectifs. Ce qui s'est passé est évident : ils ont reçu des informations sur moi. La rumeur circule vite : bientôt tout le monde saura et je ne pourrai obtenir de poste nulle part.

Tu te dis peut-être que je n'ai qu'à retourner en France. Mais je n'ai jamais passé les concours qui permettent d'intégrer le système de l'Éducation nationale française. Je n'ai pas réussi le concours de l'École normale supérieure et j'ai quitté la France avant même de soutenir ma maîtrise. J'ai publié mon essai sur Sade chez un bon éditeur, mais cela n'aide pas. Je ne serais même pas sûr d'obtenir un poste dans un lycée.

Je t'en supplie, Jane : laisse-moi survivre. Je resterai dans un petit coin des États-Unis et tu n'entendras plus jamais parler de moi, je te le jure. Je t'en prie : fais cesser les coups de fil. »

Ce n'était pas le ton habituel de Duportoy. Il avait l'air sincère. Jane n'était plus d'humeur à vérifier son courrier électronique. Il était huit heures et demie. Elle rentra chez elle à vélo et sonna chez Lynn, qui ouvrit aussitôt.

« Salut ! Le voyage s'est bien passé ? »

Le gros chat gris se frotta contre les jambes de Jane. Elle entra dans le salon encombré que Lynn utilisait comme un bureau et lui tendit la lettre. Lynn la parcourut et la lui rendit.

« Tu ne crois pas que ça suffit ? » demanda Jane.

Lynn secoua la tête et sourit.

« Retour à la case départ. Il devrait te prendre comme avocate — après avoir commis un crime. »

Le chat sauta sur le dossier du fauteuil pour se rapprocher de Jane.

« Mais quand même, dit Jane : il a été suffisamment puni. Tu ne peux l'empêcher d'obtenir un poste dont il a besoin pour survivre. On ne frappe pas un homme à terre. »

Elle éternua et repoussa le chat.

« C'est drôle comme ce chat colle toujours à toi, remarqua Lynn. Pourtant il est plus sauvage que Lara et ne veut jamais s'approcher de personne. Il doit sentir ta résistance. Tu veux boire quelque chose ? Un jus d'orange ? Un sherry ?

— Non. »

Jane s'assit sur le vieux canapé recouvert d'une couverture pelucheuse pleine de poils de chat et éternua à nouveau. Earl Grey sauta sur ses genoux. Il s'installa confortablement et ferma les yeux. Il était gras et lourd. Jane le poussa. Lynn s'assit sur le bras du fauteuil, face à Jane qu'elle dominait dans cette position. Elle se gratta la gorge.

« Jane, ma position est simple et inébranlable. L'expérience dont tu manques pour comprendre ce que je dis est celle du deuil. »

Jane aspira sa lèvre inférieure avec une expression sarcastique.

« Un incident isolé, reprit Lynn, eût été entièrement différent. Mais il s'agit de deux incidents dans un délai de deux ans. Je lis cette lettre et, franchement, je ne crois pas du tout que ce type comprenne le problème. Qu'il soit extrêmement désolé d'avoir perdu le poste à New York, c'est une évidence. J'en suis désolée pour lui mais il ne peut vraiment s'en prendre qu'à lui, pour ça je suis d'accord. Sans doute pas à son moi conscient, d'ailleurs, mais à ce bizarre quelque chose en lui qui le pousse à faire des blagues de pas très bon goût et à terroriser les filles. Je ne crois pas qu'il puisse s'arrêter. Ça ne me surprendrait pas que quelque chose se soit passé en France aussi : sinon pourquoi aurait-il arrêté ses études là-bas et quitté son pays ? C'est comme pour les pédophiles : ils peuvent être terriblement désolés et conscients d'avoir fait quelque chose de mal mais ils ne peuvent pas s'en empêcher, c'est plus fort qu'eux, et c'est pour ça que la société se doit de protéger les enfants contre eux.

— Je ne suis pas un enfant, que je sache. Et Duportoy n'a rien *fait* : il n'a touché le corps de personne.

— Ce n'est qu'une question de temps. Je refuse d'en courir le risque. La preuve qu'il y a quelque chose de pas net chez Duportoy, c'est que tu racontes ses petites blagues au directeur d'un département et celui-ci perd aussitôt tout désir de l'embaucher.

— Évidemment ! Puisque…

— Pourquoi ? l'interrompit Lynn en haussant la voix. Parce qu'ils voient là un scénario récurrent et qu'ils pensent aux jeunes étudiantes qu'ils doivent protéger. Je n'ai rien contre Duportoy personnellement. Tant qu'il n'enseigne pas à des gosses qui pourraient lui inspirer le désir d'une petite blague, il peut faire ce qu'il veut : étudier le droit, devenir agent littéraire ou livreur de

433

pizzas, travailler sur Wall Street ou gagner des tonnes de fric dans l'immobilier, je m'en fous. À propos, j'allais réchauffer les restes d'une pizza aux quatre fromages : tu en veux ? »

La discussion était close. Jane déclina l'invitation. De retour chez elle, elle mit la lettre de côté. Le lendemain après-midi, au bureau, elle alluma son ordinateur et trouva un long message d'Alex. Drôle, plein d'humour, charmant. Il la fit rire. Elle ne le connaissait pas : il était devenu son ami le plus proche. Un message d'Alex lui donnait infiniment plus de plaisir qu'une conversation avec Lynn, même sur d'autres sujets que Duportoy. Elle ne pouvait plus concevoir sa vie sans cet échange qu'ils avaient construit de message en message depuis sept semaines, et qui reposait sur un terrain fragile. L'écriture cachait plus qu'elle ne révélait : elle ne montrait qu'une face contrôlée de soi. Jane aurait pu voir Alex une seconde et perdre aussitôt le désir de s'adresser à lui. Il suffisait qu'Alex ressemblât à Karl, ou fût chauve et sans menton — ou, tout simplement, ne lui plût pas. Il suffisait pour cela, même s'il avait de beaux cheveux blond foncé, les yeux clairs, le menton juste de la bonne taille, la taille svelte, qu'elle n'aimât pas l'expression de ses yeux ou de son visage, ou son sourire, ou ses gestes, ou les mouvements de son corps : lui. En fait, elle ne s'adressait qu'à un double narcissique. Ce qu'elle aimait en lui, c'était son admiration pour elle. Tôt ou tard, probablement bientôt, dès que se préciserait la forme d'Alex, cette correspondance qui avait illuminé les sept dernières semaines s'arrêterait. Ce n'était pas du pessimisme mais du réalisme. Ce devenir inéluctable l'attrista.

Voilà ce qu'elle écrivit à Alex le premier jour des vacances de printemps après avoir passé le week-end à rédiger des brouillons. Alex n'avait pas envoyé de nouveau message, selon leur contrat tacite : la correspondance s'arrêterait dès que l'un d'eux ne souhaitait plus répondre. Pas de dépendance, pas de devoir : cet échange ne restait plaisant qu'aussi longtemps qu'ils avaient tous deux le désir de s'adresser l'un à l'autre. Il allait sans dire que Jane serait la première à perdre ce désir. La dynamique de l'échange le voulait : il était celui qui s'intéressait à elle, elle était celle qui répondait.

Elle éprouva un grand soulagement après avoir appuyé sur la touche « Envoi ». Elle lui avait dit tout ce qu'elle avait sur le cœur en des termes presque aussi précis et justes que ceux de Nathalie Sarraute parlant de son enfance. Ce message était le plus important et le plus personnel qu'elle avait envoyé à Alex. Maintenant tout dépendait de sa réponse. Elle lui faisait confiance. Il comprendrait sa peur de voir la correspondance s'achever et trouverait les mots pour la rassurer.

Elle alla au bureau mardi, mercredi et jeudi juste pour vérifier ses messages. Alex ne se pressait pas de répondre. Peut-être réfléchissait-il, comme elle la semaine précédente. Ces jours de vacances sans nouvelles de lui étaient tristes. Elle devenait nerveuse. Peut-être n'avait-il pas aimé ce message où elle s'exposait davantage ? Alors tout serait clair. Le mercredi elle reçut une offre de l'université d'Utah à Salt Lake City. Elle aurait aimé pouvoir le dire à Alex ; il aurait ri. Elle lui avait raconté sa conférence dans la salle pleine d'étudiants blonds de vingt-cinq ans à l'air si sérieux, tous déjà pères et mères de familles nombreuses. Aller s'enterrer chez les mormons, merci. Mais l'offre était utile pour faire bouger les choses : elle avertit les autres universités et, le jeudi, reçut un appel beaucoup plus désiré de l'université du Wisconsin à Madison. Elle en prévint l'université de Louisiane à Baton Rouge et le directeur la rappela le vendredi : une troisième offre. Tout se passait vraiment bien. Toujours pas de message d'Alex. Elle ferait mieux de se concentrer sur le choix qui devait décider de sa vie : la Louisiane ou le Wisconsin ? Elle en discutait avec Lynn. La Louisiane représenterait un plus grand changement. Elle avait été charmée par le Quartier français de La Nouvelle-Orléans, la nourriture cajun, le soleil. Mais les collègues de Madison travaillaient sur des sujets plus proches de ses préoccupations et lui avaient plu davantage.

Le samedi à midi elle alla au bureau. Toutes les portes étaient fermées et les couloirs vides. Même Begolu n'était pas dans son bureau. Le nom d'Alex apparut sur l'écran et le cœur de Jane fit un bond. Elle cliqua immédiatement sur son nom.

Il s'avouait décontenancé par le long message de Jane, au ton si différent des précédents, si mélancolique et plaintif. Que lui était-il arrivé ? Pourquoi pleurer par anticipation sur la tombe de leur correspondance, au lieu d'en jouir tant qu'elle durait ? Cette méditation « sic transit » et « memento mori » sur la fin inéluctable des meilleures choses en ce monde était indigne d'elle. Au risque de lui déplaire, il devait dire qu'il préférait nettement l'autre Jane, celle qui proposait une fascinante lecture de *La Princesse de Clèves*. Si elle n'aimait plus leur correspondance, il suffisait d'arrêter. Puis il passait à un autre sujet : avait-elle eu des nouvelles des universités qu'elle avait visitées ?

Jane ouvrit le prochain message, d'Allison. Elle était pâle et respirait vite.

Il n'avait rien compris, donc. Elle l'avait cru plus fin qu'il n'était. Il ne l'autorisait à avoir qu'une seule humeur : gaie, positive, pleine d'esprit. Le reste, c'était du pleurnichage. Cela lui rappela Eric disant qu'il n'y avait aucun problème quand elle sentait qu'il y avait un problème, et affirmant que tout se passait dans sa tête. Alex aussi était un homme, avec tous les défauts et les défenses d'un homme. Pour commencer, il n'écoutait pas.

Elle survivrait sans lui. D'ailleurs il avait peut-être raison : cette correspondance commençait à lui peser comme toute dépendance. À cause d'Alex elle négligeait depuis des semaines ses autres correspondants. Elle n'avait même pas répondu à la femme qui l'avait invitée à Hawaï. Il était temps de reprendre le contrôle de sa vie.

Elle devait faire son choix. Il lui semblait qu'elle aurait préféré Madison. Elle aimait l'hiver et les saisons. L'université était suffisamment riche intellectuellement pour compenser l'absence d'une vraie ville. La Nouvelle-Orléans était le royaume du jazz, mais Jane n'avait pas de passion pour le jazz. Et La Nouvelle-Orléans se trouvait à une heure de Baton Rouge. Elle serait plus isolée en Louisiane, plus loin de la côte Est que dans le Wisconsin.

Mais Madison était trop près d'Iowa City : quatre heures de route à peine. Le voyage depuis New York durait le même temps que pour aller en Iowa. Elle avait changé d'avion, de même, à Chicago. En débarquant à Madison elle avait eu des crampes d'estomac : il n'était pas difficile de deviner pourquoi.

« Va en Louisiane, recommanda Lynn sans une hésitation. Tu ne veux pas te retrouver trop près d'Eric. Tu es encore fragile. D'ailleurs ta préférence pour Madison est suspecte. »

Par téléphone et courrier électronique, Allison lui donna exactement le même conseil : il n'était pas sain de chercher à se rapprocher géographiquement d'Eric quand elle ne l'avait pas encore oublié.

La date limite pour sa réponse à Madison approchait de jour en jour. Elle avait choisi Baton Rouge. Elle se réveillait au milieu de la nuit, en sueur. Un choix, de toute façon, produisait toujours de l'angoisse, surtout un choix aussi important que celui-là, qui devait décider de sa vie pour plusieurs années sinon pour toujours. Elle aurait souhaité pouvoir retourner dans chacun de ces deux endroits. Elle n'y avait passé que deux jours, c'était si court. La piscine, qui l'aurait aidée à y voir plus clair, était fermée pendant les vacances.

Jane devait rappeler Madison vendredi. Le mercredi après-midi elle prit le bus pour Fort Hale. Par ce jour de brouillard où l'eau restait suspendue dans l'air, le ciel et la mer se mélangeaient dans un gris très doux où elle s'enfonça comme on entre au pays d'où l'on ne revient pas. La vue de la mer l'apaisa. Elle marcha deux heures et respira l'air iodé. Elle se dit soudain qu'Alex avait raison : pourquoi envisager la fin ? Si elle ne pouvait pas s'en empêcher, pourquoi le lui dire ? Alex n'y pouvait rien. Elle s'était vexée comme une petite fille gâtée parce qu'il n'avait pas adulé chaque mot qui sortait d'elle, quand elle croyait l'impressionner par sa lucidité. Il avait exprimé sa surprise avec gentillesse.

Au retour elle alla droit au bureau, alluma son ordinateur et envoya un message à Alex. Pas un mot sur leur précédent échange. Elle lui parla du choix qu'elle avait à faire et de son indécision. Le lendemain elle trouva un message de lui : il lui demandait de décrire aussi précisément que possible le moment où elle était descendue de l'avion à Baton Rouge et à Madison, et sa première conversation avec la personne venue la chercher à l'aéroport. Elle le fit. Le soir même elle trouva un nouveau message d'Alex :

« Je ne comprends pas le problème : il est évident que vous voulez aller à Madison. »

Le problème, c'était ce dont elle ne lui avait pas parlé. Le prochain message de Jane fut long. Elle lui raconta tout : Eric, ce chapitre de sa vie et la peur qu'il ne soit pas encore clos dans sa tête quand il était fini dans les faits. À Madison, pendant deux jours, elle avait tremblé comme si elle risquait de tomber sur Eric ou sa petite amie enceinte à chaque coin de rue. Elle craignait que sa préférence pour Madison, qu'Alex avait décelée, ne fût inconsciemment motivée par le désir de se rapprocher d'Eric : ceux qui la connaissaient bien disaient d'elle qu'elle avait un tempérament masochiste et autodestructeur.

« Vous êtes une grande fille, répondit Alex. L'Iowa est un État voisin du Wisconsin, et alors ? N'écoutez pas votre peur : les fantômes tomberont en poussière. Vous n'allez quand même pas vous enterrer dans les bayous de Louisiane juste pour ne pas risquer d'y croiser votre ancien mari. »

Jane sourit. C'était ce qu'elle souhaitait entendre. Oui, elle voulait partir pour le Wisconsin. Pas à cause d'Eric mais en dépit de lui. Indépendamment de lui. Elle voulait se libérer du passé. Elle se sentit soudain légère. Une heure plus tard elle appela le directeur du département de français à Madison : elle n'avait pas l'ombre d'un doute.

440

Les cours avaient repris, c'était le mois d'avril. Leur correspondance avait radicalement changé. Jane lui parla des hommes qui avaient joué un rôle dans sa vie : Eyal, Josh, Bronzino que, par discrétion professionnelle, elle ne nomma pas, et Eric. Elle lui dit comment elle avait été certaine, en rencontrant Eric, que l'amour devait se baser d'abord sur une attirance physique ; et comment l'échec de leur histoire avait ébranlé sa forte conviction.

De certitudes, Alex n'en avait guère. De femmes non plus, d'ailleurs. Sa première expérience physique remontait à ses vingt-quatre ans. Voilà pourquoi il n'était pas devenu écrivain comme Marguerite Duras : il ne connaissait pas « ça ». Il ne savait même pas s'il était attiré par les femmes ou les hommes. À vingt-quatre ans il avait eu deux brèves aventures coup sur coup, l'une avec un homme, l'autre avec une femme, et dans les deux cas il s'était laissé faire. Puis à vingt-six ans, en première année de thèse à Columbia, il avait rencontré à une fête un jeune Italien, Luciano, beau comme un ange avec ses courts cheveux noirs et ses immenses yeux noirs aux longs cils, écartés l'un de l'autre. Son premier coup de foudre. Il était sorti avec lui cette nuit-là pour découvrir que Luciano était une Luciana : un corps de garçon, sans hanches, sans fesses et sans seins, mais le sexe d'une femme. Ils avaient vécu ensemble cinq ans, jusqu'à ce que Luciana le trahisse avec son meilleur ami. Il l'avait appris de façon pas très agréable en

rentrant du congrès du MLA où il venait de passer plusieurs entretiens, quand il avait cherché un
coupe-ongles dans la trousse de toilette de Luciana
et trouvé vide le tube de crème spermicide qui
était plein la dernière fois qu'ils avaient fait
l'amour. L'été suivant il avait emménagé à San
Diego. Depuis deux ans il n'avait eu aucune aventure : Luciana lui avait laissé un goût amer. Lui
aussi était en convalescence. Il vivait dans une
petite maison de bois au bord de la mer avec un
adorable fox-terrier blanc crème, qu'une amie lui
avait demandé de garder une semaine, pendant
un voyage au Mexique d'où elle avait choisi de ne
pas revenir.

« Si un jour j'écris une histoire, ce sera celle
d'une vieille fille qui vit seule avec son chien —
ou d'un vieux paysan solitaire et silencieux avec
sa chatte qui le suit partout. »

Jane pensa à Begolu et ses quatre chiens, à Lynn
et ses chats. L'histoire était déjà écrite, répondit-elle
à Alex : Félicité et son perroquet dans *Un cœur
simple* de Flaubert.

C'était le printemps. Des oiseaux descendaient
en bandes sur la terre mouillée pour picorer des
miettes au bord des flaques, l'herbe repoussait et
devenait plus verte, de petites feuilles pointaient
leur nez sur les branches nues, et bientôt éclorent
les premiers boutons roses sur le magnolia juste
à l'entrée de sa maison. Les cerisiers en fleur de
Columbus Square formaient une magnifique arche
de dentelle blanche tout au long de l'allée traver-

sant le parc. Jane se réveillait en souriant et attendait chaque jour son message avec une impatience croissante, le découvrant avec une joie de plus en plus intense. La fièvre printanière ? À San Diego, c'était le printemps tout l'hiver. Il habitait au bord de la mer — sur la plage même. Elle imaginait la vue de ses fenêtres, et rêva même de son bureau au deuxième étage. Il lui apprit que sa maison n'avait qu'un étage. Il y avait entre eux une grande différence : il détestait l'eau et n'allait jamais nager dans la mer ni dans la piscine.

Il avait trente-trois ans. Elle était vieille par comparaison : presque trente-huit ans. Alex lui rit au nez. Il y avait une autre différence importante entre eux : il l'avait vue. Il était tombé amoureux dès qu'il l'avait aperçue derrière la table des conférenciers à San Francisco en décembre. Si seulement Jane avait pu le voir aussi. « J'étais assis au troisième rang, sur la dernière chaise, la plus près de la porte, pour m'éclipser si la séance m'ennuyait. Je suis grand. Je portais une chemise bleu ciel et un jean. J'ai le visage long et des cheveux châtain-roux très courts avec des pattes devant les oreilles. » Jane faisait tous ses efforts pour exercer sa mémoire. Elle avait un vague souvenir d'un jeune homme plutôt beau dont elle avait, une seconde, croisé le regard. Rien de sûr, pas d'image nette : quand elle donnait une communication, elle était trop nerveuse pour regarder ses auditeurs ; ils formaient juste une masse floue. « Bon, évidemment je ne vous ai pas frappée », conclut

Alex avec un sourire. Cela ne l'inquiétait pas. D'abord la salle était comble. Ensuite, ce qu'elle nommait « attirance physique » n'était pas seulement déterminé par les attributs corporels, ou elle aurait pu choisir son type par ordinateur. On tombait amoureux d'un corps et d'un visage, oui, mais d'un corps qui bougeait, qui avait une grâce et une allure, et d'un visage qui vous regardait, qui vous souriait : on tombait amoureux d'une énergie ou d'un esprit qui irradiait par ces gestes, ces yeux ou ce sourire. Cette énergie, on la trouvait aussi dans le style. L'écriture était contrôlée, peut-être, mais c'était ce qu'on avait de plus personnel. Ces trois mois de correspondance quotidienne voulaient forcément dire quelque chose. Il ne cherchait pas à la convaincre par écrit qu'elle tomberait amoureuse de lui : ils devaient se voir. Mais il avait confiance. Si l'étincelle magique ne se produisait pas, qu'à cela ne tienne.

Évidemment, la meilleure manière de savoir objectivement si elle était physiquement attirée par lui, consisterait à venir à Old Newport et se présenter à elle sans révéler son identité. Jane répondit immédiatement : il devait promettre de ne jamais la surprendre ainsi ou c'était fini. Si elle ne pouvait pas lui faire confiance, chaque jour serait un cauchemar : dès qu'elle verrait un inconnu elle se demanderait si c'était Alex et si elle était en train de rater le test de l'amour. Elle hésita à lui parler de Duportoy mais décida de n'en rien faire, pour ne pas trahir le secret d'un homme

444

qu'Alex pouvait rencontrer un jour. Cinq minutes plus tard son ordinateur lui signala un nouveau message : Alex promettait de ne pas venir à Old Newport sans son autorisation. L'amour, ajoutait-il avec un sourire que Jane décelait entre les lignes, n'était pas un test : elle ne courait aucun risque de le rater.

C'était fou. Ils parlaient d'amour sans s'être jamais rencontrés. La fièvre d'un désir partagé animait leurs mots. Leurs messages étaient pleins d'une tension physique et d'une excitation épuisante. Bien sûr, ils ne parlaient jamais de sexe : il ne s'agissait pas de ça. Elle souhaitait parfois que le courrier électronique n'eût pas été inventé. L'attente et le bonheur qu'elle éprouvait en lisant chacun de ses messages était trop forts. D'un tel sommet de joie on ne pouvait que tomber.

« Je suis si exposée maintenant : vous avez éveillé en moi un tel désir d'aimer et d'être aimée. »

Ils devaient se rencontrer, faire face à la réalité. S'il ne l'attirait pas, ils essaieraient de rester amis. Si ce n'était pas possible, tant pis. Le jeu en aurait valu la chandelle.

Où, quand ? Se rendre visite chez l'un ou l'autre était trop risqué. Alex suggéra le colloque à Hawaï. Son université rembourserait le voyage même s'il ne donnait pas de communication. Un lieu d'une neutralité exotique, un cadre professionnel tellement romantique. Ils en riaient. Du 17 au 21 mai. On était déjà le 2. Il devait préparer son voyage, réserver un billet d'avion et une chambre d'hôtel.

Il s'en occupa dès le lendemain. Pas le même hôtel que Jane car il était trop cher, mais pas loin. Quand Jane, le 6 au soir, cliqua sur le nom d'Alex après avoir lu ses autres messages, gardant comme d'habitude le meilleur pour la fin, elle trouva un message bref en style télégraphique :

« Dois partir de toute ugrence. N'aurai aps accès à l'intrenet pendsnt queqlue temps. À beintôt. »

Elle fronça les sourcils. Six fautes sur deux lignes. Il avait dû le taper à toute allure, debout, son sac sur l'épaule, alors que le taxi l'attendait. Le mot « ugrence » avait un accent dramatique. Un accident arrivé à quelqu'un de sa famille ? Jane lui avait parlé de son propre père mais ne savait rien sur la famille d'Alex.

Les jours suivants, quand elle vérifia son courrier, elle fut légèrement déçue mais pas surprise de ne pas voir apparaître le nom d'Alex. Elle pensait à lui tout le temps et se demandait ce qui avait pu arriver, en espérant égoïstement que ce n'était pas quelque chose de si grave qu'il dût annuler le voyage à Hawaï. Bien sûr il y aurait d'autres occasions. Mais Hawaï était parfait. Après cinq jours de silence, son impatience s'accrut. Il restait moins d'une semaine avant le voyage à Hawaï. Alex n'avait peut-être pas de portable, mais à l'heure actuelle on pouvait louer n'importe où un ordinateur. Six jours. Peut-être devait-il passer chaque minute du jour aux côtés de sa mère et régler les affaires de son père, et ne pouvait-il pas sortir de leur maison, dans une campagne éloignée de toute ville. Si seulement elle avait pensé à lui donner son numéro de téléphone. Peut-être l'avait-il cherché : depuis l'histoire avec Duportoy elle s'était fait mettre sur la liste rouge. Peut-être n'avait-il pas un instant pour penser à Jane puisqu'il savait, de toute façon, qu'ils seraient ensemble dans quelques jours. À Hawaï, ils auraient tout le temps de parler. Lui avait-elle dit assez clairement combien il comptait pour elle, indépendamment de son apparence physique ? Avait-elle exprimé trop de peur à l'idée de le voir et de voir disparaître, en même temps, leur lien privilégié ? Avait-elle pu lui faire peur ?

Elle ne lui envoya pas de message. Elle craignait d'y trahir son insécurité quand il ne s'agissait pas d'elle, et de répéter l'erreur commise avec Eric. Elle devait faire confiance à Alex et à elle-même. S'il avait voulu mettre fin à la relation, il n'aurait pas envoyé ce message. Il fallait qu'elle accepte ce qu'elle ne pouvait pas comprendre, ni contrôler, ni même imaginer. « Ne protège pas. » Dans quatre jours il expliquerait tout. En attendant elle ferait mieux de relire le texte de sa conférence. Alex serait dans la salle.

Le jeudi 14 dans l'après-midi, incapable de modérer son angoisse, elle chercha dans le bottin du MLA le numéro du département d'Alex à l'université de San Diego et le composa avec des doigts qui tremblaient. Elle se présenta comme un professeur de Devayne qui devait joindre le professeur Alex Letterman le plus rapidement possible.

Le nom de Devayne impressionnait toujours les secrétaires.

« Je suis désolée, dit aimablement la femme au bout du fil, mais le professeur Letterman n'est pas encore rentré de France. Son retour est prévu d'ici une semaine. Souhaitez-vous laisser un message ? »

En raccrochant, Jane soupira de soulagement. Alex ne lui avait pas menti : il était en voyage, et loin. En France, peut-être dans un tout petit village où il assistait, qui sait, à l'agonie d'un ami atteint du sida, il était bien possible qu'il n'eût pas accès à l'internet. Il serait rentré « d'ici une semaine » : après le séjour à Hawaï, donc.

Elle partait après-demain, tôt le matin. Ici il pleuvait mais il ferait sans doute beau à Hawaï. Il fallait sortir ses robes d'été, les repasser. Elle avait besoin d'un nouveau maillot une pièce : pas question d'exposer sous les yeux d'Alex son ventre de trente-huit ans. Elle passait devant le bureau de Dawn, quand la secrétaire l'appela :

« Jane, vous êtes encore là ! Le professeur Bronzino cherche à vous joindre. Il veut vous voir le plus vite possible. Il est au Centre Kramer jusqu'à six heures. »

Il était cinq heures vingt-cinq et les magasins fermaient à six heures. Elle achèterait le maillot demain. Elle récupéra son vélo et descendit Garden Street sous la pluie vers le Centre Kramer, où elle frappa à la porte de Bronzino.

« Entrez. »

Son bureau ici était plus petit que celui du directeur du département dans le nouveau bâtiment, mais plus noble aussi avec sa table ancienne, ses étagères en bois sombre, les panneaux de chêne sur les murs et les fenêtres vitrées de petits carreaux de verre coloré. Bronzino, ses lunettes sur le nez, se tenait debout devant ses étagères, classant ses livres. Il s'avança vers elle et l'embrassa chaleureusement alors qu'elle ne s'y attendait pas.

« Félicitations. J'ai entendu dire que tu avais accepté une offre de Madison. C'est une excellente université. Peut-être qu'un jour tu reviendras parmi nous. Je l'espère. Tu vas nous manquer. Tu vas me manquer. »

C'étaient les premiers mots personnels qu'il lui adressait en presque huit ans. Il semblait sincère, même s'il était évident qu'il n'avait rien fait pour la retenir à Devayne.

« Je suis sûre que ce bon vieil Old Newport va me manquer, dit Jane — et toi aussi. »

Il ôta ses lunettes, les plia et les posa sur le bureau. Il portait maintenant des costumes et des chemises Calvin Klein gris et noir avec des cravates. Plus de chaussures à semelle de crêpe mais une belle paire de Church.

« Tu sais que je vais bientôt être père ?

— Ah bon ! Félicitations ! C'est pour quand ? »

C'était donc la nouvelle qu'il voulait lui annoncer : une revanche sur ce qui s'était passé huit ans plus tôt.

« Septembre. La pauvre Liz va devoir traverser tout l'été avec son gros ventre. »

Jane fut soudain frappée par son changement physique : il avait vieilli. Sa peau aux traits fripés par endroits semblait presque jaune, il avait les joues creuses, des taches brunes, et des poches sous les yeux. Soixante-six ans : pas jeune pour être le père d'un bébé. La nouvelle épouse avait dû insister. Un bébé, une jeune femme à satisfaire, les cours, la direction du Centre, les livres à écrire — et elle avait récemment vu dans le *Devayne Daily News* qu'il serait le doyen des études doctorales pour toute l'université l'an prochain. Cet homme se tuait. Elle ouvrait la bouche pour le féliciter de sa nomination comme doyen quand Bronzino lui demanda d'une voix faussement anodine :

« Tu es au courant pour Xavier Duportoy ? »
Elle tressaillit.

« Non. Quoi ?

— Le pauvre garçon s'est suicidé.

— Suicidé ! Oh mon Dieu ! Quand ? »
Les larmes lui montèrent aux yeux. Bronzino hocha la tête gravement.

« Il y a un peu moins d'une semaine.

— Mais pourquoi ?

— Pourquoi... Tu es bien placée pour savoir qu'il n'était pas exactement un modèle d'équilibre mental. Apparemment sa petite amie, Jamaica Locke, aurait rompu avec lui, et il se serait heurté cette année à des difficultés professionnelles. C'est tragique. Un garçon si brillant. Il avait à peine trente-cinq ans. »

En pédalant vers chez elle, Jane ne cessa de penser à Duportoy. Le souvenir de la lettre traînant chez elle parmi ses papiers la brûlait au fer rouge de la honte. Elle avait mis la lettre de côté. N'y avait plus pensé. Elle avait la tête prise par d'autres soucis : le choix d'un poste pour l'an prochain, la correspondance avec Alex. Duportoy lui avait adressé une supplique : il lui avait dit que sa vie était en jeu. Elle n'avait pas écouté, pas répondu. Par lâcheté. Elle n'avait pas le courage d'affronter Lynn même si elle n'approuvait pas ses méthodes radicales — pas le courage de perdre une amie dont elle pouvait encore avoir besoin. Si elle n'avait jamais parlé de Xavier Duportoy à Alex, ce n'était pas simplement par discrétion, mais par culpabilité. Elle n'était pas fière d'elle. Maintenant il était mort. Pas à cause de Jamaica. À cause de deux petites blagues stupides devenues son destin.

Elle sonna chez Lynn et lui jeta la nouvelle :

« Duportoy s'est tué. »

Elle se tenait debout sur le seuil dans son pancho de plastique jaune dégoulinant de pluie et regardait Lynn agressivement.

« Je suis désolée, dit calmement Lynn. Je sais que ce tu penses, Jane. Mais ça ne fait que confirmer mon point de vue : ce type était capable d'actes extrêmes. On peut lui être reconnaissant d'avoir tourné sa violence contre lui-même.

C'était l'âge auquel Jeaudine était morte aussi. Peut-être Lynn pensait-elle que c'était justice : œil pour œil et dent pour dent. Jane se mordit les lèvres pour ne rien ajouter de méchant.

Elle se réveilla le lendemain d'une humeur de chien et entendit la pluie battre l'appui de la fenêtre. Encore la pluie — alors qu'on était en mai. Elle avait fait un cauchemar, dans lequel s'étaient superposées les figures d'Eric, de Xavier, et même le visage inconnu d'Alex, qu'elle avait vu distinctement en rêve et ne pouvait se rappeler. Il lui manquait terriblement. Il était sans doute rentré de France la veille et lui avait envoyé un message aussitôt. Elle s'habilla et prit la clef de son vélo, ainsi que son pancho de plastique. Quand elle referma la porte et descendit l'escalier, son humeur était plus sombre que le ciel noir dehors. Et s'il n'y avait pas de message ? Si leur correspondance n'intéressait plus Alex ? S'il avait rencontré quinze jours plus tôt une femme qu'il avait suivie en France ? Une Française. Maudites soient les Françaises, hormis Rosen. Elle était folle de se mettre dans des états pareils pour quelqu'un qu'elle verrait demain soir pour la première fois et qui peut-être ne lui plairait pas.

En bas elle trouva le paquet avec le manuscrit.

Jane était blanche et respirait difficilement.

Duportoy ne s'était trompé que sur un détail : elle n'avait pas pris son vélo ce matin parce que la pluie orageuse avait transformé les rues en piscines. Il avait pu prédire la pluie — sinon la violence de la pluie — grâce à la météo. Mais comment, une semaine à l'avance, avait-il pu deviner qu'elle serait en train d'attendre un message d'Alex avec une inquiétude croissante, qu'elle déciderait d'acheter un maillot de bain pour Hawaï et que, après avoir appris la nouvelle de son suicide, elle se sentirait horriblement coupable de ne pas avoir répondu à sa lettre ? À supposer que ses pensées et ses actes fussent tellement prévisibles, comment Xavier pouvait-il savoir que Bronzino serait celui qui informerait Jane de sa mort ?

Elle posa la dernière page au sommet de l'épaisse pile. Elle vit, au dos de la feuille, une petite phrase manuscrite à l'encre bleue de la même écriture que l'adresse sur l'enveloppe. Elle reprit la page et l'approcha de ses yeux fatigués : « Il n'y a pas d'autre exemplaire de ce texte, sur papier ou disquette, que ceux que tu possèdes. » *Tu.* Son écriture, l'adresse directe et l'usage du présent le rendirent soudain si proche que Jane eut un frisson. Elle se leva et rangea le manuscrit dans le tiroir de la table près du téléphone.

Elle passa deux coups de fil. Le premier à Bronzino, qui confirma ce qu'elle soupçonnait : il avait reçu, deux jours plus tôt, un mot de Duportoy lui demandant d'informer personnellement Jane de sa mort. Norman n'avait pas cru devoir se dérober à la dernière volonté d'un mort où il n'avait rien vu d'offensant pour Jane ; il avait même attribué cette demande à une certaine délicatesse de la part de Xavier, qui devait se douter que son suicide serait un choc pour Jane. Norman ajouta quelques mots concernant les parents de Xavier, leur douleur, et le transport du corps en France, qui levèrent tous les doutes de Jane quant à la réalité du suicide. Elle apprit autre chose : Duportoy s'était tué à New York où il vivait cette année, mais il avait, pendant l'hiver, fait des recherches à la Clark Library de l'université de Los Angeles. Norman le savait par son ami Peter Weiss, directeur de cette bibliothèque, qui ne tarissait pas d'éloges sur un jeune homme si doué et trouvait regrettable que Devayne l'ait laissé partir.

Jane composa ensuite le numéro d'Edwin Sachs. Elle s'excusa de l'appeler si tard : elle se trouvait chez des amis à New York d'où elle s'envolait demain matin pour un colloque à Hawaï auquel assistait aussi Alex Letterman ; elle devait lui envoyer un message urgent et avait oublié son adresse e-mail à Old Newport. Edwin la connaissait-il ? Par une heureuse coïncidence, Sachs avait justement reçu le jour même une lettre du jeune protégé de Jane l'invitant à participer à un numéro des Stanford French Studies, et l'adresse se trouvait sur la lettre : *Alex.letterman@compuserve.com.*

Jane, qui n'avait jamais envoyé un seul message à cette adresse, eut l'impression que tout son sang refluait brutalement. Mais elle savait déjà. Sinon, elle n'aurait pas appelé Sachs.

« Pourquoi pas son compte à l'université ? demandat-elle en s'efforçant de contrôler le tremblement de sa voix.

— Parce qu'un compte Compuserve est plus facile d'accès depuis Lyon, je crois. Tu sais qu'il a passé toute l'année à Lyon.

— Bien sûr. Je n'y pensais plus. »

Après avoir raccroché, Jane s'effondra. Karl l'entendit hurler. Il alerta Lynn, qui tenta sans succès d'ouvrir avec sa clef — la chaîne était mise — et finit par menacer Jane :

« Si tu n'ouvres pas, j'appelle la police. »

Apprenant qui était Alex Letterman, Lynn fut si horrifiée qu'elle voulait déterrer Xavier Duportoy pour vérifier que c'était son cadavre. Jane allait rencontrer ce fou à Hawaï et se jeter dans la gueule du loup. Lynn était convaincue d'avoir sauvé Jane d'une mort atroce en acculant Duportoy au désespoir qui l'avait conduit au suicide.

Cet homme avait terrorisé une étudiante puis, quelques années plus tard, une collègue. L'année suivante, il avait volé l'identité de quelqu'un d'autre pour continuer à jouer avec cette femme. Duportoy s'était débrouillé pour obtenir le mot de passe du compte e-mail d'Alex

*Letterman, en année sabbatique. Quel plaisir, ensuite,
de violer l'âme de Jane en s'y enfonçant un petit peu
plus chaque jour ! Un jeu d'enfant. Aucun risque de
s'ennuyer : quoi de plus palpitant que de voir sa victime devenir folle d'amour et se livrer passionnément à
son bourreau ?*

*Il y avait plus excitant : observer la révolution de ses
traits au moment où elle arriverait en taxi à la maison
isolée sur la falaise où il lui aurait donné rendez-vous,
sonnerait à la porte et le reconnaîtrait. Trop tard. Il
aurait déjà refermé et verrouillé la porte derrière elle.*

*Au moment de son suicide, ils n'étaient plus qu'à une
semaine de ce scénario.*

*Jane ressentit d'abord une haine brûlante, la rage
d'avoir été dupée et entièrement manipulée par un homme
qui s'était emparé de chaque recoin de sa vie et de son
âme. Mais plus Lynn exprimait sa fureur et sa satisfac-
tion d'avoir sauvé Jane, plus la haine de Jane et le souvenir de son humiliation fondaient. Ne restait que la
colère d'avoir été abandonnée par un amant qui s'était
tué. Car c'était de l'amour. Elle en tenait la preuve : le
manuscrit. Alex savait tout d'elle. Seul l'amour donnait
pareille connaissance. Alex avait aimé, sinon Jane elle-
même, du moins ce personnage qu'il avait créé et qui
ressemblait tant à Jane, auquel il avait su donner vie en
rentrant dans sa peau. Il ne s'était pas tué pour
Jamaica. Ni parce qu'il ne pouvait pas trouver de poste
pour l'an prochain. Ni par détraquement mental. Il
l'avait fait pour elle, pour eux — parce qu'ils ne pourraient se rencontrer ni à Hawaï ni ailleurs, parce que
c'était impossible, parce qu'il était Xavier Duportoy.*

En juillet, elle déménagea dans le Wisconsin. Elle loua un appartement inondé de lumière avec vue sur le lac et commença à enseigner là-bas en septembre. Elle acheta un chiot fox-terrier blanc crème, une petite bête bouclée, joueuse et sensuelle quémandant des caresses sur son ventre tout doux, qu'elle baptisa Pauline. Son livre sur Flaubert parut discrètement en octobre. On lui avait dit que la vision de son nom imprimé pour la première fois sur la couverture d'un livre procurait une émotion forte. Quand elle reçut par la poste le premier exemplaire, cela ne lui fit rien.

Elle relut le manuscrit, changea quelques noms, écrivit le début et la fin ainsi que des passages intercalaires relatant sa réaction à la lecture. Les mots lui vinrent facilement. Elle pouvait voir Alex sourire par-dessus son épaule. Alex-Xavier. Alexavier. C'était cela qu'il avait voulu, ou il ne lui aurait pas envoyé le manuscrit avec la disquette en lui signalant qu'il n'en existait aucune trace. Leur roman. Leur enfant. Son écriture à lui, son idée, sa structure, son style, mais son histoire à elle : la chair, l'intrigue, les détails, tout venait de leur correspondance électronique ou de ses confidences à Francisco ou Jamaica retransmises à Xavier. Elle reprit contact avec Josh, qui lui dit avoir bien connu Xavier, avec qui il était devenu ami à New York. Elle apprit aussi, par Rosen, que Vincent avait rencontré Xavier à Paris. Quand elle écrivit le dernier mot et imprima le gros manuscrit avec, sur la première page, son propre nom comme nom d'auteur, elle éclata de rire. Une bonne farce. Il était drôle de duper le monde entier, ce monde si sérieux et si ennuyeux. Personne ne saurait. Elle parta-

gerait ce secret avec Alexavier qui restait vivant dans son cœur — toc-toc-toc.

En décembre elle envoya le roman à un agent dont Josh lui avait donné le nom. Malade, elle passa au lit, avec une infusion de gingembre, le réveillon de l'an 2000. Il était doux d'être seule et tranquille chez soi quand le monde entier se croyait obligé de fêter toute la nuit l'entrée dans le nouveau millénaire. Le 21 janvier 2000, elle prit l'avion pour New York et signa son contrat avec Simon and Schuster. Ils lui donnèrent soixante mille dollars. L'agent promit qu'il obtiendrait davantage pour le prochain livre. Jane rit en le quittant. L'argent du prix qu'elle avait reçu pour son livre universitaire, cinq mille dollars, avait semblé une somme énorme. Le problème avec Jane sortit huit mois après la signature du contrat. Pour les livres universitaires, il y avait des années de délai : un autre monde.

Quand elle tapait son nom sur le catalogue électronique de la bibliothèque, sous Cook, Jane Elisabeth, 1961 —, deux titres apparaissaient maintenant sur l'écran.

Les critiques, dans l'ensemble, furent favorables. L'article préféré de Jane concluait que le seul problème avec Le problème avec Jane, c'était que la sensibilité toute féminine de l'auteur contredisait les prémisses de l'intrigue : on ne pouvait croire un seul instant que le livre avait été écrit par un homme.

En mai, elle reçut un message enthousiaste de David Clark : il organisait une session sur le roman contemporain au congrès du MLA en décembre et souhaitait la présence de Jane comme invitée d'honneur. Elle le remercia ; poussée par un reste de curiosité, elle lui demanda si l'enfant d'Eric était une fille ou un garçon et quel était son prénom. David lui répondit que Catherine avait fait une fausse couche et qu'Eric et elle n'étaient plus ensemble. Il lui apprit aussi qu'Eric, qui avait lu et beaucoup aimé Le problème avec Jane, l'avait chargé de transmettre à Jane son nouveau numéro de téléphone.

La dernière partie du message fit plaisir à Jane sans l'émouvoir particulièrement : elle était guérie. Elle ne sentait plus aucune colère, mais une sorte de compassion. Le pauvre Eric n'avait pas de chance. Son ambition, fonder une famille, n'était pourtant pas démesurée.

Il était six heures dix : elle avait une chance de le joindre chez lui. Pourquoi pas maintenant ? Le silence n'était pas une fin : ils devaient, un jour, avoir une vraie conversation. Elle voulait le remercier pour les paroles sages qu'il lui avait dites avant de la quitter.

Elle composa le numéro d'Eric. Entendant la tonalité, elle se demanda si elle laisserait un message, et lequel. Indécise, elle allait raccrocher quand Eric répondit. Sa voix la troubla.

« C'est moi, dit-elle.

— C'est toi. »

New Haven, janvier 1998
New York, novembre 2000

DU MÊME AUTEUR

Aux Éditions Gallimard

LA BLOUSE ROUMAINE, *roman*.

EN TOUTE INNOCENCE, *roman* (Folio, n° 3502).

À VOUS, *roman*. Édition revue par l'auteur en 2003 (Folio, n° 3900).

JOUIR, *roman* (Folio, n° 3271).

LE PROBLÈME AVEC JANE, *roman* (Folio, n° 3501). Grand Prix des lectrices de *Elle* 2000.

LA HAINE DE LA FAMILLE, *roman* (Folio, n° 3725).

CONFESSIONS D'UNE RADINE, *roman* (Folio, n° 4053).

AMOURS TRANSVERSALES, *roman* (Folio, n° 4261).

UN BRILLANT AVENIR, *roman* (Folio, n° 5023). Prix Goncourt des lycéens 2008.

Aux Éditions du Mercure de France

NEW YORK, JOURNAL D'UN CYCLE, *récit* (Folio, n° 5279).

Aux Éditions Champion

LES ROMANCIERS DU PLAISIR, *essai*.

Composition Nord compo
Impression Novoprint
à Barcelone, le 20 décembre 2012
Dépôt légal: décembre 2012

ISBN 978-2-07-045155-5./Imprimé en Espagne.

249540